CW00820096

DU MÊME AUTEUR

Aux Éditions Gallimard

ÉDEN UTOPIE, 2015 (Folio n° 6174).

Aux Éditions Plon

AUTOPORTRAITS EN NOIR ET BLANC, 2001.

Aux Éditions Le Passage

BIOGRAPHIE D'UN INCONNU, 2008.
L'ORIGINE DE LA VIOLENCE, 2009.
LA FORTUNE DE SILA, 2010.
AVANT LA CHUTE, 2012.

COMMENT VIVRE EN HÉROS ?

FABRICE HUMBERT

COMMENT VIVRE EN HÉROS ?

roman

GALLIMARD

© Éditions Gallimard, 2017.

NAISSANCE DU HÉROS

1

Un enfant ne devrait pas boxer

Tristan disait souvent que rien ne serait arrivé sans la boxe. Mais, à vrai dire, rien ne serait arrivé sans la gare du Nord non plus. Et rien non plus s'il n'avait pas eu un père communiste. Mais il est vrai que la boxe était un bon début.

Marcel Rivière, son père, aimait la boxe sans l'avoir jamais pratiquée. Il révérait Cerdan, qui aurait « à l'évidence » battu LaMotta au match retour s'il n'avait pas pris le Lockheed Constellation qui s'était écrasé dans les Açores (et il n'aurait jamais perdu le match aller s'il n'avait pas fait le joli cœur avec Édith Piaf, « les femmes étant toujours la perte des champions »). Bien entendu, Marcel admirait le boxeur noir Joe Louis et il dissertait à l'envi sur l'amitié entre Joe Louis et Max Schmeling, héros du régime nazi qui avait en fait un entraîneur juif et avait sauvé deux enfants juifs lors de la nuit de Cristal. Max avait battu Joe en 1936, Joe l'avait battu en 1938, et après la Seconde Guerre mondiale, Max avait payé les frais d'opération de Joe (« le régime capitaliste faisait payer jusqu'au dernier sang ») et ses frais d'enterrement (même commentaire). Preuve que lorsque les hommes s'unissaient… Marcel ne se lassait pas non plus de raconter le combat du siècle, le combat de Kinshasa (1974) entre Foreman et Mohamed Ali. Curieusement, alors que Marcel aurait dû adorer Ali pour ses prises de position hostiles à l'Amérique et favorables aux droits des Noirs, il préférait Foreman, sans doute parce que, plus fruste, silencieux, le terrible puncheur Foreman, qui éventrait des sacs de sable avec ses poings, lui paraissait une sorte de Stakhanov des rings, un vrai ouvrier de la boxe. Ali parlait trop, c'était un intellectuel et surtout une star, ce que Marcel détestait par-dessus tout parce que c'était l'expression la plus dérisoire et la plus méprisable de « l'idéologie capitaliste du spectacle ». Et puis Ali avait quand même réussi un terrible tour de passe-passe ce jour-là : il faut bien dire que Foreman était beaucoup plus fort à ce moment, et si Ali n'avait pas utilisé la foule, les médias, son aura pour hypnotiser Kinshasa et Foreman à sa suite, il n'aurait jamais remporté son combat. « Saloperie de papillon », répétait Marcel, faisant allusion à la célèbre phrase d'Ali : « Voler comme un papillon, piquer comme une guêpe. » Dans la galerie des boxeurs, Marcel avait bien entendu un ennemi (même s'il haïssait tous les faux boxeurs multimillionnaires qui avaient succédé aux vrais et grands forçats du ring) : László Papp, qui avait eu l'infamie de fuir sa terre natale, la Hongrie, parce que le Parti communiste lui interdisait de passer professionnel – il devait se consacrer à la boxe amateur des Jeux olympiques, durant lesquels il avait remporté, au cours de trois éditions, trois médailles d'or, exploit alors inégalé et d'ailleurs jamais dépassé, même par les Cubains. Il n'y avait pas à tergiverser, Papp était un traître. On ne quitte pas le Parti, surtout lorsque celui-ci vous a permis de devenir le plus grand boxeur des JO.

Avec de telles références, son fils Tristan, comme ses deux demi-frères, beaucoup plus âgés, n'avait d'autre choix que de pousser la porte du club de boxe d'Aulnay-sous-Bois où il allait subir la férule successive de Max Bondi, Meddi Achoune et Bouli Damiel, parce que contrairement à ses deux frères, poussifs boxeurs au gros cul, comme disait Marcel, Tristan se révéla un très bon boxeur de club. À vrai dire, Tristan n'aimait pas beaucoup la boxe au début et il détestait prendre des coups, ce que sa mère, Louise Rivière, quatrième femme de Marcel, détestait encore plus. Mais elle avait beau hurler, crier, tempêter, Marcel n'en démordait pas : « Quand on a un talent, il faut l'utiliser. Et rien de mieux que le noble art pour un gamin. Mon fils sera boxeur. » Cela, c'était hors de question. S'entraîner, faire des compétitions locales, passe encore pour Tristan, qui n'avait que douze ans lorsqu'il commença de petits combats amateurs où des gamins armés d'un casque et de deux poings se tournaient autour au milieu du ring, mais devenir un *vrai* boxeur, c'était hors de question. D'ailleurs, même Marcel, qui aimait la provocation, n'y songeait sans doute pas. Les boxeurs au cerveau fêlé étaient un peu trop nombreux dans la galerie personnelle de Marcel pour qu'il y risque son fils. Mais le moyen de savoir ce que Marcel pensait *vraiment*, en dehors de ses discours communistes et de ses outrances...

On peut affirmer que Max enseigna les rudiments de la boxe à Tristan, Meddi lui apprit à se battre et Bouli

13

à développer une stratégie. Tous trois étaient d'anciens champions de France (Max Bondi poids lourds 1952, Meddi Achoune poids plume 1958, Bouli Damiel poids moyens 1964) qui n'avaient pas gagné grand-chose à la boxe, à part beaucoup de coups et un peu de notoriété, mais ils aimaient leur sport et le connaissaient bien. Max était un bon géant d'origine italienne, Meddi un Marocain teigneux qui savait se faire respecter et Bouli était Bouli. Bouli adorait se battre, Bouli était incontrôlable, Bouli rêvait de trouver chaque jour une occasion de se bastonner dans la rue et, lorsqu'il n'en trouvait pas, il se levait tout simplement dans le métro, prenait le premier gars costaud et lui crachait au visage. Bouli était un danger public mais, comme la boxe n'est pas un théorème, il avait été mis plusieurs fois KO par des gars durs et violents qui n'utilisaient pas seulement les poings mais aussi les coups de tête, les bouteilles, les bâtons et leurs éventuels copains pour faire passer à Bouli le goût de la bagarre. Ils n'y réussissaient pas mais Bouli était souvent revenu au club en boitant, des dents en moins, l'arcade et le nez éclatés, l'œil noyé de sang. Saisi d'un nauséeux vertige à cette vision, Tristan se promettait de ne jamais jamais jamais se battre dans la rue. Curieusement, Bouli fut aussi l'entraîneur le plus prudent, le plus attentif et minutieux de l'enfant. Max était un professeur dilettante, gros et lourd, bien qu'il sache, lorsqu'il le voulait, se faire léger et rapide sur le ring, Meddi, vrai combattant des rings qui engagea Tristan dans d'authentiques combats, était un peu superficiel sur la technique, mais Bouli le prit durant des heures et des heures, à part, pour lui enseigner les subtilités du noble art, répéter les

14

gammes, faire entrer dans sa tête les plus fines notions de tactique et de stratégie, incarnant le sparring-partner aux multiples tempéraments (l'agressif, l'attentiste, le défensif…). Jamais son père, qui préférait le canapé et la télé à toute autre occupation, n'avait pris autant de temps pour s'occuper de lui, de sorte que Tristan aimait beaucoup Bouli, même s'il le trouvait un peu fou, ce qu'il était sans doute.

Le vrai problème de Tristan, c'était qu'il n'avait rien d'un guerrier. Il était assez trouillard et, même s'il le fut un peu moins avec l'expérience, il éprouvait une envie de fuite chaque fois qu'il passait entre les cordes du ring pour un combat. Adolescent, la peur le prenait lorsqu'il se retrouvait en face de son adversaire, imaginant aussitôt que celui-ci ne désirait rien d'autre que l'abattre. Et sous la férule de Meddi, il connut des rounds de pur affolement où il tournait paniqué dans sa cage, lançant au hasard des petits jabs impuissants, roulant ses coups comme un moulin à eau, désespérant alors son entraîneur qui poussait de son coin des hurlements furibonds. Avec Bouli, en junior, il apprit à se tenir – et c'était d'ailleurs un beau gars que ce Tristan au buste bien dessiné, rapide et souple, décochant ses petits coups secs – et il n'avait presque plus envie de fuir, bien qu'il ait encore et toujours l'impression que son adversaire était beaucoup plus courageux que lui. De sorte qu'il choisit, pour masquer sa peur, d'arborer lui aussi un visage impassible qui dissimulait mille effrois.

C'est au retour d'un petit combat à Gennevilliers – les deux adversaires s'étaient jaugés pendant tout le combat et avaient à peine combattu, au grand désespoir des juges – que Tristan trahit Bouli. L'entraîneur, qui avait maugréé avant, pendant et après le combat – il était sans doute de mauvaise humeur à s'être levé trop tôt après une soirée de samedi trop arrosée, et l'absence de combat ne l'avait pas égayé –, s'engouffra sans prêter garde dans le compartiment du métro, heurtant un jeune type à l'air mauvais. Bouli ne s'excusa pas mais, pour une fois, il n'était pas d'humeur combative et, s'il ne s'excusa pas, ce n'était pas pour se battre, c'était juste parce qu'il ne savait pas s'excuser. Le jeune gars fit claquer sa langue.

— Ça te fait pas chier de me rentrer dedans ?

C'était un peu trop, même pour un Bouli amorti.

— T'as un problème ?

LA PHRASE. La phrase que personne ne voulait jamais entendre de la bouche de Bouli. La phrase que, dans les vestiaires, Tristan avait entendue mille fois quand Bouli racontait sa dernière embrouille. La phrase qui déclenchait la bagarre.

Le jeune gars repoussa brusquement Bouli. Et là, cela allait mal tourner, c'était sûr, pensa Tristan. Mais le jeune type n'était pas seul, il avait avec lui deux copains aussi costauds qui n'avaient pas l'air de privilégier la discussion. Bouli jeta un coup d'œil à Tristan, qui se sentit rempli d'effroi. Il avait seize ans, pas du tout la carrure des hommes qui se trouvaient devant lui, il n'avait jamais été très courageux et il s'était promis de ne jamais se battre dans la rue (le métro était encore pire que la rue puisque c'était un espace fermé). Alors que Bouli lançait son terrible poing, une vague de peur submergea l'adolescent, et au moment où le poing de Bouli écrasait le nez de son agresseur, un petit cri d'écureuil lui échappa, qui ressemblait très peu à un cri de guerre. Les deux autres hommes se précipitèrent sur Bouli, composant une masse épaisse, bloquée et ébouriffée dans le compartiment. Là, si Tristan avait été à la hauteur, il se serait jeté sur la masse, ne serait-ce que pour distraire l'un des agresseurs de Bouli, mais il ne sut que rester immobile et terrifié, alors que le gars au nez écrasé revenait dans la bagarre, un éclat d'acier au poing que Tristan saisit dans sa conscience effarée. Et comme le métro arrivait à la station suivante et que tout se brouillait dans une confusion insurmontable, l'adolescent fut happé par le vide derrière lui, le calme du quai qui l'appelait, et c'est sans le vouloir – oui, sans le vouloir et sans le refuser non plus – qu'il se retrouva hors de la rame qui filait, trois hommes et un poing américain se disputant l'honneur de briser la tête de Bouli Damiel, champion de France 1964, ce même homme qui avait passé tant de temps à éduquer Tristan. Mais celui-ci courait déjà vers les toilettes, qu'il ne trouva pas, achevant sa honte au coin d'un couloir, accroupi, pleurant devant sa lâcheté et son humiliation.

La réaction de Marcel Rivière – du club de boxe, de la ville, du monde entier probablement – fut à la hauteur de la conduite de Tristan. « Comment as-tu pu abandonner ton entraîneur ? Ton propre entraîneur ? Tu as été lâche, Tristan, et ce n'est pas comme ça que je croyais t'avoir éduqué ! Tu as abandonné un maître, un éducateur, un ami ! Bouli était ton ami et tu l'as laissé se faire casser la gueule par un ramassis de voyous, par des racailles qui s'y sont mises à trois ! À trois, tu entends ? T'es un boxeur, oui ou merde ? Et même si t'étais pas

17

un boxeur, il fallait leur rentrer dans le lard. Moi, c'est ce que j'aurais fait, et c'est ce que tu aurais dû faire. Tu as été lâche, tu as été lâche ! »

Et c'est ainsi que son père le qualifia pendant un mois. Tristan-le-lâche. Et ce nom lacéra l'adolescent pendant tout ce mois et pendant des années, alors que plus personne ne songeait à cette histoire, parce que cette honte et ce nom étaient comme une tache indélébile. Et il savait que son père ne se vantait pas lorsqu'il disait qu'il serait intervenu. Marcel avait tous les défauts, il était paresseux, amer, mauvais, tout ce qu'on voudra, père plus que lointain, mais il était courageux et ça, tout le monde le savait. Il l'était depuis toujours, il ne l'avait que trop prouvé et c'était un poids sur les épaules de Tristan. Marcel était « un héros de guerre », c'était ainsi qu'on le connaissait dans la ville – et sans doute dans le pays, dans le monde entier – et un héros de guerre n'abandonne pas son ami Bouli dans le métro, un héros de guerre ne se laisse pas attirer par le calme séduisant et sédatif du quai, un héros de guerre ne s'enfuit pas en pleurant. Marcel était un héros de guerre et Tristan un lâche.

Dès lors, Tristan ne put que se recroqueviller, se dissimuler aux yeux de tous. Il était hors de question de retourner à la boxe – et cela malgré les remontrances de son père qui lui disait qu'il n'allait pas « en plus » refuser d'affronter le regard des autres –, il en était incapable, il ne pouvait vraiment pas affronter le jugement de ses camarades et surtout de Bouli. Il ne pouvait rencontrer Bouli, il ne pouvait recevoir les conseils de Bouli, il ne pouvait même lever le regard sur Bouli. Comment le saluer alors qu'il l'avait abandonné en face des trois gars dans la rame qui filait ? D'autant que cette fois-ci cela s'était très mal fini pour Bouli, qui avait été passé à tabac et jeté à coups de pied sur le quai, inanimé. Quelqu'un avait appelé les secours et Bouli était resté un mois à l'hôpital, avec huit côtes cassées, la jambe droite brisée, comme son nez (au coup-de-poing américain), la mâchoire disloquée, et surtout trois jours de coma. On avait craint pour sa vie. Pour la vie de Bouli Damiel, qui semblait invincible, qui s'était tant battu, qui avait tant ri de ses bastons !

Et c'est ainsi que Tristan abandonna la boxe et qu'il refusa de remettre les pieds au club. Le sol en était maudit. Brûlé de honte, de remords, d'humiliation.

Un soir, plus d'un mois après l'événement, alors que Tristan remâchait comme d'habitude sa tristesse dans sa chambre, au lit dans le noir, sa mère vint le voir.

— Tu y penses encore ?

— Toujours.

Sa mère resta silencieuse.

— Tu n'as pas été lâche, Tristan, finit-elle par dire. Ton père a tort. Tu as été raisonnable.

— Je l'ai abandonné.

— Bouli a toujours été fou. Il se battait toujours et sans cesse. Cela devait arriver. Il est tombé sur plus fort que lui.

— Ils étaient trois, maman ! gémit Tristan. Ils n'étaient pas plus forts. Ils étaient trois et ils avaient un poing américain.

— Raison de plus. Tu ne pouvais pas l'aider. Tu te serais jeté sur eux ? Eh bien quoi ? Ils t'auraient mis dans le coma et tu serais peut-être mort maintenant. Je me réjouis que tu ne sois pas intervenu.

19

— Mais je suis mort, fit Tristan d'un ton lugubre en enfouissant sa tête dans l'oreiller. Je suis mort ! Cette honte m'a fait mourir. Je ne suis plus un homme.

— Un homme a toujours raison d'être vivant.

— Papa ne parlerait pas comme ça.

— Papa est un homme d'une autre génération. Même moi, je ne le comprends pas. Tout ce qu'il dit sur la guerre, sur l'honneur et tous ces vieux trucs, c'est absurde. Moi, je suis très heureuse que tu aies eu l'intelligence de ne pas intervenir, que tu sois en parfaite santé et que tu aies arrêté ce sport stupide. Je t'assure, Tristan, tout va bien. Ce n'était pas un milieu pour toi. Tous ces bagarreurs un peu fous, ils avaient une mauvaise influence sur toi.

— Tu le crois vraiment ?

— J'en suis sûre. Consacre-toi à tes études. Regarde ton père, il est peut-être courageux mais il sait à peine lire et écrire et à son âge il est encore ouvrier.

— Contremaître ! fit Tristan.

Louise rit doucement et lui caressa les cheveux.

Et pourtant, pourtant Tristan n'avait pas le droit d'être lâche, justement parce que son nom était Tristan. Marcel et Louise, après beaucoup de tergiversations très référencées – Marcel proposait Joseph (Staline), Vladimir (Lénine), Vassili (Tchouïkov, vainqueur de Stalingrad), Maurice (Thorez), Louise préférait Victor (Hugo), Émile (Zola), Albert (Camus), et l'accord politico-littéraire avait failli se faire sur Louis (Aragon) jusqu'à ce que la proximité Louis-Louise n'enterre le projet –, s'étaient entendus, la veille de l'accouchement, sur Tristan, à la faveur d'un cousin très éloigné de la famille. Louise fit une recherche dans son dictionnaire des prénoms, qui indiquait que Tristan venait de Drystan, héros des légendes celtes à l'origine, semblait-il, connu grâce à l'histoire de Tristan et Iseut, amants légendaires tombés amoureux l'un de l'autre par un philtre magique qui allait les conduire à la révolte contre le roi et à la mort. Drystan signifiait « tumulte », « bruit », « révolte », ce qui inquiéta Louise et ravit Marcel, impatient d'engendrer ce héros de la révolution. Des décennies plus tard, lorsque la rigoureuse science des prénoms se fut affinée, Louise découvrit que les Tristan étaient en réalité, sous leur tumultueuse apparence, des êtres tendres et fragiles, « peu doués pour les études longues car ils aiment plutôt l'action », et cette idée de tendresse lui plut beaucoup, même si elle regretta de n'avoir pas choisi un prénom qui réussissait Polytechnique (mais à l'époque on ne savait pas !). En attendant ces précieux progrès, elle ordonna à son mari d'aller lui acheter *Le Roman de Tristan et Iseut*, qu'elle commença à lire avec les premières contractions et qu'elle finit sur la table d'accouchement, entre deux tressaillements, pendant les longues heures qui précédèrent l'enfantement, ce qui lui donna pour toujours une vision à la fois illuminée et douloureuse de l'ouvrage de Bédier, recueil en prose des divers fragments de poésie épique surgis du Moyen Âge. À l'issue de sa lecture et de son travail, alors qu'un bébé hurlant était emporté par une infirmière pour les premiers soins, elle commanda à Marcel d'aller déclarer sur-le-champ le jeune Tristan à la mairie, ce que le vieux communiste s'empressa de réaliser.

Et c'est ainsi que le mal fut fait. De même que Tristan

et Iseut burent le philtre magique, le bébé fut marqué du sceau impitoyable de l'héroïsme. Les textes étaient très clairs : Tristan avait les vertus morales – on lui « apprit à détester tout mensonge et toute félonie, à secourir les faibles, à tenir la foi donnée » –, Tristan était d'un indomptable courage – il tua de son épée l'infâme Morholt qui réclamait chaque année le tribut de trois cents jeunes garçons et de trois cents jeunes filles. Il faut bien avouer que, comme la plupart des chevaliers du Moyen Âge, il commit aussi une faute en trahissant le roi Marc pour l'amour d'Iseut, promise au roi, mais cela ne sembla pas si important à Louise, puisque après tout « sans faute il n'y a pas d'histoire », se disait-elle très raisonnablement. Mais la faute originelle, n'était-ce pas de faire de son fils un héros ?

Quoi qu'il en soit, les choses étaient claires : Tristan, fils de héros et descendant étymologique d'un héros, n'avait pas le droit d'être lâche. En abandonnant Bouli, l'adolescent avait mis à mal huit cents ans d'héroïsme légendaire et trente ans d'héroïsme communiste. C'était beaucoup, c'était trop, et on peut comprendre que le pauvre Tristan n'ose revenir, tremblant sous les regards ironiques ou courroucés de tous ceux – le quartier, la ville, le pays, le monde entier – qui connaissaient son infortune.

À sa grande surprise, sa classe n'était pas au courant. Il s'était attendu au pire, entrant rouge et suant dans le lycée, percevant les silhouettes comme à travers un brouillard de honte, et voilà que les élèves passaient à côté de lui sans le considérer, absorbés dans leurs conversations. À l'exception d'un ou deux gars qui vinrent lui serrer la main, surpris de son immobilité (« Tu joues au paratonnerre ou quoi ? »), personne ne le remarqua. Incroyable. Dans la classe, les regards n'avaient pas changé, personne ne le regardait de travers, et à la récréation comme à la cantine le midi, alors qu'il faisait tourner dans son assiette, un peu rasséréné, des nouilles à la fois aqueuses et rosies de sauce tomate, il n'y eut pas un mot pour lui signifier son expulsion de l'univers humain, pas une allusion, pas un sourire ironique.

PERSONNE N'ÉTAIT AU COURANT.

Une semaine plus tard, Tristan crut pourtant être démasqué lorsque Thomas, un petit maigre qui faisait profession de se tenir au courant de tout (ce qui lui garantissait un avenir, au choix, de journaliste, espion, informateur de police ou concierge), lui demanda des nouvelles de Bouli d'un air entendu. La langue de Tristan s'engourdit aussitôt.

— Il paraît qu'il a été salement amoché, dit Thomas.

Tristan hocha la tête.

— Le coma, c'est dur. C'est arrivé aussi au fils du proviseur après une chute à vélo dans l'Eure, il n'avait pas de casque, il est resté six jours dans le coma, tu imagines comme ses parents ont chialé.

Tristan hocha la tête.

— Tu sais comment c'est arrivé ? J'ai entendu parler de trois mecs qui se sont mis sur lui.

— Oui, articula péniblement Tristan, la langue collée au palais.

— Il était seul ?

— Oui... je... pense, crut s'entendre dire Tristan.

Thomas s'énerva.

23

— Si j'avais été là, putain, on leur aurait pété la gueule.

Tristan, sur le point de pleurer, s'écarta brusquement, ce que Thomas comprit avec une moue de discrétion. Bouli était l'un de ses meilleurs amis, presque un père pour lui, n'est-ce pas ?

Et ce fut tout. Pas d'autre juge pour Tristan Rivière que Tristan Rivière, autorité sévère mais aussi complaisante, s'accablant sincèrement mais, après une ou deux semaines, avec un soupçon de mauvaise foi, au fond soulagé de n'avoir pas eu d'autre tribunal que son père et lui-même. Tristan n'oublia pas, il n'oublia rien, et souvent il revoyait, plein de honte, la mêlée vénéneuse des quatre hommes. Mais mois après mois le souvenir recula, l'espèce de déprime qui l'avait saisi et qui tenait autant à sa réelle tristesse pour Bouli qu'à sa blessure narcissique, comme aurait dit un psychologue, s'estompa. Voilà : il n'était pas Tristan le héros, il ne l'avait jamais été. C'était triste, c'était minable mais c'était ainsi. De toute façon, les héros n'existaient plus, l'époque fabriquait juste des minables et des affairistes. Son père, c'était du passé.

En terminale, à la rentrée, Tristan remarqua une nouvelle venue au premier rang, seule à sa table, avec un air concentré et sérieux de bonne élève. Son visage était piqueté de taches de rousseur délicieuses, ses cheveux blond-roux. Il demanda qui elle était, sans que personne ne puisse lui répondre.

— Vous venez d'arriver ? demanda le professeur après avoir fait l'appel de son nom.

— Oui. Je viens d'Amiens.

Amiens ? Tristan ignorait tout de cette ville, hormis qu'elle se trouvait quelque part dans le Nord. En quelques jours, Séverine devint aussi célèbre que les plus jolies filles du lycée. Une nouvelle venue, une nouvelle usine à fantasmes pour les adolescents. Beaucoup tentèrent leur chance et la jeune fille sut les écarter avec le sourire, s'adjugeant de nouveaux fans et construisant sa réputation sur les échecs des garçons les plus séduisants. En classe, figé sur son profil, Tristan ne cessait de l'observer, se troublant dès qu'elle tournait la tête vers lui. Timide avec les filles comme dans la vie, il se montrait aussi peu audacieux que possible. Souvent, il regardait avec fascination l'attache de ses chevilles, qu'il trouvait d'un érotisme subtil, comme une intimité plus secrète que les habituelles cibles des adolescents. Il se plaçait à sa gauche, trois tables plus loin, et il l'observait. Il adorait son profil de trois quarts, ses oreilles, ses cheveux, la rondeur de ses bras découverts et donc l'attache de ses chevilles. Lui qui était si nul en langues, il aimait son accent lorsqu'elle répondait en cours d'anglais ou d'allemand, il aimait ses doigts qui couraient sur la page lorsqu'elle prenait des notes. Ils avaient échangé quelques mots banals, rien de plus. Elle devait savoir qu'il la regardait, cela n'avait pas l'air de la gêner. Mais il n'allait pas vers elle. Il souffrait chaque fois qu'un garçon la draguait tout en enviant l'audace de son rival. Ses sentiments le submergeaient, il sentait en lui un immense océan d'émotions, trop fortes, trop sincères pour pouvoir être exprimées, comme une honte dissimulée. Il avait toujours été ainsi : le contraire de son père, le contraire des garçons en vue, le contraire de ce qu'il aurait fallu être. Sans que personne ne puisse le deviner, sans qu'il puisse, comme certains timides, en jouer, car il dissimulait aussi sa timidité. Juste un océan d'émotions secrètes.

Après un mois d'observation, Séverine vint le trouver.

— Tu sais, Tristan, j'arrive d'Amiens et je ne connais pas du tout la ville. Tu ne voudrais pas me la montrer ?

Tristan tressaillit. N'était-ce pas là cet événement épique qu'on appelle *l'aventure* ? L'exploit du Morholt s'offrait à lui.

Il n'y avait pas grand-chose à montrer. Les usines Citroën n'étaient pas Notre-Dame et les logements sociaux de la Rose-des-Vents n'étaient pas le Louvre. À Aulnay, pensait Tristan, il n'y avait rien et il n'y avait même plus d'aulnes. Il y avait des garages, des voitures et des ouvriers.

— Je suis sûr que tu n'as jamais visité un garage.

— Non, personne n'a jamais eu une idée pareille, cela me manquait, fit-elle en souriant.

Comme Marcel était mécanicien automobile chez Citroën, Tristan avait entendu parler toute son enfance de voitures, et surtout des voitures Citroën. Il était né avec la DS 19 et l'Ami 6, son père l'avait élevé en lui expliquant que l'échec de l'attentat du Petit-Clamart contre de Gaulle s'expliquait par la résistance aux balles extraordinaire de la DS du Général, et Tristan avait compris grâce à cette éducation que la plus belle invention de l'homme au xxᵉ siècle était l'injection électronique de la DS 21 en septembre 1969 et que le plus grand artiste du monde était Flaminio Bertoni, le designer de Citroën. Et Tristan connaissait par cœur le moteur de leur voiture, la 2 CV, qu'il était capable de démonter et remonter les yeux fermés (ou presque).

Tristan choisit donc pour but d'excursion la concession Citroën d'Hervé Lemieux, l'ancien ami de son père, devenu patron et donc ennemi.

Ils marchèrent une douloureuse demi-heure pour s'y rendre. Douloureuse parce que le nerveux Tristan sentait bouillonner ses entrailles, d'où jaillissait parfois un appel angoissé. Il voulait si bien faire ! Il aurait tant voulu être spirituel et confiant, guidant la belle Séverine vers l'empyrée amoureux, la main sûre, le geste décidé, se penchant vers sa conquête pour l'emporter d'un baiser. Hélas, il fallait composer avec ses entrailles fumant d'angoisse, le poison de l'appréhension se faufilant jusque dans le secret de son corps, exhibant au monde sa timidité blessée.

Séverine, sans doute étonnée des silences de Tristan, dont les paroles jaillissaient par à-coups, entre deux craintes (« là, il ne doit plus y avoir que quatre cents mètres, je la vois presque… ») et deux rustines (« … au pire du pire, je peux lui dire que j'ai un truc à faire pour deux minutes et je me précipite vers le terrain vague, il est à peine à deux cents mètres, je le vois… »), alimentait la conversation, Tristan s'en tirant en lui posant des questions, toujours avec cette brusquerie d'une phrase brève entre deux flots intérieurs, sur sa vie à Amiens (« Et tes copines là-bas ?… Ah bon ? Et ton père a dû changer d'emploi… C'était pas trop dur de déménager ?…) jusqu'à ce que, sous la forme d'un gros bâtiment en plastique à l'esthétique hirsute et vert-rose, sur la gauche, de belles voitures chromées exposées à l'extérieur convoquant le client, surgisse enfin la délivrance de la concession Lemieux. Plus qu'un mot rapide (« Je vais chercher Hervé, attends-moi deux minutes, je reviens tout de suite ») lâché en s'enfuyant, une course angoissée pour dénicher des toilettes et l'autorisation d'y aller (« S'il vous plaît, s'il vous plaît, mon père est un ami de M. Lemieux ») et voilà que l'angoisse se déverse à grand bruit dans un immense immense soulagement. Mon Dieu ! Vite, vite, ne pas faire attendre Séverine, se laver les mains, boire un peu d'eau, reprendre son chemin dans le labyrinthe et sortir vainqueur, sourire rayonnant.

— Je ne l'ai pas trouvé. Mais c'est pas grave, je vais te montrer les modèles.

Comme il se sentait mieux, comme il était à son aise, débarrassé de sa crainte, se faufilant parmi les véhicules, la main de Séverine dans sa main (comment était-elle arrivée là ?), vantant les modèles Citroën les plus récents ! Il décrivait les Dyane, les Méhari, il détaillait les performances de l'Ami Super, avec son moteur de GS, il allait vers l'unique et suprême CX, qui rassemblait les révolutions techniques inouïes de Citroën, la suspension hydropneumatique, les quatre roues indépendantes. Cette CX, il n'y en avait qu'une dans tout Aulnay, c'était une voiture de bourgeois ! Et Séverine hochait la tête, stupéfaite, n'ayant jamais connu un garçon qui comptait la séduire ainsi, à coups de moteurs et de chromes, de notions incompréhensibles et mortellement ennuyeuses. Et Dieu sait qu'elle avait connu des tentatives de séduction – des soirées, des sorties à la mer, des guitares sur la plage, des feux de camp, des solitudes sous les étoiles : elle avait épuisé tous les clichés et elle avait succombé à certains (surtout la guitare). Mais la concession automobile ! Et pourtant elle ne s'ennuyait pas, elle s'amusait de voir son chevalier servant aussi passionné, aussi heureux d'étaler ses connaissances. Elle riait à le voir farfouiller sous les capots, la main noire de cambouis désormais, s'agitant comme un mécanicien aguerri.

— Regarde-moi ce moteur de 2 CV !

C'en était trop, elle éclata de rire devant Tristan décontenancé, qui se mit aussi à rire. Et alors ils s'embrassèrent, sans savoir trop comment, leurs lèvres soudain jointes, et il y eut aussitôt, pour Tristan, une immense douceur, un calme éperdu qui tombait sur lui. De sa main graisseuse il caressa le bras de Séverine et tout avait disparu, vraiment tout, garage, employés, clients, rue, tout son être absorbé dans la douceur et le silence de ce baiser. Juste un coin de ciel au-dessus de sa tête et la chaleur du corps serré contre lui, frémissant, avec cette langue qui le happait doucement, tandis que lui, comme un petit chat, pointait maladroitement sa propre langue. Et tout était pour le mieux dans le meilleur des mondes, tout était incroyablement parfait ! Et il se repaissait de son odeur, de sa présence, il éprouvait son corps à partir de ce seul contact, si prenant, si fort, si émouvant : deux lèvres qui embrassaient les siennes. Et lorsque Séverine se détacha de lui, il tituba légèrement (blessure du Morholt ?). Comme tout cela était bon ! Et comme il était bon ensuite de se promener sans peur, de toucher de ses mains laborieusement essuyées la chair douce et rousse, la chevelure si souvent détaillée, et de lui avouer combien il l'avait admirée pendant tout le mois, chaque heure, chaque minute, apprenant en retour combien ces regards l'avaient gênée puis intriguée puis émue.

Et comme il était bon de se séparer en sachant qu'on se reverrait le lendemain et qu'il suffirait de penser à l'autre sans arrêt pour supprimer l'absence. Doubler le temps effectif par le temps de la mémoire, doubler les minutes. Prolonger par une insomnie totale et pourtant heureuse, prendre sa douche et choisir son meilleur jean, se laver soigneusement les dents, se presser jusqu'au lycée, très en avance, alors que la cour est encore vide, et attendre l'instant qui vient. Et la voir arriver de très loin, sa silhouette gravée en lui par les journées d'observation.

Et trouver Séverine différente. Réticente à l'unique et rapide baiser, ne s'asseyant pas à côté de lui (« Non, pas pour travailler, je t'assure, je préfère »). S'étonner mais chercher les raisons les plus rassurantes. Et d'ailleurs, n'accepta-t-elle pas, comme soulagée, de prendre un verre après les cours ? C'est à ce moment qu'il eut l'explication, alors qu'il venait d'acheter deux roses, une rouge et une blanche.

— Tristan…

— Oui.

— Je peux te poser une question ?

— Bien sûr.

— C'est un peu gênant…

— Vas-y, rien ne me gêne venant de toi.

Séverine respira.

— En fait, on m'a raconté quelque chose sur toi hier soir et j'aimerais bien savoir…

Elle n'acheva pas sa phrase.

— Vas-y, je t'assure.

— Eh bien… voilà… il paraît que tu faisais de la boxe avant…

Tristan déglutit.

— Oui, j'en ai fait.

— Et on m'a dit… et vraiment, dit-elle d'un air nerveux, tendant ses mains comme si elle heurtait un obstacle, je ne sais pas du tout si c'est vrai…

Tristan pâlit et rougit.

— Je te répète juste, poursuivit Séverine, ce qu'on m'a dit… voilà… comme quoi tu aurais laissé tomber un de tes copains, qui était attaqué dans le métro…

Tristan pâlit et rougit, Tristan pâlit et rougit, Tristan pâlit et rougit puis il s'enfuit, abandonnant sa rose rouge et sa rose blanche.

2

Un adulte devrait toujours savoir boxer

— Putain ! Vous ne pouvez pas fermer une minute vos grandes gueules !

Il y eut un silence effaré et on ne sait si l'effarement venait davantage de ceux qui avaient entendu cette phrase que de celui qui l'avait proférée. Ce n'était d'ailleurs pas tant la phrase elle-même que l'explosion vocale d'un homme qui ne s'était jusque-là jamais laissé aller à une pareille vulgarité, qui avait toujours contenu sa colère et qui, à présent, en ce mois de février glacé et épuisé, avait abandonné toute retenue.

Cet homme, c'était Tristan, et les bouches bées qui étaient en train de s'arrondir sur un rire dangereux, mille fois plus dangereux pour la paix de cette classe que les incessants bavardages que le professeur excédé avait voulu interrompre, étaient celles des élèves. Et cela ne manqua pas. Il y eut d'abord une sorte de hoquet puis un premier rire, un deuxième, et bientôt toute la classe fut pliée devant Tristan, qui faisait des mouvements d'apaisement de la main, comprenant qu'il venait de céder sa meilleure carte, cette impassibilité qui dans les pires moments, parce qu'il semblait n'avoir aucune émotion et n'offrir aucune prise, l'avait précisément sauvé du pire.

C'est donc dans un collège de Vinteuil, en sa première année de professeur d'histoire-géographie, qu'il perdit son calme pour la première fois devant des élèves. Parce que finalement, malgré les incontestables avancées de la science des prénoms, Tristan n'avait pas été tout à fait inapte aux études longues. Il avait tout gravi par la moindre pente, se hissant péniblement, d'année en année, le long des couloirs de l'université Paris-VIII, bâtiment affreux et traumatisant de laideur qu'il ne pouvait pas supporter, contemplant sur les murs, les portes, les tables, les tags les plus ignobles de ses camarades, dans le brouhaha général de ce qu'il considérait comme la plus mauvaise fac du pays. Parmi toutes les universités existantes, elle avait pourtant le mérite, aux yeux de Marcel Rivière, d'être parée de quelques vertus révolutionnaires puisqu'elle avait été, avant son transfert à Saint-Denis, le centre expérimental de Vincennes où avaient enseigné Deleuze et Foucault, mais ce vernis révolutionnaire était terni par deux vices originels : 1) la révolution de mai 68 était une révolution bourgeoise dont les vrais communistes s'étaient éloignés (même si au fond Marcel lui témoignait une certaine tendresse refoulée), et 2) ce n'était pas une école d'ingénieurs. Car il va de soi qu'un ouvrier de Citroën voit s'agiter au-dessus de lui, tout là-haut dans le ciel des Idées, les *ingénieurs*, personnages d'élite (en général bourgeois mais pas toujours) parmi lesquels sont choisis les dirigeants d'usine, le dirigeant de Citroën lui-même, certes ennemi de classe – mais uniquement jusqu'au moment où un fils d'ouvrier comme

33

Tristan prendrait sa place. C'est pourquoi les véritables études, pour Marcel, étaient des études *d'ingénieur*, des études solides, techniques, de maths et de physique, qui permettaient de comprendre pourquoi les moteurs Citroën étaient les plus avancés au monde et comment on pourrait en inventer de plus avancés encore. Rien n'était plus prestigieux aux yeux de Marcel que le titre d'ingénieur, bien qu'il s'en défende en vantant *l'ouvrier*, mais la culture ouvrière, au début des années 1980, s'affaiblissait aussi vite que la culture communiste, toutes deux allant bientôt culbuter de la falaise.

Tristan, en plus d'être réfractaire aux maths et à la physique, n'était pas si enclin à prendre la place des *ingénieurs*. Il comprenait bien que pour contenter son père, surtout après une adolescence où il avait failli aux vœux paternels, il aurait dû emprunter cette voie, mais finalement Citroën et l'automobile en général ne lui paraissaient plus un univers aussi exaltant qu'il l'avait pensé dans sa jeunesse. En réalité, à l'exception d'un après-midi merveilleux, il n'avait jamais été très attiré par l'épopée de l'automobile et, s'il était capable de démonter et remonter les yeux fermés (ou presque) un moteur de 2 CV, il n'en voyait pas vraiment l'intérêt, d'autant que celui-ci était increvable. Et une carrière dans l'automobile n'était pas non plus la vie la plus exaltante qui soit, même si c'était pour dégommer les *ingénieurs* et installer en lieu et place le fils de Marcel Rivière.

Aussi s'inscrivit-il plutôt en fac d'histoire, parce qu'il ne savait pas quoi faire et parce qu'il était vaguement attiré par cette matière au lycée. Ce qui lui donnait la possibilité de passer ses journées loin d'Aulnay, qu'il aurait fui avec allégresse s'il avait pu se payer une chambre à Saint-Denis ou à Paris. Lorsqu'il réussit à mettre le pied à l'université, après d'effrayants labyrinthes administratifs, il fut à la fois dégoûté par les bâtiments, par la masse de ses condisciples et rebuté par l'aridité du programme, d'autant que chaque professeur commençait le cours en déroulant une énorme bibliographie, avec des auteurs dont il n'avait jamais entendu le nom. Honnêtement, les enclosures au xve siècle – siècle si vague, si reculé, si nébuleux qu'il n'imaginait même pas ce qu'il pouvait recouvrir...

Et puis vint Byzance, un matin d'octobre, quinze jours après la rentrée, alors que les amphithéâtres commençaient à se dégarnir et que Tristan, comme il en avait déjà pris la mauvaise habitude, pénétrait dans l'amphi en retard. Un petit homme en nœud papillon, d'une élégance désuète qui tranchait avec ses collègues en tee-shirt et jean, le fixait d'un air mauvais, comme si son retard était une insulte personnelle. Gêné, Tristan s'assit sur le premier siège venu, tira une feuille froissée de son sac et fit mine d'écouter attentivement. Le professeur poursuivit son cours et Tristan comprit qu'il était en train de parler de Byzance en l'an 1200. Byzance en l'an 1200... Il mit une demi-heure à comprendre que Byzance était en fait Constantinople et maintenant Istanbul et que ce n'était donc pas un de ces noms hiéroglyphiques disparus dans les abîmes du temps... Et voilà que la petite voix aigre du petit professeur entrait dans des subtilités – tel son père discourant sur l'injection de la CX – sur la dynastie des Anges (!) et sur l'état de déréliction de l'empire juste avant la conquête de 1204... et Tristan se

35

disait qu'il ne comprenait strictement rien mais que de cet océan de notions, de noms, dont émergeaient parfois quelques sonorités mythologiques (Richard Cœur de Lion, comme dans le dessin animé *Robin des Bois* !), émanait une sorte de poésie, le même envoûtement qu'il avait jadis éprouvé en lisant les mythes grecs. Tristan ne notait rien, il écoutait la voix aigre comme on écoute un conte pour enfant, un conte particulier, très aride et ardu. Il se retourna vers l'amphi. La plupart des étudiants étaient partis, quelques-uns dormaient, et une dizaine, comme lui, considéraient avec stupéfaction le petit homme, parti dans son délire byzantin, pythie des mondes disparus.

Et toutes les semaines, ponctuel, Tristan écouta le petit homme s'exprimer sans notes, et la dynastie des Anges allait de plus en plus mal, et Tristan ne comprenait pas davantage, sauf que ce cours avait crocheté en lui un appétit mystérieux pour ce qu'il pensait être le passé et qui était en fait, se dit-il plus tard, le Temps, l'implacable et immarcescible Temps, jamais plus sensible que dans les époques les plus lointaines, comme si l'on pouvait embrasser l'invisible et le révolu, l'encercler dans ses voiles impalpables. Au premier devoir avec le petit homme il obtint 5 sur 20 et au deuxième 7 sur 20. Il n'avait toujours rien compris et il était clair qu'il était incapable de rédiger les longues dissertations d'histoire. Peu importait. Tristan emprunta pour la première fois de sa vie un ouvrage à la bibliothèque, une histoire de l'Empire byzantin qu'il lut de A à Z puis relut, éclaircissant peu à peu la grande obscurité, et comprenant désormais mieux le propos de son professeur. Il se dit qu'il aurait dû le faire avant. Il persévéra. Il n'avait pas la moyenne à la fin du premier semestre et il savait que sa famille ne lui paierait pas un redoublement. Mais il était entré dans le monde bizarre du Temps : il sautait d'époque en époque, de la Grèce antique au Moyen Âge et à la royauté absolue, de la Chine à l'Empire arabe, et même si tout semblait se morceler davantage et se dissoudre à mesure qu'il pénétrait plus avant les *noms*, l'immense, l'infini domaine du savoir se dévoilait à lui. À la fin de l'année, il eut presque la moyenne et, à la condition de rattraper deux matières l'année suivante, il lui fut possible de passer.

Et ce fut ainsi. Lentement, sans éclat, Tristan Rivière poussa la roche sisyphéenne du savoir. Quelques professeurs finirent par discuter entre eux de cet étudiant besogneux et pourtant heureux, et ils pensèrent qu'ils allaient en tirer quelque chose, parce que en études comme dans la fable, c'est souvent la tortue qui franchit la première la ligne d'arrivée. Et la tortue poussa, poussa, elle se hissa par-dessus les obstacles du savoir, jusqu'au jour où un professeur dit à Tristan qu'il devrait passer un concours d'enseignement, peut-être pas l'agrégation mais le CAPES. Et Tristan, qui ne savait pas du tout ce qu'il pourrait bien faire de sa vie, songea que ce n'était pas une mauvaise idée.

Louise estima que fonctionnaire, « c'était bien », la paye était sûre, et les professeurs avaient les grandes vacances. Marcel, qui regardait Jacques Chancel à la télé, bougonna du fond de son fauteuil de retraité qu'« ingénieur, c'était mieux », mais Tristan le connaissait assez pour savoir qu'il frétillait intérieurement parce que son fils allait être *professeur*, et qu'on avait beau dire, *professeur* c'était quand même *professeur*.

— Ne t'inquiète pas, papa, je leur enseignerai la vraie Histoire, pas la déformation bourgeoise, plaisanta Tristan.

C'est ainsi que le fils d'ouvrier devint professeur, suivant une ascension sociale dont Tristan fut longtemps fier, jusqu'à ce que sa fille Julie lui explique, avec son ton froid et sec, qu'il n'y avait aucune surprise là-dedans, il était d'une génération qui avait connu l'ascension sociale par les études et si son cas était plus tardif (le début des années 1980), c'était en raison de l'âge avancé de son père. Elle-même, fille de professeur, achèverait sans doute l'ascension sociale, avec des études plus brillantes qu'une simple fac d'histoire, et tâcherait ensuite de maintenir ses enfants à l'intérieur de la classe sociale dominante. En fait, tout Français des années 2000 avait normalement des grands-parents ouvriers, paysans ou employés, classes surreprésentées dans la France des années 1940 et 1950, et s'ils n'étaient pas trop cons, ils étaient devenus bourgeois en une ou deux générations.

Mais Julie n'était pas encore là pour distiller ses propos acides et désenchantés, Tristan n'en était pas encore à vouloir à tout prix déceler l'amertume d'une âme sensible dans la vision d'acier de sa fille, il n'avait d'ailleurs pas encore l'âge d'entrer dans les perpétuels allers-retours entre passé et présent qui devaient ensuite le hanter, et alors qu'il se tenait debout devant les élèves hilares, quelques mois après sa réussite au concours du CAPES, sa nomination à Vinteuil, son premier salaire et son déménagement dans un studio au centre de la ville,

38

il ne pouvait vivre qu'au présent, absolument au présent, la bronca qui montait.

Et il la vivait en effet, cherchant comment la faire cesser, tâchant de rester impassible et de ne manifester aucune crainte. Il se demandait si les cris ne résonnaient pas à travers les couloirs du collège, détruisant sa réputation, ce pauvre et fragile capital des professeurs, rouge et suant face à la petite trentaine d'élèves dressés désormais devant lui, qui le mesuraient du regard tout en riant d'un rire sans joie qui invoquait seulement le combat, un combat sans risque, un combat dont ils étaient sûrs de sortir vainqueurs puisque qui battrait des rieurs ? Tristan ne savait pas comment s'en tirer. Il avait été nommé dans le plus mauvais collège de Vinteuil – mais il faut savoir, lui avait-on précisé, qu'il n'y a pas de bon collège dans la ville –, il avait hérité, en dernier arrivant, des pires classes et il n'avait pas été irréprochable dans ses débuts, trop lent ou trop rapide, trop difficile ou trop facile, alternant les mauvaises solutions avec l'obstination du débutant. Les classes étaient bruyantes, il les *tenait* mal (parce que dans l'Éducation nationale il fallait *tenir* sa classe) mais enfin il les tenait un peu. Celle-ci, il ne la tenait plus du tout, et la bronca montait encore. Deux mois auparavant, un garçon de troisième (1,90 mètre quand même) s'était rué sur la professeure de dessin tandis que les autres élèves ouvraient une arène en déplaçant les tables et en hurlant au combat. Tristan n'en était pas là, il le savait, mais putain, quand cesseraient-ils leur fausse hilarité et leurs vrais hurlements et comment les faire taire sans leur casser la tête à coups de chaise – solution contestable.

À ce moment, le principal – un petit homme sec – entra en trombe dans la salle.

— Qu'est-ce que c'est que ce chahut ? Je vous entends depuis mon bureau ! Cessez immédiatement ce vacarme !

Il n'y avait plus aucun bruit. Rien. Pas un murmure. Le dieu administratif était entré dans la classe. Chaque élève s'était rassis à sa place et contemplait, absorbé, son cahier. Certains suçaient avec application leur stylo. Ce n'était plus qu'une classe studieuse et sage. Un modèle.

Le principal Vandelle se retourna, regarda le professeur d'un air sévère.

— Je vous prie, monsieur Rivière, de tenir vos classes. Je ne vous le dirai pas deux fois.

Et il se retira, laissant derrière lui un sillage d'humiliation. On avait fait la leçon à M. Rivière et M. Rivière n'était plus. La classe, goguenarde, l'observait. Tristan avait l'impression que c'était fini et que cette fois sa réputation était bien morte et définitivement. En une phrase, le principal Vandelle avait scellé son cercueil. Le prof d'histoire était mort et enterré, on allait le harceler jusqu'à la fin de l'année et, en septembre prochain, toutes les classes se passeraient le mot pour recommencer.

Au conseil de classe du deuxième trimestre, M. Rivière affronta son tribunal. Il eut le sentiment qu'aucun élève n'était évalué alors qu'on faisait son procès en un tribunal sommaire. Chacune de ses remarques tombait dans une mer d'indifférence qui consommait sa chute et qui montrait bien en quelle estime le chef d'établissement et ses collègues le tenaient. Lorsqu'il disait d'un élève qu'il était « agité », une lueur sévère et méprisante s'allumait dans l'œil du principal tandis qu'un enseignant répondait : « Ah bon ? Chez moi il est très calme », avec un aplomb d'autant plus déconcertant que les murs tremblaient du vacarme de ses cours. Et les parents d'élèves se mirent de la partie, notant avec regret le « chahut » du cours d'histoire, sans prononcer son nom, ce qui le fit rougir d'humiliation. Et tous de le regarder d'un air désapprobateur, même les délégués, qui comptaient parmi les pires élèves, drapés dans leur dignité offusquée car enfin, n'était-il pas insupportable de devoir subir un professeur qui ne tenait pas sa classe ? N'était-ce pas une honte ? Ne devrait-on pas renvoyer des incapables pareils ? Et cette gentille mère d'élève, une Noire qui surgit à côté de lui alors qu'il était en train de ranger ses affaires après le conseil, et qui lui dit en tapotant son bras : « Costaud comme vous êtes, vous savez pas vous faire respecter ? » avec un sourire d'encouragement, comme on s'adresse à un débile mental, n'achevait-elle pas de dresser l'échafaud ?

Et le lendemain, bien entendu, la remarque des parents répétée à toute la classe, le chahut enfla. Il ne manquait plus que la diffusion à tout le collège de son statut d'intouchable et de DEN (Damné de l'Éducation nationale), pour que chaque cours devienne une horreur, qu'il parvint à limiter un peu, à peine armé d'un seau d'eau contre l'incendie, en distribuant comme un furieux (cette furie des perdants, des réprouvés) les heures de colle et les avertissements.

Voilà que la nouvelle vie tournait à l'ancienne, voilà que Vinteuil devenait Aulnay, toutes ces communautés où Tristan Rivière jouait le rôle du réprouvé parce qu'il n'avait pas su agir au bon moment, parce qu'il n'avait pas su être l'homme de la situation. Ce soir-là, il marcha dans la ville, entre les terrains vagues, dans la mer noire des banlieues, entre deux affaissements de maisonnettes et l'érection sombre d'une barre d'immeuble. Tout recommençait, sans aucune raison, alors qu'il n'était pas pire que les autres profs et qu'il ne se faisait pas moins respecter jusqu'au moment maudit où il s'était excité, soulevant ce bizarre et inusuel chahut, et où il avait eu la malchance de voir le principal entrer dans sa classe.

Il pénétra dans un terrain vague. Des formes s'élevaient au loin, maisons à moitié démolies. Il faisait très froid. Tristan voulait le froid et la solitude, il voulait la morsure, la sensation, tant il avait besoin à la fois de se faire mal et de se battre contre quelque chose, fût-ce le froid. Tout s'était mis à dérailler dans sa vie le jour où il avait abandonné Bouli. Depuis, rien ne marchait correctement parce qu'il avait perdu son honneur. C'était aussi simple que ça. Il avait perdu son honneur. Il était un ado normal avant, on le respectait et il savait se faire respecter. Et puis il y avait eu ce crime. Parce que c'était bien ça : un crime. Un de ces crimes cachés et inconnus qui n'ont qu'une conscience pour témoin et qui la détruisent à jamais. Son père, qui avait été son pire juge, l'avait traité de lâche mais les autres en avaient à peine parlé, à l'exception de Séverine. Lui seul savait : c'était un crime et depuis il errait, parce qu'il fallait qu'il paie. Il avait payé avec Séverine, il avait payé durant toutes ses années d'études en détestant l'université et ses camarades, en se tenant volontairement à l'écart, et voilà maintenant qu'il payait encore, malgré lui, alors qu'il avait espéré laisser derrière lui son crime.

Un cri monta d'une maison. Tristan tressaillit. Et puis il y en eut un autre, un gémissement de plaisir surgi du froid, et Tristan imagina les deux amants qui se cachaient là et qui avaient eu besoin de leur plaisir. Il porta ses deux mains glacées à sa bouche et souffla. Même son souffle était froid. Il y eut un autre gémissement. Il partit.

Le week-end, lorsqu'il passa rendre visite à ses parents, il avait pris une décision. Sa mère cuisinait un pot-au-feu, la viande de bœuf cuisait dans le bouillon, son père maugréait devant la télévision contre la traîtrise des socialistes et de leur démon Mitterrand qui abandonnait en rase campagne, deux ans après l'élection, toutes les promesses faites aux travailleurs…

Mais tout cela était attendu et il fallait surtout qu'il accomplisse sa décision. Il parla peu durant le repas. Sa mère lui demanda s'il était fatigué. Il dit qu'il avait du travail au collège, ce qui fit s'esclaffer ses deux frères (l'un était routier, l'autre conducteur de bus) venus avec femme et enfants.

— Entre deux vacances, tu peux bien bosser quelques jours.

Tristan ne releva pas.

Après le repas, il écourta l'après-midi en commun (la tarte aux pommes du goûter) pour se rendre à la Rose-des-Vents. Là, il tourna un peu en rond, pas parce qu'il avait oublié l'adresse mais parce qu'il hésitait soudain, se demandant si c'était une bonne idée. Puis il se dit que c'était encore de la peur et il poursuivit son chemin, jusque sous une barre d'immeuble. Et là, alors qu'une boule se contractait dans son estomac, le retardant au pied de l'immeuble, il le vit arriver, d'une démarche traînante qui lui fit mal. Il l'appela. « Bouli ! » L'homme leva la tête. Il l'observa avec méfiance un instant puis son visage se détendit : « Hé, le petit, c'est toi ? » Tristan, ému, hocha la tête. L'entraîneur, prématurément vieilli, avait grossi et blanchi et jamais on n'aurait vu en lui la terreur d'autrefois.

— Qu'est-ce tu fais par là ?

— Je suis venu te voir, Bouli.

Bouli hocha la tête, un peu surpris.

— Bonne idée, petit, bonne idée de rendre visite au vieux Bouli.

Il parlait bizarrement, avec lenteur et difficulté, comme les boxeurs qui ont pris trop de coups. Ou qui ont pris une vraie raclée dans un métro huit ans plus tôt.

— Tu n'es pas vieux.

— Trop vieux pour un... boxeur en tout cas. C'est l'heure de l'écurie pour le canasson.

Tristan serra les poings dans ses poches. Il avait à la fois chaud et froid.

Bouli le considérait.

— T'es deve... nu un monsieur, toi, dit-il.

Tristan portait des chaussures de ville, un jean et une veste sous son manteau entrouvert. Bouli, comme d'habitude, était en survêtement, avec de vieilles baskets.

— Tu fais quoi dans la vie ? demanda Bouli.

— Prof d'histoire.

Bouli siffla.

— Eh beh ! Si j'aurais cru ça... Professeur... professeur Tristan.

Que la pauvre cervelle abîmée se souvienne de son prénom fit presque pleurer Tristan.

— Ça fait plaisir, ça fait plaisir, poursuivit Bouli. S'occuper des jeunes, c'est ce qui y a de mieux. J'entraîne encore, tu sais. À mon rythme, disons…

Tristan ne savait pas quoi répondre. Il avait songé si souvent à ce moment. Il l'avait redouté, il l'avait désiré. Il avait cru qu'un jour il tomberait sur Bouli dans les rues d'Aulnay, par hasard, sans y penser, et que ce jour serait terrible pour lui. Et ce moment ne s'était jamais présenté. Alors il avait imaginé qu'il irait le trouver, qu'il lui demanderait pardon, il s'était représenté mille fois sa supplique. Il l'avait imaginé mais il ne l'avait jamais fait. Et huit ans avaient passé. Voilà qu'il se retrouvait devant lui, devant son honneur perdu, encore plus abîmé qu'il ne l'avait pensé, détruit en fait, boiteux et diminué, les mots hachés par sa cervelle démolie. Et il avait tellement honte qu'il ne savait quoi dire. Il n'y avait pas de mots.

— Bouli…

La lèvre inférieure de l'entraîneur pendait.

— Bouli… tu sais… dans le métro…

Il ne pouvait en dire davantage. Bouli le regarda sans comprendre.

— Quand je t'ai laissé tomber…

Le regard de Bouli était vide.

— J'ai été lâche, j'ai été un immonde lâche… je me suis enfui.

Il l'avait dit. Il baissa la tête.

— Pourquoi tu serais resté, petit ? Pour te faire casser la tête, toi aussi ? Pour devenir le vieux… canasson Bouli ? C'était des méchants, tu sais, des vrais méchants,

45

et moi j'étais taré à cette époque. Ils m'ont fait mal, ils m'ont fait très mal.

Une grande tristesse envahit le visage de Bouli.

— Ton histoire de lâcheté, c'est des conneries. T'as bien fait, petit, t'as bien fait. J'aurais... jamais dû t'entraîner là-dedans. Faut comprendre : j'étais taré.

— Moi, je m'en veux depuis ce moment. J'ai été faible, j'ai été lâche. J'aurais pu t'aider, on aurait pu s'en tirer à deux.

Bouli secoua la tête.

— Laisse tomber, petit.

Tristan voulait tout avouer.

— Dans la vie, il y a des âmes faibles et des âmes fortes. Moi, je suis une âme faible.

D'un geste tâtonnant, Bouli agrippa son épaule.

— Parle pas comme ça. C'est pas vrai. Je te connais, moi, Tristan. Je t'ai un peu élevé, mon gars. T'es un sensible mais t'es pas faible. Et puis ça veut dire quoi, une âme faible ? Pas besoin de faire tant d'études pour dire des conneries comme ça.

Sa main retomba. Il paraissait fatigué.

— Tu sais, petit, ce qui m'a fait mal... c'est pas que tu sois parti... ça, j'étais content... c'est que tu voies plus le vieux Bouli... alors là je suis bien content.

Son regard erra un peu.

— Le canasson est fatigué. Je vais y aller, petit... mais tu reviendras, hein, petit ? Tu reviendras voir le vieux Bouli ?

Tristan se mit à pleurer. Il avait honte des larmes mais les larmes coulaient. Alors Bouli le serra contre lui.

Le lendemain, la journée fut difficile. Indiscipline,

insolence, classes qui filent entre les doigts. Pourtant, le tourment ne fut pas identique. Quelque chose avait tourné. Un pivotement minime… ce n'était plus le même poids. Il avait demandé pardon et Bouli lui avait pardonné. Bouli lui avait pardonné depuis toujours. Bouli était grand parce qu'il avait pardonné un crime. Alors que sa lâcheté avait détruit un homme, ce même homme lui pardonnait. Bouli était une âme forte. Et contrairement à Marcel, il était grand, il avait la grandeur de l'indulgence et du pardon. Il était détruit et il ne lui en voulait pas.

Devant les classes qui faisaient leur numéro, Tristan ne s'énerva pas et surtout il ne les haït pas. Il n'était pas en colère, ce qui amoindrit beaucoup la joie féroce de la prise de pouvoir, il se contenta de distribuer calmement les punitions et il sentit dans chaque classe un léger étonnement, presque une déception, parce qu'il n'était pas à terre. Il se disait seulement que c'étaient des petits cons, que d'ailleurs il ne risquait rien et que si l'un d'eux voulait se battre, il allait vite voir à qui il avait affaire. Pas de danger qu'on lui fasse le coup de la prof de dessin. Et en effet, parce qu'il ne s'énervait pas, parce qu'il était juste ferme, la tension baissa dans les classes, qui se lassaient d'un assaut sans victime.

Toute la semaine fut ainsi. Le vendredi, Tristan était épuisé. Il était 16 h 30 et il avait envie d'aller prendre une bière avec quelqu'un. Mais il n'y avait personne. Les collègues plus âgés rejoignaient leur famille, les autres filaient sans faire attention au DEN. Tristan sortit dans la rue et se mit à marcher devant lui. Il marcha une demi-heure et soudain, mû par une impulsion subite, il entra dans un café, prit un annuaire et appela. Il posa une question, regarda sa montre et remercia. Il se hâta vers son appartement, où il enfila un survêtement et des tennis. Il ressortit, marcha rapidement un quart d'heure puis entra dans un gymnase. Là, il grimpa trois étages, leva la tête pour repérer une inscription et entra.

Il sentit l'odeur de sueur, il perçut les sons avant de voir les rings. Il s'arrêta. La salle était grande, avec deux rings bleus, dont un surélevé. Une belle salle. Défraîchie mais large et belle, avec des miroirs devant lesquels sautaient à la corde les boxeurs et des sacs qui rendaient des bruits mats. La séance n'avait pas encore commencé mais de jeunes gars s'échauffaient dont Tristan évalua aussitôt le niveau. Il se dirigea vers un homme âgé d'une cinquantaine d'années, trapu, cheveux gris, qui lui paraissait être l'entraîneur et il se présenta.

— Tu débutes ?

— Non, j'ai boxé il y a longtemps.

Puis il alla déposer son sac au vestiaire, retira son haut de survêtement et rentra dans la salle en tee-shirt. Il ne ressemblait à rien et il n'avait même pas de gants. L'entraîneur lui dit d'en prendre dans le casier. Lorsqu'il revint, l'homme donnait des conseils à un boxeur qui frappait dans un sac. Tristan repéra un compétiteur. Sa frappe était sèche, sa technique imparfaite. Il tapait fort mais seulement parce qu'il était fort. Le poids du corps manquait. Cela devait être le champion local.

— Monsieur Rivière ?

Un de ses élèves se tenait derrière lui, tout souriant. C'était le délégué qui avait assisté au conseil de classe. Un élève insupportable du nom de Dieuleveut.

— Vous savez boxer, m'sieur ?

Tristan haussa les épaules.

— Je reviens aux affaires.

— Quand je dirai ça aux autres…

Et il s'éloigna, toujours souriant, agréable. Le collège était un autre monde. Il alla trouver le boxeur qui s'entraînait au sac et il lui parla manifestement de son professeur puisque le jeune type se tourna vers lui, l'air surpris. Puis il revint au sac.

La séance commença par des échauffements. Tristan courait parfois mais il avait perdu l'habitude du sport et il souffrait. Il était là pour ça, pour se délasser de sa semaine, pour ne penser qu'à la sueur, et il était évidemment ennuyé de rencontrer Dieuleveut à la boxe. Ensuite, il fit un petit assaut, essayant quelques coups, quelques parades, retrouvant les réflexes. Il avait fait tant de boxe, et à un si jeune âge, que la technique restait gravée en lui.

— Viens faire un assaut, le prof.

C'était le jeune boxeur qui lui parlait du haut du ring.

— Je reprends la boxe. Une autre fois.

— Allez, viens, tranquille. Juste pour s'échauffer.

Dieuleveut l'observait. Tristan regarda le torse musclé du boxeur, hésita, puis il passa sous les cordes du ring.

— Je n'ai pas encore pu m'acheter de protège-dents.

— Tranquille, je te dis, répéta l'autre en sautillant.

Et en effet, il tapait vite mais sans puissance. Tristan se sentait ridicule avec son survêtement, emprunté dans ses déplacements, tout en éprouvant un certain plaisir à se retrouver sur un ring, en face d'un bon boxeur, et il tâchait de parer au mieux, ce qu'il parvenait assez bien à

49

faire. Puis il sentit les coups de son adversaire, sans doute agacé par ses parades, monter en puissance, et à un coup un peu fort, il fit un geste d'apaisement. À ce moment, un coup sec lui piqua le flanc, auquel il répliqua d'un direct plus appuyé. Le regard de l'autre se durcit et soudain l'assaut se transforma. Les coups devenaient durs, appuyés, et Tristan comprit qu'il allait falloir se battre. Il n'avait plus boxé depuis huit ans, il n'était plus en condition et l'autre était un boxeur entraîné qui voulait lui faire mal. Il aurait pu abandonner mais la colère le saisissait. Toute la colère qu'il n'avait pu exprimer pendant la semaine. Il venait pour se délasser du collège et voilà que de nouveau on l'agressait, de nouveau on le voulait à terre. Alors, il se mit à répliquer, avec une puissance un peu brouillonne. Les autres boxeurs les regardaient en hochant la tête. Certains riaient. Son adversaire lui faisait mal. Sa boxe était serrée, efficace, avec des coups secs et précis. À plusieurs reprises, Tristan fut cogné par des droites sévères. Il saignait. L'entraîneur aurait dû les arrêter, cela tournait mal. Tristan lança un direct imprécis et reçut en retour un crochet dans l'estomac qui le fit gémir. Et puis l'autre avança et commença à le marteler dans les cordes. Froidement, il lui assénait une correction. Rien de moins qu'un passage à tabac. Tristan le repoussa désespérément, glissa vers la gauche et là, tandis que l'adversaire envoyait un direct, il para de la droite et lança un crochet gauche de toutes ses forces, l'ombre de Bouli lui susurrant son éternel conseil (« tout le poids du corps, tu pivotes le pied comme si tu écrasais un mégot »), ses années de boxe se condensant dans ce seul coup, dont Tristan sentit tout de suite, avec

50

un mélange de haine et de peur, l'énorme puissance à l'impact contre la mâchoire, au craquement sinistre, conscient que l'autre était KO avant même de tomber à terre, les yeux révulsés, voulant même le rattraper dans ses bras pour empêcher l'inévitable et ne pouvant que contempler la mare de sang noir qui s'élargissait sur la toile bleue du ring.

Et c'est ainsi que Tristan Rivière devint l'enseignant le plus respecté du collège Pablo-Picasso. Lorsqu'il entra dans sa classe de troisième le lundi matin à 8 heures, s'apprêtant à revivre le combat de la semaine précédente, un calme irréel l'attendait. Au premier rang se tenait Dieuleveut, cahier de texte de la classe à la main, se levant à son entrée, presque au garde-à-vous, et donnant ainsi le ton à la classe entière, qui se dressa d'un coup comme une haie mécanique. À la stupéfaction absolue de Tristan, qui se demandait ce qui arrivait, bientôt persuadé que le principal avait pris les mesures les plus drastiques (garder les parents en otage ?), ce qui l'étonnait beaucoup de la part du méprisant Vandelle, le calme était total, les élèves disciplinés jusqu'à la caricature, les regards insolents désormais baissés avec crainte sur les cahiers, comme dans les images d'Épinal de la IIIe République. À croire que M. Rivière arpentait la classe avec une férule. Une forêt de doigts se levaient à la moindre question facile tandis qu'une étrange appréhension gagnait les rangs lorsque personne ne pouvait répondre, et chacun copiait avec application les phrases du professeur au tableau, en soulignant les titres au stylo rouge. Le silence était si total que Tristan en était gêné. À la fin de l'heure, les élèves notèrent les devoirs à faire, ce dont ils ne s'étaient jamais donné la peine jusqu'à présent. Et chacun ensuite de filer, murmurant un « Au revoir, monsieur » au professeur interloqué, jusqu'à ce que Dieuleveut, resté le dernier pour le cahier de texte et ne pouvant se retenir, s'exclame d'un air ravi :

— Comment vous l'avez fumé, m'sieur ! Vous l'avez tué d'un coup ! J'avais jamais vu ça, même dans les films !

C'était donc ça. Tout le collège pensait que le professeur Rivière avait tué d'un coup de poing Jean Poliako, champion du club de Vinteuil, et on pouvait faire confiance à Dieuleveut pour avoir transformé en combat épique l'accident du vendredi soir. En réalité, après une soirée inquiète près du téléphone pour avoir des nouvelles de l'hôpital, Tristan avait appris que le jeune boxeur s'était réveillé sans séquelles et rentrait chez lui en ayant pris l'irrévocable décision d'arrêter le combat, décision très rationnelle chez un compétiteur qui n'utilisait pas le poids de son corps.

À l'heure suivante, le même calme irréel, qu'aucun professeur n'avait connu, de mémoire d'homme, à Pablo-Picasso, régna dans la classe de sixième, où le récit de Dieuleveut avait fait de tels ravages qu'un petit, un des rares élèves sages, se mit à pleurer de peur en croisant le regard de son professeur-ogre. Alors Tristan, comprenant que l'affaire était définitivement réglée, descendit calmement de sa petite estrade, alla ouvrir la porte de la salle d'un air assuré puis se rassit sur sa chaise. Exhibant ainsi son triomphe, il savait que tous ses collègues seraient au courant en moins d'une heure et que le principal Vandelle montrerait bientôt sa face chafouine pour vérifier, stupéfait et ahuri, comme M. Rivière *tenait ses classes*.

Au mois d'avril, il retourna voir Bouli pour lui expliquer, dans son studio de la Rose-des-Vents, combien sa vie avait changé à la suite de ce crochet gauche. Le vieil entraîneur hocha la tête quand Tristan lui rappela l'écrasement du mégot. Il hocha encore la tête quand Tristan lui avoua qu'il trouvait tout cela minable. Au fond, les élèves avaient juste entériné la loi de la force, la loi la plus méprisable qui soit dans un établissement scolaire, doublée d'un élément très caractéristique, la rumeur. Il était autrefois Rivière-le-nul, le chahuté, et en l'espace d'un week-end de rumeurs et de racontars, il était devenu Rivière-le-tueur alors qu'il était le même et qu'il n'était ni meilleur ni pire professeur. Depuis le début de l'année, il avait fait de son mieux, il avait tenté d'imaginer les cours les plus adaptés, réfléchissant pendant des heures pour savoir comment enseigner la Révolution française, l'Empire romain ou la Première Guerre mondiale, tâchant de multiplier les exploits pédagogiques, en vain, et d'un seul crochet gauche, il avait transformé la Bérézina en Austerlitz. Les élèves étaient toujours à moitié analphabètes, leurs copies étaient toujours désastreuses et parfois incroyables (juste avant sa visite à Bouli, il avait noyé de rouge un devoir expliquant que la Première Guerre mondiale avait été marquée par la bataille du Chemin des Dames, bien nommée puisque des femmes y avaient tué des Allemands pour réclamer le droit de vote qu'on leur refusait), mais en cours au moins, ils travaillaient et lui assuraient la paix.

Porte ouverte toujours pour montrer à tous ces faux-culs de profs qui il était.

Bouli sourit et lui tapota l'épaule.

— Viens.

Bouli enfila un blouson, descendit l'escalier, Tristan à sa suite, puis boita dans les rues du quartier jusqu'à un jardin. Il faisait encore frais en ce mois d'avril mais le soleil brillait avec éclat ce jour-là. Bouli s'assit sur un banc.

— Regarde, dit-il en offrant d'un geste, comme un seigneur, le jardin devant lui.

Tristan regarda et il vit un cerisier dont les fleurs s'épanouissaient en un halo mauve. Il referma le col de son manteau. Ils restèrent longtemps, baignés de soleil, à contempler l'arbre. Ils étaient seuls, silencieux, et peut-être pour la première fois depuis l'événement, Tristan se sentit vraiment en paix. À un moment, le soleil était si bon qu'il ouvrit son manteau. Ce fut son seul mouvement. Ils contemplaient le cerisier en fleur. Ce ne fut pas la moindre leçon de Bouli Damiel.

TRENTE-HUIT SECONDES ET TOUTE UNE VIE

1

Les trois vies possibles de Tristan Rivière

Tristan Rivière, maire de Vinteuil, affirmait toujours qu'il avait eu un jour trois vies possibles, toutes trois présentées en même temps à son choix (ou à son absence de choix), et il interrogeait ses interlocuteurs pour savoir si le même choix (ou la même absence de choix) s'était présenté à eux. Mais la plupart répondaient que le choix n'était pas si net, que les choses s'étaient faites ainsi, sans trop y penser, par une suite de micromouvements, par l'orientation immobile et pourtant décisive des jours, l'un après l'autre. D'autres avançaient qu'ils avaient senti ce moment, un peu obscurément bien sûr, car personne n'est jamais dans la pleine clarté du choix vital, personne ne choisit sa vie dans la conscience éclatante de l'avenir. Et Tristan, se rengorgeant, disait que les possibles de sa vie s'étaient étoilés en l'espace de trente-huit secondes, pas une de plus pas une de moins, et qu'en trente-huit secondes le temps s'était concentré, les petites flèches des trois vies s'étaient dessinées devant lui avant de se résorber aussitôt parce que le choix était fait.

Et si ce choix s'était fait si vite, ce n'était pas parce qu'il avait fait preuve d'une rapidité de décision sans pareille, c'est parce que l'instant qui se jouait alors s'était déjà joué mille fois, c'était que l'instant, dans son inaltérable présence, dans sa cruelle unicité, était démultiplié par les innombrables passés qui se logeaient en lui. Mais cela, Tristan ne pouvait l'avouer, puisqu'il aurait fallu parler de Marcel, de Bouli, d'un certain dimanche, de Séverine, de beaucoup d'échecs et de tristesses. Il avait juste le droit de raconter les trente-huit secondes. Le droit et le plaisir. Trente-huit secondes, ce n'est pas long. Pourtant, dans la bouche un peu complaisante de Tristan Rivière, c'était assez long, surtout si on l'écoutait pour la millième fois, comme Marie Rivière, femme du maire de Vinteuil. Mais comment Marie aurait-elle pu se lasser de ces trente-huit secondes ?

Vie n° 1

Tristan enseignait depuis un an et demi à Vinteuil dans la plus merveilleuse quiétude lorsqu'il fut invité à dîner à Montmorency, petite ville du nord de Paris, chef-lieu de canton du Val-d'Oise, que l'univers entier envie aux Montmorencéens puisqu'ils ont la double chance de cultiver ces petits fruits acidulés qu'on appelle cerises de Montmorency et d'avoir côtoyé, pendant six années, Jean-Jacques Rousseau, il y a quelque temps de cela. Comme il n'avait pas de voiture, il s'y rendit par un long, un interminable trajet en bus, en métro puis, à partir de la gare du Nord, en train. Le couple qui l'invitait, Frédéric et Sonia, était des collègues de Pablo-Picasso avec qui il avait sympathisé. Tristan les appréciait, ils enseignaient tous les deux la biologie, s'entendaient bien et tout chez eux respirait une quiétude rassurante, presque étrange. Tout allait bien. Rien n'était inquiétant. Les objets mêmes semblaient parés de cette quiétude : pas d'angles, pas de surfaces dures ou tranchantes. Sonia, une Libanaise, était d'ailleurs, à trente-deux ans, toute en rondeurs, avec des yeux voluptueux qui laissaient Tristan songeur.

— Blanc ou rouge ? demanda Frédéric.

— Comme tu veux.

— C'est toi l'invité, c'est toi qui choisis.

Tristan hésitait.

— T'as pas l'air très décidé comme gars ! dit Frédéric.

— Encore pire que tu ne le crois.

— Alors ?

— Rouge.

Dès qu'il énonça son choix, Tristan le regretta. Le dîner fut un dîner de profs, c'est-à-dire qu'ils parlèrent de collègues et d'élèves. Et puis Sonia demanda en le regardant droit dans les yeux (n'y avait-il pas une profondeur rare dans ce regard, une double dimension du réel et du rêve, comme si elle rêvait d'une autre scène en vous contemplant ?) si Tristan avait une amie.

— Non, pas en ce moment.

— Pas en ce moment ou jamais ?

— Pas souvent, en fait.

Elle sourit.

— Tu n'aimes pas les filles ?

— Ou les filles ne m'aiment pas.

— Allons, un joli garçon comme toi, un boxeur si costaud.

59

— Les filles n'aiment pas la boxe, dans ce cas.

— C'est vrai que moi, j'aime la douceur.

Et elle s'étira comme une chatte.

— Tu vois…, dit-il.

— Oui, mais les boxeurs peuvent être doux. Durs sur le ring et dans certaines situations (elle rit), doux de caractère.

La conversation gênait Tristan. Cela lui rappelait trop que Flora, Nathalie, Sophie, Anne, en quatre années d'études, avaient été des conquêtes éphémères, laides et sans amour, qui lui avaient toutes laissé le goût amer (Flora très littéralement car son sexe avait un goût amer et un peu répugnant) de quelques coucheries sans éclat, quelques verres dans des bars, un ou deux restaurants d'étudiants et trois cinémas qui permettaient de ne pas se creuser la tête à discuter. Nathalie avait représenté un après-midi agréable dans le parc du château de Chantilly, très ensoleillé ce jour-là, des baisers rieurs et l'illusion qu'il allait tomber amoureux de cette grosse fille aux cheveux filasse. Chez elle, la vision de son joli sexe et de sa peau laiteuse (et de ses plis de graisse), l'excitation de la rencontre, un baiser langoureux pour se dire au revoir avaient prolongé l'illusion, tout ça pour qu'elle l'appelle en lui disant que c'était finalement une erreur et qu'elle préférait rester seule, avec une voix si froide, si lourde d'ennui (il n'y avait pas de SMS à l'époque, malheureusement pour elle)… Quant à Sophie ou Anne, il avait été regrettable qu'elles lui plaisent si peu et qu'il se sente néanmoins obligé de coucher avec elles, un peu par politesse puisqu'il était en train de les draguer, et beaucoup parce qu'il lui semblait de son devoir le plus élémentaire de coucher avec une fille : il avait l'impression d'être le seul étudiant au monde avec deux bras et deux jambes à ne sortir avec personne.

D'où sa gêne en face de la voluptueuse Sonia, d'autant qu'il venait de comprendre pourquoi il appréciait ce couple. Pas du tout parce qu'ils étaient gentils et apaisants, pas du tout parce que les habitudes du collège les avaient rapprochés, mais parce que Sonia était absolument excitante, totalement aguichante, au point que, l'alcool aidant, Tristan l'imaginait se déshabiller devant lui en montrant ses gros seins lourds.

Mais elle ne se déshabilla pas devant lui (événement finalement assez rare durant les dîners en ville), il n'eut pas le bonheur des seins et du sexe révélés, et après le chemin de traverse sur les boxeurs, la douceur et la dureté, ils reprirent la conversation sur les collègues et les élèves, avec là encore un goût vague d'inachevé qui ne lui sembla pas de son seul fait.

Après la chaleur de l'appartement, Tristan retomba dans la rue froide et obscure – c'était comme traverser la prunelle de Sonia et passer du rêve dissimulé dans son regard à la décevante réalité de l'observation. Puis il se secoua de ses illusions et se prépara à affronter l'interminable trajet de retour. Il alla jusqu'à la gare et comme, en habitués, ils avaient consulté les horaires, il n'eut pas à attendre longtemps le grincement du train vers la gare du Nord.

Il monta dans un wagon presque vide, à l'exception d'un homme d'une quarantaine d'années, d'une femme d'âge mûr et d'un vieillard. Il s'assit. La sonnerie du départ retentit. Une jeune femme en jupe courte, maquillée, revenant manifestement de soirée, monta au dernier moment. Encore excité par la présence de Sonia, Tristan détailla la silhouette puis le profil de la jeune femme, qui finit par s'asseoir. Deux arrêts plus loin, cinq jeunes entrèrent. Ils s'installèrent en prenant leurs aises, s'interpellant. Les autres voyageurs détournaient la tête d'un air désapprobateur tandis que les cinq gars s'échangeaient des bières.

— Vas-y, passe-m'en une, il fait soif ici.

— Normal, y a une bombe irradiante. Ça chauffe.

Les regards convergèrent vers la jeune femme, qui fit mine de ne pas avoir entendu.

— Comme tu dis, c'est une bombe, dit un des jeunes en s'essuyant le front irradié par ladite bombe.

— Ça chauffe trop.

— Moi, ça me chauffe trop les couilles.

Tristan tourna la tête vers celui qui venait de prononcer ces mots. Un rouquin malingre, grêlé d'acné et de taches de rousseur.

— Hé, mademoiselle, j'te cause, dit le rouquin en s'adressant à la jeune femme.

Pas de réponse.

— C'est pas poli, elle m'écoute pas.

— Clair, elle est pas polie.

— Les jeunes ont pas d'éducation de nos jours. I zécoutent pas.

— Mademoiselle, mademoiselle, on a trop chaud, là. La sueur coule. Vous êtes trop une bombe atomique.

Le rouquin se leva et alla la regarder de près.

— Putain, ça chauffe trop. C'est nucléaire.

— C'est Tchernobyl.

Rires.

— Tu me donnes ton numéro ? dit le rouquin en saisissant le visage de la fille et en le tournant de force vers lui.

Tristan se sentit rougir. Il lança un regard aux autres voyageurs, qui gardaient la tête obstinément figée dans la direction opposée. Le pire cauchemar. La situation avec Bouli se répétait et cette fois il était adulte, il était parfaitement conscient de ce qui se passait. Mais les gars étaient cinq, et il se rappelait ce que trois assaillants avaient fait à son entraîneur.

La jeune femme se leva brusquement et tenta de s'éloigner.

— Faut pas partir, mademoiselle. On a pas fait connaissance.

— Lâchez-moi, dit-elle sèchement.

Le train ralentit à la gare suivante. La jeune femme se jeta sur la porte, appuyant frénétiquement sur le bouton d'ouverture des portes.

— Eh, elle va tout casser. C'est pas bien, ça, mademoiselle.

Tristan frissonna. Dans la voix calme, il avait reconnu la menace. Il savait que celui-là, un brun aux mâchoires abruptes, le plus large et le plus fort de tous, était aussi le plus dangereux. L'homme posa sa paume sur la main de la jeune femme qui s'escrimait. Elle le regarda avec des yeux affolés. La porte s'ouvrit. La femme se précipita au-dehors dans la nuit, alors que le train n'était pas encore immobilisé, mais l'autre l'agrippa à la taille et la retint. Elle cria. Les quatre autres sautèrent aussi du train, l'accrochèrent également. Elle fut engloutie.

Ce ne fut qu'un instant. Quelques secondes. Tristan se leva de son siège, hésita et, tandis qu'il hésitait, la sonnerie du départ retentit et la porte se referma. Debout contre la vitre, il vit, sans l'avoir voulu et en l'ayant choisi, la jeune femme se faire entraîner vers les broussailles, dans l'ombre la plus dense de la gare. Il se retourna vers les autres témoins. Tous détournèrent les yeux.

À l'arrêt suivant, Tristan descendit et chercha un téléphone pour appeler la police. Il savait que c'était trop tard. Il appela néanmoins. Une voix de femme lui répondit. Il dit qu'une femme se faisait sans doute agresser. Il donna le nom de la gare.

— Vous y êtes ?

— Non, un arrêt plus loin.

— Comment savez-vous qu'il y a une agression ?

— Je l'ai vue, par la vitre du train.

— Quand ?

— Il y a cinq minutes. Cinq types qui entraînaient une fille d'une vingtaine d'années.

— Un groupe d'amis, peut-être.

— Non, je suis sûr.

— Comment savez-vous ?

— J'ai vu. Je vous assure que j'ai vu. Ils étaient dans le train.

— Dans le même wagon que vous ?

Tristan hésita.

— Oui.

Il y eut un silence.

— J'envoie une voiture.

La voix, soudain, lui parut glaciale.

Il l'avait fait. Une nouvelle fois, il l'avait fait. Il n'y avait

64

pas de témoin mais le même juge qu'autrefois allait le condamner, avec une sévérité accrue puisqu'il y avait récidive.

Le lendemain, Tristan acheta les journaux locaux. Il parcourut les pages une à une, reprit l'ensemble. Aucune nouvelle. Il retourna à la gare où la jeune femme avait été agressée. Tandis qu'il faisait la queue au guichet, son cœur battait, attendant de la guichetière à l'air sévère assise sur son siège le verdict de son procès. Il expliqua qu'il était dans le train, hier – sa voix faiblit –, et qu'il avait eu l'impression d'une bagarre sur le quai. Le regard de la femme était immobile. Plusieurs jeunes avec une femme, précisa-t-il.

— C'était à quelle heure ?

— 11 h 30 environ.

— Tous les guichets sont fermés à cette heure. Je ne sais pas de quoi il s'agissait mais de toute façon il n'y avait personne.

Il voulut poser d'autres questions mais déjà le regard de la guichetière le traversait, son temps était fini. Il rebroussa chemin.

Le lundi, Sonia lui demanda s'il était bien rentré. Il hocha la tête. Elle dit qu'elle n'aimait pas prendre le train le soir (et ses yeux voluptueux se voilèrent), qu'il y avait souvent des problèmes et qu'une fois le train s'était arrêté parce qu'on tirait sur les wagons au fusil, puis il était reparti, sans qu'on sache jamais d'où venaient les coups de fusil.

— J'ai entendu parler d'une agression dans ce train, dit Tristan d'une voix sourde. Un viol, je crois.

— Quand ça ? fit Sonia d'un air effrayé.

— Je ne sais pas exactement. On m'en a parlé il n'y a pas longtemps, mais ça s'est peut-être passé il y a un mois ou deux. La fille a été agressée dans le train et ils l'ont entraînée à l'extérieur. Pour la violer.

— Mais c'est affreux ! Il n'y avait personne dans le wagon ?

— Si, je crois. Plusieurs personnes, dit Tristan.

— C'est vraiment répugnant. Comment peut-on rester les bras ballants alors qu'une fille se fait violer ? Ça me dégoûte.

Pour la première fois, la douce Sonia s'énervait et chacun de ses mots remuait douloureusement l'âme de Tristan.

— Ils ont sans doute eu peur, murmura-t-il.

— Peur ? releva Sonia. Bien sûr qu'on a peur. Mais on intervient quand même.

— On ne sait pas. On ne sait jamais tant qu'on n'est pas en situation.

— Toi, tu ne serais pas intervenu ?

— Je ne sais pas.

Sonia sourit.

— Je sais que tu serais intervenu. Je n'ai aucun doute là-dessus. Tu ne te connais pas, Tristan, dit-elle en lui prenant le bras. Moi, je suis sûre que tu leur aurais pété la gueule. Et j'ajoute que j'aurais été heureuse d'être là pour le voir.

Tristan pâlit. Comme la sonnerie retentissait, il en profita pour rejoindre ses élèves. Bien qu'il ait parfois du mal à trouver ses mots, les habitudes, en classe, reprenaient le dessus et il parvenait à oublier. Mais dès qu'il fut sorti du collège, de nouveau la honte l'assaillit et il

66

se mit à repenser à la scène, à sa paralysie, à sa volonté empêchée d'intervenir. Il aurait suffi qu'il ameute les autres témoins, qu'il agisse. Il se voyait se lever, appeler les autres, songeant en particulier au type de quarante ans, qui aurait pu l'aider. À deux, c'était suffisant, ils les auraient découragés, puisqu'au début la bande ne pensait qu'à provoquer. C'était juste que cela s'était mal emmanché, les choses avaient mal tourné, à cause de l'alcool, de l'excitation. Ils auraient pu calmer tout ça, à deux, juste à deux, avec le soutien des deux témoins restants. Il fallait seulement que les autres ne détournent pas la tête, cela suffisait. Ou qu'ils se lèvent, c'était encore mieux. La femme sans doute, les femmes étaient souvent plus courageuses que les hommes, elle se serait levée, pas pour se battre mais pour les soutenir. Cela aurait fait masse. Ou bien (et tout d'un coup la scène fantasmatique changeait, Tristan se retrouvait en son cœur, comme un décor qui pivotait), lui se serait levé, seul, et il aurait pris à partie le plus fort d'entre eux, ce brun à l'air dangereux, il l'aurait saisi par le blouson et il lui aurait fait comprendre qui il était. Et si le gars s'était rebellé, il l'aurait abattu comme il avait abattu le boxeur, sur le ring, d'un seul coup. Dans les combats de rue, le premier coup était le plus important, il le savait, Bouli l'avait mille fois répété, il fallait casser tout de suite, en y mettant toute sa force. Et là, le visage de Tristan, le visage engoncé dans sa rêverie d'un autre monde, d'un autre être, d'une autre temporalité (n'y avait-il pas une autre dimension où les événements se recréaient, revécus, réécrits, enfin conformes à la morale et à l'image qu'on a de soi ?), yeux perdus dans le vide, se crispait soudain, au moment où son poing s'écrasait sur le violeur. Et il poussait alors un grognement sourd car ce n'était qu'un fantasme, la pure rêverie de sa lâcheté, aspirant à corriger les erreurs et à inverser les faits.

Toute la nuit, il se retourna dans son lit, incapable de dormir, car ce qu'on pouvait au moins lui reconnaître, c'est qu'il n'oubliait pas et que sa culpabilité le poursuivait.

Il ne s'accordait pas d'excuses et surtout aucun pardon. Le lendemain, après les cours, il se rendit au commissariat de police d'Épinay. Il remplit un formulaire, attendit deux heures dans une salle jaune pisseux bondée de personnes qui patientaient, amorphes, écrasées. Pour la plupart, des êtres au visage cabossé, jeunes ou vieux, qui se dressaient de temps à autre avec des mines excédées, avides de déclarer leurs conflits de voisinage, leur vélo volé, leur agression, avec tous ce même air précoce d'usure et d'énervement. Comme des animaux battus qui n'ont plus qu'une agressivité d'apparence et qui sont en fait vidés de toute force. Et puis on l'appela.

Un policier en uniforme le précéda dans son bureau. Il s'assit devant ses casiers métalliques et sa machine à écrire et le regarda sans rien dire.

— Je voudrais déclarer un viol, dit brusquement Tristan.

Le policier se redressa un peu, inséra une feuille dans sa machine et tapa quelques mots. Ses mains étaient énormes et brunes, des mains de boucher.

— Passez-moi votre carte d'identité.

Tristan fouilla dans sa poche et la tendit, avec une réticence qu'il ne comprit pas, jusqu'au moment où il se rendit compte qu'il était gêné de donner son nom, de fixer la scène dans la réalité, avec un temps, un lieu et l'identité du témoin, qui le signalait et l'accusait.

Le policier tapa les données sur sa machine. Il avait l'air de s'ennuyer.

— Cela s'est passé quand ?

Tristan indiqua la date.

— Et vous avez été témoin du viol ?

— Oui. Enfin, pas vraiment témoin, je n'ai pas tout vu.

— C'est-à-dire ?

L'air d'ennui venait notamment de la pesanteur des paupières, qui semblaient prêtes à se clore dans l'endormissement du soir.

— J'étais dans un train, donc je n'ai pas vu le viol. Le train partait.

— Mais vous êtes sûr qu'il s'agissait d'un viol ?

— Dans le train, une jeune femme a été attaquée par cinq personnes. Cinq jeunes. Ils l'ont entraînée dehors, sans doute pour la violer.

— Donc vous avez été témoin d'une agression et vous supposez que cette agression s'est terminée par un viol. C'est ça ?

— C'est ça. J'en suis quasiment sûr.

— Vous parlez d'un train. Il s'agissait de la gare d'Épinay ?

— Oui.

Le policier, perplexe (et Tristan lui était reconnaissant de cette perplexité, qui introduisait un peu d'humanité dans l'indifférence routinière et administrative qui lui faisait face), fouillait dans ses papiers. Il se leva et disparut un instant, sans rien dire. Puis il revint.

— Je n'ai aucune trace de plainte. Aucun signalement de désordre.

— J'étais là. Et j'ai vu ce que j'ai vu.

— Je dis pas le contraire.

Les énormes mains se placèrent de part et d'autre du clavier.

— Il y avait cinq jeunes, à peu près de mon âge. Il y avait cette femme. Et puis il y avait quatre passagers dans le wagon, dont moi. Les cinq types sont montés, ils ont tout de suite parlé à la fille, puis ils l'ont touchée. Elle a voulu descendre, ils l'ont saisie et sont descendus avec elle. Je l'ai vu.

Tristan entendait le cliquètement de la machine.

— Vous connaissez les autres témoins ?

— Non. Personne n'a rien dit.

Le policier releva la tête du clavier.

— Personne n'a rien dit ?

— Non.

Cela semblait lui poser problème. Pas le troubler, non, puisque rien sans doute ne le troublait, mais ce silence lui posait problème. Les témoins avaient regardé, ils avaient laissé faire et ensuite ils n'avaient rien dit. Et puis ils étaient partis chacun de leur côté. Tristan voulut expliquer.

— Nous avions honte, nous n'avions pas bougé, dit-il doucement.

Le policier hocha la tête sans répliquer.

— Je suis descendu à la gare suivante, pour prévenir la police.

L'homme se leva de nouveau, disparut et revint cinq minutes plus tard. Il se rassit lourdement.

— Oui, un appel téléphonique a bien été passé. Une patrouille s'est déplacée jusqu'à la gare mais elle n'a rien signalé d'anormal.

— Rien d'anormal ?

— Je pense qu'il ne s'est rien passé de grave. Ils ont dû lâcher la jeune femme après l'avoir ennuyée un peu. Cela peut faire peur mais manifestement ils ne lui ont rien fait.

Tristan hocha la tête. Il dit qu'il préférait laisser une déposition. Qu'il voulait une trace écrite. Et le policier tapa la déposition avec application (et une quinzaine de fautes d'orthographe), en signant à la fin et en demandant à Tristan de signer. Le nom, la signature, la trace, tout y était. Cette fois, l'aveu était fait.

Il n'y avait plus qu'à sortir et à courber la tête sous la pluie, tandis que le policier refermait la porte de ses énormes mains.

Il n'y avait plus qu'à rester dans le souvenir de cette jeune femme inconnue, définitivement anonyme, dont Tristan ne sut jamais quel avait été le sort ce soir-là.

Par moments, il voulait croire le policier, et plus souvent il se disait simplement que la voiture de police était arrivée trop tard, que le viol avait été consommé, ou que la victime avait été entraînée ailleurs. Et de toute façon, quelle qu'en ait été l'issue, Tristan avait reçu pour châtiment de revoir éternellement la scène du train et de rester figé dans le rôle du témoin impuissant. Et ce rôle-là, il savait qu'il l'occuperait toute sa vie et que, même s'il était le seul à le savoir – ne devrait-on pas afficher le nom des lâches au fronton des mairies ? –, il demeurerait à jamais, dans l'éternel retour du souvenir, Tristan-le-lâche.

Des cours de philosophie qu'il avait reçus en terminale, il ne lui restait rien, à l'exception d'un mythe qui l'avait marqué : l'éternel retour de Nietzsche. L'idée qu'il faut penser notre vie à jamais répétée, dans les siècles des siècles, chaque jour revenant sans relâche, avec son bonheur comme son malheur, de sorte que tout en vient à prendre une terrible gravité, puisque chaque action que nous accomplissons sera infiniment reprise. Eh bien, lui, Tristan, revivait l'éternel retour à l'échelle d'une vie, il subissait l'éternel retour de l'agression du train, jour après jour, et il avait beau se représenter mille possibles, imaginer toutes les autres conclusions envisageables, il fallait bien, à la fin des fins, qu'il en revienne à l'immuable et affreuse conclusion : il n'avait pas bougé. Et il savait que cette scène était elle-même le retour de la scène originelle, l'abandon de Bouli, qui lui avait déjà donné l'occasion de choisir son rôle sur la scène du monde, en termes inexorablement tranchés. Et comme la vie, dans son espace de temps à la fois long et bref, pouvait aussi se comprendre comme un retour du même, crispé autour de quelques actions, quelques amours fondamentales qui semblaient se répondre en miroir, avec cependant la possibilité d'un choix différent, Tristan avait eu un jour la chance d'effacer la faute originelle, de donner un autre possible à son existence. Et il ne l'avait pas saisie, ou plutôt il avait très exactement choisi la lâcheté qui correspondait, se disait-il, à son être profond, de sorte qu'il avait aussi choisi, embrassant le jumeau de vie qui correspondait à son acte, le malheur, l'obscurité et le remords d'une existence fautive.

Et cette vie n° 1, ce fantôme bloqué de son être, allait

suivre son chemin fantomatique et vain, le chemin du réprouvé. Un chemin souterrain, car personne ne verrait jamais Tristan cloué à la croix de la faute comme sur une représentation du Moyen Âge, mais c'est un fait qu'il vécut en réprouvé et qu'il resta sur le rebord de sa vie et de lui-même. De même qu'il avait assisté à la scène en témoin impuissant, il assista tout aussi impuissant au déroulement de sa vie, dont il ne sut saisir les occasions ou les bonheurs. Peut-être serait-il fastidieux de relater en détail une existence qui eut, bien sûr, comme pour chacun, sa profondeur et son intérêt, mais qui fut si rongée par l'effacement que lui-même préféra ne rien en retenir.

Vie n° 2

Il y avait une autre vie, un autre possible. La particularité de ces trois vies, qui n'étaient que les arêtes du possible car d'infinies nuances se logeaient en chacune de ces possibilités (et durant des années, Tristan n'avait cessé de les épuiser une à une, avec un mélange de jouissance et de peur, comme un enfant qui se répète des contes terrifiants), c'est qu'elles étaient terriblement proches l'une de l'autre, ne différant que de trente-huit secondes. Le même homme se retrouvait dans une situation comparable et, on ne sait pour quelle raison, ne répondait pas de la même façon à l'appel. C'était la même vie et pourtant tout bifurquait.

Tristan enseignait depuis un an et demi à Vinteuil dans la plus merveilleuse quiétude lorsqu'il fut invité à dîner à Montmorency, petite ville du nord de Paris, chef-lieu de canton du Val-d'Oise, dont l'univers entier envie l'histoire mouvementée depuis la première occupation mésolithique jusqu'à l'installation du conseil des prud'hommes. Comme il n'avait pas de voiture, il s'y rendit par un long, un interminable trajet en bus, en métro puis, à partir de la gare du Nord, en train. Le couple qui l'invitait, Frédéric et Sonia, était des collègues de Pablo-Picasso avec qui il avait sympathisé. Tristan les appréciait, ils enseignaient tous les deux la biologie, s'entendaient bien et tout chez eux respirait une quiétude rassurante, presque étrange. Le dîner fut très agréable, l'hôtesse très séduisante, au point que Tristan, célibataire depuis des années, en éprouva de douloureux désirs. Puis il partit prendre le train pour la gare du Nord.

Il monta dans un wagon presque vide, à l'exception d'un homme d'une quarantaine d'années, d'une femme d'âge mûr et d'un vieillard. Il s'assit. La sonnerie du départ retentit. Une jeune femme en jupe courte, maquillée, revenant manifestement de soirée, monta au dernier moment. Deux arrêts plus loin, cinq jeunes entrèrent. Ils s'installèrent en prenant leurs aises, s'interpellant. Les autres voyageurs détournaient la tête d'un air désapprobateur tandis que les cinq gars s'échangeaient des bières.

— Vas-y, passe-m'en une, il fait soif ici.

— Normal, y a une bombe irradiante. Ça chauffe.

Les regards convergèrent vers la jeune femme, qui fit mine de ne pas avoir entendu. Mais les remarques continuèrent, de plus en plus insistantes, tandis que les cinq gars l'entouraient.

— Tu me donnes ton numéro ? dit un rouquin en saisissant le visage de la fille et en le tournant de force vers lui.

Tristan se sentit rougir. Il lança un regard aux autres voyageurs, qui gardaient la tête obstinément figée dans la direction opposée. Le pire cauchemar. La situation avec Bouli se répétait et cette fois il était adulte, il était parfaitement conscient de ce qui se passait. Mais les gars étaient cinq, et il se rappelait ce que trois assaillants avaient fait à son entraîneur, pourtant l'homme le plus dangereux qu'il ait connu.

La jeune femme se leva brusquement et tenta de s'éloigner.

— Faut pas partir, mademoiselle. On a pas fait connaissance.

— Lâchez-moi, dit-elle sèchement.

— Lâchez-la, dit Tristan en se levant.

Sa voix, comme lui échappant, avait retenti avec éclat. Les cinq le regardèrent.

— De quoi tu t'occupes ?

— Je vous ai dit de la lâcher.

— On s'amuse, dit un gars brun, grand et fort.

Tristan sut aussitôt que c'était de lui que viendrait le danger et que c'était lui qu'il faudrait cogner en premier.

— Tout le monde ne s'amuse pas. Lâchez-la.

Il y eut un temps. Un infime instant où la situation parut se relâcher et où tout pouvait s'arranger pour le mieux, sans dégâts, sans coups. Et puis il y eut une phrase du rouquin.

— On fait rien de mal, nous on s'amuse et on aime pas trop qu'on nous emmerde.

Le train ralentit, la jeune femme, dont le regard était fixé sur Tristan, se jeta sur la porte, appuyant frénétiquement sur le bouton d'ouverture des portes. Le rouquin l'attrapa par le bras et la tira tandis que Tristan, sans réfléchir, courait vers lui et, sans même s'en rendre compte, frappait. Au moment où l'autre s'abattait, deux hommes se précipitèrent sur lui. Tristan s'était déjà retourné, il sentit une douleur forte sur le nez, un craquement, et, fou de rage, se défendit en cognant. Il éprouva une terrible douleur au flanc mais il continua à frapper, alors que ses bras se faisaient lourds, ses poings gourds. Avec un gémissement d'incompréhension et de souffrance, il se redressa au milieu de la masse qui l'accablait, saisit du regard l'ombre d'une chevelure féminine puis une lumière fade au-dessus de lui avant de s'écrouler, se regroupant à terre pour un coup qui ne vint pas, qui ne pouvait plus venir, un autre gémissement, plus faible, plus craintif, sortant de sa bouche, sa main sur son flanc, sa main humide de sang sur son flanc, les autres ouvrant un cercle autour de lui, la souffrance éclatant dans son corps comme une déflagration. Un cri de peur et de détresse lui échappa parce qu'il avait compris. Et ce fut la dernière chose qu'il comprit.

Ce fut la deuxième vie de Tristan-le-héros. Une vie qui accomplit pleinement son destin héroïque, qui répara l'abandon de Bouli et qui en fut le triomphe, au sens originel de ces héros devenus immortels par leur mort même. Mais comme il n'est pas sûr que l'héroïsme physique soit autre chose que le mensonge des sociétés guerrières pour parer de grandeur ce qui n'est autre que la mort d'un homme, sans doute faut-il regretter ce triomphe trop ultime ainsi que les récits tremblants de tristesse et de fierté de Marcel, racontant comme les vieux aèdes, partout dans le quartier, de bars en places, la mort du guerrier Tristan sous les murailles des Troyens. Louise se contenta de pleurer seule dans sa chambre, désespérée, la mort de son fils unique, à qui elle ne pourrait plus jamais, en guise de déclaration d'amour maternel, préparer ses énormes pot-au-feu. Et Bouli, dont la cervelle n'était pas assez fêlée pour ne pas comprendre ce qui s'était passé, pleura également son élève et se maudit d'avoir autrefois entraîné Tristan dans cette bagarre du métro, dont lui-même était sorti mutilé et dont Tristan, dix ans après, était mort.

Deux jours plus tard, une jeune femme vint trouver Louise et Marcel. Elle était en larmes et elle souriait en pleurant. Elle s'appelait Marie et Louise serra dans ses bras cette bru qui surgissait, toute nimbée de l'héroïsme filial, dont elle ne savait s'il fallait l'adorer comme un double de Tristan ou la haïr puisqu'elle avait condamné son fils.

Vie n° 3

Tristan enseignait depuis un an et demi à Vinteuil dans la plus merveilleuse quiétude lorsqu'il fut invité à dîner à Montmorency, petite ville du nord de Paris, chef-lieu de canton du Val-d'Oise, que l'univers entier jalouse depuis que le roi de France Robert II a confié le château à Bouchard le Barbu en 997. Comme il n'avait pas de voiture, il s'y rendit par un long, un interminable trajet en bus, en métro puis, à partir de la gare du Nord, en train. Le couple qui l'invitait, Frédéric et Sonia, était des collègues de Pablo-Picasso avec qui il avait sympathisé. Tristan les appréciait, ils enseignaient tous les deux la biologie, s'entendaient bien et tout chez eux respirait une quiétude rassurante, presque étrange. Tout allait bien. Rien n'était inquiétant. À la fin du dîner, il reprit le train.

Il monta dans un wagon presque vide, à l'exception d'un homme d'une quarantaine d'années, d'une femme d'âge mûr et d'un vieillard. Il s'assit. La sonnerie du départ retentit, juste au moment où une jeune femme en jupe courte, maquillée, revenant manifestement de soirée, montait dans le train. Deux arrêts plus loin, cinq jeunes firent irruption, avec la joie menaçante et agressive des bandes alcoolisées. Ils s'étalèrent sur les banquettes, s'échangèrent des bières.

— Vas-y, passe-m'en une, il fait soif ici.

— Normal, y a une bombe irradiante. Ça chauffe.

Les regards convergèrent vers la jeune femme, qui fit mine de ne pas avoir entendu. Mais les remarques continuèrent, de plus en plus insistantes, tandis que les cinq gars l'entouraient.

Tristan regardait avec appréhension la jeune femme. Il se demandait ce qu'il pouvait faire. Il espérait que cela n'irait pas plus loin, que ce serait juste un moment désagréable comme il y en avait tant lorsqu'on était une jeune et plutôt jolie femme, comme celle-ci, avec en plus un air sage qui attirait l'attention des abrutis.

— Mademoiselle, mademoiselle, on a trop chaud, là. La sueur coule. Vous êtes trop une bombe atomique.

Un rouquin se leva et alla la regarder de près.

— Putain, ça chauffe trop. C'est nucléaire.

— C'est Tchernobyl.

Rires.

— Tu me donnes ton numéro ? dit le rouquin en saisissant le visage de la fille et en le tournant de force vers lui.

Tristan se sentit rougir. Il lança un regard aux autres voyageurs, qui gardaient la tête obstinément figée dans la direction opposée. Le pire cauchemar. La situation avec Bouli se répétait et cette fois il était adulte, il était parfaitement conscient de ce qui se passait. Mais les gars étaient cinq, et il se rappelait ce que trois assaillants avaient fait à son entraîneur.

La jeune femme se leva brusquement et tenta de s'éloigner.

— Faut pas partir, mademoiselle. On a pas fait connaissance.

— Lâchez-moi, dit-elle sèchement.

Le train ralentit à la gare suivante. La jeune femme se jeta sur la porte, appuyant frénétiquement sur le bouton d'ouverture.

— Eh, elle va tout casser. C'est pas bien, ça, mademoiselle, dit un gars brun d'un ton menaçant.

Tristan, sans s'en rendre compte, jouait nerveusement avec les boutons de sa montre électronique, un cadeau très laid de Louise, en provenance du Japon, qui multipliait les fonctions (heure de Paris, New York, Tokyo, profondeur, hauteur, chronomètre, réveil…). Il y eut un *bip*.

Et tout d'un coup, il ne sut comment, Tristan se mit à courir vers la portière où la jeune femme et le brun se faisaient face, s'empara d'un poignet, ouvrit d'une poussée sur le bouton la porte du train et emporta la fille dans sa course. Et comme le type brun, interloqué, restait à l'intérieur, les portes du train se refermèrent avec un claquement sur les cinq silhouettes éberluées. C'est seulement lorsqu'ils furent parvenus dans la rue principale de la ville, totalement désertée et hachée de bruine, que les fuyards s'arrêtèrent, Tristan, après l'excitation et la peur, se mettant à rire, plié en deux, sous les yeux stupéfaits de la jeune femme qui, bientôt, éclata d'un rire mêlé de sanglots.

— Ah, les cons ! Ah, les sales cons ! fit Tristan.

La fille hocha la tête et se mit soudain à pleurer, la main sur sa bouche, comme pour s'empêcher de crier. Tristan, gêné, lui tapota l'épaule. Elle finit par se reprendre.

— Je m'appelle Marie.

— Tristan.

— Je ne sais pas comment vous remercier. Vous m'avez sauvée.

Tristan sourit. Son regard tomba sur sa montre, elle indiquait seulement un nombre, qui palpitait vigoureusement, à la façon d'une alerte : 38. Le chronomètre s'était mis en marche avec le premier *bip* et il avait dû être pressé une nouvelle fois durant la course, au hasard d'un choc.

— Ce n'est rien. Seulement trente-huit secondes.

— Les plus longues de ma vie !

La troisième vie fut la véritable vie de Tristan Rivière, alors qu'il demeurait conscient que les deux autres vies étaient les possibles les plus intimes et que sa vie réelle s'était édifiée sur les fantômes récurrents des deux autres. Ce jour-là, il aurait pu ne rien faire et c'eût même été la solution la plus probable, celle qu'annonçait en tout cas son passé. Il aurait aussi pu prendre un coup de couteau. Mais il se trouve que par une étrange bifurcation, à la suite d'une impulsion qui le surprit et qui, en quelque sorte, convoqua un autre lui-même, un Tristan plus pur qu'il n'aurait jamais imaginé, il se montra à la fois courageux et habile, deux adjectifs qu'il n'aurait jamais utilisés à son égard. Ce Tristan-là attendait-il depuis dix ans une occasion pour surgir ? Peut-être était-il là depuis toujours, l'abandon de Bouli n'étant qu'une faute sans retour, peut-être était-il au contraire le résultat de sa culpabilité si longtemps ressassée ou peut-être encore était-il la conséquence de l'âge adulte et de la maturité. Peu importe ? Non, car Tristan passa toute sa vie à ruminer ces questions et à imaginer les divers possibles et les différents fantômes tapis en lui. Et bien sûr, il ne trouva d'autre réponse que la vie avec les fantômes, en sachant que certains sont plus fréquentables que d'autres. Mais le fait est que Tristan rencontra son prénom et son destin, si l'on peut dire, durant ces trente-huit secondes, le fait est que, pour reprendre ses propres termes, son âme se forgea en cet instant. L'âme faible qu'il avait toujours regrettée et méprisée se mua en âme forte. Sans doute y avait-il autant d'illusions dans l'une que dans l'autre (Bouli n'avait-il pas évoqué une « âme sensible », intermédiaire plus plausible ?) mais

Tristan put se voir comme une âme forte, ce qui était en réalité la seule ambition de sa vie, qu'il comprenait comme une sorte de vertu morale et héroïque, à la façon des anciens récits.

2

Dîner à Vinteuil

« Mon Dieu, se dit Marie, où vais-je trouver une poissonnerie ici ? » Tristan, qui ne préparait jamais de
poisson et dont les talents de cuisinier étaient réduits
à la plus simple expression, avait été incapable de lui
signaler autre chose que l'hypermarché à la sortie de la
nationale. « Comme si l'on pouvait offrir à mes parents
de la bouffe de supermarché ! » Elle s'était jetée dans les
rues sans trop savoir, espérant trouver des commerces,
des bouchers, des boulangers, des épiciers, des poissonniers, voire un vrai marché avec des étals explosant de
couleurs, comme dans tout quartier digne de ce nom.
Vinteuil, Vinteuil, Vinteuil, comme avait dit sa mère, c'est
dans Proust, c'est la petite sonate que Swann entend à
plusieurs reprises pendant qu'il est amoureux d'Odette
de Crécy, un air vraiment délicieux, avec un nom pareil,
ce doit être charmant. Mais non, ce n'était pas charmant,
pas charmant du tout, c'était une banlieue affreuse dans
laquelle elle ne resterait pas un mois de plus, il faudrait
qu'ils déménagent, parce que vraiment… oui, vraiment,
quoi, pas un poissonnier, pas un commerce quelconque,
juste des habitations, des amas incompréhensibles et

des terrains vagues, sans compter les kilomètres à faire pour rejoindre sa fac de médecine à Paris. Quel ennemi public avait bien pu bâtir une banlieue pareille, si laide, si… vide ? Oui, c'était ça le mot, c'était vide… il n'y avait rien. Pas de centre, pas d'histoire, pas de logique, pas de commerces, pas d'âme, rien. Des amas de béton, des panneaux publicitaires et des terrains vagues. Comme si personne n'habitait ici… il y avait des dizaines de milliers d'habitants et en même temps personne… comme s'il n'y avait pas de vie… on se terrait ici, on ne vivait pas… on y avait sa tanière. Elle avait eu honte lorsque sa mère avait proposé de passer. Et Marie s'était sentie obligée – toujours obligée obligée obligée – d'inviter ses parents à dîner, dans le deux-pièces où ils avaient emménagé le mois précédent. Elle savait comme les regards de ses parents allaient évaluer, noter, compter, jauger, juger – et elle était sûre que sa mère allait s'évanouir d'horreur devant la sonate de Vinteuil, la sonate de béton, pas parce que c'était une bourgeoise arriérée et rancie, elle n'était pas comme ça, mais juste parce que Vinteuil était vraiment affreuse, ramassée sur sa pauvreté et son vide. Non, ils ne resteraient pas dans cet appartement, dans cette ville, ils retourneraient à Paris bien sûr, mais là, maintenant, comment trouver pour demain ce poisson… ce simple poisson qu'elle aurait acheté en cinq minutes à Paris, à son marché ou chez le poissonnier du village d'Auteuil ?

Et voilà qu'il se mettait à pleuvoir, ce qui achevait de défigurer Vinteuil comme un maquillage dégoulinant sous les larmes, le laborieux arrangement des couleurs bousculé puis détruit. Marie avait heureusement pensé au parapluie puisque Marie pensait à tout, mais quand même… la pluie maintenant. Qu'est-ce qu'elle faisait là ? Et où allait-elle trouver ce poisson ? Il aurait fallu regarder dans l'annuaire au lieu de partir au hasard vers un centre qui n'existait pas.

Et arrêtez-moi cette pluie ! Marie se sentait humide malgré son parapluie, les poignets noyés, le visage brusqué par des rafales virevoltantes.

C'est alors qu'elle se retrouva face à l'eau. Elle suivait une rue que bordait un entrepôt lorsqu'elle vit une rivière vraiment large et sombre, rendue encore plus maussade par les reflets obscurs du ciel et des nuages, avec des tourments noueux qui pivotaient dans les flots. Elle contempla l'eau fixement, saisie d'une légère inquiétude, comme si elle percevait un danger. Avec un frisson, elle observait le courant et elle ne bougeait plus, arrêtée par la barrière d'eau, dans l'impasse de Vinteuil. Il y avait un grand silence en elle, un peu de froid aussi.

Apeurée, Marie rebroussa chemin, ne sachant trop où aller, loin en tout cas des flots et des serpents existentiels qui s'y dissimulaient. Elle se répéta qu'elle avait bien fait d'emménager avec Tristan, que celui-ci n'habitait peut-être pas la plus jolie ville du monde, mais qu'elle n'emménageait pas à Vinteuil, elle emménageait avec l'homme qu'elle aimait et dont il avait été si facile de tomber amoureuse. Il était si courageux et si franc – cette façon qu'il avait eue de rire après son exploit… et vraiment il n'y avait pas d'autre mot, c'était un exploit, c'était l'événement le plus merveilleux, au sens propre du terme, qui lui était arrivé depuis… depuis toujours. C'était la merveille de Tristan. Parce que les autres, les cinq types, ils allaient lui faire du mal... et personne n'avait de doute sur ce que signifie faire du mal à une fille en jupe dans la nuit. Et Tristan était arrivé, en courant, il l'avait emportée par le poignet, en trente-huit secondes, et puis il s'était mis à rire, comme une bonne blague, et elle aussi avait ri... enfin ri et pleuré mais ri quand même.

Il avait tenu à la raccompagner chez elle, à Paris, mais cette fois elle avait pris un taxi, même si cela lui avait coûté les yeux de la tête, parce qu'elle ne voulait plus sentir une seule seconde l'odeur du train, elle ne voulait plus voir la couleur des sièges ou poser le regard sur un passager, c'était absolument impossible. Elle voulait Tristan à ses côtés – en fait, sans trop savoir pourquoi, elle ne voulait pas le quitter. Dans la rue, en bas de son immeuble, elle avait insisté pour qu'il monte – comme si elle se jetait dans ses bras, ce qui était faux, parce qu'elle ne lui demandait pas de coucher avec elle, et vrai, parce qu'elle se jetait bel et bien dans ses bras, complètement, totalement. En entrant dans l'ascenseur, et alors qu'elle voyait Tristan regarder avec curiosité et un peu d'étonnement le luxe bourgeois de l'entrée, elle eut presque un tremblement, de peur de lui déplaire, n'ayant pas songé à ce que pouvaient représenter l'escalier, le tapis rouge, les miroirs et les lampes pour un jeune homme qui n'avait manifestement pas vécu dans des lieux comparables (elle l'avait aussitôt compris... senti, plutôt) et qui la cataloguerait fille à papa.

Ses parents avaient été bons, étonnamment bons, parce qu'ils pouvaient pas mal rater, ils rataient régulièrement, mais là ils avaient été bons. Lorsque Marie,

86

toujours un peu tremblante, craignant que sa clef ne trouve pas la serrure, ou si maladroitement, avait sonné et que son père avait ouvert, encore en costume, probablement de retour de réunion, celui-ci avait découvert avec surprise Tristan à ses côtés, et plus émue qu'elle ne l'aurait voulu, elle lui avait tout raconté, d'une façon incohérente, il faut l'avouer. Mais il avait aussitôt compris, bien sûr, il l'avait serrée dans ses bras et, se tournant vers Tristan, il avait déclaré :

— Merci pour votre geste, monsieur, et bravo. Je vous tire mon chapeau.

Plus tard, des jours et des jours plus tard, Tristan et Marie avaient ri de cette expression : « Je vous tire mon chapeau. » Tristan l'avait traduite de façon imagée, beaucoup plus imagée que son langage habituel : « T'as vraiment eu les couilles, mon gars, et y en a pas beaucoup qui les auraient eues. »

Ensuite, David Lamballe était allé réveiller sa femme, qui était venue, vite vêtue, mal réveillée et un peu de mauvaise humeur. Au début, elle n'avait pas été très bonne.

— Je te l'avais dit, Marie. Il fallait prendre un taxi. On t'aurait remboursée. Ces trains de banlieue sont dangereux !

Puis elle s'était reprise, elle avait remercié chaleureusement Tristan, ce qui n'avait pas surpris Marie car sa mère aimait les jeunes gens, et elle avait serré sa fille dans ses bras, fort, comme elle ne l'avait pas fait depuis longtemps.

— Comment vous appelez-vous ?

— Tristan.

— Venez nous voir. Venez dîner demain. Nous pourrons prendre tout le temps de vous remercier.

Tristan avait accepté, au grand soulagement de Marie, qui ne voulait surtout pas le voir sortir de sa vie. Le lendemain, il était arrivé avec des fleurs, en jean et veste, souriant. Ils avaient pris un apéritif, en compagnie d'une grand-mère et d'un oncle journaliste que Marie avait réussi à faire venir, prémices de la renommée universelle qu'elle entendait donner à l'acte de Tristan. On lui avait demandé de raconter pour la trentième fois ce qui s'était passé.

— D'accord, d'accord, je raconte. Tristan, tu ne dis rien, tu ne rougis pas, tu me laisses juste parler.

Et elle avait chanté la geste de Tristan Rivière…

Tristan se rengorgeait en jouant le modeste. Il était comme passé au-delà de lui-même, dans un état mystique de contemplation de soi et de son acte. Avec un mélange de satisfaction, d'admiration et d'étonnement, il pensait : « C'est vraiment moi qui suis là, au centre de tous les regards ? Tristan-le-lâche ? Tristan-qui-a-abandonné-Bouli ? C'est vraiment moi qui ai sauvé cette fille ? C'est vraiment moi, Tristan-le-héros ? » Et il se demandait s'il n'y avait pas erreur sur la personne, si tout cela n'était pas un malentendu. Parce qu'il aurait pu tout aussi bien ne rien faire, murmurait le fantôme des possibles, et parce qu'il avait eu le sentiment d'agir comme dans un rêve, une sorte de farce jouée aux dépens des méchants. Tristan-le-héros était aussi Tristan-le-lâche, se disait-il, et pourtant le fait est qu'il avait agi. LE FAIT EST. C'était comme ça. Peu importaient les possibles, peu importaient les autres dimensions.

88

Tristan observait Marie durant son discours. Il voyait une très jeune femme, vingt-deux, vingt-trois ans peut-être, en jupe noire, chaussures à talons, d'une élégance à laquelle il n'était pas habitué, il la trouvait jolie, il examinait la mâchoire un peu carrée, les cheveux noirs, il voyait la jeune fille sage en elle tout en percevant l'éclat de son regard, la vivacité de son admiration, de sorte qu'il contemplait son acte en elle, il s'admirait grandi et transformé dans le regard de l'autre. C'était un autre Tristan. « Marie Lamballe, fille de David et Myrtille (!) Lamballe, a été sauvée dans le train par le courageux Tristan Rivière. » N'était-ce pas un merveilleux faire-part de métamorphose ? Aux yeux de ces gens, bien loin d'Aulnay, du club de boxe et du lycée, le nom de Tristan Rivière ne signifiait rien d'autre que le dévouement et l'héroïsme, doublés d'une merveilleuse modestie. Auparavant, il vivait avec un crime, désormais, il vivait avec une prouesse.

— Passons à table !

Tandis que Tristan traversait l'appartement pour se rendre dans la salle à manger, une pointe d'amertume lui venait devant la beauté et la richesse des lieux. Il ne pouvait s'en défaire, tout en admirant la table du dîner, la dentelle fine, délicate, l'harmonie des bleus et des blancs, les matières épaisses et douces, les éclats d'acier, d'ivoire et de cristal. Il se rendit compte qu'il hochait la tête.

— Asseyez-vous ici, Tristan. Au centre, bien entendu, dit Pêche avec un sourire gracieux.

Tristan savait qui ils étaient, Marie le lui avait rapidement appris. Son père était un député socialiste et sa mère, avocate d'affaires, gagnait l'argent. En soi, Tristan était prêt à accepter que l'univers ne soit pas uniquement rempli du peuple du Bien, ouvriers, instituteurs, postiers et infirmières. Mais Marcel, par-dessus son épaule, lui murmurait des pensées fielleuses.

David Lamballe parlait beaucoup. Tristan le trouvait plus grand assis que debout. Son long buste donnait l'impression d'un homme grand et fort, d'autant que ses mains étaient larges, alors que ses pattes courtes, debout, le réduisaient d'une façon très décevante, un peu comme une mauvaise blague. Mais assis à table, il était imposant, quasi patricien avec ses cheveux poivre et sel, son teint cuivré, son sourire chaleureux et paternel. Il discutait de la situation politique intérieure, sans avoir réellement d'interlocuteurs, puisque Prune se concentrait sur son assiette, la grand-mère paraissait distraite et Marie n'était attentive qu'à Tristan. Seul l'oncle – et Tristan bien sûr – semblait écouter, avec un sourire qui en disait long toutefois sur son intérêt pour les propos de table politiques. Le député prédisait la victoire de Mitterrand aux présidentielles de 1988, les Français excédés par le gouvernement Chirac, les privatisations, la brutalité analphabète des ministres (« Pandraud, Pandraud !! quelle farce ce pauvre type, Monory le garagiste…, la vieille bourgeoisie rancie à la Balladur »).

— Avoir un ministre de l'Éducation nationale, intervint Tristan, le rouge aux joues, qui a arrêté l'école à quinze ans, cela peut paraître surprenant mais c'est aussi le signe que tout est ouvert, qu'on peut réussir sa vie en ayant mal commencé.

Le patricien l'observa, son sourire l'enveloppant de sa chaleur compréhensive, séduisante.

— Vous êtes professeur, je crois, Tristan ?

— Oui. En collège, précisa-t-il un ton plus bas, comme pour s'excuser.

— Que diriez-vous d'un professeur d'histoire, car vous êtes professeur d'histoire, n'est-ce pas, qui aurait arrêté l'école à quinze ans ?

— Oui, bien sûr, mais ce n'est pas…

— Si, Tristan, le coupa David avec une douceur merveilleuse, c'est la même chose. Ce professeur serait peut-être un très bon pédagogue, il aurait peut-être tout appris en autodidacte mais, au fond, comment lui faire confiance ? Comment faire confiance à un garagiste pour diriger l'Éducation nationale ? Remarquez, ajouta le député avec un petit rire, Monory était ministre de l'Économie sous Giscard alors qu'il n'y connaissait rien. Il a toujours été le plus incompétent à tous les postes.

— Tristan n'a peut-être pas tort, intervint l'oncle. On n'est pas forcé d'avoir fait l'ENA pour être ministre.

— Non, sans doute, fit David d'un ton sec, mais on n'est pas obligé non plus d'être garagiste.

— C'est très bien d'être garagiste, dit Tristan d'une voix rauque.

— Votre père est garagiste ? demanda Brugnon.

— Non, mais il travaille aux usines Citroën.

— Citroën ? dit David. Je connais très bien le directeur de Citroën. Un homme délicieux, formidable. Que fait votre père chez Citroën ?

— Il est contremaître, dit Tristan de la voix la plus

naturelle possible. Ou plutôt il était, il est maintenant à la retraite.

Il y eut un silence gêné qui fut brisé par la voix gaie de Marie.

— Ouf ! Enfin quelqu'un qui n'a pas deux mains gauches ! J'espère qu'il t'a appris des choses, Tristan.

— Je sais monter et démonter un moteur de 2 CV les yeux bandés, dit Tristan, répétant son mantra.

— Incroyable ! C'est la première fois que je rencontre quelqu'un qui en soit capable, s'exclama Myrtille, sincèrement admirative.

— En même temps, dit Marie en riant, on n'a pas les yeux bandés tous les jours, surtout pour remonter un moteur de 2 CV.

Et c'est dans l'éclat de ce rire communicatif que fut absorbée la lutte des classes. David continua à parler, promit que Michel Rocard, un homme compétent, lui, deviendrait Premier ministre, et Tristan comprit que Rocard était le grand homme de David Lamballe, celui qui allait redresser la France et, accessoirement, le nommer ministre. Ils s'étaient rencontrés dans le parti de Rocard, le PSU, et ils avaient gravi ensemble les marches du pouvoir, l'un plus rapidement que l'autre, Rocard devenant ministre, Lamballe restant député de la « deuxième gauche », la gauche moderne, compétente, dynamique. Curieusement, Tristan connaissait très bien tous les rouages du Parti socialiste, qu'il avait étudié autrefois, au point que David lui dit, sans doute pour se racheter :

— Vous avez l'air passionné, jeune homme. Vous devriez vous lancer en politique. Rejoignez-nous. Nous allons accomplir de grandes choses.

Et c'est à ces mots, à l'expression figée et sincère aussi du député, que Tristan comprit pourquoi il éprouvait ce mélange d'exaspération et de familiarité face à David Lamballe, alors qu'il n'avait jamais rencontré de député, qu'il était forcément un peu impressionné et que la seule curiosité aurait dû le guider. En fait, cet homme, comme Marcel, appartenait au CAMP DU BIEN. Avec plus de subtilité – effet de l'éducation, des études, de l'expérience politique –, David Lamballe était certain d'être du bon côté de la société, de la morale et de l'Histoire. La « deuxième gauche », avec son passé microscopique et sa théorisation très partielle en comparaison du marxisme, était son communisme à lui. Si rompu qu'il soit aux méandres de la société, il croyait comme Marcel en un avenir de Lumière pour la France, si celle-ci avait enfin l'intelligence de se laisser guider par le socialisme moderne, sous la houlette vieillotte, rusée et piégeuse d'un Mitterrand qui abandonnerait la réalité du pouvoir à son Premier ministre et à son équipe de prophètes. Au fond, alors que tout semblait les opposer, richesse, culture, place dans le monde, Marcel et David partageaient le même aveuglement idéologique, la même obstination butée. Il n'y avait qu'une Vérité et qu'une Lumière. Les autres erraient, sous l'emprise de l'exploitation capitaliste pour Marcel, sous les mensonges irrationnels pour David, en qui l'on trouvait une sorte de produit abâtardi des Lumières, l'idée que la société échouait parce qu'elle était dans l'obscurité de la Raison et que, éclairée par la logique économique et sociale de la « deuxième gauche », elle serait illuminée.

Bien sûr, les deux hommes étaient différents. Avec son

sourire onctueux, ses manières parfaites, suaves, civili-
sées, David Lamballe ressemblait à un prêtre du socialisme, contemplant avec tristesse ses ouailles errant dans
l'obscurité, alors que Marcel était tout entier porté par le
ressentiment, par la frustration, qui le laissait sur le bas-
côté de la société, de sorte qu'il haïssait tout le monde,
pas seulement les riches. Le ressentiment était sa façon
d'être au monde. Il avait si peu obtenu de la vie et de
la société, il avait été si impuissant à dominer son destin
qu'il détestait avec naturel et suffisance.

On passa au salon. Marie saisit le bras de Tristan,
contact qui le fit sursauter, ce que la jeune femme ressentit. Elle lui sourit de ce sourire paternel que la famille
Lamballe semblait délivrer à tous les enfants malades de
l'Erreur mais Tristan lui sourit en retour, parce qu'elle
lui semblait une alliée en cette soirée, une alliée indé-
fectible. C'était le philtre, n'est-ce pas, le baume du sauveur qu'elle avait distillé dans ses veines et qui l'avait
métamorphosé. Marie Lamballe ne pouvait lui nuire. Et
tandis que la soirée se poursuivait, tandis que l'oncle,
le député et le héros absorbaient à petites lampées le
cognac servi dans de grands verres translucides, Tristan,
levant à plusieurs reprises le regard vers Marie, vit qu'elle
l'observait, et il se sentait rassuré à ce contact furtif, y
revenant régulièrement, s'abreuvant à la source de son
courage.

Ville errante et ville de l'errance. Où trouver ce putain
de poisson ? Cette fois, Marie était perdue. Désespérée,
elle se dit qu'il n'y avait plus d'autre solution que

94

l'hypermarché. Sa mère pousserait un cri d'horreur à imaginer que le poisson viendrait d'un *centre commercial*, mais avait-elle marché dans Vinteuil pendant des heures à chercher une poissonnerie ? Et puis après tout, il y avait souvent un étal de poissonnier dans les centres commerciaux, il suffirait de bien choisir, argumentait Marie tout en se maudissant. Évaluer, évaluer, évaluer. Elle voyait déjà son père sourire chrétiennement aux premières bouchées, prêtre sacrifié sur l'autel de la paternité, réduit à absorber la chair molle et fade d'un poisson d'élevage et mettant sa note ensuite dans la voiture : « Vraiment dégoûtant, ce poisson. Ta fille ne sait toujours pas cuisiner. — Ce n'est pas Marie, c'est le poisson, dirait sa mère. Je ne sais pas d'où il venait, il était vraiment ignoble. » Évaluer, évaluer, évaluer. « De toute façon, dans un trou pareil, que veux-tu trouver ? Cette ville est atroce. — Et cet appartement ! Cet appartement ! Cet immeuble ! Tu as vu cet immeuble ? Inutile de lui avoir donné une éducation pareille pour qu'elle vive là. — Elle a fait le mauvais choix, voilà tout. Un homme qui n'est pas de son milieu. »

À ce moment, Marie se sentait si affligée par les évaluations parentales et les notes désastreuses que son imagination se rebellait, des torrents de guimauve déferlant soudain dans son esprit, et elle se laissait aller à la rêverie. « Tu oublies ce que Tristan a fait. C'est un homme extraordinaire. — Oui, tu as raison. Il est pauvre mais courageux. Il est étonnant. — Elle ne pouvait pas mieux tomber. Il est brave, intelligent et gentil. Non, il est merveilleux, c'est sûr. Mais cette ville de Vinteuil… — Ils déménageront. Tristan a un grand avenir. Et nous les aiderons. Pourquoi ne pas en toucher un mot à Tristan ? Aidons-les financièrement à déménager. Qu'ils viennent à Paris ! Là, ils en trouveront, des poissonneries ! » Et tandis que l'image d'une poissonnerie rose et verte couronnait sa rêverie, Marie aperçut un panneau publicitaire de dix mètres, éclatant en fusées rouges, devant elle, annonçant le centre commercial à cinq cents mètres. Elle se pressa vers ce qu'elle avait refusé de toutes ses forces quelques heures auparavant, et dix minutes plus tard elle traversait à petits pas rapides l'immense parking de l'hypermarché, parapluie toujours ouvert, petit ocellement blanc et mauve au milieu du temple de la consommation vinteuilloise.

Et tout d'un coup, seul piéton dans la mer des voitures, le goût lui vint, doux et frais, de la bouche de Tristan. Avec la soudaineté des souvenirs inattendus, une vague de joie la saisit et elle revit le moment où elle l'avait embrassé, ne pouvant plus attendre, persuadée que sa vie se jouait là, dans le cinéma où elle l'avait si banalement emmené, comprenant bien que le brave Tristan était un timide séducteur et qu'ils ne s'en tireraient jamais si elle ne prenait pas les choses en main. Et c'est ainsi qu'au cinéma Hautefeuille, puisque le quartier Latin était plus propice aux amoureux, se disait-elle, assemblant pièce par pièce le puzzle de sa séduction, avec un mélange de timidité, de maladresse et de détermination qui la définissait bien, elle l'embrassa avec un rien de brutalité, sa bouche fébrile heurtant la sienne et s'y collant, s'y collant, s'y collant, pour ne plus l'abandonner, pour ne plus le laisser partir.

Le souvenir l'aveuglait encore lorsque les portes de

l'hypermarché s'ouvrirent devant elle. Elle avança sous les néons blancs, refermant son parapluie et se hâtant à travers les allées. Elle finit par se retrouver dans un coin froid où de nombreux poissons étalaient leurs cadavres sur la glace. Elle s'approcha d'un air coupable, examina avec méfiance les saumons, lieus et dorades, tâchant de se souvenir des règles d'or : Le bon poisson a les yeux brillants, le bon poisson est lourd et ferme au toucher, le bon poisson sent bon. Elle hésita : Qu'est-ce qu'un œil brillant ? Est-ce que vraiment ce saumon mort la contemplait avec des yeux brillants ? ou morts ? ou opaques ? Et puis avec toute cette glace qui gelait les odeurs... Marie leva la tête vers le vendeur, qu'elle examina avec autant de circonspection que les poissons. « Il a une bonne tête », décida-t-elle.

— Je voudrais du poisson, dit-elle.

— Ah oui, vraiment ?

— Je voudrais du bon poisson.

— Pas de problème. Je n'ai que du bon poisson.

— Lequel me conseillez-vous ?

— Tout est bon. Mais vous pouvez prendre du saumon, dit l'homme en désignant du doigt l'un de ses cadavres.

Marie contempla la main aux ongles rougis de sang.

— Donnez-moi une dorade, dit-elle précipitamment.

Tout d'un coup, cela lui semblait bien. Une dorade aux yeux brillants ou pas, ferme ou pas, en tout cas un poisson pour le repas du lendemain, à évaluer ou pas – oui, à évaluer, c'était sûr.

— Je vous la prépare ?

Marie hocha la tête. Elle tourna dans les rayons pen-

dant que le vendeur – elle avait du mal à l'appeler poissonnier – vidait la dorade puis, lorsque celui-ci lui tendit
le paquet, elle le saisit, sentit la forme se courber autour
de sa main, se demanda si c'était mauvais signe, puis le
fourra comme un larcin dans son sac. Voilà, elle avait
son poisson, et tant pis pour l'évaluation.

Peut-être faudrait-il envisager les autres vies promises à
Marie si elle n'avait pas rencontré Tristan mais ce serait
un jeu vain. En dehors de l'étonnement de tout couple à
constater combien un simple baiser originel peut définir
une existence – une vie commune, des enfants –, surtout
lorsque les deux ne pensaient qu'à une passade, Marie
refusait les possibles. À partir du moment où Tristan
intervint dans le train, les possibles fusionnèrent en
une impérieuse nécessité parce qu'elle était devenue
la femme d'un seul homme. Elle n'en imaginait plus
d'autre. IL était venu. Le prince charmant, le sauveur,
le héros. Elle l'avait toujours désiré. Elle avait connu
quelques garçons avant Tristan, toujours déçue parce
qu'ils n'étaient pas celui qu'elle attendait. Sans égaler
Tristan dans la débandade et la morosité des aventures
amoureuses (il faut dire que Thomas était un très joli
garçon, que Sacha n'était pas sans un certain charme
déjanté à la Gainsbourg, que Fred était drôle et gentil
et que l'aventure d'un soir avec un Allemand à Berlin,
après la boîte de nuit, resterait sans doute le sommet de
l'érotisme dans sa vie, par la brutalité et la soudaineté
de leur désir mutuel – bref, Marie explosait en réalité
les minables rencontres de Tristan), elle traînait une
certaine déception, qui venait du fait qu'au bout d'un
jour ou deux elle réalisait que son amant n'était pas le

bon. Elle ne voulait pas se projeter dans l'avenir, elle savait que la relation allait s'enliser dans une répétition inlassable, et donc vaine. Des années plus tard, elle s'apercevrait que son mari, moins beau que Thomas, moins original que Sacha et beaucoup moins drôle que Fred, était plus routinier qu'eux tous mais la force de leur rencontre avait été telle que Marie en fut entraînée pour toujours, à l'inverse de cette expérience de physique au lycée où elle avait étudié les frottements qui s'opposaient à un mobile projeté, expérience qui, à la stupéfaction de son professeur, l'avait fait éclater en sanglots, parce qu'elle s'était aperçue que rien, dans un milieu gravitationnel donné, ne dure. Son amour pour Tristan durerait à jamais dans un espace gravitationnel inventé, malgré les mille frottements de la vie quotidienne, parce que l'intervention de Tristan n'avait pas situé leur relation dans le réel mais dans le mythe. Le mythe amoureux était si puissant – il l'avait sauvée, il l'avait enlevée dans ses bras – qu'il était en fait un philtre renouvelé, puisant éternellement aux origines, à la fois circonscrit dans le temps (trente-huit secondes) et l'espace (un train cauchemardesque), et échappant à tout temps et tout espace pour baigner dans l'eau pure, immémoriale d'un mythe originel.

Alors que, traversant un pont censé la ramener vers l'avenue de Stalingrad, où elle habitait avec Tristan, la culpabilité lui faisait tirer le poisson de son sac pour le soupeser, révélant, lui semblait-il, une chair devenue trop molle loin de la glace, spongieuse sous le doigt soupçonneux, Marie se revit nue allongée sur le lit dans le studio de Tristan, quelques heures après la séance de cinéma, ses pieds, dont elle avait honte, enfouis dans les draps, sa chair molle, pensait-elle, ses seins flasques, abandonnés à l'homme de sa vie. Admirant la musculature de Tristan, elle avait remarqué une tache de naissance, au bas du dos, tache brune hérissée de quelques poils drus qui l'avait mise mal à l'aise. Puis, se détournant, elle avait enfoncé plus profondément ses pieds dans les draps. Elle avait si peur qu'il ne la trouve pas à son goût ! Fugitivement, elle avait pensé combien son corps, à Berlin, avait flamboyé... mais tout était différent. Il n'y avait plus la nuit, l'excitation, l'alcool. Elle ne désirait pas Tristan, elle avait trop peur pour cela, elle voulait plutôt parapher et signer le contrat de leur liaison, prouver qu'ils étaient ensemble. Elle s'offrait en espérant plaire.

— Tu es très belle, avait dit Tristan.

Surprise, elle s'était demandé s'il ne se moquait pas d'elle... un compliment pour se débarrasser d'elle... lui dire qu'elle était belle mais que... et c'est alors qu'il était entré en elle, en lui faisant mal, sans s'en rendre compte d'ailleurs. Elle avait perçu l'accélération de son souffle, soulagée, puisqu'il semblait excité, tâchant de bien faire, de répondre aux mouvements perçants du bassin, sa main avait erré sur la tache brune, sentant les poils drus, elle avait voulu se relâcher, en vain, en bonne élève appliquée rendue nerveuse par l'examen. Il avait eu un murmure rauque, les mouvements de son bassin s'étaient faits plus rapides, il avait joui avec un grognement. Et puis sa tête s'était relevée et il lui avait souri avec un tel soulagement qu'elle rit, comprenant qu'il était aussi anxieux qu'elle. Et c'est ainsi qu'ils avaient

100

signé le contrat, en fin d'après-midi, dans le studio avec le bureau encombré de papiers, de copies, de manuels et de livres.

Une bourrasque de pluie passa sous le parapluie, l'éclaboussant. Elle rit, rangea le poisson dans le sac. Et voilà. Désormais, ils étaient installés ensemble, ils avaient emménagé dans un deux-pièces de l'horrible Vinteuil et elle offrait du poisson de supermarché à ses parents. Et néanmoins tout était bon, puisqu'elle était amoureuse.

David et Myrtille Lamballe allaient maugréer tout le chemin sur l'éloignement de Vinteuil, puis ils arriveraient en souriant, ils contempleraient l'appartement en silence, ce qui était en soi une condamnation, pendant l'apéritif leurs regards tourneraient autour d'eux comme des agents immobiliers, Myrtille assise sur le canapé tirerait sur sa jupe avec un rien d'inquiétude – les lieux risquaient de la corrompre –, Tristan prendrait un air dégagé absolument factice, la soirée se passerait très bien, David allait beaucoup parler, régler la plus grande partie des problèmes du monde, à commencer par le conflit israélo-palestinien, il se prononcerait avec une certitude désarmante sur la perestroïka, son œil chavirant un peu lorsqu'il goûterait le poisson. Oui, tout se passerait très bien.

3

La pastorale

La chute du Morholt avait semblé éclaircir le chemin de la vie de Tristan. Bien entendu, cela n'excluait pas la routine ou les difficultés passagères mais c'était comme s'il possédait, au moins pour un temps, un charme magique qui le protégeait. Il avait gagné le gros lot – c'était ce qu'il disait – avec Marie, qui créait une nouvelle catégorie dans sa vie : les âmes pures. L'humanité n'était pas scindée en âmes faibles et en âmes fortes, il y avait aussi des âmes pures, sans doute très rares mais l'une d'entre elles lui était échue. Tristan avait vu des photos de Marie où l'on pouvait lire son âme d'enfant sage, désespérément appliquée à plaire à ses parents, à l'institutrice, à sa grand-mère et son grand-père, à être une bonne élève et une bonne fille, ses grands yeux contemplatifs tournés vers l'appareil photo, comme si, même là, elle voulait bien faire. Oui, Marie-veut-bien-faire était une âme pure portée par le devoir et l'application.

Et par la repartie. Car elle avait la langue rapide et pugnace… ce dont Tristan ne cessait de s'apercevoir.

L'été de leur rencontre, les Lamballe leur prêtèrent le

chalet familial, dans la vallée de la Maurienne. Ils prirent le train puis louèrent une voiture pour arriver jusqu'au chalet perdu dans la montagne. Tristan, à la vive inquiétude de Marie, ne dit rien. Pas un mot. Il tourna autour de la maison, un grand chalet de bois, contempla en silence les sommets alpins.

— Hé ! qu'est-ce que tu as ? dit Marie en lui donnant un coup de coude.

— C'est incroyable ! C'est absolument incroyable !

Il n'avait jamais vu la montagne, pas plus que la mer, d'ailleurs. Parmi ses nombreux défauts, Marcel manquait totalement de curiosité et n'avait jamais voyagé avec ses enfants, à l'exception d'une visite de Verdun et de ses sites bosselés d'explosions, sans que personne n'ait compris le sens de cette lubie. Par la suite, son fils n'avait pas été plus curieux.

Tristan se tenait debout, stupéfait. Partout la nature. Pas d'autre habitation en vue. Le premier village était à dix kilomètres de lacets et de routes étroites.

— Incroyable ! Tu savais que ça existait, un truc pareil ?

— Vaguement. J'y viens depuis quinze ans dès que je peux. Ma mère a acheté ce chalet le jour où elle est passée associée.

Ils entrèrent dans le chalet, respirèrent l'odeur de bois et de renfermé, ouvrirent tous les volets, fenêtres, portes. Tristan secoua la tête à plusieurs reprises, comme s'il se répétait « incroyable, incroyable ». Puis il déchargea les valises, les déposa dans la chambre sans les défaire, sortit du chalet, s'assit dans l'herbe et ne bougea plus pendant deux heures. Parfois, il inspirait profondément. Il éprouvait un mélange d'excitation – admiration, enthousiasme, plaisir de la vue, de l'odorat, plaisir de l'herbe piquante sous ses mains – et de tristesse à songer qu'il lui avait fallu plus de vingt-cinq ans pour découvrir un tel spectacle.

— C'est vraiment à vous ? dit-il à Marie qui l'avait rejoint.

Marie éclata de rire.

— Je suppose. À moins que ma mère ne l'ait volé à une vieille sans héritiers, ce qui est toujours possible.

— Et vous allez avoir ce paysage pour vous toute votre vie, gratos ?

— Il faut croire. On bâtit assez rarement des gratte-ciel dans les montagnes.

Tristan secoua encore la tête.

— Et il y a mieux, dit Marie en se relevant.

— Impossible.

— Et pourtant…, dit-elle en lui tendant la main.

Ils marchèrent un quart d'heure pour se retrouver en face d'un lac de montagne. Le soleil faisait étinceler l'eau glacée.

— Ce n'est pas réel, dit Tristan d'un ton fataliste, comme si là, vraiment, c'était trop.

— Non, ne t'inquiète pas, c'est juste une image.

— Si on tente de se baigner, l'image s'efface ?

— Oui. Sinon ce ne serait pas du jeu.

— Tu crois que je peux essayer ?

— Pourquoi pas ? Il faut jouer le jeu.

Tristan se déshabilla. Nu et blanc, il entra dans l'eau et constata 1) que l'image ne s'effaçait pas et 2) que l'eau était si froide qu'elle lui mordait le sang. Il plon-

104

gea néanmoins (n'était-il pas Tristan-le-héros ?), battant l'eau de toutes ses forces, mangeant, buvant, absorbant la furieuse beauté du lieu. Puis il s'immobilisa un instant, le cœur battant, petite pointe blanche dans l'eau, laissant la chaleur de son corps perdre très vite le combat contre la paralysie du froid, et lorsque celui-ci devint une souffrance, il se précipita en nageant follement vers la berge où l'attendait Marie, yeux écarquillés et sourire amoureux – et il saisit cette vision au moment où il se redressait, lisant l'évidence de l'amour avec une telle force qu'il en fut gêné et intimidé. Poils hérissés, chair de poule, tout l'attirail du froid sur le corps. Comme il frissonnait, il fit des dizaines de pompes à un rythme accéléré. Marie posa un pied sur son dos en signe de triomphe et là, il ne sut ce qui se passait en lui – explosion vitale, désir renversant –, il la saisit par le pied, la fit tomber sur lui, s'empara de sa bouche, de ses seins, de son corps et lui fit l'amour brusquement, par-derrière, jean baissé, allant et venant à toute vitesse, le sexe presque insensible à force de dureté, d'excitation, avec une sorte de flux sauvage qui l'emplissait.

Ensuite, ils restèrent allongés sur le sol, Marie culotte baissée, lui toujours nu, regards ouverts sur le ciel au-dessus d'eux. Puis ils rentrèrent lentement à la maison, enlacés, avec cette certitude calme des couples. Au chalet, dans le crépuscule qui tombait, Tristan prépara des œufs et des pâtes (« C'est vraiment original comme repas », dit Marie. « Ça n'a pas l'air mais c'est de la grande cuisine », répondit-il), la porte ouverte parce qu'il voulait toujours en profiter, et ils dînèrent dehors, en pull, regardant la lumière virer puis griser avant de s'obscurcir. Ils rentrèrent et Tristan, sur le canapé, prit Marie dans ses bras, tout en tournant la tête vers la nuit encore un peu frottée de lumière. Et Marie lut le roman qu'elle avait apporté, *L'Astrée*, tandis que Tristan choisissait dans la bibliothèque une des nombreuses biographies qui appartenaient à David Lamballe, obsédé par les grands hommes. Il commença par la vie de Robespierre, ce qui sonnait dru et violent, peu en accord avec les lieux, mais comme il avait toujours aimé la Révolution française... Il lut quelques pages avec difficulté, ses yeux se fermant de fatigue.

— C'est quoi ton livre ? demanda-t-il.

— Un roman, un vieux classique.

— Ça parle de quoi ?

— D'amour.

— Ah oui ?

— Entre bergers et bergères. C'est un roman pastoral. Céladon aime Astrée mais celle-ci le croit infidèle et le chasse, si bien qu'il va se jeter dans le fleuve.

— Et il est vraiment infidèle ?

— Non.

— Mauvaise pioche. Mourir pour un soupçon.

— Je ne sais pas s'il meurt. Il s'est jeté dans le fleuve mais le livre est loin d'être fini.

— Et toi, tu chasserais pour une infidélité ? demanda Tristan.

Marie le regarda posément.

— Oui. Je suis fidèle et tu es fidèle. Comme dans tout bon roman pastoral. Les bergers et les bergères sont des êtres moraux.

— Des âmes pures, dit Tristan.

— Voilà.

— Et tu quitterais pour des soupçons ?

— Je me tuerais pour des soupçons.

Il y avait des lueurs dansantes dans ses yeux. Tristan détourna le regard.

— Les bergers du XVIIe siècle sont des demi-brutes qui ne parlent que le patois, ne savent ni lire ni écrire, se nourrissent de fèves quand ils le peuvent et sont plus proches de l'animal que de l'homme. Ne leur fais pas trop confiance.

— Ah oui, gros malin, je ne l'aurais pas imaginé ! fit Marie en lui tapant sur la tête avec son livre. Les romans pastoraux sont des livres sur l'amour, avec des bergers idéalisés qui ont choisi de fuir la société pour discuter et argumenter sur leurs sentiments. Et moi, il se trouve que j'aime bien qu'on me fasse des dissertations sur l'amour, la fidélité et la chasteté, comme tu l'as fait d'ailleurs en me pistonnant en levrette tout à l'heure.

— C'est la différence entre les romans et la réalité, mademoiselle.

Marie redressa le buste.

— J'aimerais bien que tu me montres encore la différence.

— Encore ! fit Tristan, feignant l'épuisement.

— Je te rassure, c'est purement pédagogique.

Les demandes pédagogiques sont des impératifs catégoriques. Tristan lui fit l'amour, plus doucement, plus tendrement. Et le lendemain soir, il se passa quelque chose. Marie, qui s'était toujours retenue avec Tristan et qui était un peu gênée et déçue de cette retenue, Marie à qui la pénétration faisait mal, au point qu'il lui fallait

107

bien s'avouer que Tristan était l'homme qui lui avait donné le moins de plaisir dans sa vie sexuelle, se sentit délicatement fondre sous ses doigts. Dans l'obscurité de la chambre, il la caressait doucement et soudain l'excitation la submergea.

— Je veux te voir, murmura-t-elle.

Elle alluma la lumière, repoussa le drap, prit le sexe de Tristan et se l'enfonça d'un seul geste, sans la moindre douleur, tous les obstacles, retenues, gênes s'évanouissant en un plaisir soyeux, abandonné, toujours plus doux, traversant des couches de plus en plus profondes de sensations, touchant des zones toujours plus intimes.

— Vas-y, continue, baise-moi.

Et elle sentit le sexe se durcir encore à ces mots et la sensation s'adoucir encore. Elle cria, pour la première fois, et c'était en réalité, après les faux plaisirs à moitié simulés, sa première jouissance avec Tristan.

Durant tout le séjour, ils firent l'amour le matin et le soir, grignotant chaque fois quelques centimètres de peau supplémentaires, parcelles dérobées, territoires interdits. Explorateurs du plaisir, ils vécurent dans l'odeur et la sensation de l'autre. Ils apprirent à se connaître ou du moins à vivre au sein d'une illusion cohérente faite de sensations et de jouissances, qui n'était peut-être pas la réalité de l'autre mais la constitution d'une petite poupée biface Rivière-Lamballe.

Entre deux étreintes, ils marchaient en montagne, dans de petites randonnées cotonneuses d'un désir repu, où la nature était un double de la poupée, car ils ne pouvaient sortir de leur couple, considérant tout comme une adjonction. Le chaste berger se tapait sans cesse la bergère (ou vice versa) et ils vivaient en marge du monde. Un jour seulement, ils partirent tôt, à six heures du matin, après avoir préparé l'équipement et les sandwichs pour atteindre un sommet renommé de la Maurienne. Marie marchait bien, elle était habituée à la montagne et en bonne forme physique. Vers dix heures, ils s'arrêtèrent un moment sur un surplomb pour boire et se reposer. Ils sortirent de leur sac une gourde dont l'eau gicla sur le visage en sueur de Tristan. Puis il but le liquide encore frais. Marie ne parlait pas. Elle était tournée vers la vallée, absorbée dans sa contemplation. Tristan, rangeant la gourde, la regarda et se dit, bêtement, qu'il l'aimait.

Cela se passa ainsi. Sur un profil. Jusqu'à présent, Tristan était en couple avec une fille agréable, de bonne famille, dont la présence et l'admiration lui garantissaient chaque jour son héroïsme. Ce jour-là, en ce moment qui ne dura pas trente-huit secondes mais une seule, deux peut-être, le temps de contempler un visage qui l'oubliait, il tomba amoureux d'elle ou prit conscience qu'il l'aimait. Il tendit la main vers elle, l'effleura, et comme Marie, alertée, se tournait, il l'embrassa doucement, très doucement, pour ne pas effaroucher son nouvel amour. Et si Marie ne comprit pas exactement ce qui se passait, puisqu'elle l'aimait depuis le milieu des trente-huit secondes et pensait avec l'aveuglement des amoureux que ce sentiment était partagé, elle comprit très bien la douceur de ce baiser et des sentiments qui l'escortaient. Elle comprit que son berger, en ce chaste baiser, promettait tout un monde pastoral de fidélité et d'amour. *L'Astrée* la faisait un peu chier, elle l'avait remplacé par

109

un roman policier, mais vivre la pastorale, ça oui, mille fois, dix mille fois. Sur leur rocher en surplomb, le berger et la bergère se promirent muettement le monde.

Allongé sur le canapé, Marie lisant un roman policier en face de lui, leurs jambes se croisant, Tristan parcourait une épaisse biographie de Talleyrand. Il avait fini celle de Robespierre, assez alerte, en se disant que la Révolution était une bonne période pour arriver très jeune au pouvoir et une excellente période pour mourir presque aussi jeune. C'était également une grande période pour les orateurs. Jamais les discours n'avaient eu autant d'importance. On arrivait, on parlait à la tribune et, suivant la qualité du discours, on emportait la foule ou on mourait. Ça, c'était de la pression.

Alors que la biographie de Talleyrand revenait sur un épisode napoléonien, une idée le frappa.

— Tu savais que tous ces types étaient des tueurs ?

Marie leva la tête de son livre.

— Dans un roman policier, c'est normal, non ?

— Dans la vraie vie. Dans l'Histoire. Tous les héros de l'Histoire sont des tueurs.

— Ça ne m'avait pas frappée, non.

— Robespierre.

— OK.

— Napoléon.

— Bof.

— C'était un général criminel et un dictateur. Ce mythe du grand héros de la nation, c'est de la foutaise. Ce gars était un tueur, rien d'autre.

110

— On a rarement vu des guerres se faire avec des baisers. Et Napoléon n'est pas vraiment un héros. Il était à la fois adoré et haï.

— D'accord. Mais pourquoi faire de tous ces généraux des grands hommes ? Trouve-moi un seul héros qui ne soit pas un tueur. Alexandre le Grand, César, Charlemagne, Charles Quint, Louis XIV, Napoléon. Ou Auguste ou Guillaume le Conquérant. Les hommes les plus puissants de l'histoire du monde sont tous des tueurs.

— Jésus.

— Ce n'est pas un héros historique, on ne sait pas s'il a existé.

— Gandhi. Mandela.

— D'accord, mais ces hommes n'avaient pas de pouvoir. Ils ne pouvaient pas décider. Ils jouaient en contre, ils influençaient.

— Peut-être, mais ils ont eu une grande importance historique. Tu me demandes des héros de l'Histoire.

— Moi, ce que je comprends, c'est qu'à part les prophètes – et je me demande s'ils n'auront pas indirectement causé plus de morts que les pires conquérants – les grands hommes de l'Histoire ont été des menteurs, des tueurs, des êtres prêts à tout pour conquérir le pouvoir et le conserver. Et ce sont les peuples asservis, écrasés qui en ont fait des héros, en honorant la force, en faisant de la force et du crime des grandeurs. Pourquoi ne pas avoir honoré des bâtisseurs, des grands législateurs ? Et je me demande même s'il existe un seul homme de pouvoir qui ait été vraiment moral. Regarde le grand Colbert, le ministre éclairé, le rigoureux Colbert, l'homme qui tint

111

l'État sous Louis XIV et dont la mort, dans les manuels d'histoire, est présentée comme la plus mauvaise nouvelle du règne du Roi-Soleil et le signe de sa débandade. Colbert a volé plus d'argent à l'État que tous les voleurs sur les routes de France, que tous les voleurs du XVIIᵉ siècle et du XVIIIᵉ. Et ce sont ces hommes que retient la mémoire collective.

— Roosevelt, Clemenceau, Blum, Churchill, de Gaulle ?

— D'accord. On peut estimer que nous avons fait des progrès, même si tous ces hommes ne sont restés dans l'Histoire que grâce à la guerre. Mais pense maintenant aux grands dirigeants d'entreprise. Pense à des gars comme Rockefeller dont tout le monde imagine qu'il est un fondateur, un philanthrope, alors qu'il fait partie de tous ces barons voleurs du XIXᵉ siècle qui ont établi leur fortune sur l'exploitation, le mensonge et la corruption avant de verser dans la philanthropie pour expier leurs crimes.

— Déformation communiste, non ?

— Non, c'est juste un fait historique. Qu'apprendra-t-on à l'avenir sur des gars comme Dassault ou ce jeune type qui vient de devenir milliardaire, Bill Gates ?

— Au moins, ils n'ont pas tué.

— On ne le sait pas. Et puis c'est surtout qu'ils n'ont pas la possibilité d'assassiner leurs rivaux. Ils sont à mille lieues d'avoir le pouvoir des conquérants. Le moindre juge peut les envoyer en prison. Mais ces entrepreneurs qu'on célèbre sont probablement des monstres d'immoralité mis sur un piédestal par des foules ignorantes.

— Tu veux en arriver à quoi ?

— À rien. Juste à dire que les prétendus grands hommes sont des criminels et des tueurs qui se sont un jour retrouvés du bon côté de l'Histoire et sont devenus des héros. Sinon, ils auraient été comme Gengis Khan ou Staline, des symboles de cruauté, de rapine et de meurtre. C'est simplement la conclusion que je peux tirer des biographies de ton père.

— Je ne sais pas s'il partagerait tes conclusions, surtout tirées d'une biographie et demie.

— Il aurait tort de ne pas les partager.

— Je n'en doute pas, dit Marie en souriant. Mais je pense surtout que tu restreins l'Histoire aux conquérants. Dante, Shakespeare, Proust, Gutenberg ou Einstein sont largement aussi importants pour l'humanité que Charles Quint.

— Peut-être, mais Charles Quint détenait l'empire du monde alors que Shakespeare courbait l'échine comme un manant et souriait à qui le payait. Le pouvoir appartient aux tueurs.

— Aux époques brutales correspondent des hommes brutaux. Gengis Khan n'est que l'incarnation de la Horde d'or, il est une légende pour son peuple et un monstre pour ses ennemis. En lui-même, je suppose qu'il n'est qu'un homme déterminé qui obéit aux principes de son temps.

— Je suis d'accord. Mais tu dis la même chose que moi : c'est un tueur adoubé par son peuple.

Marie se redressa sur le canapé, serrant ses genoux entre ses bras, et répondit à Tristan avec un sourire ironique.

— Tu ne devrais pas être d'accord avec moi, cher

professeur, car Gengis Khan est antérieur à la Horde, créée par son fils aîné Djötchi, mais c'était plus joli de le dire comme ça. Je précise pour que tu n'aies pas trop peur de moi – les hommes ont toujours peur des femmes supérieures – que j'ai eu une passion pour les Mongols lorsque j'avais treize ans, à la suite d'un voyage en Mongolie avec mes parents. Et maintenant que je t'ai rivé ton clou, laisse-moi te dire deux choses : primo, j'aimerais poursuivre mon roman parce que je suis sur le point de découvrir le nom de l'assassin, et deuxio, la preuve que tu dis des absurdités, c'est que moi j'ai un héros, un vrai héros historique. Il s'appelle Tristan Rivière, il n'est pas un tueur, il est très doux même si sa lance est très perçante. Ça te va comme ça ?

Et elle retourna à son livre pendant que le héros historique, beaucoup moins certain de sa théorie, se coulait dans la bienfaisante chaleur des derniers mots de Marie.

Lorsqu'ils rentrèrent de la montagne pour travailler, Marie entamant un stage à l'hôpital, en cancérologie, le domaine dans lequel elle avait l'intention de se spécialiser, et Tristan reprenant ses classes, le couple avait changé. Tristan et Marie étaient partis profiter du chalet familial, la poupée biface en revenait et même leurs gestes étaient changés : un léger ralentissement était perceptible lorsqu'ils entraient dans la zone de l'autre, une sorte de douceur caractéristique près du halo, comme s'il fallait ralentir et s'adoucir dans cette zone de tendresse.

Mais il y avait un autre changement, dont Tristan ne savait s'il fallait se féliciter.

114

Ils revinrent de la montagne en train, Marie mi-dormant mi-regardant le paysage, la tête appuyée sur l'épaule de Tristan, et celui-ci poursuivant ses lectures avec la biographie d'Attila. Tout se passait bien. À l'arrivée en gare de Lyon, Marie insista pour qu'ils restent un peu à Paris, si bien qu'ils laissèrent leurs valises à la consigne pour aller se promener au Jardin des Plantes, dont les serres flamboyaient en cercles mauve et or au soleil, puis sur l'île Saint-Louis. Notre-Dame se dressait à côté. Marie l'observait. Elle regardait la cathédrale comme elle avait regardé le paysage de montagne et un sentiment identique envahit Tristan.

Ils prirent silencieusement le train vers Vinteuil, alors que la nuit tombait. C'était un vieux train gris, avec des banquettes mauves, comme celui où Marie avait été attaquée. Mais elle ne semblait pas y penser. Elle regardait par la fenêtre alors que Tristan avait repris sa biographie. C'est alors qu'il leva la tête et que, dans la lueur sale du crépuscule, il aperçut des tours de cité surmontant des pavillons et des jardins ouvriers. Et il lui vint cette pensée : « Ce ne sont pas des hommes. Nous ne vivons pas une vie d'homme. » Il n'aurait pas pu avoir cette pensée avant de passer trois semaines dans la nature, au milieu de nulle part, sans voir âme qui vive à l'exception de quelques randonneurs. Il avait nagé dans le lac glacé, il avait contemplé l'énorme vision qui s'ouvrait à partir du chalet, il avait vu des bouquetins et des chamois, trois troupeaux de biches étaient passés à deux cents mètres du chalet et il avait marché tous les jours en montagne. Ce qui pouvait sembler normal à Marie ne l'était pas pour lui. C'était la première fois qu'il allait à la montagne, c'était la première fois qu'il expérimentait une autre vie. Et comme il rentrait chez lui, dans l'accumulation des choses et des êtres, dans l'éparpillement et le chaos des formes auxquels il était habitué, il y avait quelque chose qui n'allait plus. Il n'était plus le même. Au fond, tout cela le dégoûtait. Et il comprenait maintenant pourquoi Marie avait voulu rester à Paris, dans cette civilisation polie par les siècles : elle reculait le retour à Vinteuil.

Que faire ? Que faire sinon fourrer la pensée dérangeante au plus profond de soi, puisqu'il n'allait pas jouer toute sa vie la pastorale avec Marie dans les Alpes, disserter avec elle sur l'amour et la morale comme Astrée et Céladon ? Que faire sinon laisser la pensée perdre de sa virulence au fil des jours, à mesure que l'œil s'habitue de nouveau aux formes détestées, se dissoudre dans les habitudes retrouvées, en laissant toujours un goût un peu amer, toutefois, l'impression d'une autre vie possible ? Il aurait pu demander un poste en Isère pendant que Marie poursuivrait ses études à Grenoble. C'était possible et pourtant il ne le fit pas. Par paresse, par continuité. Parce que les possibles se dissolvent sous la lente et muette poussée du vécu, à la façon d'un fleuve poussant toujours plus loin dans la mer qui s'évase, glissant, coulant, s'abandonnant, jusqu'à ce qu'il n'y ait plus que l'étendue étale et morte.

Néanmoins, cette pensée ne mourut pas totalement. Le vrai projet de Tristan, si l'on peut le qualifier ainsi, fut d'introduire dans l'existence infrahumaine des fragments de l'humanité la plus pure. Il va sans dire que le projet était à mourir de rire, et que, comme tous les projets à mourir de rire, il était voué à l'échec. Et sans doute Tristan ne se l'exprima-t-il pas aussi consciemment. Mais quand, trois jours plus tard, il entra dans le collège Pablo-Picasso, il ne réagit pas comme il l'avait fait autrefois.

Il passa les portes avec la même résistance aux formes grises que depuis son retour. La même répulsion devant les murs gris, devant la grille grise, la cour grise. Il retrouva la violence qu'il avait quittée deux mois auparavant, avec les insultes qui fusaient, les coups de poing dans le ventre, hilares, pour se saluer, les surveillants tournoyant de groupe en groupe lorsque les coups tournaient à l'échauffourée. Dans la matinée, alors qu'il avait une heure libre entre deux cours, il cheminait dans un couloir lorsqu'il entendit un professeur crier : par le hublot de la porte, il vit sa collègue, la belle Sonia, métamorphosée en affreuse sorcière, pourrir un élève en retard, hurlant que cela n'allait pas commencer dès le premier jour, pas comme l'année dernière, l'élève à la capuche relevée baissant la tête. « Et ôte-moi cette capuche tout de suite ! » brailla-t-elle, dérisoirement énervée, tentant si maladroitement de s'imposer tout de suite à sa classe, alors que cela allait mal se passer, encore et toujours, parce que cela se passait toujours mal à Pablo-Picasso.

« Nous ne menons pas une vie d'homme », se dit encore Tristan.

Et lorsqu'il prit sa classe, à l'heure suivante, il se montra d'une douceur déconcertante. Il salua chaque élève, ne parla surtout pas de discipline, de rapport, d'heures de colle, parla du plaisir qu'il éprouvait à les voir, ce

117

qui suscita des regards ahuris, ne reprit aucun élève bavard, et lorsqu'un élève arriva en retard, expliquant que son bus avait été supprimé et qu'ensuite il en avait pris un autre dont les pneus avaient crevé, il fit semblant d'y croire, s'exclamant : « Tu n'as vraiment pas eu de chance, mon pauvre. Je suis vraiment désolé pour toi. » L'idée même de la dureté lui était insupportable et, à cet instant, on se demandait si la plus élémentaire fermeté lui était possible. Il fut doux comme une crème, comme un gigantesque pot de crème molle abandonné sous le soleil des Alpes. Sonia lui criait encore aux oreilles. Elle faisait ce qu'elle pouvait pour asseoir son autorité, et de façon générale, au cours d'une année bien entendu désastreuse, elle ferait ce qu'elle pourrait, mais la seule idée de rapports humains si déviants, si outrageusement déformés, exposés par nature au mensonge, à la colère, à la violence, le dégoûtait autant que la vision des formes grises.

Et Tristan Rivière continua, d'heure en heure, et de classe en classe, à promener son sourire et sa gentillesse. Et rien ne se passa, aucun élève ne se leva pour le provoquer. Et il se dit qu'il suffisait d'être doux pour recevoir de la douceur. Qu'il suffisait de donner de l'amour pour être aimé et rectifier l'humanité. Il se trompait, évidemment, et si le doux Tristan n'avait pas été en réalité, pour tous ses élèves, jusqu'au plus ignare sixième pénétrant dans le collège pour la première fois, Rivière-le-tueur, si ce même petit sixième, les aînés lui égrenant d'un air supérieur les règles à suivre pour ne pas mourir, n'avait pas appris dès le premier moment que la seule erreur à ne pas commettre, c'était de faire chier

M. Rivière, sauf à vouloir finir sur une civière, alors le bol de crème et de saindoux aurait été souillé de la plus ignoble façon. Et tandis que Tristan s'ébaudissait de la puissance de la douceur, il ne se rendait pas compte, ou il faisait semblant de ne pas se rendre compte, qu'aucun professeur n'avait de rapports avec ses élèves plus viciés que lui, puisque sa prétendue douceur s'arrimait à un sentiment terrible : *les élèves étaient fiers d'avoir un tueur pour professeur.*

Et comme la douceur des cours d'histoire ne lui suffisait pas, il devint entraîneur de boxe le mercredi après-midi, au gymnase du collège, dans le cadre de l'association sportive.

— Pourquoi êtes-vous ici ? demanda-t-il à la première séance devant cinquante adolescents.

— Pour faire de la boxe, m'sieur, répondit benoîtement Simon, de troisième.

— Ici, je ne suis pas M. Rivière. Appelez-moi Tristan et tutoyez-moi. Et demain, pas de confusion des genres, je serai de nouveau M. Rivière.

Les élèves se regardaient, surpris.

— Pourquoi voulez-vous faire de la boxe ?

— Pour nous battre, m'sieur, répondit Ahmad, de quatrième.

— Pour vous battre ? Dans la rue, tu veux dire ? Pour pouvoir te défendre ?

— Ben oui, m'sieur.

— Appelle-moi Tristan. Eh bien, je vais vous décevoir mais la boxe n'est pas du combat de rue. La boxe est une philosophie, mes enfants. Une discipline de vie. Une véritable ascèse.

Les élèves hochaient la tête d'un air pénétré. L'un d'eux leva la main.

— Mais on peut quand même se casser la gueule, non, m'sieur ?

Tous les autres se mirent à rire.

— C'est quoi, l'A16 ? demanda un cinquième costaud pour son niveau (il avait redoublé deux fois).

— La boxe, ça sert à taper, m'sieur. Je l'ai vu à la télé ! Ça cognait bien.

— Moi, j'ai vu *Rocky IV*, m'sieur. C'était énorme comme ils se maravaient ! Ah, les fils de pute !

Tristan hurla.

— STOP ! Je vais vous présenter une règle fondamentale de ces cours ! Je vous interdis la moindre insulte. Rien, pas un mot de travers. Le premier qui insulte, je m'occuperai de lui personnellement, dit-il d'un ton exempt de toute douceur. Toi, tu t'appelles comment ? dit-il en désignant le fautif.

— Hamza, monsieur, dit le petit gars noueux, tremblant sous le regard de Tristan.

Les autres le regardaient avec terreur et compassion. Ils imaginaient très bien le châtiment qui allait suivre. Rivière-le-tueur allait le briser en deux.

— Tu vas me faire cinquante pompes, tout de suite.

— Oui, monsieur, tout de suite, monsieur, dit Hamza en s'agenouillant. Et c'est tout, monsieur ?

— Quoi, c'est tout ? Tu en veux plus ?

— Non, m'sieur, c'est pas ça, c'est très bien, m'sieur, fit Hamza, soulagé et souriant, montant et descendant sur ses bras.

Tristan se carra devant les élèves, un air sévère sur le

visage. Cela contrastait tant avec son apparence habituelle que tous frémirent.

— Il n'y aura pas d'insultes ici, il n'y aura pas de coups bas. Nous serons un club de gentlemen. Courtoisie et bonnes manières. On se salue au début des assauts, on remercie à la fin. On ne s'énerve jamais et on suit tous les ordres de l'arbitre. Ce que vous allez comprendre, c'est que la boxe n'est pas de la violence, ce sont des règles et de la technique, c'est une maîtrise. Je veux de la douceur et du calme. Un coup de poing n'a rien à voir avec de la fureur. Un coup de poing, c'est le poids du corps multiplié par la vitesse en fonction de votre morphologie mais aussi de votre technique. Ici, vous allez mépriser les brutes et honorer les gentlemen, vous allez vous-mêmes devenir des gentlemen.

Un élève leva la main.

— C'est quoi un gentèlmèn, monsieur ?

Un autre leva la main.

— Je peux répondre ?

— Vas-y.

— Gentlemen, c'est le pluriel de gentleman en anglais. Un gentleman, c'est un mec classe qui s'habille bien, avec une fleur sur l'habit. C'est un gars stylé, qui parle super bien, qui fait de la poésie et qui reste toujours classe.

L'évocation était très convaincante. Les élèves se regardaient, impressionnés.

— Il va falloir qu'on s'habille classe pour la boxe, m'sieur ? Avec un costume comme mon frère pour son mariage ?

— Non, dit Tristan. Vous allez venir en survêtement

121

et l'association se charge du matériel, gants et casques. Être un gentleman n'est pas une question de vêtements. C'est une élégance morale, faite de calme, de courtoisie et de bonnes manières. C'est une façon de se comporter et de considérer la vie. Cette association ne doit rassembler que des gentlemen.

Il faut croire que peu se sentaient gentlemen puisque le mercredi suivant ils n'étaient plus que huit, dont deux nouveaux, Sen Liang et Serge Fadouba. Sen et Serge étaient les deux personnalités les plus importantes de Pablo-Picasso. Âgé de seize ans, Sen était un Vietnamien impassible, petit et râblé, qui n'avait jamais souri en trois ans de présence au collège. Seigneur impavide, il tirait sa réputation de sa menace et ses silences. Serge, un Camerounais du même âge, était plus grand, avec des muscles plus déliés. Il était d'un abord plus facile, avide de tchatche, de séduction et de beaux habits. Les deux rivaux s'affrontaient régulièrement pour la suprématie, à coups de poing et de pied. Il suffisait d'un regard : les adversaires s'élançaient l'un contre l'autre. Dans ce duel toujours renouvelé, depuis l'arrivée de Serge voilà deux ans, alors que Sen jouissait jusque-là d'une suprématie incontestée, se jouait l'empire du collège, qui n'était pas un empire plus absurde que d'autres. Une rumeur tenace voulait que Sen soit le véritable homme fort, sans doute parce que durant ces bagarres, qui avaient toujours lieu à l'écart, la dernière en date dans les vestiaires du gymnase, une semaine plus tôt, il frappait en silence, sans grogner ni gémir. Cela faisait partie du masque qu'il s'était choisi.

Sen avait un frère de deux ans plus jeune, Ahn, élève

de troisième également, dont le domaine d'élection était les études. Il était le meilleur élève du collège et puisqu'il en va de la boxe comme des études, il en était le meilleur espoir. Tous les professeurs le voyaient rejoindre plus tard les grands lycées parisiens. C'était un adolescent rieur et languide, très efféminé, passant ses heures de cours à noter scrupuleusement, d'une écriture calligraphiée, les propos de ses professeurs. Il était aussi bavard que son frère était silencieux, aussi inoffensif que son frère était dangereux mais, en réalité, il n'aurait pu mener cette vie heureuse sans la terreur que Sen imposait. La double audace du bon élève et de l'adolescent efféminé ne pouvait se concevoir sans la muette protection de Sen, dont les poings veillaient de loin sur son frère. Personne n'osait s'en prendre à Ahn. Il pouvait collectionner les 20 sur 20 et se vernir les ongles, ce qu'il fit à plusieurs reprises, par inconscience ou volonté de braver la foule. En retour, les autres élèves pouvaient s'abandonner à l'admiration car sous la haine qu'ils auraient éprouvée en l'absence de Sen perçait une franche et simple admiration devant l'intelligence de leur camarade. En somme, Sen libérait ce qu'ils avaient de meilleur. Comme Tristan, il illuminait les autres par la terreur. C'étaient les Lumières répandues à coups de poing.

La venue des duellistes au cours de boxe était donc un événement. Tristan les fit travailler avec plus d'attention encore que les autres. À la fin du cours, Serge rayonnait : il avait adoré l'entraînement. Rivière lui avait tapoté l'épaule en guise de félicitations. Le cancre, toujours dernier, toujours nul, toujours dépassé, avait été remarqué.

Et c'est ainsi que le club des gentlemen boxeurs (CGB, ce qui rappelait à Tristan des sigles plus familiers) vit le jour. Ce n'était rien : huit élèves de quatrième et de troisième dans un gymnase hors d'âge. Mais ce fut le début d'une grande aventure et accessoirement le ferment de la réussite de Tristan. Juste huit boxeurs. Mais parmi ces huit, il y avait Serge Fadouba. Outre le fait que la boxe lui donna un métier, elle donna également un sens à sa vie, avant de la transformer en ce qu'on pourrait pompeusement appeler un destin. Trois mois plus tard, alors que Serge s'entraînait non seulement à l'association sportive du mercredi mais aussi trois fois par semaine au club de boxe de Vinteuil, Tristan fit venir Bouli au gymnase. C'était la première fois que Tristan retrouvait son entraîneur dans une salle de sport. Bouli s'assit sur un banc, les mains dans son blouson, et regarda d'un air ennuyé et vaguement dégoûté les boxeurs qui répétaient les techniques.

— Le gars, là, le Noir, tu veux pas lui faire un assaut ? dit-il.

Tristan sourit. C'était surtout pour Serge qu'il avait demandé à son entraîneur de venir. Sur les tapis de gymnastique qui servaient de ring, Serge affronta un adversaire. Bouli, le visage fermé, l'observa attentivement sur trois rounds. Serge frappait vite et bien, sans appuyer ses coups, en se déplaçant avec aisance, ayant assimilé avec une rapidité extraordinaire les conseils de Tristan. À la fin des trois rounds, Bouli hocha la tête en se levant. Il alla vers Tristan, à petits pas ennuyés et lourds, très las

124

de leur tâche, et avec son flair de vieil entraîneur il dit d'une voix tout aussi lasse :

— Ce gars, si tu l'entraînes bien et s'il a les tripes, il sera un champion.

Tristan ne voulait pas que Serge l'entende, pour ne pas lui tourner la tête. Mais Serge l'entendit. Ces paroles tombèrent dans un tel abîme de doutes personnels et de déracinements qu'elles ne lui tournèrent pas du tout la tête mais le vivifièrent en un éclair. Jamais plus Serge ne se battit avec Sen : il avait mieux à faire que des combats de rue qui pouvaient le blesser. Sen tourna en rond pendant quelques semaines, orphelin de son meilleur ennemi, puis un jour il haussa les épaules et se mit à côté de son frère sur un banc au milieu de la cour. Assis sur le dossier du banc, les pieds sur le siège, impassible, il s'établit en seigneur invincible, contemplant autour de lui ses sujets occupés à leurs jeux puérils.

Serge Fadouba devint le premier champion du monde du club de Vinteuil et sans doute la plus grande fierté sportive de Tristan, qui l'avait découvert et porté. Séparant à jamais les duellistes, il avait ramené la paix dans le corps social. En somme, la pastorale s'étendait à Pablo-Picasso. Le règne de l'amour ne faisait que commencer.

4

Mariage à grumeaux

Tristan et Marie se marièrent pendant l'hiver. Ce fut une fête sociale qui remplit le jeune homme d'angoisse. Il économisait depuis qu'ils avaient évoqué l'idée d'un mariage. Les parents de Marie offraient une grande réception au pavillon Gabriel, à Paris, mais Tristan ne voulait rien demander à Marcel et Louise et la seule pensée des dépenses à venir lui donnait la nausée. Il n'avait vraiment pas un sou devant lui. En cachette de Marie, il avait contracté un emprunt pour le mariage, avec lequel il entendait payer à la fois ses habits de marié et sa part de la fête, dont le montant, énoncé avec nonchalance par sa belle-mère (« huit cents francs par couvert au pavillon Gabriel, à ce prix-là, c'est donné, Tristan, nous faisons une excellente affaire »), avait déclenché des suées.

Son autre crainte venait de son père, qui avait accueilli la nouvelle en disant : « Hé, Louise, le petit se marie chez les bourgeois. Va falloir faire attention à pas boire l'eau des rince-doigts. » Une plaisanterie facile qu'il avait détestée, qui était tellement basse, tellement cliché, tellement ancrée dans le ressentiment paternel. Il redoutait un esclandre pendant la cérémonie.

Mais tout cela n'était rien en comparaison de la panique qui le submergea lorsqu'il arriva à la mairie. Prétextant un besoin de recueillement (?), il se réfugia dans une petite pièce vide, plongée dans la pénombre, seulement meublée d'une chaise et d'un miroir moucheté.

« Tout va bien se passer. Je l'aime et tout va bien se passer. J'aime Marie et tout va bien se passer. Je l'aime, elle est merveilleuse, notre rencontre a été merveilleuse, nous vivons ensemble, nous nous entendons très bien, nous aurons des enfants, il est naturel de se marier, c'est ce que nous faisons aujourd'hui et tout va bien se passer, tout va bien se passer », psalmodiait-il en fixant le parquet. Carrés multipliés, filant sous la porte de bois mauve, quadrillant toute la pièce. Puis il se mit à observer sa chaussure gauche avec une attention démesurée.

Il fallait qu'il rejoigne les autres. Ils avaient remarqué son absence, il était déjà ridicule, il ne fallait pas en plus qu'ils s'inquiètent. Marie était-elle arrivée ? Ils avaient refusé l'église, puisque Tristan n'était pas baptisé, au grand déplaisir de Myrtille, mais les usages persistaient, le père conduisait la mariée jusqu'à l'autel laïque. Et Marcel était probablement déjà dans la salle, il fallait lui reconnaître cela, il n'était jamais en retard. Il avait toujours été très strict avec les horaires. L'heure, c'était l'heure. Et il avait raison. C'était une question de respect. On ne fait pas attendre. D'accord, d'accord, mais si l'on est mort de peur ? Si le seul endroit rassurant est cet espace étroit, boisé et mauve ? Est-il HUMAINEMENT possible de s'aventurer au milieu de centaines d'invités, de sourire à chacun avant de subir une cérémonie exposée

127

aux regards de tous, alors que votre seul désir est de vous enfuir ? Est-il humainement possible de dire « oui » ?

« Oui, c'est possible, c'est nécessaire, cela va se faire parce que j'aime Marie, parce que j'aime Marie, parce que j'aime Marie… »

Tristan souffrait à l'avance du décalage entre ses invités et ceux de Marie. « Ce n'est rien, ce sont juste des classes sociales, un truc qui appartient à toutes les sociétés et qui ne change rien en fait, en tout cas pour un mariage, je ne vois vraiment pas pourquoi ça m'inquiéterait, chacun vient de son milieu et voilà, c'est tout, c'est un fait, pas un problème. »

Le bout sombre de sa chaussure lançait un éclat sardonique.

« Pas un problème ? Ne te raconte pas d'histoires, Tristan. Pense à ton père, qui va s'habiller le plus mal possible, pour t'humilier. »

Tout d'un coup, sa chaussure lui semblait un interlocuteur très digne.

« Je te trouve très belle, tu sais, et je suppose que mon père te détestera, lui qui va se faire un plaisir de porter ses Mephisto et peut-être même son bleu de travail s'il est en forme, histoire de bien gueuler au mégaphone qu'il emmerde tout le monde en général et la belle-famille bourgeoise en particulier. Toi, au moins, tu te donnes du mal pour luire, pour être belle, c'est un peu servile mais c'est méritant. »

Il était tard, il était très tard. Tristan se demandait s'il n'était pas *trop* tard lorsqu'il entendit la porte de la pièce s'ouvrir. « Tristan », entendit-il. Frémissant, il tendit l'oreille.

— Tristan, c'est moi.

— Je suis là, fit-il de la voix la plus naturelle possible.

Rire étouffé de Marie, qui entra dans la pénombre.

— Je savais que je te trouverais là. Nerveux ?

— Tout le monde m'attend, bien sûr ?

— Ne t'inquiète pas, il y a des retardataires. Mais on peut faire la cérémonie ici. C'est ma mère qui sera contente.

— Nous allons lui éviter ça. Enfin, si je peux... parce que je suis un peu nerveux.

— Moi, je suis terrifiée, dit Marie.

— C'est donc ça, le mariage ? dit Tristan à voix basse. Une entreprise de terreur mutuelle ?

— Pourquoi as-tu peur, toi ? Tu veux changer de mariée ? Tu préfères mon témoin ? Elle est pas mal, Sophie. Il suffit d'intervertir, personne ne s'en rendra compte.

— Je n'ai pas peur, dit Tristan, bravache, je suis nerveux.

— La distinction est en effet essentielle. Mais je te signale qu'on nous attend.

— C'est bien là le problème.

— Tu veux qu'on fasse le mariage à quatre ? Nous deux et deux témoins ?

— Vire les témoins, ce sera encore mieux.

— Réflexion très juste, Tristan, un peu tardive toutefois. Il aurait fallu y penser avant. Procédons par ordre : qu'est-ce que tu détestes le plus dans ce mariage ?

— Mon père.

— Ton père ?

— Le bleu de travail de mon père. Il le porte, n'est-ce pas ?

Hésitation de Marie.

— Oui. C'est très seyant, remarque. Et puis c'est original.

— Et ma mère ?

— Classique. Robe et chapeau. Très bien.

— Une mère endimanchée, un père en bleu de travail. Magnifique !

— Ce n'est pas bien d'avoir honte de ses parents, Tristan.

La voix de Marie était plus sérieuse.

— Je n'ai pas honte d'eux. Ce n'est pas ça. J'adore ma mère, et mon père aussi d'une certaine façon, même s'il m'exaspère. C'est juste qu'ils ne vont tellement pas avec les tiens, avec ta famille, les amis de ta famille. Je trouve ça minable de penser qu'ils *ne vont pas* mais je n'arrive pas à m'en empêcher. Et puis de toute façon, je crois que ce n'est même pas ça. Je crois que c'est toute cette cérémonie, ce truc, cette officialisation énorme, ce regard de tous sur notre intimité. Nous sommes déjà mariés, Marie. Nous nous sommes mariés en Maurienne il y a deux ans, lorsque nous avons fait l'amour matin et soir dans le chalet et dans la nature.

— D'accord, mais on peut difficilement le répéter devant les invités. À mon sens, cela serait mal vu. Alors je propose une autre solution : je quitte cette pièce, je t'attends dans le couloir, tu réfléchis pendant encore trente-huit secondes, j'indique ce nombre au hasard, et puis, si tu veux toujours m'épouser, nous allons main dans la main trouver monsieur le maire. Nous expédions la cérémonie puis nous rentrons à la maison pour faire comme des lapins en montagne.

130

Trente-huit secondes. Les gens se rendaient-ils compte de tout ce qu'on pouvait accomplir en trente-huit secondes ?

Tristan inspira trois fois profondément puis quitta la pièce et rejoignit Marie. La jeune femme qui se retourna dans le couloir illuminé, une lueur d'inquiétude dans le regard, n'était pas Marie, c'était sa jeune épouse parée de blancheur, le corps évanoui dans les dentelles et la soie. Il sourit et elle sourit et ce fut, dans la solitude d'un couloir, un « oui » somptueux, un « oui » de roi et de reine, d'une douceur et d'une plénitude muettes. Dans sa main droite, Marie tenait deux roses blanches.

— Elles sont du même rosier, dit-elle en tendant une fleur à Tristan.

Tristan hocha la tête.

— Un beau conte d'amour et de mort ?

— Jusqu'à la mort, Tristan, dit Marie. De la mairie de Vinteuil jusqu'à la ronce finale naissant de la tombe de Tristan et Marie.

— Tristan et Iseut ne se marient pas.

— Non, ils vivent dans la forêt mais j'ai toujours détesté le froid et l'humidité. Et en plus ils sont malheureux. Nous, nous serons heureux.

— L'amour de Tristan et Iseut sans le malheur et sans la forêt ? Que demande le peuple ?

— Un baiser.

Ce qui fut fait, de sorte qu'ayant dit « oui » et s'étant embrassés, les deux fiancés étaient mariés. Ils n'eurent plus qu'à sortir du couloir, arriver en retard à leur propre cérémonie, et entendre les applaudissements crépiter, l'œil fixé sur le maire de Vinteuil qui les attendait, de l'autre côté du bureau républicain, avec dais et trompettes, patientant durant son bref discours puis durant le trop long discours du père député, sous les sourires sardoniques de Marcel, avant de répéter plus fort et plus haut le « oui » du couloir, pour la vie et pour la mort, depuis le mitan de la vie jusqu'à la mort la plus lointaine possible, de jour en jour et de nuit en nuit, jusqu'à ce que la mort les sépare et qu'une ronce jaillie miraculeusement du sol exprime l'amour de leurs âmes réunies.

Telle fut la cérémonie de mariage de Tristan-le-héros et de Marie-la-pure, sous les yeux des seigneurs assemblés, même Marcel, seigneur rebelle, devant convenir que la mariée était bonne et belle.

Les traits se brouillèrent dans les grains de riz jetés à la volée et de tout ce qui suivit, Tristan et Marie ne se souvinrent pas très bien (eurent-ils vraiment le désir de se sauter dessus comme de petits lapins ?), le déroulement de l'après-midi s'estompant dans un brouillard de remerciements, félicitations, congratulations, tandis que de nouveaux préparatifs requéraient Leurs Majestés avant le pavillon Gabriel où les jeunes mariés se retrouvèrent à 20 heures, par deux chemins différents.

En raison du coût prohibitif de ce que Myrtille appelait une affaire, Tristan n'avait invité que trente personnes ($30 \times 800 = 24\,000$ francs), tout en se rendant compte qu'il n'aurait pas pu en inviter beaucoup plus, sauf à qualifier d'amis intimes la stagiaire, les élèves de cinquième, sa classe préférée, et les meilleurs boxeurs du club, à commencer par Serge Fadouba. Sa famille était en réalité très réduite, ni Marcel ni Louise n'attachant beaucoup d'importance aux relations familiales, et si Louise n'avait pas eu une sœur plus liante que les autres, qui s'efforçait depuis vingt ans de maintenir la tradition de Noël, la famille maternelle n'aurait pas été représentée. Quant à Marcel, il lui suffisait de retrouver ses deux fils au mariage, comme le dimanche midi. Émile et Thibaut, venus en costume, eux, avec femme et enfants, déambulaient au milieu de la foule, à la fois incontournables puisqu'ils étaient les (demi-) frères du marié, et embarrassés d'eux-mêmes car ils ne connaissaient personne. Et ce n'était pas Bouli, arrivant dans un accoutrement de père Noël qui témoignait néanmoins d'une attention touchante, son énorme carcasse, toujours plus ventrue, logée dans une veste élimée, explosant de tous côtés au-dessus de son pantalon, qui serait allé leur parler.

Les invités du député Lamballe et de son influente épouse écrasaient ceux de Tristan, à la fois par le nombre ($200 \times 800 = 160\,000$ francs) et par l'aisance sociale, éclats de voix et saluts joyeux retentissant de toutes parts à mesure que la France socialiste se retrouvait, politiques, médias et hommes d'affaires rassemblés, avec des visages célèbres à chaque mètre. Il était évident que la déception de David Lamballe lors de la formation du gouvernement Rocard (non, il n'était pas ministre, non, il n'avait pas reçu un poste de secrétaire d'État pour se consoler), à peine tempérée par la présidence de la commission des finances à l'Assemblée, avait transformé le mariage en opération de communication.

D'ailleurs, Tristan croisa le Premier ministre, verre à la main, petit homme volubile et tranchant qui, sans pousser l'amitié jusqu'à un poste ministériel, ne refusait pas un détour de Matignon pour l'apéritif du mariage, et il faut reconnaître que cela fit de l'effet au professeur d'histoire de Pablo-Picasso. Ainsi, c'était cela le patron de l'État, le rénovateur criblé de flèches sournoises par un président de la République de son propre camp...

Tristan n'était pas le seul à l'observer. Marcel, près d'une baie vitrée, presque caché par les rideaux, faisait de même. Tristan lui trouva l'air triste, ce qui était inhabituel chez son père, de sorte qu'il le rejoignit. Marcel hocha la tête.

— Le Premier ministre, fit-il avec un geste incompréhensible, mélange d'emphase ironique et de révérence. On ne se refuse rien.

— Ce n'est pas moi, c'est un ami de David.

— David... le député Lamballe...

Sa voix était un peu pâteuse. Marcel regarda sa coupe de champagne, avec de nouveau son air triste. Tristan remarqua ses sandales, exhibant des ongles rongés par la mycose.

— Tu as toujours été malin, poursuivit Marcel. Bébé, déjà, ta mère le disait. « Il a des yeux vifs, il a des yeux vifs », qu'elle disait. Ben voilà, t'es vraiment le plus malin, t'épouses une fille de la haute et nous on regarde.

Tristan ne répondit pas. Il aurait peut-être dû s'énerver mais il ne le fit pas, parce qu'il comprenait que ce spectacle faisait souffrir son père.

— C'est toujours les plus malins qui gagnent. Pas les purs, pas les vrais. Les malins. Toi, t'étais le plus malin, tu parlais pas, tu réfléchissais, là, tranquille, dans le ber-

134

ceau, tu nous regardais avec tes grands yeux. T'étais pas comme tes frères. Et puis c'est vrai que Louise, elle était pas comme mes autres femmes non plus. J'ai vu que Bouli était là, ajouta-t-il. Il est pas rancunier, celui-là !

Tristan ne dit toujours rien. Petit frisson d'une blessure cautérisée.

— Ils ont gagné, c'est ça ? Ils ont tous gagné ? Le Mur est tombé, le communisme est fini et ils ont gagné. Le capitalisme a gagné et nous on a perdu, on regarde un beau mariage, invisibles.

— Les pauvres perdent toujours, dit Tristan. C'est une loi de l'Histoire.

Marcel vida son verre puis, déterminé, partit vers le bar. Tristan retrouva Marie. À la tristesse de son père, même mêlée d'agressivité, il aurait préféré le ressentiment habituel, finalement. Le bleu de travail avait été considéré par les invités comme un déguisement de guignol, il avait fait sourire un instant puis avait été oublié, le grumeau absorbé et liquidé.

Au dîner, Tristan s'aperçut que les autres grumeaux avaient été rassemblés à une grande table et il devina aussitôt la question de Myrtille à Marie : « Lesquels sont sortables ? » Pouvait-on insérer certains grumeaux, plus jolis, mieux formés ? Les enfants, oui. Les enfants étaient ensemble, grumeaux et caviar confondus. Les autres invités de Tristan discutaient entre eux, à l'exception de Louise et de Marcel, installés à la table des parents, au cœur du pouvoir, par une décision lourde de dangers. Marcel parlait beaucoup à son voisin.

On se leva pour la pièce montée. David allait ouvrir le bal avec Marie, puis suivrait Louise avec Tristan.

Tristan marchait vers la piste de danse lorsqu'il aperçut son père de l'autre côté de la baie vitrée. Il distingua avec une précision surprenante un visage d'une rougeur extrême, apoplectique. Et alors qu'il se demandait ce qui se passait, tout en voyant sa mère s'approcher, tout empesée de responsabilité et en même temps heureuse, franchement heureuse de cette danse, les deux perceptions se télescopant dans l'esprit de Tristan, il crut comprendre que... et pourtant il refusait de comprendre tandis que son regard fixe attirait d'autres regards... d'autres regards tout aussi ébahis puisque manifestement ils voyaient la même chose que lui, dans la lumière trop éclatante qui enveloppait Marcel... le sexe énorme (oui, il eut le temps de percevoir que ce sexe était énorme) de son père sorti de son bleu de travail... le sexe énorme qui se mettait à pisser d'un jet dru contre la vitre, la pisse rebondissant silencieusement en nappe jaunâtre... le jet infini, démesurément et incroyablement long, tandis que des cris scandalisés retentissaient (ainsi qu'une appréciation murmurée que Tristan entendit clairement dans le maelström de sensations qui l'emportait : « Elle est vraiment, vraiment grosse ! »), le visage de Marcel s'épanouissant en une grimace grotesque et bouffonne, traduisant son bonheur insigne à pisser sur l'odieux mariage bourgeois.

LA CONQUÊTE

.

1

Portrait du héros

Il existe une illusion tenace selon laquelle les pères sont des héros d'une force surhumaine, de la taille d'un grand chêne, dont la présence est un gage de protection et de sécurité. Entre les bras de cet homme, il ne peut rien vous arriver et cela durera pour toujours, depuis l'aube de la vie jusqu'à la fin des temps, car les héros sont immortels. Cataclysmes, agressions, haines, ouragans se brisent contre le buste du père.

Lorsque l'enfant grandit et qu'il s'aperçoit que son père n'est pas un demi-dieu, même s'il est pour certains le dieu de l'autorité à abattre, il reste néanmoins orphelin du dieu vivant de la protection et de la force jusqu'au moment où, endossant lui-même l'identité du héros pour ses propres enfants, il comprend qu'on lui a prêté, à lui, l'homme parfaitement commun, une cape d'invincibilité, d'une soie grise d'illusion, à la mesure de l'amour enfantin. Face aux peurs de son fils ou de sa fille, il est là, rameutant autour de lui la puissance, barrage contre le monde. Sa force est illusoire mais, outre qu'en comparaison de celle de son enfant il est en effet un dieu, portant de ses bras tout l'empire du monde (jouets, lit, chaise, landau, transat…), ne se sent-il pas, tout de même, un héros authentique, prêt à tout pour ce petit être aux yeux brillants ?

Et même si l'enfant se rend compte des années plus tard qu'il a été bien heureux si la force de son père n'a pas été trop destructrice, si son autorité n'a pas eu pour véritable nom la violence, même s'il s'est éloigné de son père au point de le considérer comme un être nuisible, même si les années écoulées depuis leur dernière rencontre sont nombreuses (c'est simple, ils ne se sont pas vus depuis le jour du mariage), même s'il songe seulement à son père en le qualifiant *in petto* de gros con, le voir ainsi, dans son cercueil, a tout de la mort du héros et du dernier bûcher d'Achille.

Le visage de Marcel était figé par les soins mortuaires. Louise était allée chercher un costume noir et une chemise blanche qui trahissaient en apparence son mari, lui donnant l'air, à lui, l'ouvrier d'Aulnay, d'un paysan normand endimanché pour son ultime mariage. Mais Tristan comprenait, tristement, parce qu'il avait fait quelquefois, il y avait très longtemps, le marché avec ses grands-parents normands, très vieux et cassés par l'âge, le dos de sa grand-mère formant une stupéfiante courbe, que son père appartenait beaucoup plus à la lignée de ces hommes noueux, vieillis avant l'âge par les travaux de la terre, ancrés dans le sol de Normandie, avec leurs dents d'argent qui brillaient quand ils souriaient, qu'au lointain communisme soviétique dont il se réclamait. Et il y avait peut-être dans l'animosité permanente de Marcel l'agressivité d'un être déraciné, à jamais déplacé, rongeant dans l'utopie

140

d'un pays lointain, lointain par essence, le désarroi de l'exil.

La chambre mortuaire était presque vide. Louise, Émile et Thibaut, leurs femmes, qui jetaient un regard surpris sur ce visage qu'ils ne reconnaissaient pas, Marie, qui avait tenu à venir, Tristan, et trois personnes vaguement familières, sans doute la famille normande.

Soudain un flot d'images du passé éclata dans sa mémoire, rendant vie au bouffon figé dans la rancune d'une soirée de mariage, restituant la douceur d'années plus tendres. Le jour glorieux où Tristan l'avait accompagné à l'usine, ses camarades accueillant l'enfant en lui faisant fête, en le prenant dans leurs bras, traversant les ateliers. Tristan avait été le roi de cette fête mais il avait surtout eu la fierté de voir que son père était connu et aimé.

Dans la poche de sa veste était pliée la feuille du discours qu'il avait préparé la veille. Il avait eu du mal à l'écrire parce que la mort de son père l'avait délivré d'un gros con et non d'un être qu'il aimait. Il avait souffert que son père pisse sur lui, sur son mariage, sur Marie, qu'il veuille détruire ce que son fils construisait. Et alors qu'il écrivait le discours, à Vinteuil, dans la nuit, le visage grotesquement aviné de son père le poursuivait, de sorte qu'il s'était réfugié dans un temps inconnu, ce repli lumineux et légendaire du passé de Marcel durant la Résistance. Bien entendu, il avait du mal à faire coïncider ce héros dont il savait en réalité très peu de choses avec le père qui avait passé l'essentiel de son temps libre sur un canapé devant la télé, mais il savait aussi que de nombreux héros de guerre s'étaient retrouvés comme

141

défaits d'eux-mêmes en temps de paix, dépouillés de leur gloire et de leur énergie.

Il y avait sans doute une illusion enfantine à abriter son amour déçu au sein de l'héroïsme épique de son père, à confondre dans un même amour légendaire un père des origines et un héros de la Résistance, mais n'était-ce pas préférable à la description du bouffon pisseur ? N'était-ce pas préférable aussi au léger mépris (mépris dont il avait un peu honte, dans lequel il décelait une forme de mépris de classe envers l'ouvrier ignare qu'était son père) qu'il éprouvait pour l'idéologie de Marcel ? Même après la chute du Mur, Marcel n'avait pas renié le communisme. En tout cas, il avait toujours haï le capitalisme avec les mots du communisme.

Malgré sa rancune, Tristan songeait avec un peu de tristesse que son père mourait dans un monde où le mot de « communisme » était à peu près aussi valorisé que celui de « nazisme », où Staline était placé au même rang que Hitler dans les tyrans meurtriers de l'Histoire après avoir été le petit père des peuples, le souverain admiré jusqu'à l'idolâtrie par des centaines de millions d'hommes dans le monde. Mirages de la perception historique. Dans un sondage, Tristan avait vu que tout le monde avait oublié le rôle de l'armée Rouge dans la défaite du nazisme, oubli qui profitait aux États-Unis. Dix millions de morts militaires versés dans le vide de l'amnésie historique. Le sacrifice d'une nation entière, vingt-six millions de morts au total, l'équivalent d'un pays rayé entièrement de la surface de la terre, biffé et remplacé par l'usine à images d'Hollywood, celle-là même dont Marcel affirmait que les peuples ne seraient pas dupes.

Tout ce qui avait été l'univers idéologique de son père avait été vidé de son sens, tourné en horreur ou en ridicule, et lui-même, l'ouvrier d'Aulnay, n'était plus qu'un symbole d'échec social et d'aveuglement idéologique, même aux yeux de son fils. Pouvait-on imaginer fin plus radicale ?

Alors que faire, sinon évoquer dans ce discours le jeune résistant de dix-huit ans, rappeler que ce membre des Jeunesses communistes accomplit une guerre héroïque à partir de 1942, tractages, sabotages, exécutions, lorsque personne ou presque ne songeait à se rebeller ?

Il était tard. Marie était endormie, les enfants étaient endormis. Tristan assis à son bureau dans la maison de Vinteuil se souvint d'un des modèles de son père, Jean Moulin. La figure du héros. Marcel, qui trouvait toujours à redire, à minimiser, méfiant devant toute grandeur, admirait pourtant Jean Moulin. Il lui avait parlé plusieurs fois d'un de ses actes de courage. Lorsque Moulin était encore préfet d'Eure-et-Loir, en juin 1940, les Allemands avaient exigé qu'il signe un papier accusant un bataillon de tirailleurs sénégalais d'avoir commis des exactions contre des civils, exactions dont les soldats allemands étaient coupables. Jean Moulin refuse. Frappé, emprisonné, il se tranche la gorge avec un tesson de verre pour ne pas signer le protocole. Ce refus de signer un mensonge, Marcel l'admirait davantage que le départ pour Londres et les années de subtiles manœuvres pour unifier les mouvements de résistance. Et lorsque Tristan y songeait, de nouveau, des années plus tard, il s'apercevait qu'il était d'accord avec son père, il n'existait pas acte plus héroïque et plus pur que de braver la mort pour ne pas mentir, ce que n'importe quel homme aurait sans doute accepté, peut-être en se disant qu'après tout ce protocole n'était qu'un morceau de papier. Mais pour Moulin, ce n'était pas un morceau de papier, c'était la vérité ou le mensonge, et cette vérité l'engageait tout autant que les tirailleurs sénégalais. Tristan se souvenait d'une formule de Moulin : « La vérité éclate toujours. » C'était une phrase naïve peut-être, une phrase d'âme pure en tout cas, celle d'un homme qui croyait absolument et totalement à la vérité. Et il n'y avait pas d'autre solution, pensait Tristan, que l'idéalisme. Si Jean Moulin n'avait pas été un idéaliste – de Gaulle disait de lui qu'il était autant un apôtre qu'un ministre –, il n'aurait pu se trancher la gorge, être sauvé, s'engager ensuite dans la Résistance, la rallier au gaullisme, même si c'était pour mourir torturé par Klaus Barbie. Seul l'idéalisme unifiait un être.

Alors voici ce que le fils écrivit, voici les mots qu'il prononça le lendemain, à l'enterrement, devant le cercueil vissé avec application par trois employés des pompes funèbres, et une trentaine de personnes venues finalement pour la mise en terre au cimetière d'Aulnay, pour l'essentiel ses collègues, tous ouvriers au visage vieilli. Ni Louise ni ses frères n'avaient souhaité prendre la parole.

« Je me souviens de mon père, Marcel Rivière. Je me souviens de ses emportements contre les patrons, contre le capitalisme, contre les journalistes, contre le chien du voisin. Je me souviens que mon père fut pour moi, depuis toujours, une vitupération. Il n'était pas commode, il n'était pas facile, nous nous sommes brouillés, retrouvés, brouillés encore, parce qu'il était ainsi, parce que sa vie

144

était un combat contre la société. Certains ne l'aimaient pas à cause de cela, d'autres au contraire l'adoraient et je suis sûr que tous ceux qui sont ici aujourd'hui gardent le souvenir de ses colères mémorables. C'était son chemin, sa voie propre, et à l'heure où il a enfin trouvé la paix, je crois que nous devons rendre hommage à sa colère, qui fut aussi un gage de pureté et de sensibilité. Marcel ne supportait pas les injustices, les inégalités, les oppressions. Sa colère venait de loin, elle tonnait depuis son enfance en Normandie, elle s'est épanouie lorsqu'elle a trouvé une cible, grâce aux Jeunesses communistes, dont la doctrine a donné un sens à sa vie. Et durant la guerre, sa colère a été sa pureté et sa grandeur. Il s'est engagé dans les FTP, il a été le membre actif d'une section célébrée pour son audace, ses coups de force, son courage devant l'adversité. Il m'a raconté une fois – mais il n'aimait pas en parler – qu'il avait exécuté un officier allemand, en pleine rue, dans Paris occupé. Sa colère était pleine de pudeur, comme tous les vrais héros. Ma mère me disait : "Ton père est un héros de guerre", et il est vrai que cette phrase me suffisait, qu'elle ravissait l'enfant que j'étais et que l'on reste toujours un peu en face de son père. "Rivière a fait une grande guerre." Voilà ce qu'on disait à Aulnay, voilà ce que savaient ses camarades d'usine, voilà ce que savaient ses patrons, même lorsqu'ils étaient exaspérés par ses positions de syndicaliste. Et personne ne lui ôtera jamais cette grandeur. Mon père fut un homme difficile, tourmenté, mais il fut aussi un grand homme. Par-delà les brouilles, par-delà les incompréhensions et les déceptions, il fut mon père, la grande figure de ma jeunesse. Vous tous qui êtes

145

ici, je suis sûr que vous me comprendrez et que vous vous accorderez pour dire : "Marcel était un homme, un vrai." Ces simples mots, qui définissaient pour lui un être, étaient le plus beau compliment qu'il pouvait adresser et j'espère que, là où il est, il peut les entendre, parce qu'ils suffisent à justifier sa vie. »

Plusieurs têtes se baissèrent en signe d'approbation. Tristan était ému, les jambes faibles. Il avait esquissé certaines vérités, en avait tu d'autres. À la relecture, il avait biffé quelques phrases trop intimes (« nous nous sommes brouillés et je ne le retrouve qu'aujourd'hui, dans la tombe, alors qu'il est trop tard »), quelques clichés trop vite adoptés (« mon père fut un rebelle »). Il avait ajouté la phrase sur les oppressions et les injustices, à laquelle il ne croyait pas vraiment, juste pour l'image de son père. Il replia le texte du discours puis revint à sa place.

Un homme de haute taille, habillé d'un manteau, le fixait. Tristan ne l'avait jamais vu. Son regard était très sombre, sa peau mate, ses cheveux noirs malgré la vieillesse, alors qu'il devait être de l'âge de Marcel. L'attention de Tristan fut attirée vers le cercueil que les employés portaient sur leurs épaules. Il se demanda s'il n'aurait pas dû confier la tâche aux ouvriers de Citroën, portant leur ami mort. Lorsqu'il se retourna, l'homme sombre était parti.

Tristan lança une rose au fond de la tombe, sur le cercueil. Cela faisait une tache rouge.

À la fin de la cérémonie, lorsque chacun fut passé devant les membres de la famille pour présenter ses condoléances, il demanda qui était l'homme sombre.

— Il s'appelle Maximilien Schuller. Je l'ai vu deux

fois, au mariage et à l'enterrement. Il faisait partie du groupe de résistants de ton père.

Le lendemain, Tristan et Marie emmenèrent les enfants près de la Marne, à quelques kilomètres de Vinteuil. Il faisait beau et la rivière ne ressemblait en rien au visqueux serpent qui avait effrayé Marie lors de sa première promenade dans la ville. Sous le soleil, tout semblait au contraire apaisé. Les enfants jouaient ensemble, ce qui signifiait que Julie, l'aînée, tapait son frère, un enfant de quatre ans très paisible. Le petit Alexandre couinait chaque fois que sa sœur approchait, Marie couinait à Julie de ne pas embêter son frère et de temps à autre Tristan couinait d'un ton autoritaire. En même temps qu'il contemplait ses enfants et couinait, Tristan songeait à son père et aux incompréhensions qui avaient jalonné leur parcours commun, incompréhensions qui venaient peut-être aussi de l'âge de Marcel. Il pensa aussi qu'il connaissait mal son père et que, à part la légende guerrière et les colères, son discours avait à peine traduit l'écume d'un être. « Julie, je t'ai dit d'arrêter. » Il se promit de poser des questions à sa mère et à ses (demi-) frères. Louise parlerait, ses frères ne diraient presque rien, ils n'aimaient pas parler, ils avaient toujours cette façon de parler qui n'en était pas une, avec des interjections, des blagues sexuelles, des borborygmes. C'était un moyen de se cacher et de ne pas parler, parce qu'ils ne savaient pas comment faire. Tristan ne se souvenait pas avoir jamais discuté avec eux. Ses frères ne discutaient pas, ils mangeaient, agissaient, gueulaient, regardaient la télé, conduisaient leur bus ou leur camion. Louise avait donné la parole à la lignée Rivière. Avant elle, il faut croire que les mots n'existaient pas, bien que Marcel ait eu une sorte d'aisance formatée à coups de formules communistes. « Julie, arrête ou je me lève ! » Et puis il allait demander à Maximilien Schuller. Ce serait bon d'en savoir plus sur cette période. Tout le monde n'avait pas la chance d'avoir un père résistant.

Un rayon de soleil illumina Julie. Nimbée de lumière comme une madone, la petite peste s'immobilisa et Tristan se demanda comment ils avaient pu engendrer une fille aussi jolie, au teint aussi frais et immaculé, aux yeux bleus éclatants. Et son cœur, pour la millième, millionième fois, se remplit d'amour.

Il ne lui fallut que quelques jours pour arranger un rendez-vous avec Maximilien Schuller, dans un bar près de Bastille, rue de Charonne. Il arriva pile à l'heure. L'homme était déjà là, tout engoncé de silence comme il l'était à la cérémonie, et lorsque la conversation s'engagea, Tristan s'aperçut qu'il parlait avec raideur, pesant ses mots. C'était un homme raide d'ailleurs, très droit, voix rauque, tout en aspérités, qui avait dirigé un cabinet d'expert-comptable et qui venait de prendre sa retraite, à plus de soixante-dix ans.

— J'aimerais en savoir davantage sur mon père, dit Tristan.

— Je ne l'ai bien connu que durant la guerre. Par la suite, nos relations ont été épisodiques.

— Oui, mais vous avez été liés par une période intense.

— Sans doute.

— Pouvez-vous m'en parler ?

Et il parla. Des années plus tard, Tristan se demanderait

encore s'il avait eu raison d'écouter Maximilien Schuller et son récit circonstancié, lent, circonspect, mais le fait est qu'il l'écouta avec avidité, dans le café qui se vida puis se remplit en un après-midi de narration.

Il y avait six personnes dans le groupe de Marcel et celui-ci n'était pas le chef, pas plus que Maximilien. Le groupe était composé de ces deux hommes, qui se connaissaient depuis les Jeunesses communistes, à Aubervilliers, où Marcel avait atterri à son arrivée à Paris, après la Normandie, d'une femme, Lucie Casanova, une Corse, et de trois Parisiens conduits par l'autorité de Jean Albrecht, un Juif communiste plus âgé de quelques années que les autres : il avait vingt-cinq ans alors que ses camarades, André Faure et Georges Vallette, avaient vingt ans. Leurs noms de guerre étaient Joseph (Marcel), Fabien (Maximilien), George (Lucie), Jan (Jean), Villon (André), Hugo (Georges).

Le groupe s'était formé en septembre 1941, après l'entrée en guerre de l'Allemagne contre l'Union soviétique et à la suite de l'attentat du 21 août 1941 à la station Barbès-Rochechouart, où Alfons Moser, aspirant de la Marine allemande, avait été tué par Pierre Georges, exécution qui signait à la fois le début des attentats communistes et l'avènement du futur colonel Fabien. Il s'agissait en fait du rassemblement de deux groupes de trois, l'unité de base des FTP, Jean Albrecht chapeautant l'ensemble, avec un mélange d'autorité et de susceptibilité. Très vite, il devint l'amant de Lucie. Le plus jeune était Marcel, dix-huit ans, qui joua au début le rôle d'agent de liaison (et à ces mots, le cœur filial de Tristan saigna un peu car l'agent de liaison, chargé de porter la parole du chef et les messages, n'était pas le combattant légendaire qu'il avait imaginé, mais comme Maximilien avait précisé « au début », il tâcha de ne pas désespérer).

La position de Jean était qu'il fallait semer la terreur chez l'occupant. Si bizarre que cela puisse sembler dans un réseau aussi structuré que les FTP (sections, compagnies, bataillons, état-major), qui n'étaient rien d'autre depuis leur baptême en février 1942 qu'une armée secrète, l'équipe n'était pas dénuée d'autonomie, notamment parce que, au moins au départ, la question des attentats divisa les communistes. Pour certains, c'étaient des gestes individuels et presque suicidaires, compte tenu du quadrillage parisien, qui se soldaient par d'atroces représailles des Allemands. Mais Jean était persuadé qu'il fallait répondre par le meurtre. Les sabotages, les liaisons, les boîtes aux lettres ne l'intéressaient pas : tout devait être subordonné au meurtre. Avec le recul, on pouvait d'ailleurs se demander qui était cet homme qui voulait en tuer d'autres. Et l'on pouvait répondre assez facilement : Jean Albrecht avait compris que le système nazi n'avait pas d'autre but que la conquête, le pillage, le meurtre de masse, et que ce qui pouvait sembler confus, et qui l'était à cause de la confusion inévitable de l'Histoire présente, brouillard absorbant, ne l'était pas pour lui. En mai 1941, des milliers de Juifs d'Europe centrale réfugiés à Paris avaient été arrêtés et au printemps 1942 les premiers convois partaient pour Auschwitz. Cela, Jean ne le savait pas encore mais, dès septembre 1941, il avait déjà compris beaucoup de choses : même s'il n'avait pas perçu la nature profonde du stalinisme, il avait saisi la moitié de la vérité totalitaire. Et à cela, il ne voyait pas d'autre réponse que le meurtre, qui avait déjà pour lui le goût de la vengeance.

Ce sentiment de vengeance, les autres ne le partageaient pas, et Maximilien dit, avec sa circonspection, ses mots pesés, qu'il n'avait deviné chez Jean que la cruauté. Il dit que même le visage en lame de couteau de Jean était cruel. Il ne dit pas qu'il désapprouvait, il dit juste qu'il l'avait remarqué. « En fait, il avait raison. Il fallait tuer. Mais l'homme qu'on devait tuer, ce n'était pas le nazisme, c'était un homme. C'était un homme avec un visage, un corps. Nous avions vingt ans et l'homme en face de nous avait vingt ans, c'était un soldat comme certains d'entre nous l'avaient été. »

Ils s'étaient entraînés, comme des gamins, dans les bois. Jean disait : « Battez-vous ! » Et ils se battaient à coups de bâton, ils se marraient avec des moulinets d'épée, ils se foutaient par terre. Et alors Jean arrivait derrière eux avec son couteau à cran d'arrêt et il faisait le geste de leur trancher la gorge, l'acier froid sur la peau. « C'est la guerre, criait-il, c'est la guerre ! » Et tous se figeaient, comme si la mort même leur avait parlé. Au début, le groupe n'avait pas d'armes. Juste des couteaux et des bâtons. Jean tailla un gros gourdin et il ordonna à Maximilien d'aller tuer un Allemand pour lui voler son arme. « Parce qu'on ne fait pas la guerre avec des épées de bois. » Et Maximilien y alla, dans les rues de Paris, Jean le suivant, pour qu'il ne flanche pas, pour que le regard du chef, pesant sur sa nuque, soit comme du feu. « Et c'était bien ça », dit Maximilien, des dizaines d'années plus tard, dans un café rue de Charonne, le

151

circonspect Maximilien. « C'était comme du feu sur ma nuque. » Il se retrouva derrière un soldat allemand, un homme dont il ne voyait pas le visage, juste l'uniforme, juste le corps sanglé. Il était à deux pas, le gourdin sous son manteau, et l'homme ne se retournait pas, ne se rendait pas compte que la mort l'escortait (Maximilien aimait bien les images un peu cliché, si circonspect soit-il). « Mais je ne pouvais pas, je ne pouvais pas. Il ne m'avait rien fait, cet homme, rien du tout. D'accord, c'était un Allemand, un Boche, mais il ne m'avait rien fait, il ne m'avait pas attaqué, c'était peut-être un gars paisible, gentil. Je ne sais pas si je me disais tout ça aussi précisément, en tout cas je ne pouvais pas l'assommer, surtout pas l'assommer, comme un bœuf qu'on abat, ça me dégoûtait, il y avait là pour moi une violence invraisemblable, inhumaine. Bien sûr, je faisais la guerre, mais ce sont des mots, parce que quand vous devez tuer un homme à coups de gourdin, alors la Résistance ce n'est pas la légende dorée qu'on chanterait plus tard, avec les beaux combattants, la Résistance c'était tuer l'homme en face de moi qui ne m'avait rien fait et qui fumait une cigarette ; et ça, personne ne peut le comprendre tant que ce n'est pas arrivé, parce que ce n'est pas un film, ce n'est pas une idée, c'est la réalité d'un homme en face de vous. »

Comme il n'avançait pas, comme il restait figé, chaque instant multipliant les risques, Jean furieux et muet s'approcha de lui, s'empara du gourdin et, comme on tape dans une balle, frappa la tête de l'homme, qui s'abattit sans un cri, et il le frappa encore à terre, sur le visage, d'un énorme coup qui fit gicler le sang et l'acheva. Puis il prit le fusil du soldat et son pistolet avant de s'enfuir, Maximilien sur ses talons.

Furieux, Jean, devant les autres, avait invectivé Maximilien, lui avait reproché d'avoir mis sa vie en danger, ce qui était son droit, mais aussi la sienne et d'avoir failli faire échouer une mission vitale. Maximilien baissait la tête, il ne répondait rien parce qu'il savait qu'il avait tort. À un moment, il dit simplement : « C'est dur de tuer un homme. — Ce n'est pas un homme, c'est un Boche », répondit Jean. Dans un monde où les nazis traitaient les Juifs en cafards, la réponse avait sa logique de déshumanisation et chacun le comprit intimement.

Les actions suivantes furent rares, tant la préparation était minutieuse, et comme Jean, échaudé, préférait attendre avant la prochaine exécution, seul acte de résistance vraiment authentique à ses yeux, le groupe n'accomplit que deux sabotages mineurs. L'agent de liaison, entre les membres du groupe autant qu'avec la hiérarchie du Parti, était Marcel. Celui-ci tâchait de ne conserver aucune trace écrite et, se déplaçant à vélo, transmettait les messages en gardant noms, adresses, objectifs, moyens dans sa mémoire. Il changeait souvent les lieux de rendez-vous, était d'une ponctualité absolue (Tristan comprenait maintenant sa ponctualité obsessionnelle), n'attendant jamais plus de cinq minutes et prévoyant toujours un « repêchage » en cas d'empêchement. Il ne fut jamais inquiété, malgré plusieurs vérifications de papiers et fouilles. Au fil des mois, il apparaissait comme un agent sûr, pondéré (cœur battant de fierté filiale), capable de donner des avis pertinents durant les rares réunions. Jean avait confiance en lui, davantage qu'en Maximilien, qui s'était rabattu sur une mission d'artificier, confectionnant les bombes artisanales. Il les préparait chez lui avec une grande minutie (et Tristan se représentait bien l'expert-comptable alignant ses calculs d'artificier, circonspect et circonstancié), sciant les cylindres, mélangeant les substances chimiques et les clous, installant la mèche. Lorsque Jean reprit les attentats, Maximilien se contenta de son rôle de préparateur. André déposa la bombe dans une poubelle, Georges alluma la mèche et, trente secondes plus tard, le détachement qui passait au pas militaire, à une allure trop régulière, trop exposée au minutage circonspect et circonstancié, était brutalement décapité, tandis que les deux hommes s'éloignaient sans se faire remarquer. Il y eut aussi un restaurant, qui fut selon Jean la plus belle action du groupe et celle qui eut le plus de retentissement, aussi bien dans les journaux qu'auprès du Parti. Le repérage du restaurant Le Beau Jour, des horaires, la préparation de l'attentat durèrent des semaines. Georges en appui, Jean se chargea lui-même de lancer la bombe à travers la vitrine du restaurant occupé par des officiers et des soldats allemands, faisant neuf morts et de nombreux blessés. Et chacun, à voir l'expression extatique sur le visage du chef, dont la mère, le père et la sœur avaient été arrêtés deux semaines auparavant durant une rafle, comprit le sens du mot « vengeance » pour un homme qui n'aspirait plus qu'à tuer. Lucie leur expliqua que Jean n'était pas un tueur, il n'agissait pas par cruauté, en d'autres circonstances leur chef aurait été un journaliste éclairé (il avait déjà écrit plusieurs articles dans *L'Humanité*), ce qu'il était fondamentalement, par sa culture et son sens de l'analyse, mais la guerre réclamait « une certaine inhumanité ». Cette tournure étrange les avait frappés, et à la lueur qui dansait dans ses yeux, chacun vit qu'elle était folle de Jean, qu'elle comprenait intimement sa vengeance et qu'elle était elle-même prête à tuer. D'ailleurs, personne ne considérait Jean comme un monstre. Sur l'échelle du meurtre, il était juste un cran plus loin qu'eux, chacun avait grimpé plusieurs barreaux et personne ne démentait la nécessité d'un bourreau plus efficace et plus sanglant que les autres. Jean, Jan ou quel que soit son nom, car il n'était qu'un tueur parmi d'autres, tirait son existence d'un fond plus inhumain mais aussi authentique que l'idéal, qu'on l'appelle vengeance, fureur ou meurtre, qu'on le pare de vertus ou qu'on voie en lui la simple persistance des civilisations antiques qui ne glorifièrent que le sang, le combat et le meurtre. Il y eut autrefois, voilà bien longtemps, une épopée dont le héros était un guerrier invincible, avide de pillage et de belles captives, dont la seule émotion était la colère et qui, pour venger son ami Patrocle tombé au combat, fit ruisseler le sang de ses ennemis, les essieux de son char, pouvait-on lire, roulant sur les cadavres, jusqu'à ce que, affrontant enfin l'objet de sa vengeance, il lui perce la gorge de sa javeline de bronze. Et là, contre toutes les lois divines et humaines, le héros sanglant, Achille le tueur de Troyens, refusa d'abandonner la dépouille afin qu'on lui offre des funérailles honorables et, perçant les chevilles d'Hector, attacha le corps à son char et fit faire à ses chevaux trois fois le tour des murailles de Troie, déchirant corps et visage. Achille le héros épique. Après

155

la mère de toutes les batailles, il y eut d'autres guerres et d'autres batailles, d'autres Achille et d'autres Hector, d'autres fleuves de sang, et il y en aura tant qu'il y aura des hommes. Alors, oui, chacun pouvait comprendre Jan, Jean ou quel que soit son nom, l'homme qui n'avait d'autre identité que la fureur, mais personne, dans le groupe, n'était prêt à prendre sa place, personne ne se sentait l'âme d'un tueur.

Personne sauf, peut-être, Marcel. Il en parlait souvent à Maximilien. Le rôle d'agent de liaison ne le satisfaisait plus. Il voulait aussi prendre part à l'action, alors même que Maximilien lui répondait que personne ne courait plus de risques que lui, qu'il s'exposait sans cesse dans ses déplacements, ses rendez-vous, ses courses multiples. Les autres se concentraient sur quelques actions, lui agissait sans cesse. Mais cette réponse ne plaisait pas à Marcel, qui avait l'esprit envahi avant l'heure d'une légende épique communiste. Il voulait claquer des coups d'éclat, avec la vanité et l'inconscience d'un jeune homme de dix-neuf ans, et, si l'on y songe, il est probable qu'il y avait aussi un peu d'inhumanité dans cette forme d'inconscience, une inhumanité qui n'avait rien à voir avec la fureur de Jean, mais une sorte d'inhumanité par gloriole, narcissisme et illusion. L'illusion du révolté qui se drape de légendes. Et Maximilien, à vrai dire, n'appréciait pas beaucoup cette vanité, même s'il pardonnait beaucoup à la jeunesse (deux ans de moins) et à ce qui lui semblait néanmoins du courage.

Tristan avait une autre explication. Après tout, il était professeur d'histoire et une dimension de la guerre, comme de toutes les situations extrêmes, l'avait frappé :

la vie continue et elle est beaucoup plus normale que ce qu'on peut imaginer par la suite. C'étaient les documents, les témoignages, jamais les manuels d'histoire qui le lui avaient enseigné. Les témoignages disaient la banalité du jour dans les moments les plus terribles, sur le modèle du journal de Kafka : « L'Allemagne a déclaré la guerre à la Russie. Après-midi piscine. » Il n'y a pas de situation historique où l'homme n'est plus un homme, avec son quotidien, ses petits désirs, ses pensées habituelles. La frustration de Marcel était en fait inhérente à la Résistance. Combien de résistants eurent la même impression que lui ? Ce sentiment que rien n'avançait, que tout était d'une lenteur désespérante, que le combat n'était qu'une suite de détails, de bouts de lettres, de messages vides, de rendez-vous inutiles, à mille lieues de l'héroïsme qui devint légendaire. C'est simplement que la vie continuait : des millions d'hommes mouraient dans le monde, Paris était occupé par des soldats allemands mais, en somme, chacun restait dans sa peau, chacun des membres du commando avait son emploi régulier et Marcel réparait les voitures dans le même garage du XVIIe arrondissement où il avait été apprenti en arrivant de Normandie. Marcel ne voulait pas de la normalité, il voulait la légende.

Marcel finit par s'en ouvrir à Jean, qui éclata de rire, ravi. « Tu seras mon appui lors de la prochaine action. » Il le fit s'entraîner. Dans la forêt, contre une affiche punaisée à un arbre (encore le dérisoire, le bricolage), Marcel tira sans difficulté, avec une certaine aisance même. Son tir était précis. Jean était fier de sa recrue, de celui qu'il considérait sans doute comme son petit frère, le plus proche de lui probablement, parce qu'il croyait reconnaître dans le désir de Marcel son propre désir de meurtre.

Ils repérèrent le lieu de leur prochaine action, le restaurant Le Civet dans le XIIe arrondissement. C'était un petit restaurant à la vitrine couverte d'un voile blanc. Rien n'indiquait que les Allemands le fréquentaient et l'endroit ne payait pas de mine, mais il se trouve qu'il était comble chaque midi et la patronne ne semblait pas empêchée par les restrictions. La nourriture y était bonne et abondante. La veille de l'action, Marcel confia à Maximilien : « Je vais savoir qui je suis. » Cette phrase fit frissonner Tristan : il la connaissait trop bien.

JE VAIS SAVOIR QUI JE SUIS.

Jean lança la bombe contre la devanture à 12 h 35. Pourtant projetée violemment, elle brisa avec difficulté la vitrine et fut retenue ensuite par le voile blanc. Jean ne le sut pas aussitôt mais elle fut beaucoup moins meurtrière que ce qu'il avait espéré : un mort, cinq blessés. Un soldat allemand posté en sentinelle, sans doute à cause du précédent attentat, s'il n'eut pas le temps d'arrêter le geste, leva son fusil pour l'abattre. Marcel, en couverture, fit deux pas et pointa le pistolet qu'il connaissait bien et avec lequel il tirait avec tant de précision dans la forêt. Mais soudain, son bras se fit lourd, sa vue se troubla et ce qui lui semblait si facile devint insurmontable. Il ne put tirer. On peut toujours réfléchir à cette impossibilité mais il n'y avait pas d'explication, en tout cas Marcel n'en trouva jamais. Ce n'était pas qu'il ne voulait pas tuer un homme, c'était plutôt comme si un

158

dieu, comme dans les épopées, avait retenu son bras et voilé son regard d'une nuée. Une force l'avait empêché d'agir, qu'on l'appelle lâcheté, impuissance, jeunesse ou tout ce que l'on voudra. Et personne, pas même les trois hommes serrés dans cette nasse du destin, ne pourra jamais revenir sur ces quelques secondes qui déterminèrent leur vie, nul ne pourra leur donner vraiment un sens et couvrir d'explications raisonnables ce qui parut sur le moment insensé. Ce fut ainsi, voilà tout. Rien de plus triste que la force déraisonnable du fait. Marcel, si pressé la veille d'agir, de tuer, de se couvrir de gloire en tuant les Boches, fut incapable de tirer sur l'homme qui menaçait Jean, qui se pressait frénétiquement pour pointer son fusil en bandoulière, avec des gestes maladroits qui attestaient de sa peur. Et alors que Jean se retournait vers Marcel, avec des yeux exorbités qui semblaient lui hurler de tirer, le soldat tira deux fois, juste après l'explosion à demi manquée du restaurant, la deuxième balle touchant Jean à la jambe. Blessé, celui-ci tenta de s'échapper en se mettant à courir, donnant ainsi le signal de la fuite à Marcel paralysé, de sorte qu'au moment où Jean, la cuisse déchirée par sa blessure, s'écroulait à terre, Marcel s'enfuyait à toutes jambes, le temps bloqué reprenant son cours avec la brutalité d'une balle.

Les rues hurlantes se turent progressivement, la capitale retrouva sa lenteur anesthésiée de ville occupée, et Marcel reprit son allure habituelle, dans un monde qui ne l'était plus du tout, décomposé par sa paralysie. Il avait voulu savoir qui il était et désormais il le savait.

À un moment, il pleura avec des sanglots si suffocants qu'il fut obligé de se dissimuler sous un porche. Il avait commis le plus grand des crimes : il avait abandonné un camarade en danger. Il l'avait condamné à mort.

Marcel se traîna jusqu'à sa chambre. Il demeura des heures immobile, l'esprit brouillé, tantôt pleurant, tantôt traversé d'espoirs impossibles. Et si Jean avait pu s'échapper ? Il avait peut-être été aidé...

Il finit par s'endormir. Des coups de poing martelant sa porte l'éveillèrent. Pris de peur, il ne savait que faire. Et puis quoi ? De toute façon, il était pris. Il ouvrit. C'était Lucie, pleurant, trépignant. Et brusquement, elle se jeta sur lui, le gifla, le fit tomber par terre et se précipita sur lui pour le frapper, sans qu'il réplique, cherchant seulement à se protéger. Elle répétait : « C'est ta faute, c'est ta faute. » Et il se mit à pleurer sous les coups car il savait qu'elle avait raison, que c'était sa faute, pour toujours et à jamais, de ce jour et jusqu'à la fin des temps. C'était sa faute.

Et encore, ils ne pouvaient imaginer le calvaire que vivait à cet instant Jean dans les cellules de la Gestapo car, en ce cas, le petit manège dans la chambre leur aurait semblé si dérisoire qu'il aurait fallu se jeter par la fenêtre pour expier d'un coup ou cesser là toute peine, toute douleur, si dérisoire par rapport à ce que vivait le pauvre torturé. Il y a trop de moyens pour faire souffrir un homme. Trop d'étendue de peau, trop d'ongles, trop de parties vulnérables, trop de possibilités d'infinie souffrance. Et les trois hommes qui se succédaient auprès du torturé pour obtenir des renseignements, trois hommes dont l'histoire ne sait rien sinon qu'ils étaient trois, sans qu'on puisse identifier leurs noms maudits, connaissaient tous ces moyens. On possède une photographie du visage de Jean à la suite de ces jours de torture : c'est tout ce qui subsiste de lui. La photo en noir et blanc d'un visage éclaté, brisé, dont les yeux n'existent plus, soit qu'ils aient été arrachés, soit que la chair enflée par les coups les ait recouverts. Ce n'est plus un visage mais le masque de la souffrance.

Plus tard, après la guerre à laquelle ils allaient survivre, Lucie et Marcel, à deux mois d'intervalle, découvrirent cette photo qu'ils n'oublieraient jamais, qui transformait Jean le tueur en un affreux martyr. En revanche, à la fin de la semaine qui suivit sa capture, tous deux, tout le groupe et tout le Parti apprirent sa mort sous la torture et le message qu'il traça en lettres de sang, qui reste l'un des messages les plus glorieux de la Résistance : JE N'AI PAS PARLÉ.

Lucie hurla en entendant ces mots. Elle aurait voulu qu'il avoue tous les noms, à commencer par celui de Marcel, pour se soustraire à la torture, pour qu'on le tue plus vite. Et en finissant par le sien. Mais Jean ne parla pas. Certains hommes ne parlèrent jamais, d'une façon qui peut sembler incompréhensible aux générations suivantes. Quelle conception de l'honneur et de la loyauté peut résister à la torture ? Quel est le rempart ? Où se loge-t-il ? Alors que n'importe qui peut constater chaque jour, dans son quotidien le plus banal, le mensonge, la déloyauté, la corruption, pour les gains les plus insignifiants, quel ressort pousse certains êtres à dépasser la condition ordinaire de l'homme et à devenir des saints et des héros ?

Personne ne revit plus Marcel. Il abandonna la Résistance et nul n'entendit plus jamais parler de lui. À la fin des années 1940, Maximilien le retrouva à Aulnay-sous-Bois, marié et désireux d'oublier la guerre. Marcel l'avait emmené dans un parc, comme s'il avait voulu écarter tout contact personnel. Ils reparlèrent bien entendu de Jean mais Marcel se montra aussi paralysé face au souvenir que devant le soldat. Il n'exprima aucun remords – juste un long et interminable silence. Maximilien lui expliqua qu'il comprenait ce qui s'était passé, que lui-même avait été incapable de tuer, mais il ne put entamer le silence. Marcel était prêt à parler de tout, de son métier, de sa femme, de la guerre, du communisme, de Jean même, mais pas du moment où il avait su qui il était.

Ce moment avait absorbé sa vie. Il n'avait fallu que trente-huit secondes, ou presque, pour faire tomber l'existence de Marcel dans le puits sans fond du mépris de soi. Tristan avait trop bu à la source sombre de l'héroïsme – sa face implacable, son refus des faiblesses, sa tentation du surhomme – pour ne pas deviner que son père avait été condamné en ce jour à un remords inexpiable. Et condamné par lui-même, ce qui impliquait l'éternité.

— Pourtant, il a raconté qu'il était un héros.

— Je l'ai compris en entendant votre discours. Ce n'est pas ce qu'il a fait de mieux.

— Vous dites qu'il n'a pas tué. Le problème n'est pas qu'il n'a pas tué, le problème c'est qu'il a abandonné Jean.

— Il aurait été pris lui aussi. Juger n'est jamais le bon moyen pour comprendre.

— On peut comprendre et juger.

Tristan comprenait : Marcel avait été paralysé par la

162

peur et il s'était enfui. D'accord. Il avait abandonné son camarade. D'accord. Par la suite, la colère et le ressentiment permanents n'avaient été que l'aveu détourné de la haine de soi. D'accord. On pensait que Marcel haïssait le capitalisme, il ne haïssait que lui-même. On pensait qu'il s'agissait de frustration sociale, c'était l'expiation de l'abandon. D'accord. Cinquante ans d'expiation, c'était un long châtiment.

Mais Tristan jugeait aussi : son père avait abandonné un homme qui croyait en lui puis avait tyrannisé son entourage pendant toute sa vie par haine de soi. Son père avait enfoui son crime sous le mensonge en se faisant passer pour un héros de guerre. Son père avait compris qui il était et au lieu d'affronter l'homme qui lui était révélé, il lui avait passé un uniforme et l'avait envoyé à la guerre, l'avait paré de médailles, de citations et d'actions héroïques. Cet être-là n'était qu'un fantôme illusoire, le vernis d'une trahison. Son père l'avait accablé quand il avait abandonné Bouli, il avait bâti l'existence et la morale de ses fils sur un mensonge. Tristan avait été anéanti par sa lâcheté pendant dix ans, réduit à une ombre complaisante et effarée, tout cela à cause d'un héros de carnaval abattant les cibles dans les fêtes foraines. Le vrai Marcel avait été enterré sous un discours héroïque prononcé par son propre fils, et à présent qu'il était mort, personne ne dévoilerait la vérité du crime.

— Et Lucie ?

— Elle est morte il y a cinq ans. Elle était partie en Italie dans les années 1950.

— Mon père l'a revue ?

— Je ne crois pas. Elle le détestait.

163

— Elle aurait pu dire la vérité à son sujet.

Maximilien haussa les épaules.

— Qui s'en soucie, à part son fils ? Marcel n'a rien d'un criminel. Il a un peu embelli son rôle ? Et alors ? Il a pris des risques énormes quand il était agent de liaison. Beaucoup ne l'ont pas fait.

— Un homme est mort par sa faute.

— Beaucoup d'autres sont morts. Il n'a pas trahi, c'était seulement un homme ordinaire, comme moi, entraîné dans des événements inhumains. Et Jean aurait probablement été arrêté de toute façon. Il prenait trop de risques. La vengeance ne fait pas les bons soldats.

— Alors, Marcel a eu raison ?

— Il a eu raison et il a eu tort.

— Logique.

— Oui, logique. Comme dans toute tragédie. Ce serait trop simple de juger d'une pièce.

Tristan regarda l'homme en face de lui. Il y avait beaucoup d'obscurité et de silence en lui. Maximilien venait de très loin, d'une autre époque, d'un autre ordre de pensée, d'un autre monde. Il lui avait révélé une vérité qui ébranlait son passé, son enfance et sa morale. C'était un messager que Tristan aurait préféré ne pas rencontrer et, en même temps, il savait que rien n'était plus essentiel que cette révélation. Tout était aléatoire, tout était contradictoire. Marcel n'avait pas tiré – il aurait pu tirer. Il était un résistant courageux – il était un lâche. Il mentait – il disait pourtant vrai. Tout était contradictoire, tout était aléatoire.

2

Conversation dans un bureau

De Vinteuil à l'Assemblée nationale, le chemin est assez long. Encore maintenant, alors qu'une nouvelle station de RER a été ajoutée, le trajet est comme englué par la foule, la prolifération des arrêts, et à l'époque où Tristan eut son rendez-vous avec son beau-père, il n'y avait que le train jusqu'à Saint-Lazare puis le métro jusqu'aux beaux quartiers de l'Assemblée nationale.

Tristan confia sa carte d'identité aux policiers en faction, avertit qu'il devait rencontrer David Lamballe. Un policier examina la feuille du jour, hocha la tête en voyant le nom de Tristan Rivière et le laissa passer. Tristan s'égara dans les couloirs, demanda à un huissier son chemin, toqua à une porte. Une secrétaire l'accueillit, l'annonça avant de l'avertir que M. le Député allait le recevoir.

M. le Député ouvrit la porte, un grand sourire élargit son visage et il tendit une main franche à Tristan. Puis, comme se souvenant, il prit un air accablé et lui dit :

— Toutes mes condoléances, Tristan. Je suis désolé pour ton père.

Tristan savait qu'il détestait son père depuis le jour du mariage mais il lui sut gré de sa politesse.

— C'est toute une génération qui meurt. La génération des héros.

Tristan s'assit sur le siège que lui indiquait son beau-père.

— Nous en sommes maintenant à la deuxième génération, celle des technos, ceux qui sortent de l'ENA. Crois-moi, c'est pas la même trempe. Et je peux affirmer que la génération qui arrive est pire : ce sera la génération des zéros !

Tristan rit poliment à cette plaisanterie qui lui semblait déjà usée.

— Je suis sûr qu'il y aura des hommes aussi brillants que vous, beau-papa.

David rit. Il riait toujours d'un rire juvénile. C'était ce que Tristan aimait chez lui. Son côté sympa, un peu insolent, qui tranchait avec ses péroraisons habituelles. En fait, il y avait deux David Lamballe : celui qui s'écoutait parler, surtout en public, et celui qui s'en moquait, beaucoup plus rare mais perceptible.

— Mon attaché parlementaire sera ministre, je peux déjà te le prédire. C'est un cireur de pompes arriviste, il sera parfait.

Tristan ne commenta pas. David n'était toujours pas ministre, Rocard avait été viré par Mitterrand, sa chance était passée. Et les élections allaient être terribles pour les socialistes, tout le monde s'en rendait compte.

— Dans un monde idéal, la compétence serait récompensée, poursuivit David. Les parcours dignes et honorables seraient honorés. Au lieu de cela, c'est ce grand bordel darwinien des ambitions, la lutte des plus actifs,

166

des plus gueulards, comme des chiens qui se disputent la meilleure part.

— N'est-ce pas la règle du jeu, beau-papa ?

— Si seulement il y avait une règle… Si seulement c'était la loi du plus fort…

— Le plus fort, c'est celui qui gagne à la fin.

— Bien parlé, Tristan. Seul le résultat compte.

Il y avait un peu de tristesse dans la voix de David.

— Si je t'ai demandé de venir, Tristan, c'est pour parler de résultat, justement.

— À quel propos ?

— Ton avenir, mon garçon.

— Quel avenir ?

— Celui que tous les devins et les prophètes annoncent : le bel avenir, le destin des vainqueurs, puisqu'on en parle.

— J'ai arrêté la boxe, au cas où vous l'ignoreriez.

— Pas vraiment. Tu diriges cette association. Cela marche bien, non ? Ce gars, là, il est devenu champion de France.

— Fadouba, oui, en moyens. Et nous avons beaucoup de jeunes boxeurs prometteurs. Le club est un bon club, ça c'est sûr.

— Et tu enseignes au lycée, non ? Là encore, ça marche bien ? Tu fais du bon travail, m'a-t-on dit.

— Au collège. Et je ne peux pas me plaindre, les élèves m'apprécient.

— Professeur charismatique, dirigeant du club le plus en vue de Vinteuil. Parfait. Pourquoi ne deviens-tu pas maire de cette ville ?

— Maire ? demanda Tristan, stupéfait.

— Oui. C'est une bonne idée, non ? Maire puis député, comme beau-papa.

— Je ne fais pas partie de la génération techno.

— Inutile d'avoir fait l'ENA pour être un bon maire. Des professeurs, il n'y a que ça au Parti socialiste. Ils ont du temps, ils savent parler et surtout ils ont le sens du public.

— La politique…

— Quoi, la politique ? C'est beau, la politique, n'écoute pas les imbéciles. Et surtout c'est exaltant.

— Pourquoi pensez-vous à moi tout d'un coup ?

— Pas tout d'un coup, Tristan. Pas du tout. Cela fait longtemps que j'y pense. Et j'avoue que j'aurais aimé que tu y penses toi-même. Mais comme je ne voyais rien venir…

Tristan réfléchissait. David avait parlé de « bon travail », ce dont son gendre ne s'était jamais vanté. Comment l'avait-il appris ?

L'histoire avait commencé plusieurs mois auparavant lorsqu'une surveillante avait surpris des mouvements anormaux dans les toilettes du collège, en même temps qu'une excitation de mauvais aloi. Elle avait prévenu la conseillère d'éducation, dont les soupçons s'étaient portés sur une élève de quatrième, Maelle, dont Tristan était le professeur principal. À trois, ils l'avaient interrogée et elle avait avoué faire des passes dans les toilettes, pour cinq francs.

Ils avaient exigé les noms de tous ceux qui avaient payé Maelle. La grosse fille au visage trop maquillé s'était inclinée en rougissant. Six garçons de la cinquième à la troisième. La conseillère d'éducation avait prévenu Vandelle, qui était arrivé en courant, aussi rouge que Maelle. Il avait tout de suite tenté de louvoyer, par crainte du scandale. Tristan avait tenu bon et convoqué tous les parents.

L'un d'eux avait considéré son fils avec un ricanement muet. « Il a du tempérament, le petit. Comme son père. »

Les six garçons avaient été renvoyés et Tristan avait lui-même conseillé à Maelle de s'en aller là où sa réputation ne la suivrait pas. Il avait rencontré la mère, qui avait pleuré, bégayante, invoquant un père incestueux, disparu depuis.

Il aurait voulu prendre la femme dans ses bras, il aurait voulu agir mais il était impuissant, comme il l'avait été au fond dans toute cette affaire. Il n'avait rien compris de Maelle, qui n'était pour lui qu'une fille silencieuse perdue dans le marécage de la classe.

Il se répétait seulement : « Tout est vicié ici. Nous ne menons pas une vie d'homme. » Que faire ? Que faire lorsqu'une fille de treize ans violée par son père se met à faire des passes dans les toilettes de son collège ? Que faire lorsqu'on se dit, à tort ou à raison, que la plupart de ses élèves seraient allés voir Maelle si on leur en avait laissé le temps ? Que faire lorsqu'on pense que le principal aurait sans doute tout enterré s'il l'avait pu ?

Pendant un mois, Tristan remâcha sa colère. Ses élèves étaient ses ennemis. Il les regardait avec soupçon. Toi, tu l'aurais fait ? Et toi ? Et toi ? Toi, je suis sûr. Et puis sa colère se tourna contre le principal. Un soir, il entra dans le bureau de Vandelle et il lui cria ce qu'il avait sur le cœur.

— C'est ma faute, ce qui s'est passé ? Je suis responsable de la violence des cités, peut-être ? hurla en retour
le principal.

— Oui, dit Tristan. Parce que vous asseyez votre autorité sur le mensonge, la division et l'autoritarisme. Parce
que votre âme est scélérate. Il faut une âme pure pour
purifier les cœurs.

Cette déclaration était de la folie, de la folie... pure
mais Tristan avait pris l'étrange habitude de la chevalerie
et du Morholt : il abattait les âmes fourbes et scélérates.
Dans sa folie il y avait une pureté à laquelle, de plus en
plus souvent, il s'abandonnait. Confier sa vie à la pureté ?
Vain projet, mais c'était le sien : à cette époque, il n'en
était pas pleinement conscient mais les mots sortis de sa
bouche, si étranges, anachroniques et collet monté qu'ils
soient, lui paraissaient convenir à son âme. Et il était
certain d'avoir raison : seules les âmes pures doivent gouverner les communautés d'hommes, petites ou grandes.
Le collège Picasso était une communauté de quatre cents
élèves et professeurs, il devait avoir pour principal une
âme pure.

Vandelle hurla qu'il n'avait jamais entendu pareille
insolence et qu'il lui ferait ravaler ses propos, indignes
d'un fonctionnaire de la République. Comme tous les
minables, il sortait les grands mots quand il était acculé.
Il ferait un rapport à l'inspecteur, au rectorat, et le
« soi-disant professeur Rivière », ce jean-foutre incapable
d'enseigner autre chose que la boxe et dont tous les
élèves étaient d'une nullité incommensurable, serait viré
de l'Éducation nationale, « VIRÉ, vous m'entendez ! ».
Tristan, persuadé que le viol et la défenestration d'élèves

étaient les seuls motifs de révocation des professeurs, se foutait des menaces absurdes de ce Morholt de caniveau, aussi fut-il assez surpris d'être convoqué au rectorat de Créteil par le directeur de cabinet du recteur, un fonctionnaire chauve et onctueux qui marchait sur des œufs. Sans se démonter, puisqu'il avait soigneusement fourbi ses armes, Tristan tira d'une pochette une pétition de trente-trois professeurs sur trente-cinq (un prof d'EPS qui avait pris dans la caisse et que Vandelle avait couvert ainsi qu'une remplaçante qui, pour d'obscures raisons, voulait absolument rester au collège) exigeant la démission du principal Vandelle pour « incompétence et harcèlement », pétition qui fit pâlir et balbutier le fonctionnaire, très ennuyé de devoir prendre des décisions. Deux mois plus tard, l'assemblée des professeurs apprenait de la bouche du principal Vandelle qu'après « les années merveilleuses passées au collège Picasso » il était préférable, dans le cadre de ses obligations de service, « de demander sa mutation », mutation qui lui fut accordée sous la forme avantageuse d'un gros lycée parisien où il alla remâcher son humiliation.

Une âme scélérate s'était enfuie. C'était bien mais c'était insuffisant. Il y aurait d'autres Maelle, parce qu'ils ne menaient pas une vie d'homme. Mais comment faire ? Comment agir ?

Accomplir la Révolution.

Et c'est ainsi que Tristan Rivière monta à la tribune. Devant tous les professeurs éberlués, il dit qu'il fallait faire la Révolution de Pablo-Picasso.

— Ici, professeurs et élèves vivent dans la violence, une fille de treize ans fait des passes dans les toilettes et le niveau scolaire est proche de zéro. Tout est catastrophique, le bateau a coulé. Il faut tout changer. Nous ne pourrons rompre avec la violence qu'en instituant l'Amour.

Il y eut un silence stupéfait.

— Tu veux leur dire « je t'aime » et tu crois que ça suffira ? T'es devenu dingue, Tristan, dit une voix.

— Considérez l'Amour comme une métaphore, si vous voulez. Moi, je vous dis que nous ne changerons les élèves que si nous changeons nous-mêmes. Leurs parents ne jurent que par la fermeté, les engueulades, les punitions, voire les coups pour certains d'entre eux. Vous voulez les taper à coups de bâton ? Très bien, allez-y, vous finirez en taule et vous créerez une génération de fous furieux. Comme nous ne pouvons répondre à la violence par la violence et que notre petit système de sanctions est inefficace, je vous propose la révolution : plus de sanctions. La discipline doit venir des élèves eux-mêmes.

Tristan fit venir tous les parents. Il analysa en termes très crus l'échec de Pablo-Picasso : il parla de la paresse des élèves, de l'indiscipline, de la violence, il donna les chiffres de réussite au brevet des collèges, les pires d'un département plutôt bien loti en matière d'échec. Il dit qu'en somme personne n'apprenait rien et qu'en plus la vie quotidienne à Picasso était insupportable, professeurs et élèves épuisant leurs forces en un affrontement permanent (à cet instant, les visages des parents, qui se cachaient la vérité depuis toujours, frisaient l'apoplexie).

Et il annonça la fin des sanctions, ce qui déclencha une bronca dans la salle, encore pire qu'auprès des pro-

172

fesseurs. Mais il tint bon, toujours souriant et amène.
La Confiance impliquait la fin de toute sanction, dit-il.
Les élèves restaient des citoyens soumis à la loi et tout
délit pénal serait pénalement sanctionné. Mais quant
au règlement intérieur, il était caduc : plus d'heures
de colle, plus de travail d'intérêt général, plus de
devoirs supplémentaires, plus de conseils de discipline.
Responsabilisation. Ce que les professeurs désiraient,
désormais, c'était l'harmonie, et non plus l'affrontement. Les résultats scolaires passaient ensuite. Il fallait
la paix sociale. Mais cette paix ne pourrait être instituée
par sa seule énonciation : il fallait le soutien de tous, des
parents, des frères et des sœurs, des cousins, des tantes et
des oncles, bref, de toute la communauté qui se mouvait
autour de l'élève et qui, au fond, déterminait sa vision de
l'école et son comportement. Il allait de soi que de profonds changements seraient apportés aux programmes
et aux méthodes d'enseignement mais l'essentiel, pour
l'instant, était ailleurs : il s'agissait de former une communauté harmonieuse d'élèves et d'enseignants. Chacun
devait être heureux de se rendre à Pablo-Picasso.

À ce moment, une personne se leva dans la salle :

— C'est une révolte, monsieur Rivière ?

— Non, monsieur Liancourt, c'est une Révolution,
répondit Tristan.

Il serait excessif d'affirmer que le collège Picasso
devint la vitrine de l'académie de Créteil et que le collège de la Violence devint le collège de l'Amour. Il y
eut d'emblée un sursaut étonné de la part des élèves
devant ce qu'ils considéraient avec une stupéfaction
effarée : la liberté. Le tuf de sanctions, d'insolences,

d'affrontements ne leur convenait pas si mal et il leur semblait naturel d'être sanctionné et de jouer avec la menace. Les règles qui bardaient le règlement intérieur leur paraissaient de bon sens et éminemment souhaitables. D'ailleurs, chaque fois qu'on leur demandait ce qu'il aurait fallu faire pour obtenir le calme dans les classes, ils répondaient : « Que le prof sache se faire respecter. » Amoureux de la force et de la violence, ils ne respectaient rien autant que la violence qu'on exerçait à leur égard. Seul Tristan avait cru pouvoir déroger à cette règle, en faisant semblant d'ignorer qu'il était le symbole de la violence. À présent, on leur ôtait l'attirail des sanctions, on refusait l'idée même de la force : interloqués, ils flairaient un piège.

Tristan n'était pas assez naïf pour imaginer que le règne de l'Amour auquel il aspirait pouvait s'instituer du jour au lendemain. Mais l'horizon qu'il s'était donné – libérer l'individu de toute violence en l'encerclant d'une communauté toujours présente, toujours paisible – lui semblait parfaitement raisonnable. De fait, il avait pour lui sa réputation et des centaines d'affidés qui ne juraient que par lui : grands frères mais aussi parents qui tissaient un voile de protection au-dessus de ses excès. Il était Tristan Rivière, ce qui, à Vinteuil, commençait à signifier beaucoup.

Le lundi qui suivit la réunion, toutes les portes des classes furent dégondées. Les professeurs avaient décidé de s'exposer aux regards, ce qui était une insulte au silence, mais la révolution passait par les erreurs et les aberrations. Ils s'interdirent tout cri, toute menace (Tristan se souvenait du jour où il avait surpris sa collègue

174

Sonia hurler sur un élève), qui viciaient les relations humaines dont ils voulaient désespérément restaurer l'harmonie. Pour certains professeurs, qui s'étaient forgé une armure de menaces, la métamorphose était difficile mais ils s'y prêtèrent, parce qu'ils acceptaient la révolution. Il y eut des épreuves dès la première matinée. Un élève, Fabien Duruel, se redressa soudain, en plein cours de maths.

— M'sieur ?

— Oui ?

— S'il n'y a pas de sanctions, je peux sortir de votre cours ?

— Non, puisqu'il y a cours.

— Oui, mais vous ne pourrez pas m'en empêcher.

— Non, mais je te le déconseille absolument. Ce serait vraiment dommage, pour ta scolarité comme pour ton insertion dans le collège.

Le professeur de mathématiques, Damien Forchet, était un modèle christique, avec un collier de barbe et une patience en or massif. Il continuait à parler doucement à son élève. Fabien ramassa ses affaires en silence et s'en alla, sans même lui jeter un regard. Deux heures plus tard, Forchet exposait le cas à Tristan.

— Ils peuvent tous faire comme Fabien. Je te rappelle qu'il n'y a aucune sanction, que donc rien n'est obligatoire. Ils sont libres de s'en aller. En une semaine, toute l'affaire peut partir en couille.

La nouvelle du départ de Fabien, à cette heure, s'était répandue dans tout le collège et on pouvait s'attendre à d'autres défections dans l'après-midi, juste pour le plaisir du test. Il fallait réagir vite. Tristan appela le frère de

Fabien, qui boxait au club et travaillait à la déchetterie. Il le joignit sur son lieu de travail. Il eut cette seule réponse :

— Dans une heure, Fabien sera de retour.

Personne ne sut ce qui s'était passé mais au cours suivant, Fabien, le visage fermé, claudiquant, était présent. Lorsque Tristan, à la fin de la journée, le vit traverser la cour en boitant, il se mordit la lèvre en pensant qu'il n'y avait peut-être pas d'autre solution pour l'instant mais que, bientôt, d'autres relations s'institueraient.

Est-ce que Pablo-Picasso a sombré ? Non. Est-ce que tout était sous contrôle ? Non. Les élèves sont arrivés très en retard en cours, les élèves ont beaucoup bavardé, les élèves ont séché, les élèves n'ont pas fait leurs devoirs, les élèves sont venus sans leurs affaires. Mais c'était le cas auparavant. Et ce qu'on a pu constater, à la première réunion de bilan, une semaine plus tard, au milieu de mille récriminations, inquiétudes, reproches, alors que Tristan tendait le dos à la tempête, c'est qu'il n'y avait pas eu d'acte de violence, pas d'injures envers les professeurs. À peine quelques « salopes » et « nique ta mère » murmurés comme un vieux mantra. Pourquoi s'attaquer à l'adversaire puisqu'il n'y avait plus d'adversaire ? La somme des paresses, bavardages et retards dissimulait le progrès, de sorte qu'on faillit l'oublier, enterrant la révolution sous la houle des critiques, jusqu'à ce qu'un professeur de musique, en butte d'ordinaire à l'agressivité des élèves, ose timidement en faire le constat. Et tout le monde, soudain, de s'en apercevoir, de se réjouir, un peu surpris, un peu décontenancé, exagérant : « Ah oui, c'est vrai, pas de claque dans la gueule cette semaine,

176

pas de crachat au visage ou juste devant vos pieds... »
Ils riaient, tout étonnés.

— Bientôt, ils nous feront la bise...

— Rêve pas, ma belle...

Un ancien élève de Pablo-Picasso, Alban Diarra, devenu joueur professionnel à Auxerre, les rejoignit. Son nom, qui ne disait rien à Tristan, suscita un sourire ravi chez son professeur de physique, qui se souvenait d'un jeune Noir très doux sujet à de terribles accès de colère durant lesquels il pouvait tout casser, y compris les têtes trop aventureuses, un cancre absolu qui avait été rejeté par sa famille d'accueil et qui avait dormi dans l'escalier jusqu'à ce que ses professeurs s'occupent de lui et lui trouvent une solution avec la DDASS. Grâce à son aide, les professeurs organisèrent un match de foot qui galvanisa tous les élèves, stupéfaits d'être entraînés par un « vrai » joueur.

Le match rassembla au mois de mars, un mercredi après-midi ensoleillé, une foule extraordinaire venue admirer les deux équipes. Parents, élèves, cousins, badauds, tout le monde était réuni sur un terrain vétuste de Vinteuil. Alban avait nommé trente remplaçants, filles et garçons mélangés, pour chaque équipe de onze et il fit tourner le plus possible les joueurs, ce qui s'avéra d'autant plus judicieux que le match de quatre-vingt-dix minutes fut intense, haletant et donc épuisant. Toutes les dix minutes, coach des deux équipes en plus d'avoir le dernier mot face à l'arbitre, un père de famille joueur occasionnel, Alban changeait plusieurs joueurs avant de renouveler complètement l'équipe à la mi-temps. Chaque joueur pénétrait sur le terrain avec la furie de l'éphémère, un immense sourire sur le visage, parce que le soleil brillait pour lui, parce que la foule hurlait son nom. Tristan, qui connaissait pourtant bien ses élèves, ne pouvait reconnaître dans les preux qui s'élançaient pour leur course unique les adolescents boutonneux, hurlants, nerveux du collège. Illuminés de bonheur, ils étaient l'enfance et la jeunesse, fiers de porter la bannière de leur équipe. Bons ou mauvais dans le jeu, l'enthousiasme les soulevait. Les professeurs, quant à eux, étaient plus lourds, mais ils faisaient bonne figure, étonnés du fair-play des élèves, qui s'appliquaient à leur faire des passes, à les honorer de vivats outranciers lorsqu'ils marquaient un but. La rapide rotation des joueurs avait l'avantage d'exalter le plaisir pur du jeu, sans cristalliser de véritable opposition entre équipes. Six buts furent marqués d'un côté, cinq de l'autre, et alors que l'arbitre sifflait la fin du match, il y eut de la part de tous les joueurs, plus de quatre-vingts donc, un cri d'allégresse, comme une énergie de joie qui se libérait. Et les professeurs voyaient les visages d'ordinaire défaits, maussades, contrits s'épanouir dans une joie totale, aussi démesurée que pouvaient l'être les insultes ou les violences. Comme les parents avaient préparé des boissons et des gâteaux, il y eut un grand et long goûter, qui acheva de donner à la journée le goût sucré d'une fête, la foule s'éloignant ensuite comme un cortège de joie dans le soleil qui rougissait.

À partir de ce jour, les relations furent transformées à Pablo-Picasso. Comment s'en prendre à son partenaire de jeu ? À celui qui, la veille, vous a tendu une part de gâteau ? Tout s'était si bien passé, tout avait été si heureux… les êtres semblaient imperceptiblement flotter sur le souvenir de ces moments, les relations en étaient comme ouatées. La proclamation de la révolution mêlée au cérémonial de la joie, l'agitation même qui avait sous-tendu le mois de septembre, tout cela s'accordait pour produire du nouveau. Les solutions de Tristan n'étaient pas nouvelles mais, par une combinaison miraculeuse, la violence s'effondra d'un coup à Pablo-Picasso. Une sorte de chape de plomb, cette espèce de poids étouffant et glauque des établissements en échec, fut soulevée et les professeurs jurèrent qu'on respirait mieux, physiquement, dans l'enceinte du collège.

Tristan regarda la main de David Lamballe. Une main bronzée, tavelée de taches de rousseur mêlées à des taches de vieillesse.

— Je n'ai pas d'ambition, dit-il.

David se recula sur sa chaise.

— J'en suis très heureux, Tristan. Cela signifie que tu es un homme satisfait et que tu ne demandes rien. Mais cela ne durera pas forcément. Peut-être t'ennuieras-tu dans ton collège… Et si tu attends trop longtemps, tu ne pourras plus en sortir… On ne s'improvise pas maire… cela exige beaucoup de temps, d'énergie, d'obstination.

— J'ai encore le temps, je suis jeune.

— C'est un état qui a pour caractéristique de ne pas durer. Et puis, tu sais, il y a toujours ce truc un peu bizarre, un peu malsain qu'on appelle la reconnaissance sociale… un jour ou l'autre, on en a besoin… Et Marie aussi en a besoin. Elle a été élevée dans le luxe, tu le sais, dans un milieu particulier, qu'on l'apprécie ou non.

Tristan se tendit. David prit un stylo, joua avec.

— Si l'on néglige les salamalecs et les fausses politesses, inutiles entre nous, poursuivit-il, il y a un point évident dans tout ça. Pour entrer dans notre famille, et Dieu sait, Tristan, que tu y es entré avec éclat, dans des circonstances mémorables, il y a un prix à payer. Nous pouvons le taire à jamais, dissimuler, bien entendu, mais nous sommes grands, toi et moi, je sais comment tout ça marche, et toi tu commences à connaître : en gros, il nous faut un peu d'éclat, comme tu as su en montrer autrefois.

— Vous voulez que je sauve de nouveau Marie ? plaisanta Tristan d'une voix rauque.

— Oui. Que tu la sauves de la médiocrité.

Tristan rougit d'humiliation.

— Parce qu'elle mène une vie médiocre, à votre avis ?

— Je te retourne la question : à ton avis, Tristan ?

— Nous n'avons pas beaucoup d'argent, d'accord…

— Ce n'est pas une question d'argent. Je te connais un peu, Tristan. Je sais où le bât blesse : tu aspires à l'exception. L'héritage paternel, sans doute. Crois-tu que tu aurais agi comme tu l'as fait à Vinteuil si tu n'y avais pas aspiré ?

— J'ai agi parce que c'était nécessaire, dit Tristan sans relever l'allusion à Marcel.

— Oui, mais tu as agi en chef. Tu as conduit cette affaire de bout en bout. Rien n'aurait eu lieu sans toi.

— Comment le savez-vous ?

David sourit, jouant toujours avec son stylo.

— Les rumeurs. Ton expérience a fait du bruit dans le département.

— Ce n'était pas le but.

— Sans doute. Et si tu préfères, abandonnons le terrain de la reconnaissance, de l'exception, quittons la subjectivité. Vinteuil a besoin de toi. Le maire actuel, Courroie, n'a rien compris au développement de sa ville. Tu le connais ?

— Je l'ai rencontré plusieurs fois. Il nous a mariés, Marie et moi. C'est un céréalier.

— Exactement. Il n'a pas beaucoup de temps pour la ville, qui était un gros village à sa naissance. Il la gère comme une bourgade de province alors que sa taille double tous les dix ans. Elle est sous-équipée, sous-administrée et l'urbanisme est un désastre.

— Vous êtes bien renseigné.

— Oui. J'en ai parlé autour de moi. Il faut un autre homme à cette ville et je te propose d'être celui-là. Cela ne se fera pas tout de suite mais tu peux y arriver et je t'y aiderai de toutes mes forces.

— Pour sauver Marie de la médiocrité ?

— Ne te vexe pas, dit David en haussant les épaules. C'est juste la loi sociale. Et je ne mens pas en affirmant que Vinteuil a besoin de toi. Personne ne connaît les banlieues dans ce pays à part les politiques, les profs et les flics…

— Et ceux qui y vivent…

— Bien sûr. Et ce que je pense, c'est que les banlieues sont l'enjeu de la République. Tous les bavards qui nous entourent, nous méprisent et nous donnent en permanence des leçons, tous ces intellectuels, journa-

181

listes, hommes d'affaires, n'y ont jamais mis les pieds. Ils ne soupçonnent rien des ferments qui lèvent. Je ne sais pas quelle forme cela prendra mais je parie que cela va exploser, d'une façon ou d'une autre, si des gens comme toi ou moi ne s'en occupent pas.

Et c'est ainsi que cela se fit. Dans un bureau de l'Assemblée nationale, entre darwinisme social, sens de l'exception et visions prophétiques. David Lamballe voyait juste, l'avenir lui donnerait raison. Tristan se lança dans la course à la mairie, cette lente course pétrifiée de la tortue, pas à pas, échelon après échelon, à la fois parce que sa nature laborieuse le portait mal aux fulgurances et parce que la politique des petites villes n'aime pas le blitzkrieg.

3

La conquête de Vinteuil

La conversation des deux époux, le soir, laissa Marie
haletante. Maire de Vinteuil ? Cela signifiait rester ici,
dans cette ville qu'elle détestait, et pour quoi ? Pour
lui plaire à elle ? La reconnaissance sociale ne lui avait
jamais fait ni chaud ni froid, elle avait toujours méprisé
les petits cons trop polis et trop ambitieux croisés dans
les rallyes. Elle avait épousé Tristan parce qu'elle l'aimait,
voilà tout, pas parce qu'elle misait sur lui. La mairie ? Et
la mairie de Vinteuil, en plus ? C'était une plaisanterie,
non ? Elle préférait mille fois retourner à Paris, abandonner à jamais Vinteuil et ses ambitions minables. Et
puis, sa propre carrière en souffrirait. Rester à Vinteuil,
c'était chercher un poste en Île-de-France, sur lequel
elle pouvait faire une croix. Elle n'avait pas été assez
bien classée et elle n'était pas assez appréciée à l'hôpital de Gonesse pour y être recrutée en poste fixe, à
cause d'un chef de service atrabilaire qui ne cessait de
lui savonner la planche. Un type arrogant qui essayait de
coucher avec toutes les femmes du service et qu'elle ne
pouvait pas supporter. Il fallait qu'elle parte en province.
Tristan adorait les Alpes depuis qu'il avait découvert

la montagne. Pourquoi ne pas essayer là-bas ? Même si bien sûr un hôpital dans le Nord était plus probable. Pourquoi son père avait-il eu une idée aussi nuisible ? Maire, le pire des métiers. Passer son temps dans les inaugurations, les réunions de quartier, les conseils municipaux, être prêt à toute heure du jour et de la nuit pour une indemnité plus que médiocre... absurde. Ils avaient deux enfants à éduquer, deux enfants qui grandissaient avec une rapidité affolante. Comment même songer à une telle carrière ? Est-ce que Tristan n'avait pas eu assez de réunions avec sa prétendue révolution enseignante ?

Folle d'agacement, Marie sortit dans le jardin. Ils louaient un pavillon maintenant, défi architectural à l'esthétique et à l'élégance parisiennes, qui avait néanmoins le mérite de fournir une chambre à chacun des enfants. La maison se trouvait à la lisière de la ville, non loin de la Marne. Marie observa la nuit. Derrière la rue bordée de pavillons, elle apercevait l'ombre des grands ensembles, blocs noirs enfoncés dans l'obscurité. Depuis le début, depuis cette marche à travers la ville pour acheter du poisson, elle détestait Vinteuil. Elle se sentait mal à l'aise, toujours déplacée, en exil dans cette ville sans corps ni âme... Comme Marie regardait la nuit, ses yeux perçant la masse sombre, un frisson la secoua soudain, pressentiment de malheurs à venir, tant cette ville l'effrayait. Parce que c'était cela qui la minait, depuis l'origine : la peur. Une peur diffuse qui ne s'était jamais concrétisée, qui au contraire avait été niée par des années heureuses, par beaucoup de rencontres chaleureuses avec des voisins (pas tous), mais qui persistait, comme si elle se répé-

184

tait : «Jusqu'ici tout va bien, jusqu'ici tout va bien… » en appréhendant la minute à venir.

Marie songea à la Marne, qui coulait si proche, à l'immense trou noir que la rivière creusait dans la nuit, le trou de ver qui serpentait à travers la ville, borne des constructions peu à peu dépassée. Elle en imagina les sombres remous, le même lacis tremblant du courant, comme on songe à une bête.

La porte de la maison s'ouvrit. Alexandre apparut en pyjama, son doudou à la main.

— Maman, j'ai peur.

Marie eut de nouveau un frisson, la peur de son fils répondant à la sienne.

— N'aie pas peur, mon Xou, Maman est là.

Maman est là ! Combien de fois avait-elle dit cela, à tous les membres de la maisonnée, sous ces termes mêmes ou en substance lorsqu'il s'agissait de Tristan ? N'avait-elle pas pour but dans la vie d'être là pour eux ? Elle ne savait pas s'il s'agissait d'une tâche noble mais elle savait qu'elle était là, malgré ses peurs ou ses faiblesses.

Elle emporta le petit dans ses bras. Alexandre, peureux et impressionnable, était souvent réveillé par les cauchemars. Il ne trouvait la paix que dans le lit de ses parents. Autant Julie était dure, autant Alexandre était une nature tendre et fragile. Ils les avaient pourtant élevés avec la même douceur, malgré certaines hésitations de Tristan se demandant s'ils n'allaient pas les transformer en chiffes molles. (Saint-Just : « Les enfants appartiennent à leur mère jusqu'à cinq ans, si elle les a nourris, et à la République ensuite, jusqu'à la mort. […]

185

Les enfants sont vêtus de toile dans toutes les saisons. Ils couchent sur des nattes et dorment huit heures. Ils sont nourris en commun et ne vivent que de racines, de fruits, de légumes, de laitage, de pain et d'eau. ») Marie assurait que la douceur nourrissait la confiance. D'ailleurs, la même douceur avait durci Julie au feu : yeux durs, cheveux d'or, la petite fille ne craignait rien ni personne, répondait à ses parents, ne cessait de se cabrer, toujours vexée, toujours indépendante. Elle s'enfuyait au détour des rues, refusait la main de ses parents, refusait tout. Alexandre se lovait en câlins, prenait des claques de sa sœur en l'observant de ses grands yeux lourds de reproche et éclatait en sanglots devant sa dureté. Mais Julie se retournait, affectant l'indifférence, et s'éloignait.

Alexandre encercla le cou de Marie de ses bras. Elle en oubliait la conversation avec Tristan, dépassée par l'émotion du petit corps palpitant. Déjà, il était rassuré, même s'il ne trouvait pas encore le repos. Marie monta l'escalier, rejoignit la chambre du petit et s'allongea avec lui dans le lit. L'enfant ferma les yeux en souriant. Ils restèrent là, silencieux, dans le noir, le petit épousant le corps rassurant de sa mère, Marie apaisant les angoisses, accomplissant la mission qu'elle se donnait en ce bas monde d'être le havre de paix de sa famille, envers et contre tout, y compris contre elle-même et son propre bonheur.

Son œil saisit dans l'obscurité le désordre de la chambre. Elle soupira. Lorsqu'elle était enfant, une femme de ménage s'occupait chaque jour de la maison, lavait, essuyait, rangeait. Nommée Justine, elle disait s'appeler Maria, plus conforme, pensait-elle, à son métier.

Mais il n'y avait plus de Maria ou de Justine, il n'y avait plus qu'elle, Tristan ne voyant même pas le désordre, surpris des accès maniaques de sa femme. Le ménage ennuyait Louise, Marcel semait sur son chemin slips, chaussettes, verres, bouteilles de bière alors que l'appartement des Lamballe était poli comme un bibelot. Marie avait souvent l'impression d'être seule à la barre du navire, seule responsable de tout. Tristan lui répétait de ne pas s'en préoccuper mais pouvait-elle laisser vivre la famille dans la saleté ? Chaque fois que ses parents passaient, ce qui était heureusement rare, elle lavait tout du sol au plafond, durant toute une semaine, espérant éviter la lueur de reproche dans les yeux de sa mère ou l'ironie de son père, dans le perpétuel porte-à-faux de l'exil, aussi loin de son milieu d'origine que de Vinteuil.

Elle ne regrettait rien, rien du tout, elle accomplissait son chemin et elle était heureuse de sa vie, de son mariage, de Tristan, des enfants, elle était heureuse de tout, mais pourquoi sa mère avait-elle cette lueur de reproche dans les yeux ?

Et cette autre question : elle vivait ainsi, à Vinteuil, parce qu'elle avait rencontré un homme dans un train. Mais si elle ne s'était pas aventurée en banlieue ce soir-là, dans l'éparpillement des voies de chemin de fer qui ouvraient l'éventail des destinations et, semblait-il, des destins, qu'aurait été sa vie ? Elle aimait Tristan de tout son cœur mais elle aurait pu en aimer un autre, parce qu'elle était ainsi, parce qu'elle aimait aimer. Sans doute la rencontre n'aurait-elle pas été aussi mythique, permettant la refondation permanente de leur couple dans l'euphorie d'une origine sans cesse réactivée. Elle aurait pourtant eu lieu un jour ou un autre, probablement avec un médecin ou un des nombreux financiers, avocats, hauts fonctionnaires qui gravitaient dans son entourage. Sa vie ne se serait pas faite à Vinteuil mais à Paris, Londres ou New York, comme tout le monde. Elle aurait vécu dans le luxe, elle n'aurait jamais connu son chef de service, ses enfants auraient été différents et Julie ne se serait peut-être pas appelée Julie, Alexandre ne se serait peut-être pas appelé Alexandre, Julie n'aurait pas été de cet acier trempé de boxeur mexicain (l'incroyable dureté des poids plume mexicains, qu'elle regardait sur Canal+ à côté de Tristan, expérience qu'elle n'aurait sans doute pas connue aux côtés d'un autre) et Alexandre n'aurait pas été aussi tendre, car le fils et la fille lui semblaient les deux facettes de la personnalité de Tristan, l'acier et la guimauve qui composaient le caractère de son mari.

Ce qui signifiait aussi, et à cette idée son cœur battait d'inquiétude, que Tristan n'était peut-être pas aussi essentiel, aussi *destiné*, qu'elle le croyait, pensée affreuse et blasphématoire, hostile à son cœur amoureux, mais au fond rationnelle. Mais si tout était aléatoire, cela signifiait aussi que tout pourrait être autre, ce qui minait toute certitude.

Et Marie se demandait : « Qu'est-ce qui échappe à l'aléatoire dans la vie ? Le milieu, la profession, les amours, la maladie, la mort même, plus ou moins cruelle, douloureuse, accidentelle, précoce… sont aléatoires. Mais n'y a-t-il pas quelque chose qui échappe à la loterie ? C'est à ça qu'il faut que je m'accroche : à ce qui n'est pas contingent dans la vie. Il faut juste que je le trouve. »

Malgré ces doutes, Marie veillait. Est-ce à dire que la bonne action de Tristan, il y avait des années, lui valait un *mojo* éternel, comme dans les contes de fées ? Le fait est que Tristan avait été longtemps malheureux puis un charme s'était emparé de son destin en la personne de Marie. Ils vivaient heureux et avaient pas mal d'enfants. Marie organisait le conte, pacifiait les relations et donnait des coups de pied au cul à la sorcière. Le couple n'était pas assez naïf pour penser que cela durerait à jamais mais largement assez pour se laisser bercer. La sorcière sombre patientait à la porte et, comme Marie avait bâti la maison, non de paille ou de bois, mais de solide pierre cimentée jour après jour par sa patience et sa bonté, terme presque anachronique en l'occurrence très adapté, son souffle putréfié n'était pas près de l'enfoncer. Et Dieu sait qu'à Vinteuil il fallait vraiment bâtir à chaux et à sable.

Entre-temps, la sorcière avait soufflé fort, sans doute pour s'occuper, sur les deux demi-frères Rivière. Anne, la femme de Thibaut, était rongée par un cancer que les chimiothérapies successives ne guérissaient pas. Elle avait perdu ses cheveux et supportait très mal le traitement. Les enfants, avec leur forme particulière d'affolement muet et impuissant, lui faisaient payer leur angoisse en étant insupportables.

Tristan, qui ne les voyait presque plus depuis des années, par la seule et indolente raison des écarts de la vie, leur rendit visite : dans la maison, c'était un piaillement incessant, les petits (ils avaient tout de même douze et dix ans tandis que les grands, âgés de plus de vingt ans, n'étaient pas venus au déjeuner) tourbillonnant partout, avec des yeux fous, le père hurlant pour s'imposer, la mère au milieu. Un moment, alors que celle-ci préparait la cuisine, sa main s'était arrêtée au-dessus de la casserole, et elle était restée immobile comme une statue pâle, au point que Tristan crut qu'elle allait glisser à terre. Tout le temps du déjeuner, ses gestes furent d'une lenteur décalée, inquiétante, qui semblait répondre à la furie des deux garçons et aux hurlements de Thibaut. Ensuite, dans le jardin (jardinet ? jardinicule ?), le gros Thibaut exprima son inquiétude : les examens étaient de plus en plus mauvais. Et lui qui était si gueulard, si mauvais esprit, toujours à se moquer d'habitude, avec ses ricanements de gars à qui on ne la fait pas, ne dit plus un mot. Tristan lui demanda des nouvelles des aînés, les seuls qu'il ait bien connus, mais le père n'eut que quelques propos laconiques. Tristan n'avait jamais été proche de Thibaut mais, ce jour-là, il aurait aimé pouvoir le réconforter. Son frère ne s'anima qu'en parlant d'Émile, qui avait abandonné femme et enfants. Durant un de ses voyages en camion à travers l'Europe, il avait tout lâché, sans que personne en comprenne la raison, pas même lui peut-être. On disait qu'il était en Suède. Il avait juste donné un coup de fil pour dire à son patron où il laissait le camion.

— Il fait froid là-bas, dit Thibaut. Qu'est-ce qu'il est allé foutre en Suède ? Y a que des arbres et des harengs.

De la part d'Émile, c'était incompréhensible. Il n'envoyait même pas d'argent. Pas de nouvelles, rien.

— Il y a un moment où tout commence à foutre le camp, dit Thibaut sombrement. On est trop vieux, tu

190

verras ça un jour. Émile qui se barre, le cancer qui frétille… C'est pas bon.

Lorsque Tristan quitta la maison, il eut l'impression qu'il ne reverrait plus le couple avant longtemps. Et en effet, alors qu'il se reprochait souvent de ne pas rendre visite à Thibaut et Anne, de ne pas leur téléphoner, n'ayant de nouvelles que par sa mère, il ne devait revoir son frère qu'à l'enterrement d'Anne, deux ans plus tard.

Tristan était alors devenu maire adjoint, chargé des sports et de la jeunesse. David Lamballe avait été, comme toujours, efficace. Il avait recommandé Tristan au député Bezace, président du conseil général de Seine-Saint-Denis, qui en avait parlé au maire Courroie, lequel avait aussitôt flairé un bon coup autant qu'un danger en la personne de Tristan. Le président du Club des gentlemen boxeurs, le professeur de Pablo-Picasso lié à Alban Diarra et au club de foot de la ville était une excellente recrue pour l'équipe municipale ainsi qu'un apport de voix prévisible aux prochaines élections. En même temps, il était un peu trop populaire et il était le beau-fils de David Lamballe, qui n'était pas n'importe qui. Cela dit, comme il ne pourrait présenter un danger qu'au prochain mandat, on avait du temps pour aviser. Courroie fit venir Tristan, avec qui il avait eu plusieurs échanges pendant la révolution, et lui proposa une place sur la liste municipale aux élections, ce que Tristan accepta malgré Marie. Passer outre l'avis et la carrière de sa femme n'était sans doute pas une bonne idée mais la plupart des êtres ne se rendent pas compte

191

que la sorcière n'est tenue à l'écart que par miracle et qu'il suffit parfois d'une mauvaise décision pour la laisser pénétrer dans la maison.

Cela se passa exactement comme Marie l'avait prévu : Tristan fut accaparé par ses fonctions, alors qu'il n'était qu'adjoint, et laissa toute la charge de la maison et de la famille à sa femme. Comme il avait doublé son salaire – ce qui ne signifiait pas grand-chose, avec ses indemnités de 12 000 francs –, ils avaient embauché une femme de ménage trois heures par semaine mais ce fut totalement insuffisant. C'est bien simple : il n'était jamais là. Il y avait toujours une réunion dans une association quelconque, une inauguration, des travaux à suivre, toujours en fin de journée ou en soirée puisqu'il restait évidemment professeur. Il faisait semblant de considérer tout cela comme des corvées alors que ses yeux pétillaient de plaisir à représenter, diriger, gouverner. Marie trouvait incroyable qu'on puisse se passionner pour la réfection du terrain de football mais c'était bien le cas : Tristan ne s'était jamais intéressé à une pelouse dans sa vie mais, à présent qu'il était adjoint, rien ne lui semblait plus essentiel que la pelouse de l'équipe première de Vinteuil et les matchs du dimanche, qu'il ne ratait presque jamais, surtout lorsqu'au bout de la deuxième saison il fut possible de s'élever en division d'honneur, grâce à une politique de recrutement à grands frais du club. Il fallut trois réunions pour décider de passer du gazon à l'herbe synthétique et Tristan fut présent aux trois réunions, ce que jamais un maire adjoint n'avait fait. Les propos désobligeants sur ses prédécesseurs, que

192

chaque association s'empressait de répéter pour obtenir les bonnes grâces de Tristan et ses subventions, tintaient délicieusement à ses oreilles. À vrai dire, le jeu était faussé puisque le précédent adjoint ne connaissait rien au sport, qui l'ennuyait prodigieusement. Tristan connaissait par cœur la vie d'un athlète et les arcanes de tout club. Comme boxeur, il avait vécu les affres immenses des combats minuscules et il savait que la grandeur ne faisait rien à l'affaire : la violence d'un combat ne tient pas à ses enjeux et beaucoup de championnats du monde sont moins destructeurs que des combats départementaux. Les Vinteuillois ne mettaient pas moins de cœur en division d'honneur que les grands joueurs en Ligue des champions.

— Et s'ils perdent ce match, tu crois vraiment que ça va changer leur vie ? disait Marie.

— Oui. Il n'y a pas de petit match. Il n'y a que des victoires et des défaites.

Les associations de jeunesse virent aussi débarquer le jeune et souriant adjoint, les cheveux toujours coupés court, ce qui faisait clabauder les moniteurs à cheveux longs, les éducateurs à catogan, trouvant un peu trop propre et net ce petit gars, jusqu'à ce qu'on leur explique qu'il fallait lui pardonner : il était boxeur. Assis dans le bureau du directeur du centre de loisirs, Tristan s'impliqua dans le programme des activités, ce qui excédait ses fonctions, pensait-on, alors qu'il considérait que le montant des subventions accordées par la mairie justifiait toutes les intrusions. Tout occupé à sa révolution (Robespierre : « Puisque l'âme de la République est la vertu, la première règle de votre conduite politique doit être de rapporter toutes vos opérations au développement de la vertu »), il estima que ses jeunes administrés devaient connaître ce qu'il avait lui-même éprouvé dans la pastorale des Alpes. Le directeur et lui organisèrent un séjour d'une semaine de canyoning dans les Pyrénées, durant laquelle les adolescents du centre de loisirs purent expérimenter comme de vrais petits scouts la vie authentique dans la nature, le camp de base lui-même réduit à quelques planches de bois (Saint-Just : « L'éducation des enfants, depuis dix jusqu'à seize ans, est militaire et agricole. On élève les enfants dans l'amour du silence et le mépris des rhéteurs. Ils sont formés au laconisme du langage. On doit leur interdire les jeux où ils déclament, et les accoutumer à la vérité simple »). Il fut, paraît-il, assez drôle de voir les terreurs paralysées au sommet des rochers, contemplant le vide où ils devaient plonger comme un nid de crotales, ricanant bêtement en laissant leur place pour aller se cacher, obligés finalement de sauter par le moniteur de canyoning, un gars sec et musclé dont l'audace les impressionnait. Ils furent ensuite très fiers de se vanter de leurs exploits, annonçant des sauts de dix, quinze, vingt mètres (« un immeuble, mon pote, sur la vie de ma mère »), des descentes en rappel, des plongées dans l'eau glacée. Il fut certes regrettable que cinq d'entre eux se battent à coups de rame avec les moniteurs de kayak, en vraie racaille, et qu'on doive les rapatrier en train sous la surveillance d'un moniteur du centre exaspéré de rentrer avec ces petits cons, mais au total la semaine fut exceptionnelle, une vraie régénération de la vertu dont Robespierre comme Saint-Just auraient rêvé, même si le laconisme et le silence n'étaient pas vraiment le propre des jeunes Vinteuillois.

Si l'on ajoute à cela la victoire de Serge Fadouba au championnat du monde WBC, en poids moyens, victoire dont seuls les spécialistes entendirent parler mais qui fut cependant un exploit retentissant, on comprend que le premier mandat de Tristan en tant que maire adjoint fut auréolé d'un éclat incomparable.

En somme, il réussissait pleinement, ce qui ne fit pas plaisir à tous. Pas à Marie, qui espérait secrètement qu'il détesterait sa fonction et qu'il reviendrait vite à la maison, pas au maire Courroie, à la fois content de son choix et irrité de tant de présence et de popularité, et surtout pas à certains adjoints au bilan moins éclatant. Pour l'essentiel, l'équipe municipale, composée d'une majorité de bras cassés à peu près aveugles au fonctionnement de la mairie, s'en rendait à peine compte. Amis d'enfance du maire, cultivateurs enrichis, personnalités de la ville (médecins et notaires, présidents d'association), ils étaient là pour combler les trous (l'un d'entre eux avait demandé en plein conseil : « Je suis adjoint à quoi, déjà ? ») et laissaient quatre ou cinq personnes gouverner avec le maire.

Tristan avait eu le temps d'observer Courroie. C'était un petit homme épais, au visage rouge, qui souriait peu. Il était maire par appétit de pouvoir tout en considérant sa fonction comme beaucoup moins importante que ses terres, et certaines décisions du conseil municipal étaient clairement destinées à favoriser ses activités professionnelles, avec l'aval placide de tous. Il détestait qu'on le contredise, menait son troisième mandat avec les certitudes de l'habitude et dirigeait les fonctionnaires avec l'amabilité d'un tyran. Pourtant, personne ne le haïssait, tout le monde le respectait, et Tristan comprit que c'était un mode possible de gouvernement (Saint-Just : « Tous les arts ont produit des merveilles : l'art de gouverner n'a produit que des monstres ») : l'autorité nue, sans affects. La force de Courroie, c'est qu'il ne se souciait pas d'être aimé, anomalie rare chez un politique qui prouvait qu'il était davantage céréalier que maire. Il ne se posait pas de questions, s'interrogeait très peu sur les besoins de la cité, prolongeant seulement son action. Son ton était tranchant, tout allait vite, et l'opposition elle-même semblait tétanisée par les certitudes du maire.

Le premier adjoint portait le nom latin de Sallus et n'avait rien de romain. C'était un maître de conférences en géographie à l'université de Marne-la-Vallée, d'une quarantaine d'années, frétillant et branché, à l'abord sympathique, même si Tristan devait comprendre par la suite qu'il ne l'était pas. Chargé de la culture, il avait persuadé son maire, parfaitement inculte, qu'on pourrait faire de Vinteuil le Bilbao français, vision d'une absurdité étonnante à quarante kilomètres d'une capitale écrasante en la matière.

— D'habitude, on place à la culture des abrutis finis qu'on ne sait pas où caser ou des gars obsédés par une spécialité, genre soldats de plomb ou sculpture d'épouvantails, ce qui peut d'ailleurs se combiner, avait dit Lamballe. Si ce type est intelligent, c'est déjà bien.

Dominique Sallus était en effet intelligent, et habile : il avait accompli l'exploit, bien que très supérieur au maire intellectuellement, de ne jamais lui faire de l'ombre et de se poser en successeur – tout le monde disait que le maire se représenterait encore une fois avant de laisser la mairie à son adjoint.

Et c'est ainsi que tout aurait dû se passer s'il n'y avait pas eu la Renault 20.

L'étonnante puissance des Renault 20

Françoise et Gérard Joly, soixante-huit ans tous deux, déjeunaient dans leur restaurant de Vinteuil habituel en compagnie de leur petit-fils de cinq ans, Jordan. Celui-ci, qui s'ennuyait avec ses grands-parents, regardait par la fenêtre. Un reflet l'attira. Il descendit de son siège, ce dont ses grands-parents, absorbés dans la lecture de la carte, ne s'aperçurent pas, et marcha vers la sortie du restaurant. Il poussa la porte, sortit dans la rue et avança vers le reflet, éclat de soleil sur un rétroviseur. Avec l'attention extraordinaire des enfants, il contempla le flamboiement puis décida de monter dans la voiture. Il s'agissait de la Renault 20 de ses grands-parents, si bien garée devant les fenêtres du restaurant que son propriétaire ne la fermait plus à clef.

Pendant ce temps, Françoise et Gérard, qui avaient remarqué son absence, parcouraient le restaurant en tous sens. Jordan s'installa au volant, comme son grand-père, avec un sérieux imperturbable, puis, suivant toujours son exemple, desserra le frein à main. La voiture, garée au sommet d'une pente, commença à reculer, de sorte que Jordan tourna le volant pour l'orienter. Mais à sa grande stupeur, le volant ne lui obéit pas, alors que la voiture accélérait. À ce moment, Gérard, ayant aperçu le mouvement de la Renault, se précipitait hors du restaurant. Cent mètres plus bas, la trajectoire de la voiture croiserait une voie rapide. Le grand-père, impuissant, se mit à hurler.

Le hasard voulut (c'est la plus grande puissance en ce bas monde) que Tristan passe par là au retour d'un de ses cours de boxe. Il entendit les cris et, relevant la tête, vit la grosse voiture descendre la pente.

Il se précipita vers la Renault 20, ouvrit la portière et, se jetant à l'intérieur par-dessus l'enfant, non sans heurts, saisit à pleine main le frein et tira de toutes ses forces. Et la voiture s'arrêta. Jordan pleurait tandis que les grands-parents arrivaient en courant.

— Monsieur, vous êtes un héros, dit Françoise, vous avez sauvé notre Jordan.

— Jordan ? répéta Tristan.

— Oui, notre petit-fils.

Et c'est ainsi que, pour la deuxième fois de sa vie, Tristan-le-héros rejaillit de ses cendres. Le phénix de Vinteuil et des trains de banlieue avait encore agi. Même si son action était assez dérisoire, la culpabilité et la peur des grands-parents avaient été telles que la petite feuille de chou de Vinteuil, alertée par Gérard Joly, arbora en énormes lettres sur sa une le titre :

TRISTAN-LE-HÉROS

La photo du héros en contre-plongée accentuait sa stature. Le style amphigourique confinait au comique.

Nul habitant de Vinteuil ne devrait plus ignorer qu'il a pour maire adjoint un héros. Un de ces héros du quotidien que chacun ignore mais dont l'existence est un bienfait et une grandeur pour ses proches et ses concitoyens. Ce héros, c'est Tristan Rivière, que beaucoup d'entre vous connaisse (sic) comme professeur d'histoire-géographie au collège Pablo-Picasso, ignorant sans doute qu'il est aussi (excusez du peu) directeur du club de boxe de Vinteuil et maire adjoint chargé de la jeunesse et des sports, toutes fonctions qui prouvent son implication exemplaire en faveur de nos enfants. Ce citoyen d'exception, modeste et réservé comme tous les vrais héros, vient d'accomplir une action qui le couvrira cette fois de gloire et nul dans cette ville, dans ce pays même, ne doit plus ignorer son nom : il a sauvé un enfant du trépas, au péril de sa vie, arrêtant d'un bond athlétique une voiture dont le frein à main avait inexplicablement lâché (sic), sans doute par défaillance mécanique, voiture qui avait à son bord Jordan G., cinq ans, arraché à la surveillance et l'amour de ses grands-parents par la voiture devenue folle. N'écoutant que son courage, Tristan Rivière a sauvé cet enfant et pour cette raison nous ne devons plus ignorer son vrai nom : Tristan-le-héros.

Suivait un dossier présentant les diverses activités de Tristan, avec des articles à sa gloire en tant que professeur, entraîneur ou maire adjoint, avec des témoignages dithyrambiques et un encart sur les défaillances de frein à main dans les Renault 20 (?).

Ces articles développèrent la notoriété de Tristan de façon étonnante et disproportionnée. Salué dans la rue, il entendit aussi à plusieurs reprises le cri « Tristan-le-héros » derrière son dos, épithète homérique qui n'était pas pour lui déplaire.

Un mois plus tard, *Les Nouvelles de Vinteuil* poursuivaient leur œuvre hagiographique en revenant sur l'épisode du train, exhumé par le journaliste. On ne sut jamais qui l'avait renseigné.

Cette fois, Vinteuil tenait son sauveur et, lorsqu'on apprit que Tristan avait épousé celle qu'il avait sauvée et qu'ils avaient eu deux enfants, la popularité du maire adjoint enfla à la mesure de cette histoire de roman Harlequin. On aurait pu en faire un soap opera et bien des électrices entre deux âges refermèrent en soupirant *Les Nouvelles de Vinteuil*.

Tout cela agaça prodigieusement Courroie et son adjoint Sallus plus encore. Le maire se mit à émettre des critiques régulières, en public, contre Tristan, réclamant une politique plus cohérente et plus construite en faveur de la jeunesse, avec davantage de résultats, tandis que Sallus souriait avec hauteur dès que Tristan prenait la parole en conseil municipal.

Pourtant, Tristan ne se serait jamais élevé contre le maire et son adjoint « s'ils avaient été à la hauteur de leur fonction ». Il n'avait pas d'ambition, répétait-il, il était heureux de sa double casquette de professeur et d'adjoint et il était apprécié : pourquoi chercher les ennuis ?

Dans sa troisième année de mandat, le commissaire de police Jeambart vint le trouver à la mairie. Les deux hommes se connaissaient bien, ils avaient eu de fréquentes réunions ensemble : la jeunesse de Vinteuil était remuante.

— Est-ce que vous connaissez un certain Liang ? demanda le commissaire.

Tristan songea à l'adolescent aux ongles peints qui avait maintenant intégré Normale sup.

— Oui, je m'en souviens. Je l'ai eu comme élève. Il était brillant. C'était presque une anomalie.

— Je ne parle pas de lui mais de son frère, Sen. Pas le même profil.

— C'était un bagarreur, la terreur du collège, le rival de Fadouba.

— Il est toujours une terreur mais il a changé de terrain de jeux. Il est la terreur de Vinteuil.

— Une terreur sans renommée, dans ce cas, parce que je n'en ai pas entendu parler depuis son départ du collège.

— Il est pourtant aussi exceptionnel dans son domaine que son frère. Si vous n'en avez pas entendu parler, c'est qu'il est malin et qu'il ne se fait pas prendre. Mais il est devenu le caïd local, ce qui est d'autant plus étonnant que la communauté asiatique est minuscule. Il était sans appuis mais il s'est imposé. Ses parents sont sans histoires, ils tiennent un restaurant à Saint-Maurice : il n'a rien du type habituel du caïd.

— Quel est le type habituel ?

— L'aîné de la famille la plus violente de la cité.

L'image des ongles peints d'Ahn s'imposa de nouveau à l'esprit de Tristan.

— C'est sûr. Ce n'est pas du tout le profil de la famille. Comment a-t-il fait ?

— Par sa violence, son intelligence, je suppose. Difficile à dire. Il n'entrait pas dans les radars et tout d'un coup il est là, en place, et il n'y a pas un trafic qui ne passe par lui.

— Arrêtez-le.

Le commissaire parut gêné.

— Sans doute. Il y a tout de même quelque chose qu'on appelle enquête, preuves. Cela se fait, m'a-t-on dit.

Tristan rit.

— Oui, on m'a dit ça aussi. C'est pour cela que vous venez me voir ?

La gêne du commissaire sembla s'accentuer.

— Tout le monde ne veut pas l'arrêter, vous savez.

— Comment ça ?

— Sen n'est pas un objectif pour la mairie, par exemple.

— Je ne comprends pas.

Jeambart rougit.

— Les caïds ne dérangent pas tout le monde, poursuivit-il. Ils sont utiles aussi. Ils font vivre des gens et ils permettent d'acheter la paix sociale.

— La paix sociale ?

— Oui. Sen est intelligent, il tient ses hommes, il n'y a pas de problème dans la ville. Ce n'est pas un fou furieux. C'est beaucoup moins dangereux que des bagarres de bandes. Tout se fait gentiment, sans violences apparentes. Tout est sous contrôle.

— Parlez clairement. Vous venez me dire que le maire Courroie préfère laisser en place Sen ?

— Ce que je viens vous dire, c'est qu'un policier municipal a arrêté Sen pour des désordres sur la voie publique…

— Preuve qu'il n'est pas si calme que cela…

— … et qu'il a été aussitôt relâché, sur intervention directe du maire. J'en suis à peu près sûr.

— À peu près ?

— Courroie n'a rien écrit et personne, officiellement, n'est au courant.

— Cela me surprend. Le maire n'est pas du genre à composer avec les voyous locaux.

— Cela ne correspond pas à mes informations.

— Vous affirmez donc, dit calmement Tristan, que le maire est corrompu ?

— Absolument pas. Je ne pense pas du tout qu'il le soit. Il est riche et en plus l'argent en soi ne l'intéresse pas. Seules ses terres l'intéressent. Je pense simplement qu'il y a beaucoup de trafics en Seine-Saint-Denis, qu'il y en a à Vinteuil et que le maire estime que Sen est sans véritable danger pour la ville. Les banlieues se durcissent un peu partout. On commence à voir des armes de guerre, plusieurs fourgons bancaires ont été attaqués au bazooka, et pas par les truands installés, par des jeunes types prêts à tout. Sen est un moindre mal.

— Vous le pensez aussi ?

— Je n'ai pas à le penser. Sen contrôle des trafics, il enfreint la loi. Mon métier est de l'arrêter.

— Je vous demande votre avis personnel.

Le commissaire contempla ses mains avec attention.

— Sen est dangereux. Il ne fait pas de bruit, il a été éduqué par sa famille et il est intelligent. Mais il est aussi violent et aussi dangereux que les caïds habituels. S'il s'est fait sa place, c'est simplement qu'il est une brute plus violente que les autres.

— Que voulez-vous de moi ? dit Tristan.

204

— Parlez au maire. Avertissez-le. Il nourrit la bête qui le mangera.

— Il faudra que je lui parle en termes très diplomatiques. Et il ne m'écoutera pas.

— Je sais, je le connais. Il s'énerve vite. Et il écoute peu, en effet.

— Je lui parlerai, promit Tristan.

— S'il ne vous écoute pas, prenez sa place, dit Jeambart.

— Impossible, répliqua sèchement Tristan. Je ne veux pas être maire et je ne veux pas le trahir. Il m'a mis sur sa liste.

— Il vous a mis sur la liste parce que vous êtes l'homme le plus populaire de la ville. Ça n'a rien à voir avec la confiance, la fidélité ou quoi que ce soit. Vous représentiez des voix, point.

— Je ne veux pas être maire, point.

— Je ne suis pas le seul à le penser. Vous feriez un très bon maire, Tristan. La ville se développe, elle devient difficile à gérer. Je vois les choses, je suis à l'intérieur. On m'affectera bientôt ailleurs mais je peux vous dire qu'il faut quelqu'un pour gérer cette ville. Sen est un épiphénomène. Vinteuil grandit, avec des problèmes de grosse ville de banlieue. Elle peut devenir prospère mais elle peut aussi devenir ingérable. Courroie n'est pas l'homme qu'il faut à cette ville. Il était bon pour le Vinteuil d'autrefois.

Tristan erra dans les bureaux, s'assit sur un siège au hasard. Pour une fois qu'il pouvait rentrer à la maison de bonne heure… La trajectoire de Sen le surprenait… Son frère était si brillant… Au fond, ils étaient sans doute très brillants tous les deux, dans des genres différents. Ahn savait-il ce que son frère trafiquait ? Probablement… Il le connaissait. Il savait tout ce que Sen faisait pour le protéger autrefois, la terreur qui lui servait de bouclier, qui autorisait les bonnes notes et les ongles peints. Sans doute ne dirait-il pas un mot contre son frère. On n'oublie pas l'enfance, l'adolescence. Ahn s'était édifié sous le couvert de la violence de son frère, ce n'est pas maintenant qu'il la dénoncerait.

Quant au maire… comment lui parler de ça ?… Il allait au conflit… Le maire était malin, il comprendrait à demi-mot, au quart de mot. Il suffirait de nommer Sen… Fallait-il vraiment lui en parler… Oui, sans doute, mais en termes diplomatiques. Tristan n'avait pas envie d'un conflit, Courroie était un type désagréable mais un bon maire, quoi qu'en dise Jeambart, un maire pragmatique qui ne s'embarrassait pas d'idéologie.

Une porte s'ouvrit. Un couple sortit du bureau du maire. Probablement une demande à satisfaire : crèche, logement social. Le sourire sur les visages disait : « Tout va bien, tout est résolu. » Courroie aussi, le rogue Courroie, savait être compréhensif avec les besoins de l'humanité.

Tristan entra dans le bureau. Il allait parler avec onctuosité, le maire allait lui sourire, avec la même amabilité qu'envers ce couple, et tout irait bien, tout irait très bien. Tous deux s'assirent d'ailleurs dans les fauteuils installés dans un coin, et non de part et d'autre de l'impersonnel bureau de verre. Malgré les dissensions récentes, ils étaient amis, n'est-ce pas ? Le maire et son dynamique adjoint à la jeunesse, toujours riche de projets. Qu'allait-il lui proposer encore ? Quel remarquable tournoi à organiser, quelle fête, quel séjour sportif dans les Pyrénées ou ailleurs ? Et le maire sourirait avec mansuétude, comme avant les jalousies, tenterait de tordre son visage avec une grimace amicale : « Allons, allons, Tristan, pas trop cher, n'est-ce pas ? La mairie n'est pas si riche. » Et puis il autoriserait la subvention, parce que rien n'est trop bon pour la jeunesse de Vinteuil, une jeunesse défavorisée qui ne demande qu'à saisir la vie, l'embrasser.

— J'ai entendu parler d'un certain Sen Liang, monsieur le maire.

Le visage de Courroie se ferma.

— Qui est-ce ? dit-il.

— Un voyou.

— Qui vous en a parlé ?

— Le commissaire Jeambart.

Il y eut un silence.

— Pourquoi le commissaire est-il venu vous voir ?

— Parce qu'il vous accuse de couvrir les agissements de Sen pour assurer la paix sociale. Il parle de corruption.

Tristan se reprit.

— Ah non, excusez-moi, c'est moi qui parle de corruption.

Le maire hurla :

— Vous êtes fou, Rivière !

— Je connais Jeambart et je connais Sen. Je sais que le commissaire dit la vérité.

Il eut un temps d'arrêt puis, avec le panache décalé et théâtral qui l'avait déjà plusieurs fois caractérisé, il déclara :

— Cela signifie donc que vous asseyez votre autorité sur le mensonge et la corruption. Cela signifie que votre âme est scélérate. Il faut une âme pure pour purifier les cœurs. Vous n'êtes pas digne d'être maire de cette ville.

Et Tristan s'en alla, un peu contrarié par son léger manque de diplomatie.

Si une personne dans la ville se réjouit du peu de diplomatie de Tristan, ce fut Marie. Le maire retira sa délégation à son adjoint et sous la pression amicale de Sallus, qui prit le soin de persuader chacun, le conseil municipal révoqua Tristan, ce qui ne s'était jamais vu à Vinteuil. Tristan était enfin rentré à la maison. Il se contentait d'enseigner à Pablo-Picasso, et comme il avait tout mis en place au club de boxe pour sa succession, il ne s'y rendait plus que pour s'entraîner tranquillement. Cela lui permettait d'avoir l'œil sur les jeunes pousses et de regagner la forme. Il courait un peu le week-end. Son temps libre fut consacré à sa famille et chacun se rendit compte, par contraste, combien il avait été peu présent pendant trois ans. Ils profitèrent des beaux jours pour se rendre en forêt et c'est durant une de ces sorties, tandis qu'ils mangeaient sur une nappe blanche étendue sur l'herbe, pendant que Julie et Alexandre s'efforçaient l'un après l'autre de grimper à un arbre, défi arbitraire lancé par leur père, que Tristan revint sur l'affaire.

— Le problème n'est pas Sen, le problème c'est le maire.

— Qu'en sais-tu ? Tu as juste écouté le commissaire, tu n'as rien écouté des raisons du maire et tu ne sais même pas ce qu'il en dit, lui.

— Courroie ne parle pas, il ordonne. Il n'allait rien me dire franchement.

— Moi, je trouve que s'il y a des bandes à Vinteuil, tu aurais dû en savoir plus. Ce n'est pas anodin.

— Toutes les villes ont des bandes, tous les pays ont des voyous, la terre entière est peuplée de mafias.

— Je ne te parle pas de la planète mais de Vinteuil.

— Si, si, parlons-en. Vinteuil, c'est l'univers.

— C'est ça !

— Les mafias sont constitutives des pays. Elles ne sont pas un hasard ou un trou dans la société. Elles sont au fondement des sociétés. Vinteuil est une société neuve, il y a des mafias à sa hauteur, des petites bandes sans grande importance qui accompagnent son développement.

— C'est rassurant !

— Non, c'est normal. Regarde la Russie. Lorsque l'URSS s'est écroulée, des bandes se sont emparées des lambeaux du pays, elles l'ont dévoré et toutes les autorités ont composé avec les bandes, Eltsine en premier. Les oligarques ne sont rien d'autre que des mafieux, avec de véritables armées, jusqu'à un millier d'hommes. Il s'agit d'un accord tacite. Un accord de développement mutuel. Les États-Unis du XIXe siècle ont connu le même phénomène, avec des gangs nationaux, les Irlandais, les Italiens, qui ont participé à l'organisation du pays. Les voleurs sont toujours au fondement des pays.

— Encore ! Tu ne vas pas me refaire la conversation du chalet. Les héros sont des tueurs et maintenant les bâtisseurs sont des voleurs.

Tristan rit.

— La vérité, c'est que tout pays est constitué par des bandes de criminels qui en prennent la meilleure partie. Si le pays connaît un développement satisfaisant, des contre-pouvoirs s'établissent peu à peu et contiennent les voleurs et les criminels. Ils sont toujours là mais cachés. Leur pouvoir est souterrain.

— L'Europe a été créée par des voleurs ?

— Par des bandes armées, bien entendu. Il n'y a aucune différence entre les seigneurs du Moyen Âge et les mafieux. Ce sont des brutes sanguinaires qui proposent une protection en échange de la sujétion. Ensuite, toute une idéologie du système féodal s'est organisée autour d'eux pour les grandir et les purifier, en faire des héros de la foi et du souverain, parce que les sociétés agissent toujours ainsi : des hommes s'emparent du pouvoir et ensuite une idéologie conforte ce pouvoir par des théories et des représentations.

— Heureusement, Tristan Rivière est là, dit Marie en caressant tendrement le bras de son homme, comme chaque fois qu'elle se moquait de lui. Cela dit, je ne vois pas le rapport avec Sen.

— Moi non plus. Je voulais juste énoncer ma théorie.

Marie éclata de rire. Elle se coucha sur la nappe blanche, les yeux fixés sur les nuages.

— Pourquoi parles-tu autant ? C'est pathologique, non ?

— Clairement.

— Tu n'as jamais pensé à faire une psychanalyse ?

— Non.

— Tu devrais. Tu épargnerais mes oreilles.

— Trop cher. Je préfère t'assommer de discours.

210

— Tu as une théorie sur tout, non ? Est-ce que tu as une théorie du baiser ?

— Oui.

— Et une pratique ? dit Marie en s'approchant.

— Médio...

Et les théories se turent.

Il fallut à Marie tout son sens de l'humour, qualité qu'elle ne pouvait partager entièrement avec Tristan, qui mêlait des formes composites de comique à une certaine raideur inhérente aux êtres droits, pour accepter la décision de Tristan de se présenter aux élections municipales.

— C'est une plaisanterie ?

— Non.

— Tu plaisantes et je ne le comprends pas ? Dis-moi que c'est cela.

— Non, c'est une décision longuement mûrie qui correspond à une prise de responsabilité nécessaire face à une équipe corrompue.

— En d'autres termes ?

— Il faut une âme pure pour gouverner les hommes.

Marie s'énerva, dit qu'il fallait aussi des âmes pures pour s'occuper d'une famille, et même une âme tout court, qu'elle n'avait pas signé pour l'attendre tous les soirs et s'occuper seule de la maison, que les trois dernières années avaient été un festival d'absences, de réunions foireuses, que le premier venu dans n'importe quel club de ping-pong passait avant elle et qu'elle n'en supporterait pas davantage.

Tristan perçut l'accent de détresse dans la voix de Marie, qu'il prit dans ses bras et qu'il serra, étrangement

211

petite et faible, comme diminuée. Il avait envie de l'unir à lui, de la fondre dans son propre corps pour partir à l'assaut du monde.

— Je veux débarrasser la ville de ces pauvres types, murmura-t-il à son oreille. Est-ce que je ne l'ai pas fait pour toi autrefois ?

— Il ne t'a fallu que trente-huit secondes, sourit tristement Marie. Là, ce sera un an de campagne et, comme tu vas gagner, ce sera reparti pour des années d'absence. Nous sommes là, Tristan…

— Je sais, Marie, je sais. Et moi aussi je suis là. J'ai des réunions, j'ai des déplacements mais je suis là.

— Je ne veux pas d'un fantôme, Tristan. Ta fille a besoin de toi, ton fils a besoin de toi, j'ai besoin de toi.

Il la serra plus fort encore, sans signifier autre chose que sa détermination muette, que l'appel encore une fois de l'aventure et de l'égoïsme, de toutes ces raisons un peu opaques qui font une décision.

Il y eut néanmoins un peu de calme avant la campagne, la vraie, la belle. On avait tort de s'exciter. Un an de soirées tranquilles, de sorties occasionnelles au restaurant ou au cinéma pendant que les enfants menaient à la baguette une baby-sitter exténuée, de week-ends à peine troublés par quelques réunions préparatoires de Tristan. Il fallut tout de même rassembler des soutiens, trouver un slogan, des chiffres clefs, bâtir un plan nouveau pour la nouvelle équipe qui allait diriger la nouvelle ville, réinventée, de Vinteuil, le tout sacralisé par l'investiture du Parti socialiste.

Le surmoi communiste de Tristan avait bataillé dans son crâne mais il n'y avait pas à tergiverser. Le communisme était mort et, de toute façon, ç'aurait été une erreur stratégique : Vinteuil ne s'intégrait pas dans la ceinture rouge parisienne. Ce n'était ni la même histoire ni la même culture, pas la même désintégration nostalgique de l'ancienne fierté ouvrière, plutôt une vaste zone abandonnée que le hasard avait remplie d'immeubles et de pavillons, une zone dortoir sans mémoire, sans idéologie, vaguement guidée par l'idée qu'il faudrait que tout ça marche un peu mieux.

Le maire Courroie avait été élu sur une liste indépendante et Tristan avait été tenté de faire de même : indépendance contre indépendance. Et puis, il avait abandonné l'idée. L'indépendance, c'était aussi l'isolement face à un maire qui tenait la mairie, sa clientèle, ses affidés, qui représentait l'autorité et la compétence pour tous les vieux habitants. Le combat était déjà assez déséquilibré. Le Parti socialiste pouvait l'aider, en hommes, en conseils, en argent.

Si les petites villes mènent des batailles électorales aussi rudes que les grands pays, avec les mêmes règles et les mêmes trahisons, l'histoire de ces combats est à peu près aussi ennuyeuse à raconter que passionnante à vivre : Tristan porté par l'enthousiasme d'une salle, passion des militants, yeux enflammés de Denise, la vieille socialiste qui dirigeait ses troupes à l'appui de son nouveau poulain, tractages, marchés, appétit de convaincre les journalistes, attention avide portée aux caméras de télévision (locales, hélas, très locales, il n'y eut jamais de portrait sur les chaînes nationales), discussions enfiévrées sur la pertinence des affichages sauvages, insinuations peu glorieuses sur le patrimoine du maire…

Au milieu des manœuvres, Tristan eut un jour le soupçon que Courroie allait acheter des voix. Ce n'était pas qu'une rumeur. Pas davantage sa rencontre avec Sen, seul homme dans la ville à pouvoir rassembler des voix pour le maire, rencontre organisée (avec quelle ironie, quelles lueurs dansantes dans le regard…) par Ahn Liang dans un appartement vide à Pantin, au cours de laquelle Tristan demanda franchement à Sen si le maire lui achetait des voix. L'ancien bagarreur avait bien changé, très poli, habillé avec une élégance discrète. Il ne répondit évidemment pas directement à Tristan mais il lui demanda, comme s'il était seulement un citoyen concerné par sa ville, quelle était sa vision pour l'avenir, ce qu'il entendait faire. Pendant que Tristan parlait, présentant sa « vision pour demain » avec un rien de lassitude, Sen le sondait comme un parieur évalue son cheval, sans s'en cacher, avec la perspicacité des chefs de bande, qui sont certes des brutes ou des tarés mais qui ont des repères assez nets sur l'âme humaine. Et lorsqu'il évoqua son projet de nouveau quartier, il vit que les yeux de Sen s'écarquillaient légèrement. Quand ils se quittèrent, Sen lui souhaita bonne chance et lui conseilla de ne pas croire aux rumeurs. Qui était-il pour acheter des voix, lui qui gérait désormais le restaurant de ses parents à Saint-Maurice ?

Tristan avait pris le risque d'être vu avec un chef de bande, il repartait les mains vides, mais il fut persuadé que sa démarche avait été décisive.

Dans les derniers jours de la campagne, le maire fit jouer le clientélisme à tout-va : il promit un terrain pour une mosquée à l'association des musulmans, qui n'en demandaient pas tant, envisagea la construction d'un nouveau terrain de foot alors qu'il y en avait déjà trois. Deux réservoirs de voix. Dans les rumeurs affolées du jour du scrutin, on vint prévenir Tristan que des militants de Courroie parcouraient les immeubles pour aller chercher les électeurs et les conduire au bureau de vote, ce qu'il refusa d'ordonner à ses propres troupes, à la grande inquiétude de son équipe. Il fit le tour des bureaux de vote, tâchant de sentir l'atmosphère. Certains refusèrent de lui serrer la main. Il s'inquiéta : où était le *mojo* ? Comment pouvait-il espérer gagner face à Courroie ?

Le nouveau maire Tristan Rivière fut élu avec un avantage de huit cents voix.

Et voilà. Si László Papp n'avait pas fui ses obligations de boxeur envers son pays, si Marcel furieux de cette défection n'avait pas obligé son fils à boxer, si Bouli n'avait pas été son entraîneur et s'il ne l'avait pas abandonné au cours d'une rixe, s'il n'en avait pas conçu une honte épouvantable, s'il n'avait pas erré des années dans l'enfer des lâches, si Séverine ne lui avait pas vrillé son acte dans le cœur, s'il n'avait pas été fasciné à l'université par un spécialiste de Byzance qui avait fait de lui un professeur d'histoire, s'il n'avait pas été nommé à Vinteuil, s'il n'était pas intervenu dans le train pour sauver Marie Lamballe, si celle-ci n'était pas tombée amoureuse de lui, s'il n'avait pas conduit la révolution à Pablo-Picasso, si son beau-père ne l'avait pas poussé vers la mairie, si Jordan n'avait pas desserré un frein à main, si Courroie n'avait pas été d'une fâcheuse complaisance envers Sen

215

Liang, s'il n'avait pas manqué de diplomatie, Tristan ne se serait pas retrouvé à la permanence socialiste de Vinteuil à manger des cacahuètes et à boire du mousseux.

LA FAUTE

1

De nouveau les trente-huit secondes

— Tu as passé une bonne journée ? demanda Julie.

Marie regarda son fils. Celui-ci hocha la tête.

— Donne-nous des détails, dit Julie.

— C'était bien.

— Tu as eu cours de quoi ?

Alexandre jeta un coup d'œil à sa sœur, sa jambe gauche commençant à s'agiter sous la table, pendant que Marie, devant le plan de travail, se hâtait de découper des tranches de mozzarella pour les déposer sur le lit de tomates. Il haussa les épaules.

— Tu n'es pas bavard. Je m'intéresse à toi, à ta journée, et tu ne réponds pas.

Alexandre rougit.

— Et toi, ta journée ? demanda-t-il lentement, avec un soupir de satisfaction à la fin de la phrase.

— Très bonne, comme toujours. Un peu trop de maths mais ce n'était pas très dur. J'ai eu physique aussi avec le taré, Donnert, qui a fait un cours aussi nul que d'habitude. La routine. Et toi ?

Mon Dieu ! Si seulement il pouvait s'extirper de ce piège…

219

— J'ai passé une bonne… journée…

Il s'arrêta. Il avait chaud. Cela commençait. Niveau 2, disons.

— … normale.

Chute de ton, nette et définitive. Il ne parlerait plus. Sa sœur le regarda d'un air innocent.

— C'est prêt ! intervint Marie, un peu trop vivement, en se retournant vers la table.

Elle déposa l'entrée.

— Je vous sers ! Alexandre, ton assiette…

— Pourquoi lui ? dit Julie. Moi aussi j'ai faim. Il me répond à peine alors que je m'intéresse à lui et tu le sers en premier. Tu n'as pas l'impression d'une forme d'injustice ?

Marie soupira.

— Ne commence pas. Alexandre, ton assiette…

Alexandre tendit son assiette. Puis ce fut au tour de Julie d'être servie. Ils mangèrent. Julie semblait d'excellente humeur, comme d'habitude.

— Délicieuses, ces tomates. N'est-ce pas, Alex ?

Son jeu était si prévisible… tout le monde savait ce qu'elle voulait et personne ne pouvait l'en empêcher.

— Ne m'appelle pa-pas Alex !

Elle l'observait avec tant d'ironie et de dureté… Le souffle du garçon s'accélérait.

— Pardonne-moi, Alex !

— Julie, je t'ai dit d'arrêter !

— Mais qu'est-ce que j'ai fait ? demanda Julie, jouant la stupéfaction. Je n'ai pas le droit de m'excuser ?

— Tou-toujours la mê-mê-mê…

Niveau 4. Julie le contemplait avec la satisfaction de l'expérimentateur.

220

— … mê-mê…, se bloquait-il, tout en songeant « putain, putain, putain, putain, je n'y arrive plus… ».

Niveau 7. Les jambes battaient sous la table.

— Oui ? Tu disais « mê-mê-mê » et puis ton débit s'est arrêté. C'est très ennuyeux, je voulais vraiment connaître ton avis.

— JULIE ! cria Marie. Je t'interdis de te moquer de ton frère !

— Ça va ! Pas la peine de crier ! hurla Julie en retour. On sait bien que c'est le chouchou. Eh bien, reste avec ton chouchou, moi je me casse.

Julie bondit de sa chaise et claqua la porte de la cuisine.

Après un instant de stupéfaction, le calme revint. Il était mieux sans elle, tellement mieux…

— Les… tomates… sont très bonnes, maman.

Niveau 2. La respiration se calmait, les jambes sous la table s'immobilisaient.

C'était venu lentement, vers l'âge de sept ans, par petits arrêts, brèves immobilisations du langage, hésitations furtives et au début inconscientes – juste un palier avant de faire surgir le mot, la pierre précieuse qui jaillissait de sa bouche, pleine et signifiante, immarcescible. Et ce mot, au fil des mois, des années, était devenu de plus en plus inaccessible, de plus en plus périlleux, comme s'il lui fallait escalader des montagnes de plus en plus abruptes pour tenir une conversation. Le piège de la signification, logé au détour de la phrase, bien loin, serpent sifflant, trop sifflant, flissant, fisslant, fi… sslant, … si… fflant, s… iffant, biffant, brisant, brutalisant le souffle et tout son corps désespérément tendu vers le

221

but, arqué vers le trésor à tous généreusement accordé et à lui dérobé. Même sa mère ne se doutait pas combien l'escarpement de chaque phrase était une souffrance. Le regard des autres, leur patience impatiente, et même le regard maternel, si confiant, si encourageant, alors qu'il ne demandait que l'attention vague que chacun porte aux propos du quotidien.

— Tout s'est bien passé aujourd'hui ? demanda prudemment Marie.

Il y avait un océan d'interrogations dans son unique et banale question. Quel niveau de bégaiement as-tu atteint ? T'es-tu correctement auto-évalué, de 1 à 9 ? Est-ce qu'un professeur t'a interrogé ? Est-ce qu'il a procédé *correctement* ? Est-ce qu'il y a eu un *échange visuel* préalable, une *approche positive* de tes difficultés, la volonté de *privilégier le fond de la réponse malgré les hésitations de la forme*, avec l'intention sous-jacente de *valoriser*, au besoin en t'aidant sur certains mots ? Est-ce qu'il y a eu des sourires dans la classe ?

Et en même temps, une seule question était tapie derrière toutes les autres : « As-tu souffert ? » Car Marie épousait si bien les replis de l'âme de son fils qu'elle ressentait ses douleurs sans pourtant les mesurer exactement, tâchant jour après jour de se mettre à sa place pour endurer ce qu'il endurait, ce qui n'était peut-être pas le meilleur moyen pour rassurer Alexandre, étouffé dans ce voile infiniment fin et subtil d'attentions minutieuses.

Devant la fuite de Julie et le silence de son fils, qui avait seulement hoché la tête en réponse à sa question, Marie pensa à une conversation avec Tristan, des années auparavant, alors qu'ils songeaient à l'avenir de leurs enfants et aux qualités qu'ils aimeraient développer chez eux. Ils se disaient qu'ils ne voulaient pas des enfants performants, des enfants bons à l'école, en sport, en musique, ils ne voulaient même pas des enfants sociables, non, ils voulaient des enfants heureux. Et ils se demandaient ce qu'ils pouvaient faire pour cela. Ils étaient tous deux d'accord pour leur donner tout l'amour dont ils étaient capables, sans jamais les inquiéter, leur crier dessus, sans jamais les frapper, interdisant toute fessée, excluant aussi toute menace, à l'inverse de l'éducation archaïque, ardemment et fièrement autoritaire, de Marcel. Tristan, qui n'en était pas à une contradiction près, avait ajouté :

— Est-ce que notre douceur ne va pas les affaiblir ?

En fait, ils avaient créé avec Julie une machine de combat d'une efficacité exceptionnelle, plus performante que ce que tout parent ambitieux aurait imaginé. Elle était faite pour gagner, ce qui était d'autant plus surprenant que ses parents n'avaient rien désiré de la sorte, et Tristan était décontenancé d'avoir engendré une fille aussi éloignée des clichés de tendresse et d'empathie féminine. Sur un court de tennis, elle entrait pour écraser l'adversaire, ce qu'elle faisait presque toujours. Oui, elle était même brutale, avec ses cris perçants à la Monica Seles, son revers à deux mains, son puissant coup droit qui jaillissait de son corps mince et adolescent. Son père l'admirait, fasciné par cet être floral, lumineux, d'une beauté incandescente, dont le visage se tordait dans une grimace cruelle quand elle humiliait ses adversaires.

Était-ce le vœu secret de son père qu'elle accomplissait ? Est-ce que cet homme qui prétendait fonder sa vie sur la pureté et l'harmonie ne redoutait pas tant la douceur pour ses enfants qu'il avait murmuré près de son berceau, à l'insu de tous, comme la méchante fée : « Je veux qu'elle soit aussi dure que l'acier » ? Ou n'était-ce pas l'ambiguïté fondamentale de Tristan qui transparaissait, celle d'une douceur ancrée dans la violence et qui n'était jamais aussi efficace que lorsqu'elle s'armait ? Un homme dont la réputation de professeur s'était enracinée dans la rumeur d'un meurtre et qui n'hésitait pas à composer avec un chef de bande pour être élu, tout en étant animé par les meilleures intentions du monde.

Toujours est-il que la dureté de Tristan s'était logée dans le visage merveilleux de Julie tandis que sa tendresse et sa fragilité se lisaient dans la personnalité d'Alexandre, la blessure suintant sous la forme d'un bégaiement. Ils avaient épuisé les médecins et les orthophonistes de la région, Marie avait harcelé ses collègues pour déceler l'origine du mal. Ils faisaient la moue, invoquaient des causes génétiques et psychologiques assez vagues. Plusieurs traitements d'orthophonie avaient été vainement suivis, si sérieuse, si concentrée que soit Marie, mettant toute sa rigueur de médecin dans l'application des consignes, la régularité des exercices et la permanence des encouragements. « C'est très bien, mon Xou, tu as très bien travaillé aujourd'hui. »

Alexandre se demandait à quoi songeait sa mère. Marie se leva, alla vers le placard et demanda :

— Tu veux beaucoup de pâtes, Xou ?

— Normal.

Parfait. C'était sorti tout seul. Pas d'hésitations, pas la moindre nervosité. Marie, heureuse de tant de naturel, se mit à raconter sa journée tout en plongeant les spaghettis dans la casserole.

Puis Alexandre, délivré, se retrouva enfin dans sa chambre. Il tint un discours plein de vivacité à son hamster Pippo, dont les yeux surpris et tournoyants se fixaient sur l'adolescent, puisque les animaux le rassuraient assez pour ne pas rompre son élocution. Avec les hommes, une seule situation sauvait Alexandre : la récitation. Même en public, il était capable de réciter des tirades ou des poèmes sans hésiter. Se présenter devant la classe l'effrayait mais ensuite, lorsqu'il récitait, la bande du par-cœur se déroulait comme si un autre lui-même se tenait à la place du petit bègue.

Une fois conclu son discours à Pippo, Alexandre se plongea dans une BD. Il lisait avec passion les super-héros. Dès son retour de l'école, il doublait la vie quotidienne avec des aventures de Spider-Man, Hulk, des X-Men, toute la fantasmagorie mythologique des mutants. Personne autant que lui ne pouvait comprendre le tourment des pauvres avatars (Peter Parker, Clark Kent, timides, rougissants, méprisés par les filles), qui trouvaient leur grandeur sous le masque. Personne ne pouvait autant savourer la première métamorphose des cloportes découvrant soudain la splendeur de leurs pouvoirs (Captain America). Les dieux ne l'intéressaient pas, Thor était trop puissant, et si le Surfer d'argent n'avait pas eu une certaine tristesse romantique dans son exil, emprisonné comme il l'était dans le système solaire, il ne lui aurait pas prêté la moindre attention. Il aimait les êtres faibles brutalement transfigurés par des pouvoirs surhumains et, à ce titre, Spider-Man, héros pourtant un peu ennuyeux, très moralisateur, était une merveilleuse figure d'identification, puisqu'il aimait des belles filles comme Gwen Stacy sans jamais exister à leurs yeux, puisqu'il n'était qu'un ado malingre et timide tandis que les garçons du lycée se moquaient de lui. Jusqu'au moment où l'araignée radioactive lui offrait une seconde vie.

Une autre vie

En fait, Alexandre aurait pu lui aussi demander une autre vie, comme on demande un cadeau déraisonnable au père Noël. Il aurait vraiment pu exiger une de ces trajectoires possibles qui traversent notre vie et que, pour de mystérieuses comme de moins mystérieuses raisons, nous n'empruntons pas. Il se trouve en effet qu'à coup sûr – Marie et Tristan devaient se le répéter très souvent quelques années plus tard, avec d'infinis regrets – la vie d'Alexandre aurait pu être différente. « Il y avait droit », dit même Marie.

Alexandre joua son destin sur trente-huit secondes (ou presque) et aurait pu gagner la revanche de son enfance et de son adolescence.

Cela se passa quelques mois plus tard, en juin de la même année, durant une représentation de théâtre. Alexandre avait été choisi pour jouer le rôle d'Harpagon, l'avare de Molière. Ce choix entrait dans le cadre des valorisations maternelles : Marie avait fait le tour de tous les professeurs pour leur confier sa vision de l'orthophonie, du bégaiement et des moyens d'y remédier, avec une force de persuasion assez remarquable. Alexandre, qui n'était pas le meilleur acteur de la troupe, fut donc choisi pour incarner Harpagon, rôle propre à susciter rires, cris, acclamations du public. Et en effet, pendant les répétitions, le jeune bègue ne bégayait pas, campait un Harpagon tout à fait convaincant, peut-être pas aussi extrême qu'il aurait pu l'être au goût du metteur en scène, prof de français très portée sur la commedia dell'arte. Quelques bégaiements, assortis de grimaces et d'accents colériques, auraient agrémenté le jeu d'Alexandre, alors que celui-ci tentait de conserver son sang-froid et de distinguer l'homme et l'acteur, précisément pour ne pas laisser le champ libre aux angoisses par où s'engouffrerait l'arythmie. Il tenait à bout de bras la marionnette Harpagon, l'autre lui-même à la diction impeccable, vieillard capricieux, tyrannique, exaspéré mais surtout pas bègue.

Plus le soir de la représentation approchait et plus Alexandre s'inquiétait. Il ne parlait quasiment plus, comme s'il voulait oublier sa faiblesse et n'être plus que cet être fluide, répétant les phrases de Molière.

— Je me demande si c'est une bonne idée de le faire jouer, disait Marie.

— Il est capable de réciter sans difficultés. Il n'y a pas de raison, répondait Tristan en sachant qu'il y avait toutes les raisons.

— Et si jamais il échouait ? Devant tout le public...

— Il a besoin de cette épreuve. Un jour viendra où il aura des examens, des oraux, des entretiens d'embauche. Cette représentation est une bonne répétition. Il verra qu'il est capable d'affronter un public et il en ressortira plus fort.

— Ou détruit.

Même Julie ne se moquait plus de son frère. Elle allait et venait sans lui adresser la parole tandis qu'il lui lançait des répliques muettes (« Adieu. Va-t'en à tous les diables »). Il voyait bien que ses parents s'inquiétaient et tâchait de ne rien dévoiler de sa propre nervosité.

La représentation eut lieu aux Arcades, la salle des fêtes de Vinteuil. Parents, élèves, professeurs, édiles, tout le monde était venu pour faire honneur à la troupe de Pablo-Picasso. C'était un beau jour pour mourir : même si le temps avait pris la sinistre habitude de s'engluer dans une morosité égale du premier au dernier jour de l'année, ce soir-là était exceptionnellement doux et heureux. La troupe était arrivée en avance, s'était préparée, habillée, grimée, le costume noir à chapeau pointu d'Harpagon achevant la métamorphose d'Alexandre en son double. Il avait plus le trac que de véritable peur, le costume lui plaisait et une joyeuse effervescence régnait. C'était un soir de fête, voilà seulement ce qu'il fallait se dire, sans s'inquiéter outre mesure. La jolie Jennifer achevait de devenir Mariane (« Ah ! que je suis, Frosine, dans un étrange état ! ») à côté de lui.

Lorsque les trois coups retentirent, frappés avec une jouissance ludique par un petit enfant, une tension électrisa soudain Alexandre mais, se rendit-il compte en examinant les autres acteurs, tous les visages avaient semblé se rigidifier avant de reprendre leur apparence initiale. Il se regarda dans la glace : plus de pâleur que de rouge. Élise et Valère, sur qui le rideau s'était ouvert, les applaudissements éclatant aussitôt, jouaient déjà leur scène. Un bon petit tunnel d'exposition, et ce serait son tour. Il écoutait. Tous écoutaient. Puis il respira profondément, se composa une figure terrible et entra en scène.

HARPAGON

Hors d'ici tout à l'heure, et qu'on ne réplique pas. Allons, que l'on détale de chez moi, maître juré filou, vrai gibier de potence.

Cette première réplique, comme il l'avait préparée ! Combien de fois il l'avait récitée à Pippo, conscient de ses pièges multiples, de ses « r » à répétition, du souffle violent de l'imprécateur qui risquait de lever la tempête et le chaos des syllabes.

Et rien, rien… pas une hésitation, pas une répétition, juste les applaudissements du public pour saluer son entrée en scène. Et aussitôt venait la réplique du valet et voilà qu'il lui fallait repartir dans une nouvelle phrase et puis encore une.

HARPAGON

C'est bien à toi, pendard, à me demander des raisons ; sors vite, que je ne t'assomme.

Le trac ne faisait qu'affiner son jeu, le rendre plus percutant. La créature noire poussait ses cris, exhibait sa sordide avarice, et les bonnes gens se moquaient de lui et s'amusaient dans la salle. Lui demeurait à l'intérieur, dissimulé.

Cette représentation était un vrai calvaire pour Marie. Chaque syllabe lui paraissait la dernière. Elle s'était placée au fond de la salle pour que son fils ne la voie pas, qu'il ne devine rien de sa peur. De sa bouche arrondie,

229

elle articulait les répliques comme si elle voulait lui souf-
fler le texte. Tristan tenait la main de sa femme et il la
serrait trop fort pour ne pas être dans le même état.
Au milieu de la salle était assise Julie, venue avec des
copines. Elle semblait détendue et plaisantait parfois en
murmurant, mais avec elle on ne savait jamais.

Acte I. Acte II. Tristan voyait défiler la pièce comme
des rounds un peu longs qui se déroulaient bien pour son
fils. Parfois, lui-même rentrait la tête entre les épaules,
devinant un moment difficile mais devinant aussi que ce
ne serait qu'un moment car voilà qu'Alexandre rebon-
dissait et surgissait comme un diable de sa boîte, étincelant d'avarice et de tyrannie.

À l'acte III, il le vit s'incliner, chaussé d'énormes
lunettes qui firent rire les petits dans la salle, devant une
jolie fille qui souriait à contre-temps, un peu perdue sur
la scène mais ravissante dans sa robe.

HARPAGON

Ne vous offensez pas, ma belle, si je viens à vous avec
des lunettes. Je sais que vos appas frappent assez les yeux,
sont assez visibles d'eux-mêmes, et qu'il n'est pas besoin
de lunettes pour les apercevoir : mais enfin c'est avec
des lunettes qu'on observe les astres, et je maintiens et
garantis que vous êtes un astre, mais un astre, le plus bel
astre qui soit dans le pays des astres.

— Qui est-ce ? chuchota Tristan.
— C'est Jennifer, une fille de sa classe, qui joue Mariane.
— Il l'aime bien, non ?
Marie, trop concentrée, haussa les épaules. Tristan

sourit, avec un contentement benêt de père, certain d'avoir surpris dans les accents criards du vieillard et ses génuflexions l'attirance de son fils pour l'astre de troisième, qui le méritait bien d'ailleurs. C'est ainsi que les timides, de génération en génération, se reconnaissent et se perpétuent.

MARIANE, *bas à Frosine.*

Ô l'homme déplaisant !

Hum... peu payé en retour. Mais qu'importait : Alexandre parlait comme il n'avait jamais parlé. Tristan ne l'avait jamais entendu formuler autant de phrases sans bégayer.

Sans le savoir, Alexandre était en train de vivre les trente-huit secondes qui allaient décider de sa vie, ce moment quelque peu mythologique qui cristallise un destin. Il n'y a pas de seconde chance. Non pas que les répétitions soient impossibles, puisque la vie procède par détours et retours, mais les trente-huit secondes ont en général fait trop de dégâts pour que la déflagration soit compensée. Il y a un moment à saisir, toujours, dans toute vie, et des années et des années plus tard, chacun est conscient du moment où sa vie s'est jouée.

Celle d'Alexandre se joua à l'acte IV dans le monologue d'Harpagon.

HARPAGON

Au voleur, au voleur, à l'assassin, au meurtrier. Justice, juste Ciel...

Il y avait un passage difficile pour Alexandre dans les allitérations brise-langue de ce « justice, juste Ciel », avec surtout le « e » appuyé dans lequel il fallait plonger avant de grimper sur la sifflante, escarpement très périlleux pour un bègue et qu'il redoutait à juste titre car il avait échoué plusieurs fois à le prononcer en répétition. L'attitude la plus sage aurait d'ailleurs été de sauter ces trois pauvres mots mais Alexandre était si droit, si pointilleux qu'il n'imaginait même pas éviter l'obstacle.

La tension l'avait fatigué, il était presque tout le temps en scène, et il se sentait obligé de briller dans le monologue : c'était le moment où il tenait son public en main, où un grand silence allait se faire au début, lorsqu'il courrait en hurlant la perte de sa cassette, avant de proférer son arsenal d'absurdités, couché, debout, de guingois, perché au bord de la scène pour guetter le voleur dans le public, qui éclaterait de rire. C'était le grand moment comique qui allait couronner sa performance. Il était donc nerveux.

« Ju-ju-ju »… effort énorme… « jus-jus-jus-jus… », et soudain la vague d'angoisse qui le submerge, la chaleur qui l'envahit en même temps qu'une supplication muette, pendant que sa mère se tend sur son siège, alors que chacun dans la salle rit en croyant à un effet comique. « Ju-ju-ju-ju-ju… » Regard désespéré vers le metteur en scène et puis cette sensation que le regard de la foule entre en lui, fouille jusque dans son cœur et devient un poids immense – une honte terrifiante de culpabilité. Il pourrait se dire qu'il s'agit juste d'une représentation scolaire, que cela n'a pas d'importance, qu'il va reprendre son souffle. Et peut-être cela marcherait-il, allez, il s'arrête, il va boire un verre d'eau, il se fait applaudir et tout repart, le mot propulsé sur la scène, le corps reprenant son empire. Tout repart.

Mais rien ne repart parce qu'il ne s'arrête pas, ne va pas boire un verre d'eau, parce que l'angoisse qui le submerge n'a rien de raisonnable, elle a la discordance, la déraison et l'excès qui font du caillou une bombe et d'un regard une mise à mort. Deux cents personnes dans le noir l'observent en silence et Alexandre se sent mourir. Il pousse un miaulement de terreur qui fait sauter le cœur de Marie dans sa poitrine en même temps qu'il recule de deux pas sur la scène, le visage décomposé.

Personne ne comprend à part les proches d'Alexandre. Le regard de Julie est fixé sur son frère. Quelques rires fusent. Alexandre s'enfuit dans les coulisses, et on entend un bruit sec de gifle.

— Mais tu es tout le temps à te moquer de lui, chouine une fille en larmes.

— Justement, moi seule ai le droit d'en rire ! crie Julie, folle de rage, avant de quitter la salle.

La représentation continue. Un autre acteur prend la place d'Alexandre, et même s'il possède moins bien son texte, il le connaît assez pour faire illusion et faire taire les murmures étonnés. La représentation va jusqu'à son terme.

C'est ainsi que cela se fit, en trente-huit secondes environ. C'était terriblement injuste car Alexandre n'avait pas manqué de courage, il avait été au contraire à la hauteur de lui-même et de l'événement en osant jouer malgré son bégaiement. Sa langue l'avait trahi, son mal l'avait rattrapé. En ce jour où il apparaissait sous le

233

masque d'Harpagon mais avec la grandeur d'Alexandre, il aurait pu être sauvé de son mal et comprendre que son bégaiement n'était pas insurmontable, que le temps et l'obstination pourraient en venir à bout, qu'il ne s'agissait pas de la lèpre ou d'une malédiction. En ce jour où, à la fin de la représentation, il aurait pu ôter son costume d'Harpagon, saluer la foule sous la forme nue, banale et merveilleuse d'Alexandre, la main dans celle de sa partenaire de jeu Jennifer, main menue et chaude, il avait été trahi et même la marionnette noire n'avait pu empêcher le petit bègue de se révéler pour son humiliation finale.

De sorte qu'on ne peut raconter la face brillante de la vie d'Alexandre, la réconciliation théâtrale d'un bègue avec sa langue et avec autrui, réconciliation qui se cache dans les replis du langage. On ne peut raconter l'épanouissement progressif du vilain petit canard et jamais le cygne enfoui en Alexandre Rivière ne libéra ses ailes, si insupportable que cela fût pour Marie, qui sentit toujours dans son fils le frémissement de ce qui aurait pu être, créature secrète. Marie voulait dire : « Voilà. C'est ainsi qu'il a surmonté le bégaiement, qui nous a causé beaucoup de soucis mais qui n'était qu'une approximation enfantine, en quelque sorte, comme je l'ai toujours dit d'ailleurs. Ça passe avec l'adolescence, ce n'est pas bien grave, il a suffi de le faire travailler un peu et puis aussi de le laisser tranquille avec ça, qu'on arrête d'en faire une montagne. Il est devenu un adolescent bien dans sa peau, il a fait du théâtre, il s'est fait beaucoup d'amis alors qu'il était plutôt solitaire, il faut le reconnaître, dans son enfance, parce qu'il craignait les réactions de ses camarades. Il a fait de bonnes études, il a une copine, un travail qui lui plaît, et oui, je crois vraiment qu'il est heureux. » Et elle aurait aimé sourire d'un air un peu fat.

Au lieu de quoi...

La première conséquence des trente-huit secondes fut le silence. Alexandre ne parla plus. Il ne dit plus un mot à sa famille, en classe, à Pippo. Il écrivait sur un petit bloc de papier lorsqu'il fallait absolument communiquer une information mais il refusa absolument de s'exprimer. Et donc bien sûr de faire ses exercices d'orthophonie. Si surprenant que cela paraisse, il s'aperçut qu'il était tout à fait possible de ne pas parler : il fallait juste accepter la solitude. Il se replia dans son silence, qui était à la fois un refuge et une pression exercée sur ses parents, parce qu'il était mal et qu'il voulait aussi, obscurément, qu'ils le soient.

Quant à Julie... Sa dernière lubie avait été de s'enticher d'un certain Sébastien, un être parfaitement banal et plat qui était dans une école *d'ingénieur,* ce qui réjouit bêtement Tristan, peut-être en souvenir de son père, alors que ledit Sébastien ne comprenait rien au moteur d'une 2 CV, pas plus d'ailleurs qu'à celui d'une Clio ou d'une Porsche : il ne connaissait rien aux voitures, même s'il conduisait une vieille Renault 21, ce qui avait été un argument massif en sa faveur aux yeux de Julie, qui détestait comme sa mère les transports en commun. Il arrivait à la maison, souriait très poliment et attendait Julie en se tenant très droit, tout en faisant quelques remarques d'une banalité insigne. Il était aussi probable que les quelques années de plus qu'il avait par rapport à Julie lui donnaient un certain attrait (elle était en terminale), en même temps qu'une grande liberté puisqu'il ne foutait strictement rien dans son école, comme il le répétait souvent pour faire cool (« on glande et on boit de la bière »), alors qu'il n'était qu'un polard de matheux gavé pendant deux ans en classes prépa. On se demandait ce que l'explosive Julie pouvait bien faire avec lui, d'autant que ses copains avaient été jusqu'à présent triés sur le volet, du moins suivant des critères purement esthétiques : Paul avait un corps d'athlète, Djamel un visage proprement solaire, à se damner, Maxime une bonne humeur, une énergie et des épaules exceptionnelles, sans compter tous ceux qu'on ne connaissait pas et qui signaient la domination sans partage de Julie Rivière sur toutes les filles du lycée.

Alors pourquoi Sébastien ? se demandaient Tristan et Marie.

La réponse ne venait pas. En attendant, Julie se chargeait de pourrir définitivement l'atmosphère familiale par une moue d'ennui permanente, en particulier à table. Lorsqu'elle daignait parler, elle s'opposait. Cela allait des commentaires sur la nourriture (« Ton plat aurait été meilleur avec cinq minutes de cuisson en plus », « Pourquoi acheter du veau ? Le veau est fade, achète plutôt du bœuf », « Quelqu'un pourrait-il m'expliquer pourquoi on ne mange jamais de poisson dans cette maison ? ») aux prises de position politiques, assez inévitables lorsqu'on a un maire pour père. Et Julie (*horresco referens*) était de... DROITE !

Elle écoutait les conversations de ses parents avec un sourire condescendant, lâchant parfois une bombe.

— La bonne conscience socialiste aura fait beaucoup de mal à notre pays.

Et elle ajoutait comme pour se marrer :

— Pauvre France…

Ou bien, alors que Tristan parlait du chômage :

— Tant que nous assisterons les gens, tant qu'il faudra dix ans pour virer le moindre incapable, avec un procès aux prud'hommes à la clef, il y aura des chômeurs. C'est une évidence que tu ne veux pas voir, pas plus que tes copains socialistes confits dans leurs certitudes d'un autre siècle.

À vrai dire, il y avait un océan entre le Tristan d'autrefois et le maire de Vinteuil. Mais là, tout de même…

— Mes copains socialistes, comme tu dis, auront réduit le chômage sous Jospin alors qu'il ne cesse de grimper sous Chirac.

Julie haussait les épaules.

— Jospin a bénéficié d'une croissance extérieure au pays, Chirac subit des contraintes, voilà tout. De toute façon, le problème est plus global, parce que la gauche comme la droite ont été corrompues par l'influence communiste. Oui, même la droite, qui passe son temps à se défendre et à avoir honte d'elle-même. L'idéologie des luttes sociales, l'assistanat, le sectarisme des opinions, tout ce qui gouverne notre pays c'est du communisme mal digéré.

Tristan eut l'espoir que les opinions de sa fille évolueraient sous l'influence de son professeur de philosophie, un marxiste fou qui distribuait à la volée des extraits de Marx, Lukács, Gramsci, Engels. Le résultat fut terrifiant. Retournant les arguments de son professeur, Julie expliqua désormais que la pensée de celui-ci, fils d'ouvrier comme Tristan, était typique de la culture du ressentiment si bien caractérisée par Nietzsche dans la *Généalogie de la morale* (extrait n° 15 de son cours de terminale, photocopié pour montrer ce qu'un penseur préfasciste pouvait dire de la dignité de la révolte ouvrière), selon lequel ce sentiment est réservé à une race d'hommes pour qui l'action est interdite et qui se réfugient dans une action imaginaire. Impuissant, frustré, l'être de ressentiment est ainsi gouverné par une « morale d'esclave ». Une réflexion passionnante d'un « auteur décapant », ajouta-t-elle, et qui pouvait s'appliquer à tous les communistes, à tous les êtres du bas de l'échelle sociale, ruinés par la mondialisation, mais aussi à toute l'extrême gauche, sensibilité typique d'une petite-bourgeoisie intellectuelle, notamment professorale et journalistique, dépossédée de tout pouvoir et même de tout prestige dans une société numérique où la culture était à vendre (ou pire, à donner, ce qui les ruinait définitivement) et où le savoir était devenu si omniprésent que leur petit avantage sociologique tombait dans l'abîme.

BOUM ! Fallait-il vraiment se réjouir des nouvelles connaissances de Julie ?

Comme Marie, qui avait une confiance absolue dans la littérature comme moyen d'éducation et qui ne jurait que par « la culture de l'ambiguïté et de la complexité propre au roman, ennemie des raccourcis politiques », tentait de réagir en lui conseillant des lectures, Julie haussait les épaules.

— C'était à ton époque, ça, maman. Ça ne sert à rien, sauf pour être prof.

Marie se récriait. Les paupières mi-closes, ennuyée de devoir expliquer les évidences à de si faibles cervelles, Julie rétorquait :

— La littérature, et surtout le roman, est une machine idéologique désespérée. Elle tente à l'infini de rappeler au corps social des idéaux de pureté qui n'ont plus cours et n'ont en fait jamais existé, en se réfugiant dans des situations idéalisées et à mon avis artificielles. Le vieux rêve de la littérature, c'est la restauration de la pureté. Non seulement c'est un vœu pieux, entaché chez certains d'un reliquat de fascisme, mais c'est aussi un opium dangereux. Les communautés humaines ne sont pas pures, ne peuvent pas l'être, et toutes celles qui ont voulu l'être vraiment ont été des totalitarismes. D'autant que chez beaucoup d'écrivains, c'est juste une couverture pour se faire de la pub en se donnant bonne conscience, parce qu'ils sont à peu près aussi salauds que tout le monde.

D'une façon générale, Julie savait tout sur tout. Convaincue de sa supériorité intellectuelle ou affectant de l'être, ce qui était conforté par ses résultats au lycée, elle prétendait avoir raison en tous domaines, s'énervant lorsque ses parents n'étaient pas d'accord ou bien se retranchant dans le mépris. Mais Tristan passait tout à sa fille, tant il l'aimait et l'admirait.

Il y avait pourtant une conversation QU'IL NE SUPPORTAIT PAS...

JULIE

Papa, combien tu te fais ?

TRISTAN

Il lit son journal.

Cela ne te regarde pas.

239

JULIE

Allez, fais pas ton coincé. De toute façon, je sais. Tu gagnes quatre mille euros, cinq mille max.

TRISTAN

Puisque tu sais…

JULIE

Non, mais dis-moi… que ce soit sain, franc, ouvert, pas ton espèce de surmoi coco avec l'argent.

TRISTAN

Je n'aime pas parler de ça.

JULIE

De toute façon, quatre ou cinq mille, c'est nul. C'est rien. Y a qu'à voir où on habite…

> *Son regard, éloquent, fait le tour de la pièce.*

Moi, j'aurai plein de fric. Ce sera indécent.

TRISTAN

Très bien. Félicitations.

JULIE

Ton ironie ne me fait pas peur. Je ne veux pas sauver le monde, moi. Je veux juste mes thunes. Et en plus, comme tout va mal tourner, j'aurai suffisamment de fric pour me casser au bout du monde.

240

TRISTAN

Comment vas-tu faire ? Tu vas braquer une banque ?

JULIE

Elle écarte démesurément les bras.

Oui. Je vais être LA banque.

TRISTAN

Il abaisse son journal.

Quoi ?

JULIE

Exactement ce à quoi tu penses. Je vais travailler dans la finance et me creuser une piscine d'or.

TRISTAN

Tu ne vas tout de même pas !

JULIE

Si. Julie Rivière, investment banker. Pourquoi tu crois que j'apprends l'anglais ?

TRISTAN

Mais nous sommes une famille honorable ! Tu ne peux pas nous faire ça ! J'ai été professeur, ta mère est médecin, ton grand-père était ouvrier ! Une lignée d'honorables travailleurs. Pas ça, pas banquier, c'est impossible ! Tu ne vas quand même pas nous couvrir de honte. J'ai une position, moi !

JULIE

Une lignée d'entubés, oui ! À mon tour d'entuber les autres. Je serai la vengeance de la famille. Je vais me faire des couilles en or !

Hélas ! Pauvre France !

2

Je m'appelle Spider-Man
(ou la nuit des masques)

Tristan était alors à une époque de sa vie où il s'examinait et se demandait si ce qu'il faisait était bon. Il avait quarante-cinq ans et, sans être vieux, il ne pouvait pas se dire qu'il était jeune. Une bonne partie de sa vie était jouée. Avait-il bien agi ?

Tristan faisait partie de ces sportifs pour qui la santé du corps est une éthique et la prise de poids de la quarantaine, les quinze kilos qu'il portait en plus, son essoufflement plus rapide étaient des signaux de déclin moral. Il ne faisait presque plus de sport, ses déjeuners professionnels l'engraissaient et à chaque inauguration, chaque fête d'école ou d'association, il fallait porter un toast. Lorsqu'il passa la barre des quatre-vingt-dix kilos, barre traumatisante pour l'ancien poids moyen, et qu'il contempla dans le miroir un corps englué dans la graisse, tous les muscles fondus (Foreman lors de son retour était gras mais très lourd de muscles), il se vit perdu. Et il eut beau faire aussitôt un footing, dès le week-end suivant, surchargé d'événements dans la commune, il abandonna. Sa seule activité sportive était le vélo : le moyen de déplacement était facile et très bien vu par ses concitoyens.

Les quinze kilos étaient le symbole de toutes ces charges qui pesaient sur lui, à commencer par sa culpabilité de père. « En quoi ai-je mal agi ? se demandait-il. Pourquoi mon fils ne nous parle-t-il plus et pourquoi ma fille est-elle aussi dure et prétentieuse ? » Il se demandait si les autres pères avaient les mêmes souvenirs et les mêmes regrets. Il se souvenait d'Alexandre à quatre ans, dans la radieuse présence de l'enfance, avançant vers la mer comme vers son défi le plus essentiel et vacillant à la première vague, s'écroulant le cul dans le sable, d'abord déconfit puis éclatant de rire. Il se souvenait que, la même année, ils avaient offert à Julie un déguisement de sirène qu'elle les suppliait d'acheter, costume qu'une fois sorti de sa boîte elle avait contemplé avec une suffocation de bonheur. Tristan avait porté dans la mer la sirène aux jambes enserrées dans un fourreau palmé et elle avait plongé, balançant sa palme en ondulations rapides, laissant son père stupéfait d'avoir engendré une pareille merveille. Et il y avait dans ces souvenirs une sorte d'aura mythologique dont Tristan ne parvenait pas à se défaire et qui assombrissait davantage encore la tristesse de ses relations avec ses enfants.

Il avait sacrifié sa famille – même Marie avait été à moitié effacée dans le fonctionnement quotidien de l'entreprise Rivière, quatre personnes, quatre emplois du temps, trois listes de courses par semaine, une dizaine de nécessités diverses, une maison à faire tourner – à un métier dont il ne comprenait pas toujours l'utilité, sans être certain qu'il aurait mieux réussi s'il n'avait pas été maire. Parce qu'il soupçonnait que ce n'était pas la mairie mais qu'il y avait en soi, dans la vie même, une puissance d'échec inéluctable, et qu'à cette promesse de défaite personne ne pouvait échapper. Il se trouvait simplement qu'il s'était donné davantage de chances de perdre en s'engageant dans la course à la mairie, qui n'était en rien une profession mais bien un sacerdoce, et ça il en était sûr. La somme des obligations d'un maire en une seule semaine frisait le délire : pourquoi tout le monde avait-il besoin de lui ?

Tristan n'était pourtant pas mécontent de son bilan. Il lui semblait parfois que tout cela manquait d'ambition, qu'il aurait dû mener une véritable révolution, comme à Pablo-Picasso, mais une ville n'était pas un collège, se raisonnait-il. Il n'avait pas à pénétrer la vie des gens. Alors il avait décidé d'enrichir la ville. Dans ses nombreux déplacements, il avait observé que les villes pauvres étaient tristes et que les villes riches étaient gaies, remarque matérialiste qui n'aurait pas plu à Marcel. Surtout lorsque les villes autrefois aisées avaient été ruinées par une délocalisation ou une concurrence insurmontable. Il était entré dans des petites villes du textile, des villes abandonnées, où les habitants accablés, fantomatiques, désertaient les rues. Alors il avait tenté d'attirer des entreprises. Il avait obtenu un statut de zone franche pour les exemptions fiscales, il avait fait le tour de toutes les entreprises du CAC 40 et il avait vendu Vinteuil, comme un VRP, terriblement gêné et néanmoins déterminé. Il savait qu'il ne ferait pas de miracle, qu'il ne renverserait pas les indicateurs de la ville. Une filiale de France Télécom s'était installée, avec deux cents personnes, dont quelques-unes de Vinteuil, et un fast-food avait ouvert dans la foulée, sans compter la taxe professionnelle. C'était son plus gros coup mais il y en avait eu d'autres, par petites touches, et il avait inauguré un lycée professionnel d'excellence, une section hôtelière notamment.

Et puis il avait son grand projet, qui était de bâtir un nouveau Vinteuil, avec un vrai centre-ville, à la place du terrible quartier du Linteuil. Mais sa proposition, qu'il avait pourtant minorée, sachant qu'elle trouverait peu de soutiens, n'avait eu aucun écho. Il s'était obstiné pourtant, dans le silence général, évoquant « la nouvelle vie d'une nouvelle cité », formule d'une démagogie si usée qu'elle fit à peine naître un sourire poli chez deux adjoints. Sallus exécuta le projet d'une phrase qui fit mouche (même la majorité de Tristan sembla silencieusement approuver) : « Une esthétique ne fait pas une politique. » En soi, il était d'accord : l'urbanisme ne règle pas les problèmes. Mais on ne pouvait pas réinventer Vinteuil sans transformer son architecture. Tristan sentit toutefois que le projet ne passerait pas : il fallait attendre.

Pas de Révolution de l'Amour, alors ? Pas tout à fait. Il était un maire débonnaire, comme il avait été un professeur débonnaire, débordant de gentillesse, d'amabilité, serviable à l'excès. Adorable avec les secrétaires, enthousiaste envers les qualités de chacun, écoutant l'opposition et le redoutable Sallus avec passion. Sa porte était toujours ouverte. Les gens avaient besoin d'un chef, désiraient qu'on les mène d'une poigne vigoureuse, comme toutes les communautés immatures ? Très bien. Il ne serait pas un chef, il serait le dernier des employés de la mairie. « Tout le monde dirige ici, moi j'obéis. »

Chacun sa façon de diriger. Tel maire était un homme dynamique, affichant son énergie, qui entraînait ses troupes, avec le cabotinage inhérent à ce genre de personnages, tel autre était un tyran qui réclamait une obéissance absolue. Il y avait aussi des techniciens assez froids qui voulaient seulement donner une impression de compétence. Ou des sphynx énigmatiques qui croyaient ainsi passer pour profonds. Ou des émotifs tantôt éructant tantôt débordant d'effusions. Tristan avait croisé tous ces rôles et il avait beaucoup réfléchi sur l'exercice du pouvoir.

À la mairie, il jouait toujours le benêt, affectant de ne pas comprendre, un grand sourire sur le visage. Il hochait la tête en considérant ses interlocuteurs, « C'est très intéressant, ça ! », d'un air admiratif, si bien que personne ne savait si le maire était sincère ou s'il se moquait. Quelques paysans très âgés, reconnaissant là le tour ancestral de leurs ruses, se méfiaient de lui, mais la plupart le tenaient pour un gentil incapable.

Pourtant, à la fin des réunions, qui étaient brèves, une décision était prise. Chacun pensait que le conseil avait décidé. Ce qui était parfois le cas, car Tristan n'avait pas forcément d'idée préconçue. Parfois, il avait seul décidé, sans que les autres s'en rendent compte, lorsqu'il était certain de faire le bon choix. S'il échouait à convaincre, il enlisait le dossier, affectant de ne pas comprendre, disant : « Cette affaire ne paraît pas mûre. » C'était un tour de passe-passe permanent, assez épuisant, et parfois Tristan aurait voulu laisser tomber le masque, pour aller plus vite. Mais ç'aurait été une erreur, parce qu'il ne voulait pas simplement prendre des décisions, il voulait accomplir ce qu'il avait toujours voulu depuis qu'il avait mis le pied dans une communauté : instaurer l'harmonie des relations humaines. Le pouvoir du chef correspondait à une forme d'humanité abâtardie, infantile. En somme, malgré les années, il restait Tristan-le-héros, rêvant d'établir à son niveau l'humanité de l'homme.

Il y eut une nuit, pourtant, où les Rivière se révélèrent. Pas parce qu'ils portaient en permanence un masque mais parce que, cette nuit-là, la somme des ambiguïtés qui les constituaient explosa. C'était une nuit comme une autre, mais il semble que le charme du vaudou, qui des années plus tard allait jouer un tel rôle dans l'existence de Tristan, rôdait déjà dans Vinteuil, s'emparant des volontés comme pour une répétition générale. On notera cependant la beauté de la lune ronde, étincelante dans l'obscurité.

Le premier à subir l'influence de l'ensorcellement lunaire fut Tristan. Il avait été énervé dans la journée, sans le montrer, par une conversation entre deux conseillers municipaux qu'il avait entendue par hasard, en se promenant dans le couloir pour boire son café. « Le maire ne sait pas taper du poing sur la table. » Voilà ce qu'il entendit par l'interstice d'une porte mal fermée. Il reconnut la voix. Qu'est-ce qui l'énerva le plus dans cette phrase ? Le cliché de la formule, si adéquat à la banalité de la pensée, la satisfaction de soi qui la sous-tendait – la gravité des ô combien essentiels conseillers municipaux –, la quintessence de cet esprit de sérieux qu'il détestait ?

À vrai dire, Tristan devait être fatigué ce jour-là, puisque de telles réactions étaient prévisibles et avaient dû se produire cent fois derrière son dos, mais une brusque colère le saisit, au point que ses mains se mirent à trembler, le café débordant de la tasse. Il dut rebrousser chemin vers son bureau.

Depuis plusieurs années, en réunion, dans les dîners, alors que tout se passait bien, il imaginait soudain que sa douceur, sa sociabilité explosaient en éclats et qu'il devenait fou, qu'il tuait tout le monde autour de lui, parce qu'il ne se contrôlait plus. Ces moments l'effrayaient terriblement et il n'osait en parler à personne, de crainte qu'on le tienne pour un fou dangereux, pas même à Marie, à qui il confiait tout. Elle-même éprouvait-elle cette crainte de ne pas se contenir, craignait-elle de hurler tout d'un coup, son cri vrillant les oreilles de chacun, brisant les vitres et les verres ? Est-ce que tout le monde éprouvait un jour ce sentiment, l'impression que les choses ne sont pas *sous contrôle* ?

À la tombée de la nuit, Tristan se rendit à une réunion à Paris. Il y alla en voiture. La crise était passée mais il était fatigué. La réunion rassemblait plusieurs députés et hauts fonctionnaires et elle était destinée à l'inclure dans un groupe de travail sur les banlieues. Il avait laissé inscrire son nom alors qu'il n'en avait aucune envie, ce qui le gênait lui-même, car il se demandait pourquoi il manquait tant d'ambition, pourquoi il ne voulait jamais participer à ces mille réseaux qui vous font un jour devenir député. Le Parti socialiste misait depuis longtemps sur lui, imaginant des qualités qu'il ne se reconnaissait pas. Il avait toujours éludé les propositions, en se demandant chaque fois pourquoi il refusait tout. « Les gens normaux sont ambitieux, non ? » se disait-il. « Ils veulent grimper un peu, au moins le niveau au-dessus, avoir un peu plus d'argent, de reconnaissance, un peu plus de pouvoir. Pourquoi est-ce que je ne serais pas député ? Représentant de la nation, c'est beau, non, c'est du Robespierre ? » Une sorte de résistance en lui, incompréhensible. Il voulait juste rester au sein de la communauté qu'il s'était choisie, pour l'organiser et la représenter. Tristan Rivière, c'était Vinteuil et rien d'autre que Vinteuil. C'était peut-être petit mais c'était ainsi.

À son entrée dans la salle de réunion, qui se trouvait dans un bel immeuble du VIIe arrondissement, il fit le tour des présents, salua chacun, reconnaissant plusieurs personnes. La réunion commença. Il se retourna et vit que la lune était ronde, très luisante. Un homme lança l'ordre du jour. Il parla de l'inquiétude de la République face aux banlieues, de sa méconnaissance, des erreurs qui avaient peut-être été faites et des ghettos qui s'étaient constitués. Tristan le reconnut. Il ne l'avait jamais rencontré personnellement mais c'était un publicitaire connu du Parti socialiste, bronzé, qui passait souvent à la télévision. À vrai dire, il ne comprenait pas pourquoi cet homme, qui n'était pas élu, prenait en premier la parole, comme s'il dirigeait la réunion. D'ailleurs, il se souvenait qu'il l'avait toujours trouvé arrogant, très content de lui quand il le voyait à la télé. Mais enfin, n'était-ce pas le propre de ces réunions et de ces groupes de travail de rassembler des gens contents d'eux ?

Il pensa : « Sans doute la culture du ressentiment, comme dirait Julie. Le fils d'ouvrier, le petit prof d'histoire de Pablo-Picasso, ne supporte pas le bourgeois beau parleur. » D'autres personnes intervenaient, chacun donnait son avis. On lui demanda le sien. Il répondit sèchement : « Je suis d'accord avec ce qui a été dit. Rien à ajouter. » La règle du jeu consistait à ajouter quelque chose. Sinon, pourquoi était-il là ?

Il se demanda sournoisement qui était fils d'ouvrier dans cette assemblée. Sans doute personne. Qui était né en banlieue. Sans doute personne. « Un parti d'instituteurs tenu par des énarques. » C'était ce qu'il avait entendu dire un jour du Parti socialiste. Le publicitaire reprit la parole, faisant une sorte de bilan de mi-parcours.

— Pourquoi dites-vous cela ? intervint Tristan.

— Cela, quoi ? dit l'homme, surpris.

— Vous parlez des banlieues, vous résumez. Pourquoi est-ce que vous faites cela ?

Le ton était inhabituel, surtout pour Tristan.

— Eh bien, il faut que quelqu'un le fasse, non ?

— Est-ce qu'il n'y aurait pas quelqu'un d'autre que vous ? Plus adapté, je veux dire ?

Silence dans la salle.

— Comment ça, adapté ?

— Qu'est-ce qu'un homme comme vous peut savoir de la banlieue ?

Il avait parlé trop fort. Il avait parlé de façon agressive.

251

Il savait qu'il disait des conneries, parce qu'on peut parler des banlieues sans être né en banlieue et des bébés phoques sans être bébé phoque. Pourquoi s'énervait-il ainsi ? Ses mains tremblaient sous la table, comme tout à l'heure dans le couloir.

— Au moins autant que vous.

Ce n'étaient pas les mots. Ce fut son visage. La moue méprisante de l'homme, son costume, son allure satisfaite.

« Qu'est-ce que tu as fait pendant tes trente-huit secondes ? Je sais que tu t'es défilé, pensa Tristan. Je sais que tu es un lâche. »

Comment pouvait-il penser de pareilles absurdités ?

— Je sais…, reprit l'autre.

Et c'est alors que tout explosa.

— Non, tu ne sais rien. Parce que tu me sors des fiches, tu crois savoir. Tu ne sais rien et personne ne sait rien. Parce qu'on ne peut rien savoir de ces réservoirs de violence et de haine recuites mêlées à la vie normale, la vie de chacun, comme dans n'importe quel endroit de la planète, de chaque femme seule qui tente d'élever sa famille, de chaque couple qui chemine comme il le peut, de chacun de ces individus irréductibles à ta fiche. Parce qu'on ne peut rien savoir de ces millions de consciences et de ces millions de vies. Est-ce que tu sais la seule fois où Vinteuil est passé à la télé nationale ? C'est quand un habitant venu des Ardennes et qui était depuis à peine trois mois dans la ville a décapité sa femme et a brandi sa tête sanglante devant ses quatre enfants ? Ça, c'est passé au journal de vingt heures. Tu le sais, ça ? Tu sais ce que ce dingue avait dans le crâne lorsqu'il a décapité sa femme ?

Il s'était levé. Il se rendit compte qu'il crachait presque tant il était énervé.

— Calme-toi, Tristan, dit quelqu'un.

Qui lui avait parlé ainsi ? Il l'avait tutoyé, il l'avait appelé Tristan, il avait introduit de la familiarité, peut-être même de l'amitié dans cette réunion. Il avait bien fait. Mais il ne pouvait pas arrêter le suicide en direct de Tristan.

— J'ai oublié comment tu t'appelles. Je ne sais même pas qui tu es, si tu es vraiment celui que tu as l'air d'être...

L'autre se leva de son siège.

— Je ne te conseille pas de te lever. Parce que je te jure que si tu t'approches, dit Tristan d'une voix métallique, je te fais cracher toutes tes dents.

L'autre pâlit et se rassit.

On aurait pu pardonner à Tristan sa colère, si irrationnelle qu'elle soit. On aurait dit : « C'est un maire de banlieue, il est à cran, ça peut se comprendre. Un gars arrive du centre de Paris et veut lui donner des leçons, il s'énerve, c'est normal. » Mais on ne lui pardonna pas ses menaces.

Tristan sentit à l'espèce d'immense pesanteur qui pétrifiait la pièce qu'il était allé trop loin. Alors, il eut la tentation d'aller encore plus loin et il fit un pas vers l'homme, dans les yeux duquel il lut la peur. À ce moment, il méprisa l'homme et il se méprisa. Tremblant de rage, dévoilant l'être qui était en lui et qu'il avait tâché toutes ces années de dissimuler, dressé face à ses pairs comme un fou échappé de l'asile, il ferma les yeux comme devant une vision atroce, puis il s'enfuit.

Julie attendait Sébastien. Elle avait enfilé une jupe très courte, un chemisier qui dévoilait la naissance de ses seins, et elle s'était maquillée avec soin. Elle avait dix-sept ans et elle était belle comme la naissance du monde. Le reflet dans le miroir fit paraître sur ses lèvres un sourire amoureux. Par la fenêtre, elle remarqua que la lune était pleine et lumineuse.

La voiture de Sébastien arriva deux minutes avant l'heure. Elle toqua à la porte d'Alexandre : « J'y vais, je rentrerai très tard. Que personne ne s'inquiète. Passe une bonne soirée et surtout parle avec tout le monde. Évite les "s", tu sais que tu as du mal. »

Elle descendit l'escalier, ouvrit à Sébastien.

— Tu es en retard, dit-elle sèchement.

— Je suis en avance.

— On avait dit 20 h 15. Il est 20 h 30.

Sébastien était absolument certain de l'heure du rendez-vous.

— D'accord, dit-il en baissant la tête. Je suis désolé.

Il voulut l'embrasser. Julie détourna la tête.

— Tu es magnifique, tenta-t-il, admiratif.

Elle haussa les épaules.

Durant le trajet en voiture, elle répondit par monosyllabes à ses tentatives d'établir un dialogue. Comme il voulait lui caresser la jambe, elle saisit sa main et l'établit fermement sur le levier de vitesses. Redoutant le silence, il voulut alors parler de sa journée à l'école. Nonchalante et ennuyée, Julie contemplait la lune.

— Je me fous de ton école. Ingénieur, c'est vraiment un métier de con.

Vexé, Sébastien eut envie de répliquer. Mais c'était un gentil garçon, très amoureux de Julie, qu'il avait été très étonné de séduire. Il se concentra sur la conduite. De temps à autre, il jetait des coups d'œil au profil de Julie, à moitié mangé par ses cheveux, qu'il aurait tant voulu caresser.

Ils arrivèrent à la soirée. Sébastien, croyant faire plaisir à Julie et lui montrer combien il était cool, misait sur cette fête parisienne depuis des semaines. Il était certain qu'elle ne pourrait qu'impressionner la jeune banlieusarde. Étrange coïncidence, elle se déroulait à un pâté de maisons de l'immeuble où Tristan, au moment où ils passaient en voiture, se retournait pour contempler la lune. Sébastien se gara et ils entrèrent dans un immeuble qui ne le cédait en rien à celui de Tristan. Et lorsque la porte de l'appartement s'ouvrit, porte facile à repérer car des flots de musique en émanaient, Julie tomba sur une soirée dont certains invités occuperaient, quelques années plus tard, les mêmes fonctions que les membres du groupe de travail de Tristan. Au fond, entre les uns et les autres, il n'y avait que vingt ans d'écart. Pour l'instant, les uns dansaient ou parlaient pendant que les autres écoutaient un publicitaire lancer l'ordre du jour. Et les vingt années passeraient très vite, d'autant que certains n'attendraient pas aussi longtemps pour se faire remarquer.

Sébastien avait mal évalué son coup. Dans le cadre de la fête, il paraissait encore plus nettement ce qu'il était : un nerd. Ses copains le regardaient d'ailleurs à peine. Son manque d'aisance et surtout son obstination à la surjouer étaient pathétiques mais Julie s'en moquait. Contrairement à ce qu'il croyait, elle n'était pas du tout impressionnée, elle savait que Sébastien était un niais et cela lui allait parfaitement. Et puis elle avait conscience d'une vérité qui échappait à Sébastien : ses copains pâlissaient de jalousie à le voir avec Julie. Il y avait de jolies filles dans la soirée, et qui n'étaient pas des potiches. Mais pas une ne possédait la beauté et le sex-appeal de Julie, qui semblaient les affadir d'un coup, pas une n'avait ce buste cambré et cet air de s'en foutre royalement qui aiguisait tous les appétits.

Julie se préparait un whisky-coca lorsqu'elle vit Sébastien discuter avec un beau type d'une tête de plus que lui. Les yeux de Sébastien s'étaient animés, il lui parlait avec amitié et l'autre, tout en conservant un air de supériorité ironique, semblait bavarder avec plaisir. Julie s'approcha d'eux, son verre à la main. Sébastien lui présenta le bel Alexandre, qui parut stupéfait, et lorsqu'elle embrassa Sébastien sur la bouche, il considéra son ami avec une légère agressivité.

— Tu as le même nom que mon frère, dit Julie.

— Ravi, cela nous fait un point commun.

— J'espère qu'il y en a d'autres.

— J'espère aussi. Il faut creuser, dit Alexandre en souriant.

— Sébastien.

— Sébastien ?

— Oui, nous avons Sébastien en commun.

— Ah oui, bien sûr.

— Vous vous connaissez depuis longtemps ?

— Alexandre était mon seul ami en prépa, intervint Sébastien. On s'est bien marrés ensemble pendant deux ans. Et puis il a eu l'X et pas moi.

Le sourire supérieur d'Alexandre devant le mot « ami » disait tout mais Sébastien était incapable de voir le mal et son animation témoignait de sa véritable amitié pour Alexandre. Julie le contempla : Sébastien saisi dans son milieu manifestait à la fois son inadaptation, son infériorité et une certaine indifférence à la cruauté des relations humaines, qui témoignait d'une longue habitude. Il était encore pire qu'elle le croyait, ce qui la fit sourire.

— Et que fait un polytechnicien à Polytechnique ? demanda-t-elle.

— Il va en banlieue jusqu'à Palaiseau par les transports en commun les plus longs de la terre, il se fait chier en cours après s'être fait chier durant son service militaire.

— Ah oui, tu as fait ton service militaire ? Je suis impressionnée.

— Sous-lieutenant Morel, pour vous servir.

— Sous-lieutenant Alexandre Morel ? Très classe. On dirait un roman du XIXe siècle.

Sébastien écoutait tristement sa copine draguer son ami. Avec une sorte d'amertume qui provenait de son sentiment d'infériorité, il trouvait normal que deux êtres qu'il admirait s'attirent mais il ne pouvait s'empêcher d'en souffrir.

— Alexandre a fait son service militaire à l'intendance de l'Armée de terre. Il s'occupait des approvisionnements, ce n'est pas l'éclate non plus.

Chacun entendit parfaitement son grincement de jalousie.

— Et que veux-tu faire après ? demanda Julie sans un regard à Sébastien.

— Finance.

— Non, c'est vrai ?

— Je fais mon premier stage dans deux mois à Londres.

— Exactement ce que je veux faire, dit Julie.

— Je chauffe la place chez Morgan et ensuite je te la refile.

— Je suis contente de rencontrer quelqu'un qui a les mêmes ambitions que moi. Mon père refuse mes rêves. N'est-ce pas merveilleux d'avoir une fille qui veut palper un tas de millions avant ses trente ans ?

— Euh oui, bien sûr…

— Il pense qu'il faut pendre tous les banquiers, ou quasi.

— Hum… plutôt radical.

— À mon avis, il est dangereux de confier la responsabilité d'une ville à un type pareil, non ?

— Comment ça ?

— Mon père est maire de Vinteuil, une petite ville de Seine-Saint-Denis.

— Vinteuil n'est pas une petite ville ! intervint Sébastien, on ne sait trop pourquoi. Trente mille habitants, tout de même.

— Il est député aussi ? demanda Alexandre.

— Non. Il est stupide, il pourrait avoir l'investiture et dans notre coin tout le monde voterait pour lui, dit Julie en haussant les épaules au moment où Tristan sabrait toutes les virtualités d'investiture (c'était l'instant où il se levait pour menacer le publicitaire). Mais assez parlé de lui, je t'emmène voir la lune, c'est beaucoup plus intéressant, dit Julie en prenant Alexandre par le bras.

258

Sébastien rougit tandis que le couple s'éloignait. Julie montra la lune par la fenêtre.

— Sais-tu que la lune gouverne nos vies ?

— Pas encore.

— La lune gouverne nos vies et le calendrier lunaire décide de notre destin. On a l'habitude de penser l'astrologie en fonction du soleil. Erreur abyssale. C'est la lune qui nous conduit, qui décide de nos actes suivant un déterminisme étroit. Regarde la lune de ce soir, tu vois comme elle est belle et ronde ?

— Oui, magnifique. Une vraie lune de loup-garou.

— Eh bien, il se trouve que grâce à cette lune tu es tombé sur moi. Suis-moi, dit-elle en le prenant par la main.

— Euh...

— Tu me rappelles quelqu'un, là. Tu n'as pas l'air bien décidé. Oui ou non ?

— Oui, bien... bien... bien... sûr.

Julie le considéra en souriant. Sa grand-mère lui avait parlé de cette rigoureuse science des prénoms si essentielle à l'avenir des enfants et on tenait là une nouvelle preuve de sa pertinence : les Alexandre étaient bègues.

— Viens.

Elle s'enferma dans les toilettes avec lui. Sébastien, qui les suivait du regard, crut que les battements affolés de son cœur allaient embraser sa poitrine.

— Assieds-toi sur le siège et sors ton sexe, dit Julie.

Elle attendit que le pantalon d'Alexandre soit baissé pour contempler d'un air attentif le sexe qui se dressait.

Elle se retourna, face à la porte.

— Et maintenant regarde !

Elle souleva sa courte jupe, descendit sa culotte.

— Branle-toi, murmura-t-elle.

Congestionné, Alexandre obtempéra, comprenant à peine ce qui lui arrivait.

— Tu aimerais me lécher le cul, hein ?

D'un regard, elle vérifia qu'il était bien en train de se masturber.

— Dis-moi, ça ne te gêne pas de te branler devant la copine d'un de tes amis ?

À ce moment, Julie baissa sa jupe en un éclair et elle ouvrit la porte à la volée, découvrant à tous Alexandre en train de gicler, tâchant par des gestes désespérés de retenir son jet, tandis qu'elle éclatait de rire en se précipitant vers Sébastien.

— Tirons-nous d'ici, l'ambiance devient pénible.

Interloqué, Sébastien la suivit. Ils dévalèrent l'escalier, coururent jusqu'à la voiture de Sébastien où Julie s'abattit, pliée en deux de rire.

— Mais… mais… mais…

— Arrête de bégayer.

— Mais…, bloqua Sébastien.

— Quoi, mê ?

— Mais pourquoi ? finit-il par lâcher.

Julie fit la moue.

— Disons qu'il était un peu trop content de lui et pas assez respectueux de son ami Sébastien. L'amitié est une vertu qu'il faut cultiver, dit mon père, et je suis d'avis qu'il faut toujours écouter les conseils de son papa. Mais dis-moi si j'ai tort, surtout, ajouta-t-elle d'un air effaré en lui prenant la main.

— Non, mais…

— Bon, je suis rassurée. Tu me soulages.

Sébastien réfléchit au moins trois minutes.

— J'ai perdu un pote mais on s'est bien marrés. L'un dans l'autre... Et puis, c'est vrai, quoi, ça ne se fait pas d'avoir Polytechnique, c'est limite pas très poli envers les autres.

De nouveau, Julie éclata de rire : Droopy pouvait être drôle.

— Exactement. C'est très impoli.

— Où est-ce qu'on va ?

— Chez toi. Cette scène des toilettes m'a mise en appétit.

Sébastien lui lança un regard vexé mais, en même temps, si tout cela n'était pas une preuve d'amour... à la façon de Julie Rivière, disons...

Elle avait au moins trois raisons d'être avec Sébastien : 1) sa voiture, 2) son studio dans le XIIe arrondissement, où ils arrivèrent bientôt.

— Tu n'as pas un jus quelconque ? demanda-t-elle.

Sébastien hocha la tête et alla chercher un jus d'orange qu'elle but silencieusement, assise dans un fauteuil.

— C'est quand même bizarre ce que tu as fait à Alexandre, dit-il.

— Il l'a cherché.

— Tu l'as allumé.

Elle haussa les épaules.

— Sans doute.

— Pourquoi ?

— « Mon Dieu, préserve-nous de la tentation. »

— J'ai du mal à te comprendre.

— Moi aussi.

— Comment ça ?

— Moi aussi j'ai du mal à me comprendre. Mais bon, la lune était pleine.

— Bien entendu. C'est très clair comme ça.

— Très clair, dit-elle sèchement.

Sébastien considéra longuement la radieuse et belle et méprisante et très peu aimable Julie.

— Pourquoi es-tu avec moi ? osa-t-il demander.

— Parce que je t'aime bien.

— C'est tout ?

— Ça suffit, non ?

— Moi, murmura Sébastien, je suis avec toi parce que je suis fou de toi.

Julie reposa son verre pour l'observer.

— Vraiment ? dit-elle froidement.

— Oui, vraiment. Je suis heureux lorsque je vais te chercher à Vinteuil, je chante tout le long du chemin. Et je suis triste de te quitter. Je pense tout le temps à toi, et tout le temps que je ne passe pas avec toi, je me souviens des moments passés ensemble. Lorsque tu viens vers moi, je me sens à la fois heureux et tremblant. Je crains de te déplaire, je fais tout pour te plaire. Et je n'ai pas d'autre envie, dit-il en faisant semblant de plaisanter, que de me marier avec toi et d'avoir beaucoup d'enfants.

— Mes projets sont différents, dit Julie, maussade, sans le regarder.

— Je m'en doute, murmura-t-il.

— Je peux partir, si tu préfères, dit-elle d'un ton dont l'indifférence blessa Sébastien davantage que toutes ses paroles.

— Pourquoi ne m'aimes-tu pas puisque je t'aime tant ?

Julie se leva.

— Je suppose que c'est une question que beaucoup d'amoureux se sont posée. La vie serait en effet plus simple si les amoureux étaient aimés mais ce n'est pas le cas.

— Mais enfin… tout le monde te désire, tu peux sortir avec n'importe qui, tu pouvais aller ce soir avec Alexandre, qui a tout pour lui. Pourquoi est-ce que tu restes avec moi si tu ne m'aimes pas ?

La jeune fille perçut le frémissement de l'espoir et de la persuasion. Elle vit qu'il se mentait à lui-même. Un instant, elle songea qu'elle pourrait appeler Alexandre l'humilié et le rejoindre, parce qu'elle se sentait si puissante ce soir-là qu'aucun homme ne pourrait lui résister, même s'il avait toutes les raisons de lui en vouloir à mort.

Elle eut envie de faire mal au petit chiot qui jappait devant elle et en même temps elle avait pitié de lui. Un élan sombre lui ordonnait de le fouetter de son indifférence. Elle se contint. Et puis, elle ne voulait pas rentrer à Vinteuil si tôt.

— Parce que tu es inoffensif. C'est important d'être inoffensif. C'est une qualité.

Et c'était la troisième raison. Sébastien n'avait pas la possibilité de lui faire du mal. Il était souverainement et magnifiquement inoffensif.

Il soupira.

— Je ne sais pas si c'est un compliment.

— C'en est un.

— Qu'est-ce que je pourrais faire pour que tu m'aimes ?

— Je ne sais pas. On aime ou on n'aime pas, c'est tout.

263

— Non, ce n'est pas tout, absolument pas. L'amour se gagne, c'est possible.

— Il paraît qu'il faut sauver une fille pour en être aimé.

— La sauver ? Comment ça ? fit Sébastien, surpris.

— Aucune idée. Ma mère a aimé mon père parce qu'il l'a sauvée d'une agression dans un train. En trente-huit secondes.

— Hum… Pas évident de te sauver dans un train alors qu'on prend tout le temps ma voiture.

— C'est sûr, dit Julie en riant. Ne t'inquiète pas, on va prendre le dernier train pour Vinteuil tous les soirs. En une semaine, tu devrais pouvoir trouver tes trente-huit secondes.

— Il va falloir que je m'entraîne au karaté.

— Mais non ! Fais de la boxe ! Mon père dit que le karaté n'est bon que sur un tatami.

— Il nous emmerde quand même un peu, ton père, sans vouloir être désagréable.

— Ce n'est pas désagréable, pas du tout. C'est la vérité. Il m'emmerde depuis toujours, avec son héroïsme à deux balles et son moralisme hypertrophié. En fait, les pères emmerdent depuis toujours, c'est la seule vérité scientifique qui n'ait jamais été contestée. C'est du Popper.

— Du Poppers ?

— Laisse tomber.

Julie se redressa légèrement, fit glisser sa culotte et releva sa jupe. Elle murmura :

— Fais-moi ce que je veux.

Et doucement, tout doucement, de sa langue docile, il lui fit ce qu'elle voulait.

À l'instant où Julie le saluait en toquant à sa porte, Alexandre Rivière était nu dans sa chambre en train de se regarder dans le miroir. Il écouta à peine les moqueries du petit frelon sororal, trop absorbé par la contemplation de ses pectoraux et de ses biceps. Depuis l'humiliation d'Harpagon, il avait beaucoup grandi et forci, stimulant la nature par la course et la musculation. Il allait tous les jours à la salle de gym, mangeait des bananes et absorbait des substances aux noms étranges, spiruline, maca, guarana, éleuthérocoque, qu'il fallait acheter dans des magasins spécialisés, toujours en rupture de stock, ou commander sur Internet. Marie lui imprimait en vain des dizaines d'articles scientifiques prouvant que la musculation nuisait à la croissance.

Alexandre s'entraînait un casque sur les oreilles, campant de façon toujours plus affirmée son personnage de loup solitaire totalement introverti, fonctionnant à la maison avec un jeu de dix cartes bristol préécrites pour les situations quotidiennes (« je vais bien », « quand est-ce qu'on mange ? », « tout va bien à l'école », « je pars à la gym », « OUI », « NON », « MERCI », « je monte dans ma chambre », « je fais mes devoirs », « ne me dérangez pas »), tout à fait suffisantes, lorsqu'on y songe, pour une communication efficace, sinon chaleureuse (il y avait tout de même le « merci »). D'autres fiches sortaient de sa poche, avec un stylo, pour les situations inhabituelles, finalement rares. Elles avaient remplacé le bloc de papier : ça faisait plus carré sans doute.

En tout cas, l'adolescent qui se tenait nu devant la glace

n'aurait pu jouer Harpagon : il était trop fort, il respirait trop la vitalité pour incarner un vieillard. Alexandre fit jouer ses biceps et orienta son buste comme un champion de culturisme. Pas mal. Très loin des standards de championnat mais pas mal. Il fit quelques pompes, quelques mouvements d'assouplissement, d'un air pénétré, puis il enfila un bas de pyjama bleu et s'allongea sur son lit pour regarder Tobey Maguire dans le rôle de Spider-Man découvrant ses pouvoirs dans la rue, la séquence la plus jouissive d'un film qui avait marqué la vie d'Alexandre. Ensuite, il baissa le son et, tandis que des images plus conventionnelles qu'il connaissait par cœur défilaient, il réfléchit. À travers la fenêtre, il apercevait la lune, pleine et éclatante, avec des taches très apparentes. C'était très beau, ces taches, il adorait les taches de la lune et, ce soir-là, elles surgissaient de l'aura comme une tête de mort, se dit-il.

À dix heures, Alexandre, d'une détermination sans faille, décida qu'il était temps d'agir. Il endossa un haut de couleur rouge et bleu et ce qui n'apparaissait alors que comme un pyjama se révéla être, lorsqu'il eut enfilé son masque si célèbre, une tenue de justicier car Alexandre n'était autre que SPIDER-MAN. Autour de la ceinture, il enroula une longue lanière terminée par un manche, accessoire surprenant pour le monte-en-l'air, bien qu'aucune amélioration d'équipement ne soit strictement interdite, puis, chaussant des tennis rouges effilées, il ouvrit la fenêtre et descendit par la gouttière, en prenant bien soin de n'être pas aperçu. Il marcha rapidement dans les rues, se faufilant d'ombre en ombre, regrettant seulement, à la vue des pavillons de Vinteuil, les tours de Manhattan. Ce n'était pas la première fois que l'homme-araignée arpentait la ville mais il s'était limité jusqu'à présent à son quartier. À sa grande déception, il n'avait pu toutefois faire le bien autour de lui. Il aurait voulu au moins délivrer un chat dans un arbre mais il n'y avait pas d'arbre. Les quelques papiers sales ramassés dans la rue étaient plutôt frustrants. C'est donc sous la forme banale et rassurante d'Alexandre Rivière, en habits civils, qu'il s'était rendu dans la cité la plus proche pour y observer les manèges de la pègre et pouvoir accomplir sa mission de justicier masqué. Il ne vit pas grand-chose mais il repéra un petit guetteur qui lançait des signaux. Il décida de revenir à la nuit.

Désormais, SPIDER-MAN lui-même allait s'en occuper, puisqu'« un grand pouvoir implique de grandes responsabilités ».

À l'approche de la cité, le Justicier Masqué se tapit derrière les voitures garées sur le parking et approcha ainsi à l'insu de tous. La nuit était très claire, il pouvait voir assez loin devant lui et, comme il avait l'avantage de la surprise, cela jouait en sa faveur.

Il s'était accroupi derrière une voiture et il contemplait le petit guetteur en train de s'ennuyer, ramassant par terre des cailloux qu'il tentait ensuite de jeter dans une étroite cavité creusée au pied d'un buisson. En face de sa cible, le Justicier Masqué sentait les battements de son cœur s'accélérer. Ses mains suaient dans les gants rouges, qu'il fut obligé de retirer une minute, et il avait terriblement chaud sous son masque. Qu'allait-il faire ? SPIDER-MAN n'allait tout de même pas s'en prendre à un enfant !

Il décida de contourner le petit, si absorbé par son jeu qu'il ne guettait rien du tout.

Maintenant se jouerait le Vrai Combat contre le Crime. Alexandre allait savoir *qui il était.*

— Hé ! Tu fais quoi, là ?

Un homme qu'il n'avait pas vu, dans l'ombre d'un porche, l'interpellait.

— T'es qui, toi ?

— JE SUIS SPIDER-MAN !

L'homme sous le porche, qui avait une vingtaine d'années et qui était deux fois plus large que l'adolescent, ne sembla malheureusement pas ébranlé par cette révélation.

— Casse-toi, le clown !

SPIDER-MAN dénoua la lanière enroulée autour de sa ceinture et, d'un mouvement brusque du poignet, la fit claquer devant lui : c'était un grand fouet de cuir. L'homme, furieux, se rua vers Alexandre qui, d'un coup de fouet, lui lacéra le visage. L'homme rugit de douleur, attrapa la lanière et l'arracha à SPIDER-MAN, qui comprit que cela tournait mal et s'enfuit en courant. L'enfant surpris surgit à ce moment devant lui et le Justicier l'envoya bouler dans les buissons mais cela le ralentit assez pour que son poursuivant, qui avait sorti un couteau de sa poche et courait la lame à la main, gagne du terrain, tout en gueulant : « Arrêtez-le ! Arrêtez-le ! » Cependant, Alexandre, sous son masque, commençait à étouffer. Il était sur le point de s'arrêter pour se battre, ultime erreur de l'adolescent, lorsqu'une voiture de police fit soudain retentir sa sirène avant de stopper à côté d'eux.

— Qu'est-ce que c'est que ce bordel ? hurla une voix.

Le jeune homme avait aussitôt rangé son couteau.

— C'est ce dingue, là ! Il m'a détruit la gueule avec un fouet.

Le policier descendit de sa voiture sans se presser. Il se dressa devant SPIDER-MAN, qu'il dominait d'une tête, et lui ôta son masque.

— Alexandre ?

Et l'homme-araignée, rougissant, reconnut le chef de la police de Vinteuil, Serge Fadouba.

— Qu'est-ce que c'est que ce déguisement ?

Alexandre ne répondit pas.

— Bon, soupira Serge. Je te ramène chez ton père, on va voir ce qu'il en dira. Quant à toi, dit-il en s'adressant à l'autre, on se connaît, non ? Tu peux porter plainte si tu veux, je t'attends au poste.

Faut-il croire qu'un bienfait n'est jamais perdu et que, dans les inextricables confusions du hasard, les bonnes actions de Tristan – l'enseignement de la boxe puis, à la fin de sa carrière de boxeur et une fois ses diplômes obtenus, l'attribution du poste de chef de la police à Serge Fadouba – touchèrent dans les espaces infinis une étoile bienveillante et rebondirent en cascade vers la surface terrestre ? Toujours est-il que Serge arriva pile à cet instant, ricochet des bien connues trente-huit secondes, pour sauver la vie d'Alexandre, dans une conception du temps où passé, présent et futur se rejoignent, tout répondant à tout, comme dans les visions moyenâgeuses où le temps humain est une illusion puisque dans la

269

vision divine tout est prévu depuis l'éternité. Et il est vrai en somme que de Marcel en Tristan puis de Tristan et Marie en Julie et Alexandre, une même conception de l'héroïsme contraint chacun, comme si, de génération en génération, les Rivière devaient affronter la malédiction d'un mensonge originel. Entre destin, hasard et personnalité propre, chacun se contorsionne dans son époque, elle-même héroïque ou ridicule, en portant ce poids sur son épaule.

3
La jeunesse éternelle

Marie comprit que son mari vieillissait lorsqu'un soir où elle rentrait de l'hôpital elle le surprit sur un skate, tâchant de conserver son équilibre en dévalant la pente près de leur maison, en short et tennis, le crâne orné d'une casquette rouge Adidas.

Elle arrêta la voiture.

— Tu as vraiment l'intention de te ridiculiser devant tous tes voisins, qui sont également tes électeurs ?

— Pourquoi dis-tu cela ? dit Tristan, vexé.

— Pour rien, dit-elle en repartant.

Dix minutes plus tard, alors qu'elle apportait dans la salle de bains le produit antiseptique et les sparadraps que le skateur ensanglanté réclamait, il rectifia.

— En fait, tu avais peut-être raison.

— Apparemment, dit-elle en lui appliquant le spray.

Tristan boitait toujours le lendemain matin lorsqu'ils partirent, accompagnés de Julie, à la fête organisée à Londres par les Lamballe.

David n'était jamais devenu ministre et s'il avait réussi à conserver son siège lors de la déroute socialiste de 1993, un certain dilettantisme dû à l'usure et à une las-

271

situde partagée par ses électeurs le fit perdre lors de la dissolution de 1997. Son grand homme, Michel Rocard, n'était plus dans la course, Lionel Jospin, dont il n'avait jamais été très proche et qui symbolisait à ses yeux la gauche archaïque de Mitterrand, l'avait supplanté, et il se rendait compte que le socialisme positiviste qu'il défendait avait perdu. Le peuple était privé des lumières de la raison. Il sentait que c'était fini et qu'il resterait à jamais le député prometteur qui n'avait jamais vraiment percé. Il retourna à l'Inspection des finances, avec le titre d'inspecteur général, et rédigea trois rapports dont on lui dit le plus grand bien et qui finirent dans les tiroirs. Son ami Strauss-Kahn était devenu ministre de l'Économie mais c'était justement aiguillonner sa jalousie. « Quand on pense que c'est moi qui ai lancé Dominique… », disait-il, faisant référence aux réunions des années 1970 dans les Yvelines où l'on voyait Strauss-Kahn avec des cheveux longs, une grosse barbe et des lunettes carrées, en parfait prof d'économie socialiste. En réalité, il connaissait assez l'administration, et surtout l'administration des finances, pour savoir qu'elle était bien plus puissante que le ministre et parfaitement indifférente à ce qu'un rapport pouvait raconter, surtout venant d'un inspecteur qu'elle considérait comme l'un des siens. Il n'y avait qu'un jeune et sémillant inspecteur des finances, frais émoulu de l'ENA, pour imaginer qu'un rapport avait la moindre influence et David n'était pas loin de penser que l'administration avait tout à fait raison de se foutre royalement de ce qui n'était qu'une opinion de plus.

Lorsque la ministre de la Culture lui commanda un

rapport sur la protection sociale des intermittents du spectacle, serpent de mer du ministère de la Culture mais aussi de l'Économie, il rédigea des conclusions que refusèrent de signer les inspecteurs généraux de la culture qui étaient censés travailler avec lui. Il affirmait que le statut d'intermittent nourrissait la paresse et le manque de talent et qu'il fallait absolument l'abolir, comme d'ailleurs toute subvention artistique. S'appuyant sur des citations de Proust et de Genette ainsi que sur d'alarmants tableaux de statistiques, il démontrait que le relativisme du jugement esthétique interdisait le soutien public à la culture et que si les critiques les plus éclairés, comme l'écrivait Proust, avaient toujours été parfaitement aveugles aux véritables talents de leur époque, au point qu'il valait mieux s'en remettre au jugement populaire, imparfait mais moins aveugle en somme, que pouvait bien faire l'administration, toujours en retard d'une mode, s'épuisant à suivre la dernière avant-garde ?

À sa grande surprise, il fut cette fois reçu par la ministre, écarlate (elle avait donc au moins parcouru le rapport, ce qui était déjà incroyable), qui passa une demi-heure à l'injurier :

— Vous voulez faire sauter ce ministère, ou quoi ? Vous êtes vraiment complètement taré, mon pauvre… Supprimer toutes les subventions ? Vous croyez que le ministère n'est pas un guichet ? Vous n'avez rien compris à l'État ?

David Lamballe ne répondait rien. À un moment, il déclara qu'il était favorable à la suppression de toutes les aides et subventions de l'État, y compris l'assurance-chômage, à l'exception d'un revenu de subsistance, en échange d'une baisse drastique de tous les impôts et taxes, ce qui permettrait aussi de se débarrasser d'un bon tiers de l'administration. La ministre, toute hurlante et perchée sur ses talons, en resta interloquée. Puis, d'un ton très calme, comme suspectant qu'elle avait affaire à un fou, elle dit :

— Très bien, monsieur Lamballe, je crois que je vous ai compris.

Et c'est ainsi que David Lamballe, après avoir achevé sa carrière politique, acheva sa carrière administrative. À cette date, il avait déjà tout préparé pour créer à Londres un fonds d'investissement spécialisé dans l'immobilier. La levée de fonds avait été réalisée grâce aux innombrables contacts pris en quinze ans de commission des finances à l'Assemblée, et si la compétence et la connaissance des dossiers n'avaient jamais été vraiment récompensées dans le domaine politique, clamait-il, elles le furent par la confiance que les investisseurs lui témoignèrent, à une période où de toute façon l'argent ruisselait sur les marchés. « Il suffit de se baisser pour en ramasser », disait David. Myrtille était très emballée par la création de ce fonds. Le couple passa de nombreux week-ends à chercher un appartement à Londres, revenant avec des qualificatifs enthousiastes devant la métamorphose de la vieille capitale, si ennuyeuse, si douairière, en une *chose* tout à fait merveilleuse et excitante, un microcosme où s'échangeaient toutes les langues par l'intermédiaire du dieu argent. « C'est là qu'il faut être maintenant ! » répétaient-ils à Tristan et Marie de Vinteuil. « Paris, c'est fini, c'est pour les vieux, les profs et les fonctionnaires », disaient-ils à l'ancien prof et à l'actuelle fonctionnaire.

« Dans ce cas, il va falloir revoir le salaire des profs et des fonctionnaires, répondait Marie, agacée. Vous avez vu le prix d'un appart à Paris ? » À la décharge de ses parents, elle comprenait qu'ils vieillissaient et qu'ils avaient besoin d'une dernière aventure, qui serait si possible le reniement intégral de tout ce qui avait inspiré son père jusqu'à présent.

Lorsque les Rivière prirent le train pour Londres, le fonds florissait depuis plusieurs années, au point que Myrtille avait démissionné de son cabinet pour rejoindre son mari et superviser tous les aspects juridiques. Plus rigoureuse et attentive que David, devenu un peu « excessif », disait-elle, c'est-à-dire bavard, mégalo et risque-tout, elle surveillait aussi l'équipe de francs-tireurs qu'ils avaient embauchés, quinze jeunes financiers français, anglais, grecs et italiens, quinze crève-la-faim, comme il se doit, prêts à tout pour faire exploser les plafonds de bénéfices et leurs propres bonus. Les Lamballe organisaient une grande fête pour les cinq ans du fonds et, à en croire l'hôtel particulier de Holland Park dans lequel ils venaient d'emménager, après l'appartement pourtant très agréable que les Rivière connaissaient, le fonds Lamballe, très simplement nommé, marchait *vraiment, vraiment* bien. Ils avaient envoyé leur chauffeur à la petite famille Rivière, à la grande excitation de Julie, qui était à HEC depuis deux ans et qui avait fait deux stages dans la finance moins intéressants et *rewarding* et *exciting* que prévu.

Dans son bureau, une demi-heure plus tard, un David survolté et amaigri s'émerveillait de sa réussite :

— Les électeurs m'ont rendu un formidable service.

Génial, absolument génial. La politique, qu'est-ce que c'est ? Un travail jour et nuit pour un salaire de misère et des crachats en remerciement. Les électeurs aiment vous détester, comme les journalistes. J'ai calculé : je gagne 714 fois ce que je gagnais en tant que député. Tout le monde m'adore, je fais vivre une équipe de dingue, les investisseurs me cirent les pompes en permanence, et tout le monde dans cette ville est là pour me faire plaisir : avocats d'affaires, agences de notation, journaux financiers, restaurateurs, fleuristes, boulangers, tout le monde vit de la City et tout le monde l'a bien compris. Il n'y a que pour la médecine qu'ils n'y connaissent rien mais je vais à Paris, c'est gratuit et ils sont à peu près compétents.

« Tu veux un pétard, Tristan ? Non ? Allez, sois cool, faut se faire plaisir.

Et devant Tristan éberlué, témoin du nouveau numéro d'acteur de son beau-père – le financier cool –, il s'alluma un pétard qu'il commença à fumer, tout sautillant et frétillant.

— Tu sais, j'ai abandonné la politique mais ça ne m'empêche pas de réfléchir. Je crois qu'avec Rocard on a fait fausse route. L'économie au service de la politique, c'était déjà un progrès par rapport à la gauche archaïque mais, en fait, je me rends compte que ce n'était pas assez. Au fond, la « deuxième gauche », c'était un truc moralisateur, avec cette idée d'associations, de syndicats, de corps intermédiaires, de temps libre laissé aux citoyens pour qu'ils s'épanouissent… Tout ça, c'était du patronage. Ici, je vois ce que c'est qu'un gouvernement pro-business… fermant les yeux sur tout ce qui pourrait gêner, parce qu'on sait qu'il ne faut pas être trop regardant sur la couleur de l'argent. La City est une place off-shore avec ses propres règles, sa propre administration, minimale, avec des paradis fiscaux comme les îles Anglo-Normandes pour sous-traitants. Et l'argent ruisselle, je t'assure, des flots d'or comme le monde n'en a jamais vu… Londres est transformée, magnifique, avec des hôtels particuliers comme celui-ci partout. Dans ce quartier, c'est déjà étonnant, c'est dix fois plus riche que le plus riche quartier de Paris et tu verras la même chose à Belgravia, Mayfair ou Kensington. Et si tu vas à Bishops Avenue, la tête te tournera devant les baraques qui s'y trouvent.

Les yeux au plafond, pensif.

— Beaucoup de blanchiment… beaucoup, beaucoup… des maisons vendues le triple du prix pour pouvoir blanchir… les Russes, le Golfe… l'évasion fiscale, les affaires douteuses… toutes les affaires du monde… d'un certain point de vue c'est bizarre, bien sûr… ce sont les travaillistes qui ont participé à ça… c'est Blair, c'est la troisième voie… et tu vois… je crois qu'ils n'ont pas tort… parce que au bout du bout… il faut juste de l'argent pour que les gens soient contents. Pour que moi je me fasse mes 60 millions de dollars, pour que mes investisseurs en gagnent des centaines, pour que je m'achète un hôtel particulier, pour que je donne de l'argent aux agences immobilières, pour que je paie du personnel, pour que j'invite au restaurant des tablées de dix, pour que tous les membres de mon équipe vivent largement, pour qu'on nourrisse les avocats d'affaires mais aussi les boulangers, les manucures, les secrétaires, les analystes, les journalistes, tous ceux qui vivent – et ils sont des millions – de la manne financière. On ne paye pas d'impôts, juste un petit fixe, tout est sur paradis fiscal, c'est tranquille, même le petit trader des banques anglo-saxonnes, à 500 000 dollars, reçoit son salaire dans les Caïmans ou ailleurs, mais voilà, tout le monde déverse, déverse, crache de l'argent partout. Et ça marche ! Regarde autour de toi ! Regarde-moi, regarde la ville, regarde les gens dans la ville ! Regarde comme ils ont l'air heureux, fringants, riches, regarde comme ils se sentent exister, *sens-le*, Tristan. *Ils sont là où ils voulaient être.* Nous, à gauche, je me rends compte qu'on était juste des petits-bourgeois moralisateurs…

— Les 60 millions… c'est annuel ? fit Tristan.

David éclata de rire. Il se secoua, loin de l'onctueux prêtre qu'il avait été, comme si sa vie avait consisté à jouer des rôles successifs et à endosser les costumes qui allaient avec.

— Annuel, bien sûr. Et ça explose en permanence.

— Ça équivaut aux revenus des habitants d'une petite ville tout entière. Tu prends une ville minière, en Angleterre ou en France, avec des revenus minimaux, qui viennent ou du travail ou de la protection sociale, avec un conjoint et des enfants qui ne travaillent pas, tu rassembles tout le monde, peut-être 30 000 ou 40 000 personnes, et ça fait 60 millions, peut-être moins. Peut-être que Vinteuil, si on met tout bout à bout, arrive à 60 millions.

David s'agita.

— Bon… mettons que si on payait des impôts, ce

serait peut-être mieux. Mais il ne faut pas juger, la grande erreur c'est de juger. Chaque société a sa logique.

— Je ne juge pas, je fais juste mes comptes. Je suis maire, tu sais.

— Je sais, bien sûr, je sais. J'ai joué un rôle, là-dedans... Allez, il faut que je surveille les préparatifs. Prenez du bon temps en attendant.

Tristan rejoignit Marie qui déambulait, admirative, dans l'hôtel particulier. Il songea à leur pavillon de Vinteuil. Fuis, ô culture du ressentiment ! Julie s'était déjà échappée dans la ville avec sa grand-mère, qui lui avait promis une robe pour le soir. Plus sagement, Tristan et Marie se promenèrent dans le jardin public où ils croisèrent un paon.

— Il a changé, ton père...

— Oui, on ne le reconnaît plus. C'est peut-être un autre.

— C'est bien possible. On a mis une poupée de porcelaine à sa place, avec des paupières qui battent.

Quelques heures plus tard, à la fête, la poupée de porcelaine, vêtue d'un smoking, s'avança avec un sourire figé au milieu des deux cents invités réunis dans la grande salle de réception du rez-de-chaussée. À côté de Myrtille qui observait, rêveuse, son mari, Julie, en robe de soirée rouge Christian Dior, la poitrine rehaussée et rebondie, était accaparée par un jeune banquier anglais très sûr de lui, avec de jolies boucles blondes qui lui donnaient un air de lord tout à fait séduisant. Tristan utilisait au mieux ses quatre mots d'anglais pour converser avec un membre de l'équipe Lamballe qui exprima la surprise puis la désapprobation puis le mépris lorsqu'il se heurta aux limites linguistiques dudit Tristan, et il fut remplacé par un autre membre, cette fois français, qui exprima la surprise puis l'approbation puis un enthousiasme franc lorsqu'il comprit qu'il avait affaire au gendre de David.

Tristan poursuivit sa conversation avec le trader français (« David est un être exceptionnel, un mentor pour nous, il nous a tout appris ») en tâchant de réfréner les soubresauts de la culture du ressentiment (« En fait, je crois qu'il nous a surtout appris à nous dépasser »), mise à dure épreuve par ce gars à la peau lisse, aussi lisse qu'un pot de Nivea, arborant en permanence un sourire de classe tranquille, installée, dominante, sans interrogations, comme s'il fallait vraiment être un cliché (« le fonds Lamballe est tout simplement le meilleur investissement qu'on puisse imaginer de nos jours ») pour faire partie de cette soirée. « Ils nous ont volé notre chance et maintenant ils nous volent notre fric », pensa Tristan, sentant monter en lui la même colère que devant le publicitaire... Il essuya la sueur qui perlait sur ses lèvres. Il tourna la tête vers Marie, à qui il lança un regard désespéré qu'elle ne vit pas.

— Je suis très heureux que vous soyez heureux, articula difficilement Tristan. Excusez-moi, je dois rejoindre ma femme.

Il se faufilait dans la foule lorsqu'il se rendit compte qu'il était en sueur. Il chercha de l'air. Dehors, la nappe sombre du jardin l'appela. Il sortit. Tout de suite, dans ce jardin à la française où s'effilaient des buissons taillés comme des silhouettes stylisées, il se sentit mieux. Il faisait frais. Ôtant sa veste, il s'assit sur un banc, noyé dans l'obscurité. Il voyait très bien la fête à travers les baies vitrées. Une lassitude le prit. Il avait toujours aimé contempler les fêtes. Il aimait bien quand les gens s'amusaient, dansaient surtout. Lui-même ne dansait jamais. Il aperçut Julie en grande conversation avec un jeune gars lisse qui ressemblait beaucoup à son trader. Il se repentit de son animosité. Après tout, Julie n'était-elle pas semblable à ces êtres ? N'était-elle pas aussi lisse, avec sa peau si blanche, si délicate ? Et ne correspondait-elle pas au vœu secret qu'il avait autrefois formulé ? N'était-elle pas cette machine sophistiquée, adaptée à la sélection darwinienne des sociétés, d'une apparence angélique qui cachait une dureté d'acier ? Tous ces gens n'étaient-ils pas en somme ce qu'il n'avait jamais réussi à être ? Inentamables. Indestructibles. N'avaient-ils pas découvert d'instinct la vérité qu'il recherchait depuis toujours pour vivre au milieu des hommes, échouant toujours à trouver la bonne substance, pot de crème toute douce, toute molle, ou intériorité violente et bousculée ?

Et tandis qu'il observait, seul dans le jardin, David s'emparer d'un micro, le visage empreint de mansuétude et d'humilité factice, Tristan fut soudain frappé par le souvenir de son père, qui avait regardé la fête de mariage de l'autre côté de la baie, qui s'était sans doute assis pour les contempler, avec ce mélange de ressentiment et de défaite – ce sentiment bizarre de trahison. Lui n'était ni un ouvrier ni un faux héros mais il était pourtant de l'autre côté de la vitre, mal à l'aise, déplacé, et s'il s'en voulait d'être ainsi, s'il ne le comprenait pas, il en voulait aussi à ces gens, à ce tas de voleurs, et il éprouvait sans doute le même ressentiment – il en était sûr – que son père devant l'éclat de son mariage. On les avait trahis. On leur avait manqué. Ces gens l'insultaient. Les 60 millions de David l'insultaient. C'était à lui, c'était à Vinteuil qu'on volait l'argent.

Très triste, très las, il s'approcha de la grande vitre.

Et s'il faisait la même chose que son père ?

Le Temps eut un sursaut qui venait à la fois du choc du passé et du présent – un choc doux et amorti qui était celui du retour du même et des identifications tardives – mais aussi d'une brève, fugitive et impalpable immobilité, comme si, dans un ultime geste de bonté, une imaginaire providence laissait à Tristan un interstice temporel pour se décider. Et dans ce bref interstice, Marie en pleine conversation aperçut son mari derrière la vitre, et parce qu'elle le connaissait si bien, parce qu'elle lisait en lui, elle eut l'intuition d'un désastre et se précipita, en oubliant la plus élémentaire politesse, vers la double porte du jardin, criant : « Tristan ! » au moment où elle posait le pied sur l'herbe et où de petits démons mnémoniques tiraient Tristan vers une décision salissante. Et elle le prit dans ses bras, le héros, elle le prit tel un enfant sur le point de faire une grosse bêtise, qui n'aurait rien changé à rien, qui l'aurait seulement rejeté dans le no man's land des ivrognes comme Marcel l'avait été autrefois.

Lorsque le Temps crocheta le nœud du passé et du présent pour reprendre son cours naturel, lorsque les interstices se résorbèrent, il n'y eut plus que l'apaisement d'un homme et d'une femme enlacés, oublieux du monde, suscitant parmi les invités de la fête un obscur sentiment d'envie mais aussi d'hommage, comme si ceux qui les apercevaient comprenaient que Tristan, dans son existence, avait eu une chance, une seule peut-être, authentique, inaltérable, par-delà les péripéties du sort, par-delà les défaites à venir, et qu'il la tenait alors entre ses bras.

Au cœur de la nuit, Tristan se réveilla dans un lit moelleux avec la sensation d'étouffer. Il réfléchit longuement, les pensées montaient et descendaient comme un manège ivre, et il murmura finalement une citation de Kant qu'il avait apprise par cœur, car même s'il ne l'avait jamais lu, il en connaissait quelques phrases : « Ce qui est supérieur à tout prix, ce qui par suite n'admet pas d'équivalent, c'est ce qui a une dignité. » Et donc 60 millions n'avaient aucune dignité. CQFD. Ayant ainsi réglé le problème du capitalisme financier, sans grands dommages à vrai dire pour la finance mondiale, il se rendormit du sommeil du juste.

Comme le Ciel est grand et bon, David, ballotté par les nombreux alcools absorbés, perdit quant à lui toute dignité dans les toilettes de sa chambre, où il vomit sinon 60 millions, au moins 6 litres, preuve que bien mal acquis ne profite jamais (ou presque).

Dix jours plus tard se produisit un événement anodin dont les conséquences furent pourtant terribles. La secrétaire de Tristan lui rappela qu'un consultant avait pris rendez-vous avec lui à 14 h 30. Une petite marque sur l'agenda. Une toute petite marque. Une marque effaçable : Tristan se demanda s'il ne pourrait pas l'annuler, sous une excuse quelconque. Remettre à plus tard – dans un lointain infini. Un long déjeuner l'attendait, avec les maires d'Aubervilliers et de Saint-Denis, et cela l'ennuyait de l'écourter. Toutefois, il maintint le rendez-vous, par cette persistance du hasard à insinuer les plus grands désordres. Par la suite, il devait se souvenir à plusieurs reprises que tout cela aurait pu ne pas être. Que ce n'était qu'une virtualité. Juste une petite marque noire sur l'agenda.

Il arriva au restaurant à midi pile, Braouzec et Beaudet avec quelques minutes de retard. Les trois hommes partageaient des problématiques communes : la gestion d'une ville de banlieue rassemblant au bas mot soixante-dix nationalités, un taux de pauvreté et de chômage explosif, des chiffres de délinquance alarmants. Et ils avaient été tous les trois enseignants dans leur ville, Braouzec et Beaudet instituteurs, Tristan en collège. Les deux autres étaient communistes et parfois Tristan croyait entendre son père, avec les évolutions notables que donne toujours le passage aux responsabilités. Ils étaient de la même génération, même si Braouzec était plus âgé d'une dizaine d'années. La seule différence était que les deux maires de la ceinture attendaient les Parisiens, le lent mais inéluctable mouvement par lequel des individus de plus en plus aisés et éduqués, chassés par l'augmentation des prix de l'immobilier, allaient s'implanter dans leur ville, apportant argent, culture, tranquillité. Vinteuil, trop loin de Paris, ne profiterait de ce mouvement qu'à la marge : c'était à Tristan de transformer la ville.

Le déjeuner fut agréable mais à 14 heures Tristan quitta le restaurant pour son rendez-vous, sans bien comprendre pourquoi. À 14 h 25 il était dans son bureau. À 14 h 30, avec une ponctualité qu'il apprécia, une femme entra. Il se leva, un sourire de commande sur le visage, un peu déconcerté par le regard insistant qui le fixait, la salua puis la pria de s'asseoir.

— Que puis-je pour… ?

Et il la reconnut. Elle n'avait pas changé ou, plutôt, elle était la même en femme. Ses cheveux avaient foncé mais elle avait toujours ses taches de rousseur et surtout, par une sorte d'instinctive reconnaissance, née des heures et des heures d'observation en terminale, il reconnut ses gestes : identiques, avec les mêmes angles, la même vitesse, dupliqués. Bref, il s'agissait de Séverine, trente ans plus tard. Elle s'appelait désormais Driscoll, ce qui avait peu en commun avec Triboulet, d'Amiens, mais de toute façon il avait à peine fait attention au nom sur l'agenda, il pensait que c'était un homme.

— Est-ce que tu sais toujours démonter et remonter un moteur de 2 CV ?

Il eut un temps d'arrêt.

— Les yeux fermés, ou presque.

Quelques heures plus tard, Tristan devait repenser à la curieuse nature du Temps, qui avait bien voulu effacer trente années d'une substance étrangère, terriblement vivante pourtant, pour revenir à la présence si palpable, elle aussi tout à fait vivante, de moments depuis longtemps passés, qu'on aurait pu croire engloutis dans les abîmes. Mais ils ne l'étaient pas, au contraire, ils devaient affleurer à la conscience car tandis que les années s'annulaient pour mettre Tristan et Séverine au contact de ce qu'ils avaient été, ces moments revinrent flotter autour d'eux, enveloppant leurs propos anodins d'une brume électrique.

— Je savais que tu étais devenu maire, depuis ton premier mandat. J'ai suivi ce que tu as fait à Vinteuil. C'est du beau travail.

— Le meilleur est à venir.

— Oui ?

— La transformation entière du centre-ville…

— Qui n'existe pas vraiment, d'après ce que j'en sais.

— Non, il n'y a pas de centre-ville et je veux le bâtir. C'est mon idée depuis le début. J'ai beaucoup ramé mais je vais finir par convaincre ma majorité.

Besoin de se faire valoir. Il parlait fort, avec animation. La brume électrique.

— Tu fais du conseil pour les collectivités locales ?

— Une spécialité rémunératrice et très intéressante. Je parcours la France et je vois tout ce qui se passe. J'aime beaucoup, en fait.

— Tu es mariée ?

Voix un peu rauque. Pourquoi ?

— Mariée avec un Anglais installé en France, deux filles de vingt et vingt-deux ans.

— Du beau travail !

Elle eut un rire un peu gêné.

Tout ce qu'il y a *en dessous*. Les années, la visite du garage, le café. Et pour lui, l'immense sédimentation des jours, des semaines et des mois d'obsession, au sein de la défaite de sa jeunesse. La conversation et en dessous, en même temps, comme des discours parasites, les images d'autrefois, brassées, surgissant tout à coup – le trajet cauchemardesque jusqu'au garage, les voitures… il se souvenait de chaque voiture, oui, chacune des voitures examinées dans sa parade nuptiale, chacune des paroles

286

de Séverine… et enfin le baiser… il se souvenait de la fraîcheur fruitée de sa langue, qui n'était pas la sensation elle-même, mais une idée de sensation, une sorte de sensation à demi abstraite, confuse, gommée en partie par le temps.

Ta bouche a-t-elle le même goût, Séverine ?

L'erreur de cette pensée, l'erreur de faire entrer le passé dans le présent. Non, n'y pense pas, contente-toi de profiter du temps retrouvé, de profiter de l'expérience métaphysique de l'annulation des années, car tout est passé vite et lentement, c'est d'une grande banalité mais c'est bien cela, ta vie est passée vite et lentement, beaucoup d'années se sont écoulées et en même temps ton adolescence est toute proche, incroyablement proche, tu ne t'en rendais pas compte mais elle est là, à portée de main, à portée d'âme, dans une espèce de hors-moi accessible à la mémoire, ce spectre doux et un peu triste qu'on appelle mélancolie.

Le rendez-vous dura une heure. Parce qu'il était nerveux, parce qu'il avait besoin de marcher, Tristan raccompagna Séverine jusqu'à sa voiture.

— Tu veux qu'on déjeune ensemble ? dit-il.

Elle le regarda un instant de trop, un instant d'hésitation et d'interrogation qu'il saisit parfaitement.

— Oui, bien sûr. Je suis assez libre.

— La semaine prochaine ? Jeudi, je peux.

— Je vais voir. Certainement.

— Je pense à une mission pour toi. Nous en discuterons.

Elle fut libre. Discuter d'une mission, c'était son métier. Ils se retrouvèrent dans un petit restaurant de

Vinteuil où Tristan était connu. Pendant le déjeuner, Tristan examina la femme en face de lui. Tandis qu'il lui parlait d'une mission d'audit sur l'équipe de direction et son fonctionnement, il regardait subrepticement ses mains, son visage, ses poignets, le renflement de ses seins, aux aguets, repérant le passé dans le présent, la forme de ses ongles par exemple, qui l'avait toujours frappé, parce que la jeune fille lui semblait si fine, si fluide, qu'il ne comprenait pas l'erreur génétique de ses ongles carrés. Au fur et à mesure que Séverine renaissait en lui sous sa nouvelle apparence, étrangement proche du modèle originel, il se sentait un peu mélancolique, songeant bien sûr aux occasions manquées mais aussi, tout simplement, au temps qui passe. L'histoire avec Séverine, si embryonnaire, si dérisoire qu'elle ait été, avait fait partie des tournants de sa vie, et Tristan en était d'autant plus convaincu que la femme qui se trouvait devant lui, il aurait pu l'aimer et vivre avec elle. Elle était un des possibles de sa vie. Quand il repensait aux quelques filles de sa jeunesse, quand il revoyait avec un peu de honte les visages de Flora, Nathalie, Sophie, Anne, il savait qu'il n'avait touché là aucun possible, juste le témoignage réitéré de son incapacité à sortir avec des filles qui lui plaisaient. Un jour, il avait croisé devant un cinéma une très belle fille qu'il avait passé des heures à observer en cours d'histoire à l'université, une fille dont il n'était pas tombé amoureux mais qu'il trouvait si séduisante qu'il aurait tout donné à l'époque pour coucher avec elle. Elle s'appelait Laure et, avec ses cheveux lisses, son visage racé et ses longues jambes, toujours vêtue de shorts et de bas, elle affolait tous les étudiants. Elle était sortie avec un gars *cool*, pas vraiment beau mais enjoué et sûr de lui. Dix ans plus tard, alors qu'il était un homme différent, alors qu'il avait *su qui il était*, il avait eu envie d'aller au cinéma, de sortir à Paris pendant que Marie était occupée, et il était tombé sur cette fille qu'il avait aussitôt reconnue. Laure était seule elle aussi et, après le film, ils avaient pris un verre. Elle n'était plus aussi belle qu'avant, par ces subtiles et indéfinissables modifications qui transforment l'équilibre délicat des beaux visages, mais surtout Tristan se rendait compte qu'elle ne lui plaisait plus du tout, sans qu'il puisse se l'expliquer : simplement, il ne pouvait rien y avoir entre eux, peut-être justement parce qu'il savait qui il était alors qu'autrefois, dans le flou de sa défaite, son absence d'identité se collait à n'importe quelle belle fille. Au fil des années, Tristan avait compris qu'il y avait peu de possibles finalement, moins en tout cas qu'on pourrait l'imaginer devant l'extraordinaire floraison des femmes qu'une vie entière permet de contempler.

Il était certain que Séverine, en revanche, faisait partie des possibles de sa vie, sentiment, lui semblait-il, qui n'échappait pas à la femme qui se tenait en face de lui et qui, parfois, paraissait elle aussi gagnée par une sorte d'étonnement mélancolique devant ce qui aurait pu être.

En fait, il aurait juste fallu une autre réponse dans le café, trente ans auparavant.

Vie nº 4 ?

Est-il *possible* de revenir trente ans en arrière ? Est-il *possible* de redevenir un adolescent et de revivre les événements en les modifiant ?

Oui. La preuve…

Ce jour-là, à cette époque lointaine de sa jeunesse, Tristan avait acheté deux roses, une rouge et une blanche. Il n'avait pas dormi de la nuit. Et comme Séverine avait été étrangement distante toute la journée, il attendait avec impatience le moment de la retrouver dans le café. Et puis il y avait eu cette question.

— Tristan…

— Oui ?

— Je peux te poser une question ?

— Bien sûr.

— C'est un peu gênant…

— Vas-y, rien ne me gêne venant de toi.

Séverine respira.

— En fait, on m'a raconté quelque chose sur toi hier soir et j'aimerais bien savoir…

Elle n'acheva pas sa phrase.

— Vas-y, je t'assure.

— Eh bien… voilà… il paraît que tu faisais de la boxe avant…

Tristan déglutit.

— Oui, j'en ai fait.

— Et on m'a dit… et vraiment, dit-elle d'un air nerveux, tendant ses mains comme si elle heurtait un obstacle, je ne sais pas du tout si c'est vrai…

Tristan pâlit et rougit.

— Je te répète juste, poursuivit Séverine, ce qu'on m'a dit… voilà… comme quoi tu aurais laissé tomber un de tes copains, qui était attaqué dans le métro…

Tristan pâlit et rougit. Il demeura muet.

— Est-ce que c'est vrai ? insista-t-elle.

Tristan, face à cette insistance, à ce visage gêné, n'avait qu'une envie : s'enfuir. Une nouvelle fois. S'enfuir.

— Oui.

Il l'avait avoué. Sur les traits de Séverine, il lut une déception qui l'humilia.

— Oui, je l'ai fait, continua-t-il. Ce n'était pas exactement un copain, c'était Bouli, mon entraîneur de boxe, un fou furieux qui passait son temps à se battre. Il s'est embrouillé avec trois hommes dans le métro et il y a eu une bagarre générale. Je suis descendu de la rame.

Séverine l'écoutait avec une extrême attention.

— J'ai eu tort, je le regrette infiniment. Je ne cesse d'y penser, je ne cesse de revoir la scène pour essayer de la changer, pour essayer de changer mon attitude, pour me donner une nouvelle chance. Pour être… plus… courageux.

Il l'avait dit.

— Si ça se reproduisait, dit Séverine avec la même attention, est-ce que tu interviendrais ?

— Personne ne peut le savoir. Mais j'ai tellement souffert de ma… de ne pas avoir été là, que oui, je pense que j'interviendrais. Oui, je le souhaite totalement, quitte à me faire casser la tête.

Séverine fit la moue.

— Ce serait dommage.

Il rit, entrevoyant un espoir.

— Je comprends ce que tu ressens, dit-elle. Je le ressentirais moi aussi, peut-être sous d'autres formes parce que je ne me vois pas vraiment entrer dans la baston. L'impression d'une erreur terrible. Et en même temps, j'aurais peur, très peur, et je crois que personne de sain d'esprit n'y échappe. Trois gars, c'est beaucoup. Et ils devaient faire très peur, non ?

— Trois armoires à glace.

Elle jeta un regard apitoyé sur les épaules de Tristan.

— Il va falloir faire de la muscu.

Elle sourit.

— Je crois que j'ai la solution. Comme je ne peux pas compter sur toi pour me défendre, il y a clairement deux décisions à prendre : dès demain, j'achète la lacrymo, et on évite le métro aux mauvaises heures. Avec ça, fit-elle, les deux mains tendues devant elle, comme si les choses étaient réglées, on devrait s'en tirer.

Elle éclata de rire.

— Et ton entraîneur, Bouli, il va bien ?

— Oui, ça va. Il a eu quelques bleus, bien sûr, mais il est solide, il va bien.

— Bon, tu vois… tu as peut-être bien fait. C'est quoi, ça ? dit-elle en regardant les roses.

— Une pour toi, une pour moi…

Et c'est ainsi que cela s'était… que cela aurait pu se passer. En tenant bon, en atténuant, en insinuant quelques mensonges que certains jugeront sans importance. Il aurait suffi de quelques paroles pour laisser la place à un autre possible. Séverine avait envie de tomber amoureuse de Tristan. Elle oublia l'affaire Bouli et consi-

292

déra avec pragmatisme que Tristan avait eu malheureusement raison de s'en… de descendre du métro. Sinon, elle n'aurait plus eu ce joli petit nez à embrasser.

Tristan obtint la première grande victoire de sa vie. Il était très jeune, très amoureux (en fait complètement obsédé par les taches de rousseur, les lèvres et l'attache des chevilles de Séverine) et il avait besoin d'oublier sa plus grande lâcheté. L'une compensa l'autre – avec des remords, des hontes bues, mais il lui sembla qu'une gaieté inédite entrait dans sa vie, une vivacité, un mouvement, une grâce. En somme, tout l'idéalisme du remords que Tristan avait manifesté dans sa vie se mua en idéalisme amoureux dans le possible n° 4.

Amoureux de la plus belle fille du monde, en tout cas du lycée, ce qui était bien plus que le monde, l'adolescent découvrit avec elle le corps féminin – d'inouïs territoires, des fragments de plaisir entrevus puis dévoilés, explorés, chaque centimètre de peau léché, mordu et baisé. Ce qui annula d'emblée la tétralogie Sophie, Anne, Nathalie, Flora, ainsi que beaucoup de malheureux possibles.

Parce que Séverine le poussait, parce qu'il s'était forgé une image de mécanicien hors pair, image en réalité assez mensongère car il n'avait aucune passion pour la mécanique, Tristan travailla les maths et fit un BTS Assistance technique ingénieur. Tout le monde comprenait que ce n'était pas INGÉNIEUR, seulement assistant d'ingénieur, mais Tristan se sentait capable de suivre un BTS à défaut d'une école d'ingénieur. Et ensuite il pourrait toujours devenir ingénieur sur le tas.

En fait, cela se passa autrement, comme d'habitude,

les possibles enquillant les possibles, puisque le directeur du garage où tout avait commencé, cette succursale Citroën qui avait permis à Tristan de séduire Séverine, lui fit faire un stage où il se montra « doué d'inisiative, ponctuel et rigoureus, très agréable dans les relations humaine », écrivit Hervé Lemieux, meilleur en mécanique qu'en orthographe. À la sortie du BTS, Tristan fut embauché comme commercial et, même s'il était un peu gêné de dire qu'il travaillait dans un garage aux amis de Sciences-Po qui entouraient Séverine, il gagnait au moins sa vie, lui. Et ils étaient encore ensemble. Et ils s'aimaient toujours parce qu'il faut bien dire que tous les possibles auraient eu un point commun : Tristan était fidèle en amour. Pas forcément flamboyant, un peu père tranquille mais d'une fidélité solide, sérieuse. Lorsqu'il dirigea le service commercial dans la concession, il conçut un projet dont il parla à Lemieux : pourquoi ne pas ouvrir une succursale de voitures de luxe, sur lesquelles les marges étaient beaucoup plus importantes ? Lemieux rétorqua avec raison qu'il n'y avait pas de marché pour cela à Aulnay mais qu'il allait creuser l'idée.

Deux ans plus tard, une nouvelle concession Lemieux fut inaugurée dans les Yvelines, concession Audi qui connut un grand succès. Encore cinq ans de travail avec Audi et Tristan démissionna pour fonder lui-même une petite concession Audi près de Saint-Germain-en-Laye. L'aventure l'inquiétait parce qu'il était très endetté depuis la naissance des jumelles, Marie et Suzanne, et qu'ils remboursaient aussi une maison dans le Vexin, grâce aux revenus de Séverine, directrice financière de la commune de Saint-Germain. Toutefois, les affaires furent satisfaisantes, Tristan savait faire tourner une entreprise et obtenait le meilleur de ses employés, alors qu'il était un patron d'une grande douceur, une vraie crème, disait-on. La concession n'était pas d'une taille assez importante, à un moment où les marques elles-mêmes exigeaient une concentration de leurs partenaires, et Tristan avait un peu de mal à exister. Il s'en tirait bien mais sans éclat, avec les bénéfices convenables d'une petite entreprise incapable d'établir un rapport de force avec Audi.

Comme Séverine s'ennuyait dans son poste et qu'elle avait toujours été attirée par l'Angleterre, Tristan proposa une nouvelle aventure : ouvrir un garage à Londres. Les banques suivirent un client qui leur avait rapporté beaucoup d'argent et après de très longues recherches qui occupèrent tous ses week-ends pendant six mois, tant il était persuadé que l'emplacement déterminerait le succès ou l'échec, Tristan trouva un local dans Holland Park d'une taille suffisante (ridicule par rapport à la concession Lemieux ou même par rapport à la sienne dans les Yvelines, mais on était dans une capitale) dans lequel il ne vendit que les modèles Audi les plus chers, en particulier des petits coupés pour une clientèle qu'il voyait se développer, celle des jeunes financiers, souvent français d'ailleurs. Et comme Londres, dans les années 1990, semblait exploser, Tristan se convertit à la grande fureur d'Audi en une concession Ferrari, avec de grosses marges et une clientèle toujours plus importante, plus riche et plus folle, à laquelle il proposa des services toujours plus rares : places dans les loges pour les Grands Prix, possibilité de conduire la voiture sur circuit, dîner

avec SCHUMACHER lui-même dans certains cas excep-
tionnels (Tristan connaissait Jean Todt, qui avait bien
voulu organiser trois fois un dîner), ce qui avait fait
de la succursale Rivière le garage le plus couru de la
ville, la petite mine d'or londonienne. Il noua des liens
d'amitié avec certains de ses clients, dont un homme au
parcours curieux, un ancien député français qui avait
monté un fonds d'investissement à Londres, avec beaucoup de réussite d'ailleurs. Une fête célébra les cinq ans
du fonds où Tristan fut invité. Il avait remarqué que la
fille du député – il se souvenait de son prénom, c'était
le même que celui de sa fille, Marie – s'ennuyait. Une
jolie femme d'ailleurs, cette Marie, se dit Tristan. Elle lui
rappelait Séverine, en plus sévère. Ses yeux étaient un
peu tristes. Elle était venue seule à la fête mais cela ne
voulait rien dire, elle avait peut-être juste laissé sa famille
à la maison, en France.

Cette vie-là, cette vie n° 4 qui avait surgi de son amour
pour Séverine, était un possible et le Tristan réel en avait
conscience. Il y avait encore bien des possibles, des vies
n° 5, 6, 7, 8, 9, 10, 11, 12, 13, 14, qui se multipliaient,
s'accumulaient, s'engendraient et se dupliquaient
comme sur un écran d'ordinateur piégé par un virus,
et on pourrait toutes les raconter : leur histoire aurait
pu se terminer lorsque Séverine fut attirée par ce garçon élégant et intelligent, plus élégant et intelligent que
Tristan, en première année de Sciences-Po, ou encore
lorsque le directeur des services de Saint-Germain, un

grand homme brun et séduisant, la dragua. Elle aurait aussi pu se terminer lorsque Tristan emprunta un vélo pour aller d'Aulnay à Paris, dans le VIᵉ arrondissement, et que, sur un boulevard, alors qu'il était presque arrivé et qu'il avait coupé de façon trop brusque la circulation, un 4 × 4 l'avait heurté. Il était tombé sans dommages mais un possible était fondé sur sa mort à ce moment, la tête percutant le bitume.

La vie de Tristan Rivière, comme celle de tout homme, était enveloppée de possibles et, peut-être plus que tout homme, il était hanté par l'idée que cela aurait pu être différent, à cause de cette expérience originelle dans le métro où sa vie s'était scindée, expérience prolongée dix ans plus tard par une bifurcation à trois branches. Et même maintenant, dans sa vraie vie, c'est-à-dire la vie simplement qui lui était échue, qui avait la beauté du fait avéré et aussi son aléatoire, Tristan marchait enveloppé de ses vies possibles. Mais jamais un possible ne lui avait été aussi évident que celui que lui offraient Séverine et sa mémoire en cet instant. Il pouvait le toucher comme un fantôme consistant.

Et en somme, qu'est-ce que cela changeait *vraiment* ? Il n'aurait pas été maire de Vinteuil ? Et alors ? Il n'aurait pas connu Marie ? Cela aurait été une grande perte mais ni elle ni lui ne l'auraient jamais su. Ils s'étaient rencontrés par hasard, dans un train de banlieue, et s'il avait pris le train précédent, ou le suivant, s'il avait été dans un autre wagon, rien ne serait arrivé. Tout ce qui était sa vie relevait de l'aléatoire.

Sa vie était un possible réalisé, un seul, chaque jour remis en question, parce que chaque minute étoilait les possibles – jusqu'au moment où la mort signerait la fin des possibles. Mais pour lui, à part deviner dans l'ombre le fantôme de ce qui aurait pu être, qu'est-ce que ça changeait ?

Cela changeait *qu'il n'aurait pas su qui il était.* Dans cette vie nº 4, il n'était pas Tristan-le-héros et même si ce n'était que des oripeaux, un vague justaucorps de chevalier taillé dans les espoirs de sa mère et les mensonges de son père, c'était le rôle qui lui permettait de vivre en accord avec lui-même. Dans sa vie actuelle, réelle, il avait su qui il était dans un wagon de train, avec de la chance sans doute, mais il l'avait su, il ne s'était pas défilé. Il y a bien des moyens dans la vie de savoir qui on est et le courage physique est sans doute le moins important d'entre eux mais son destin, la concrétisation particulière de sa vie, c'était d'avoir connu une chute terrible, et de s'être relevé dix ans plus tard avec Marie.

Le fantôme à ses côtés avait les traits de Tristan mais c'était un autre. Cela, il le savait. En revanche, la femme en face de lui incarnait un désir ancien, frustré par la honte et la défaite. La tentation qui s'offrait à lui, trente ans après la scène du café, alors qu'ils se trouvaient de nouveau face à face, c'était d'effacer l'humiliation d'autrefois et d'offrir à Séverine non plus l'image de l'autre, le Tristan d'après la Chute, mais le visage renouvelé, rehaussé de Tristan-le-héros.

Et c'est ainsi que Tristan Rivière commit une faute qui le rendit l'égal des plus grands chevaliers du Moyen Âge, dont la caractéristique fut d'être des beaux salauds. Mais il n'y a pas de héros sans faute : Lancelot trahit son roi en couchant avec Guenièvre, Yvain abandonna Laudine et Peter Parker laissa un voleur assassiner son oncle (sans compter sa responsabilité dans la mort de Gwen). Les héros ne sont peut-être tels que parce qu'ils ont commis une faute qu'ils passent toute leur vie à réparer.

Tristan-le-fourbe n'eut presque rien à faire. Juste un ou deux rendez-vous, sans garage ni moteur de 2 CV, une main sur la taille, un baiser léger puis plus profond, une chambre d'hôtel un après-midi. Et même si, dans cette vie-là, il ne fut pas dépucelé, le goût de cette femme fut délicieux, neuf et terriblement excitant, à une époque de sa vie où les relations sexuelles avec Marie étaient devenues rares et machinales. Ce fut un bain de jouvence, étrangement facile et confiant – sans dommages pour son couple, lui sembla-t-il, puisque ce n'était qu'une parenthèse qui remodelait un épisode de sa jeunesse et vivifiait son âge mûr, sans conséquence pour son bel amour de toujours.

Par malheur, le nez de Marie était d'une grande finesse. Malgré les prudentes et adultérines douches de Tristan, elle repéra une odeur différente, une odeur étrangère et légèrement poivrée qui suscita au début une simple constatation puis, à mesure qu'elle se répétait, une surprise et même un vague soupçon, alors qu'elle avait pleine confiance en son mari. Elle ne lui en parla pas, ne posa pas de questions sur une nouvelle secrétaire, elle fut seulement, presque malgré elle, plus attentive. Et comme l'odeur persistait, un soir que l'ordinateur de Tristan était resté allumé, elle fouilla dans ses mails, où elle ne trouva strictement rien, tout en étant secrètement troublée par le message bien tourné, très professionnel et dénué de la moindre familiarité d'une certaine Séverine

Driscoll, consultante embauchée pour un audit, dont elle n'avait jamais entendu parler alors que Tristan lui détaillait ses journées. Elle chercha ensuite l'adresse de cette Séverine Driscoll, ce qui signalait un niveau d'alerte qui l'alarma elle-même, et la trouva à Saint-Maurice.

Un soir, Tristan lui racontant les habituels conflits de personnes à la tête de la mairie (le fait qu'il laisse tant d'autonomie à ses subordonnés encourageait la discorde), elle lui dit qu'il devrait embaucher un conseil, ils l'avaient fait à l'hôpital, c'était utile. Il ne répondit rien, ce qui était louche, très louche, et lui fit beaucoup plus de peine qu'elle n'aurait pu l'imaginer.

Malgré elle, parce qu'elle détestait cette situation de femme jalouse et parce qu'elle refusait aussi de confirmer ses soupçons tout en cherchant la vérité, position très inconfortable, elle enserra Tristan dans un filet d'observations, l'interrogeant sur son emploi du temps, ses réunions, ce qu'elle n'avait jamais fait auparavant. Elle lui posait des questions précises sur sa journée, revenait plusieurs fois sur un rendez-vous, faisant semblant de s'y intéresser professionnellement… De l'hôpital, elle appelait même, à sa grande horreur, la secrétaire de Tristan alors qu'elle avait MILLE responsabilités, alors que la vie de tant de patients était en jeu.

Un après-midi où la secrétaire ne sut lui dire où il était (« Je crois qu'il est en rendez-vous mais je ne vois pas de nom sur l'agenda, désolée, madame Rivière, je sais seulement qu'il sera de retour à 17 heures »), elle prétexta une urgence, ce qui n'était pas digne d'elle, se dit-elle, pas digne du tout, carrément vaudevillesque, et prit sa voiture jusqu'à Saint-Maurice, rue Leclerc, n° 24, adresse où se dressait une maison derrière un mur. Elle fit le tour jusqu'à un petit portail, clos et obturant la vue. Le problème, c'est que, mue par une curiosité coupable mais déterminée, palpitante même, elle éprouva le furieux besoin de VOIR. Juste pour en avoir le cœur net, n'est-ce pas, rien de plus… un jardin probablement vide de toute façon. Alors elle se hissa à la force des bras jusqu'en haut du portail puis elle se laissa retomber. Impassible, elle chercha du regard quelque chose, retourna dans la rue, saisit une poubelle brune qu'elle fit rouler doucement jusqu'au portail, grimpa dessus, sortit son téléphone et prit une photo. Puis elle descendit de la poubelle, regagna sa voiture et reprit son travail à l'hôpital, avec le même sérieux et le même engagement qu'on lui avait toujours connus.

Tristan, rentrant ce soir-là à 20 heures, après un passage rapide aux quinze ans de l'association des chiens guides d'aveugle de Seine-Saint-Denis, aperçut une fiche bristol par terre avec l'inscription manuscrite :

COMMENT

Il crut à un message d'Alexandre, ce qui était très surprenant, à moins que son fils n'ait obtenu une permission. Deux mètres plus loin, il lut :

AS

Puis encore deux mètres en direction de leur chambre :

TU

Ce n'était pas Alexandre.

PU

Il accéléra le pas.

NOUS

Elle écrivait « nous ».

FAIRE

Il avait compris.

CELA ?

Et là, ce n'était pas une fiche bristol mais une feuille blanche A4 qu'il retourna et sur laquelle il vit, imprimée, la photo de Séverine et de lui-même allongés torse nu, côte à côte, dans le jardin de Saint-Maurice.

4

Comment vivre heureux

Conseil n° 1 : ramasser les feuilles

Il n'était pas impossible d'oublier. À plus de cinq cents kilomètres de Vinteuil, dans le chalet que ses parents désertaient et où Marie avait passé tant d'agréables moments – en commençant par les vacances fondatrices –, il n'était pas impossible d'oublier les deux corps côte à côte. Elle avait d'abord interdit l'entrée de leur chambre à Tristan puis, comme il lui arrivait de croiser son mari, même en multipliant les gardes à l'hôpital (d'autant que Tristan avait cette agaçante manie de vouloir lui « expliquer »), elle avait emménagé dans une chambre d'hôtel puis, dès qu'elle l'avait pu, elle s'était enfuie dans les Alpes pour une semaine de solitude.

Marie avait vu les corps nus, elle y avait lu le désir assouvi et le désir tout court, elle avait saisi malgré elle la beauté de deux corps rapprochés dans le soleil et tout cela l'avait transpercée d'une terrible douleur.

Il n'était pas impossible d'oublier.

Le premier jour, réveillée à l'aube par sa nervosité, elle avait pris un petit déjeuner puis elle s'était attelée au jardin. Elle avait tondu, ramassé les feuilles, tâche décalée, à la fois microcosmique et absurde pour un terrain qui s'ouvrait sur le gigantesque panorama des montagnes. Mais elle avait poursuivi toute la journée, profitant du vide créé dans son esprit par la répétition de l'effort. Cela lui faisait du bien. Un de ses collègues médecins avait publié un livre sur le mieux-être (*Comment vivre heureux*), titre programmatique qui s'était vendu à des centaines de milliers d'exemplaires, comme si tout le monde n'attendait que ses conseils de charlatan en blouse blanche. Il n'était pas le seul à profiter de la manne. On voyait partout des livres pour vivre heureux, fort et en bonne santé. En tout cas, il aurait fallu ajouter à la liste des conseils le ramassage des feuilles. À la fin de l'après-midi, épuisée, elle s'arrêta pour prendre une douche. Et lorsqu'elle en sortit, elle se sentait vraiment mieux.

Conseil n° 2 : lire un bon livre

Délassée, elle chercha un roman dans la bibliothèque familiale. Elle erra devant les rayonnages sans avoir envie de rien avant de tomber sur des livres de Sartre. Comme elle l'avait à peine lu (peut-être quelques nouvelles), elle regarda plus attentivement. Elle parcourut une scène des *Mots* qui lui plut : le grand-père de Sartre est venu attendre son petit-fils à la gare et l'enfant court se jeter dans ses bras. Alors elle s'allongea sur le canapé et elle lut un tiers du livre avant de s'endormir. Une demi-heure plus tard, elle se réveilla, devina l'heure à l'ombre qui, derrière les fenêtres, tombait et se dit qu'elle avait encore du temps avant de préparer le dîner. Elle acheva son livre en deux heures. Et puis elle réfléchit.

Elle avait tout entendu à propos de Sartre : que c'était un grand écrivain, que c'était un petit écrivain. Que c'était le dernier philosophe à avoir proposé un vrai système, que c'était juste un imitateur de Husserl et de Heidegger. Qu'il s'était trompé toute sa vie, dans toutes ses prises de position politiques, avec une constance qui tenait du miracle. Que c'était un marxiste et donc un imbécile. Que c'était un bavard du café de Flore et en aucun cas un résistant. Que c'était un résistant. Qu'il n'était rien face à Camus. Que Simone de Beauvoir, c'était autre chose, une authentique réflexion féministe. Que le couple libre qu'ils formaient était un exemple merveilleux, avec un amour « nécessaire » doublé d'amours « contingentes ». Marie examina furtivement cette idée puis la rejeta, pas parce qu'elle s'en offusquait mais parce que, curieusement, cela ne l'intéressait pas. Elle ne cessait de penser à cette scène du grand-père, noyau de toutes les scènes de théâtre de la vie de Sartre. Ce théâtre, il l'appelait la mauvaise foi, qui consiste à jouer rôle pour soi-même et pour les autres, à se figer en personnage, en l'occurrence LE GRAND ÉCRIVAIN. Elle aimait bien cette façon qu'avait Sartre de se débiner soi-même, attitude qu'elle adoptait souvent elle-même.

Conseil n° 3 : bien manger, bien boire

Cette idée, là, cette mauvaise foi, voilà qui l'intriguait. Tandis qu'elle se préparait à dîner – elle avait fait des courses afin de s'obliger à cuisiner et à s'occuper l'esprit –, surveillant la cuisson à l'unilatérale du cabillaud, elle imaginait la scène kitsch, au ralenti, du petit-fils courant vers son grand-père et d'autres scènes de sa propre vie se greffaient sur ce souvenir. Tous les rôles auxquels elle avait succombé, surtout lorsqu'elle avait voulu être à la fois la mère irréprochable d'Alexandre et de Julie tout en étant le médecin irréprochable et exemplaire et formidable d'humour et de rigueur (à la fois, tout à la fois), après avoir été l'enfant irréprochable et sage, l'élève irréprochable et travailleuse – sans oublier la femme irréprochable et responsable et organisée.

Tout cela ne lui avait rapporté rien d'autre que des parents affamés d'eux-mêmes, éperdus d'égoïsme, des enfants résolument fermés, Alexandre poursuivant son muet chemin et Julie obsédée par le combat qu'elle menait depuis toujours contre son père (pauvre combat, presque émouvant, de la petite fille éperdument amoureuse du père héroïque), la considérant à peine, sa perfection d'épouse s'achevant dans le vaudeville.

Et puis il y avait *la scène*. Là, il convenait de finir son repas, de jeter les restes de poisson à la poubelle, de ranger l'assiette dans le lave-vaisselle et de partir, un verre de vin à la main, vers le canapé.

Qu'est-ce qui empêchait de penser que Tristan, dans le train, n'avait pas aussi joué le rôle dans lequel il s'était figé depuis l'enfance ? Rôle auquel il avait failli durant l'adolescence (elle ne se souvenait pas très bien, Tristan lui en avait parlé plusieurs fois pourtant mais sans jamais s'appesantir, c'était une histoire dans le métro) et qu'il avait retrouvé à cette occasion : le rôle de Tristan-le-héros, le seul dans lequel il se reconnaissait et s'appréciait. Cette épithète homérique dévoyée, qu'il lançait comme une blague mais qui demeurait à jamais le fond désespéré de son être, le seul *rôle* qu'il voulait tenir en ce bas monde, depuis toujours et pour toujours, même lorsqu'il n'y aurait plus que des haillons.

Et dans ce cas… la scène originelle… du théâtre, du pur théâtre… peut-être pas de la comédie, au moins de la tragédie, disons de la tragi-comédie, parce que ça s'est bien fini… mais alors, Tristan n'a agi que pour lui-même, pas pour la sauver elle (gorgées suffocantes du vin)…

Marie fixait tristement la cloison de bois du chalet. Il n'était pas impossible d'oublier, sans doute… pas impossible… très, très difficile quand même, non ?

Conseil n⁰ 4 : marcher

Le lendemain, Marie fit une randonnée en montagne. Il était inutile de s'équiper, ce n'était qu'une bonne marche vers un sommet. Un sac à dos pour l'eau et les provisions, des chaussures de marche, des lunettes de soleil et un short. Elle prit la route vers Bonnioux puis, au bout de dix minutes, bifurqua sur un petit sentier qui serpentait à travers les prés puis traversait une forêt de pins. Le départ était pentu et Marie se sentit vite fatiguée mais elle savait que cela passerait. Elle but une gorgée d'eau en s'arrêtant pour regarder le paysage. Elle était seule et se sentait bien. Puis elle reprit sa marche.

Pourquoi pensait-elle tout d'un coup à Julie ?

Parce que sur ce même rocher qu'elle voyait à une centaine de mètres, la petite fille avait fait sa première escalade, s'élançant comme une flèche, effleurant à peine les aspérités pour se hisser jusqu'au sommet et gambader victorieusement alors que son frère, demeuré en bas, l'applaudissait avec admiration. Et voilà que Julie leur rendait à peine visite désormais, préférant rester avec sa copine Clara sur le campus d'HEC, quand elle n'était pas au loin pour un stage. Dans son école, elle était connue comme le loup blanc. Présidente du BDE (Bureau des élèves), elle avait organisé des fêtes où l'alcool coulait à flots, des soirées terribles qui marquaient à jamais l'histoire d'HEC par la « science démesurée de l'orgie » qu'elles instituaient, disait Julie d'un ton très posé. On savait aussi qu'elle avait été convoquée plusieurs fois dans le bureau du directeur, Ramanantsoa, pour insolence à l'encontre des professeurs : passe encore qu'elle ait mis en question le cours d'économie (elle s'était levée en plein cours en disant qu'elle ne comprenait pas comment on pouvait enseigner comme une science une « simple idéologie en chiffres », qui variait au gré des opinions et des modes « à peu près comme une robe de couturier ») mais elle avait pris pour tête de Turc son prof de marketing, que « l'école HEC était très fière de compter dans son corps professoral », avait dit le directeur, gêné, aux parents. Et il avait ajouté : « Elle a du tempérament, elle ira loin. Le plus loin possible d'HEC, j'espère. »

Le plus grand bienfait de cette école avait été la rencontre de Clara, l'amie la plus polie et la plus mesurée que Julie ait jamais présentée à ses parents. Une petite brune avec des yeux très vifs, très noirs, passionnée d'art contemporain, qui entraînait Julie dans toutes les expositions et foires d'Europe, à commencer par Bâle où elles avaient passé trois jours l'année précédente. On pouvait espérer qu'elle apaiserait Julie…

Lorsqu'elle arriva aux alpages, Marie se mit à suivre une rivière dont elle aimait les soubresauts et les éclats de lumière. L'année avait dû être très sèche parce qu'elle était très peu profonde, au point que Marie, à un endroit, put la traverser en se mouillant à peine. Se penchant sur l'eau, elle regarda filer la transparence au-dessus des galets. Impossible de se voir : il n'y avait aucun reflet. Elle plongea les doigts dans l'eau. C'était froid, pas glacé. Elle posa ses deux mains tout au fond, attentive à la remontée du froid le long de l'avant-bras, puis elle frissonna doucement et se redressa, un peu triste et fatiguée, comme si son énergie s'était déjà épuisée. Elle regarda ses mains mouillées, observa la peau veinée, renflée çà et là, et elle se dit qu'elle avait vieilli.

Son père approchait des soixante-dix ans, jouait au maître du monde en porcelaine et avait pris l'argent pour nouvelle idole. Tristan approchait des cinquante ans, descendait la rue en skate et prenait une maîtresse. Tout cela était bas et prévisible. Julie avait dépassé les vingt ans, se cherchait des ennemis, se trouvait en s'opposant. Alexandre avait dix-huit ans et s'était engagé dans l'armée, pour contrer la faiblesse en lui et affirmer sa majorité. Tout cela était prévisible. Elle-même approchait des quarante-cinq ans, elle se fanait, elle était trompée et se demandait si sa vie n'était pas une erreur. Tout cela était bas et prévisible. Marie s'assit sur l'herbe à côté de l'eau. Elle avait envie de pleurer. Un peu envie de rire aussi. Ce genre de rire désenchanté qu'on n'aime pas entendre. La vie passait, voilà tout, avec ses âges, ses moments ritualisés, ses moments indignes.

Elle avait faim. Elle mangea un sandwich au jambon de pays. Tout d'un coup, elle se sentit très fatiguée. Et sans savoir comment, elle s'endormit. Juste avant de fermer les yeux, elle se demanda si Alexandre, au même instant, ne mangeait pas lui aussi un sandwich. Il était probablement au milieu d'une marche, comme elle, avec un équipement beaucoup plus lourd. Pauvre Alexandre.

Conseil n° 5 : dormir très très longtemps

Tandis que Marie, ayant croqué l'amère pomme de la trahison, s'endormait d'un long sommeil, Alexandre en treillis marchait près de Caylus, un sac de vingt-cinq kilos sur les épaules. Ses traits étaient tirés, son visage couvert de crème de camouflage. Il ne pensait pas à Marie, ni à Tristan, ni à aucun des êtres qui avaient autrefois peuplé son univers, mais aux cinq hommes qui le devançaient, avec le même barda et le même treillis, et qui, pour lui, n'étaient rien d'autre que des tueurs.

Il avait du mal à les suivre. Ils ne l'attendaient pas. Leurs visages aussi étaient sombres et tirés. La mine du premier d'entre eux, Fred Vincent, un brun trapu agité d'un tic qui remontait sa lèvre vers la droite, était inquiétante. En d'autres circonstances, Alexandre n'aurait eu aucun mal à les suivre, même si la musculation l'avait alourdi. « Tu feras un bel homme de base, toi », avait déclaré le sergent, un Réunionnais dur et musclé qui leur servait d'instructeur. Mais il était épuisé par les semaines qu'il venait de vivre.

Il capta un coup d'œil de Vincent vers les quatre autres. Il se tendit. Sans faire aucun mouvement particulier, ils se contentaient de marcher, mais il sembla à Alexandre que la texture de l'air avait changé. Une heure auparavant, ils avaient mangé sans un mot, comme s'ils se méfiaient les uns des autres, alors qu'il n'y avait qu'un homme contre tous. Alexandre s'était assis de façon à pouvoir tous les observer. Il faisait surtout attention à Fred Vincent, qui était le plus dangereux et celui qu'il haïssait le plus.

Vincent ralentit et fit un signe de la main. Il pointa Mottar et Ladaz puis, d'un geste, leur dit d'avancer. Après avoir indiqué à Alexandre et Lesque, paume vers le bas, de rester sur place, il s'enfonça avec Gambe dans la forêt.

Alexandre observa Lesque. C'était celui dont il avait le moins à craindre : âgé comme lui de dix-huit ans, il était maigre, de taille moyenne, avec un visage pâle et inexpressif. Plus impressionnable que dangereux, il ne faisait que suivre.

Alexandre posa son sac à terre. C'était évidemment contraire aux procédures mais l'exercice allait dévier des procédures, il en était certain, et cela faisait assez longtemps que Vincent les avait perdues de vue, pour accomplir un rite plus sévère et plus trouble. Alexandre prit son Famas en main. Il n'était pas chargé, heureusement, car désormais tout pouvait arriver. Le sol sous ses pieds était sablonneux, l'air frais et sec. « Un bon jour pour mourir », se dit-il.

Quand cela avait-il commencé ? Le premier jour ? La première minute où Vincent l'avait vu au centre d'instruction ? Sans doute.

Auparavant, il n'y avait pas eu de problèmes. Dès ses dix-huit ans, Alexandre était allé s'engager au fort de Vincennes, où il avait passé un entretien puis les tests psychotechniques et physiques. Le recruteur avait eu l'air un peu gêné, trop attentif, lorsque Alexandre avait expliqué en bégayant légèrement les raisons pour lesquelles il voulait s'engager. Le bégaiement n'était pas trop prononcé, peut-être un niveau 3 ou 4, parce qu'il s'était entraîné à plusieurs reprises face à la glace, parce qu'il avait réussi à contenir son émoi et parce qu'il avait eu de la chance : sa grande peur avait été de répéter l'expérience du bac, surtout en français, où il était monté jusqu'à un niveau 9 presque délirant (les mots glissaient dans tous les sens, syllabes esquivées, périclitantes, butant contre des icebergs de silence), tellement délirant que l'examinateur, les yeux grands ouverts, ne lui avait posé aucune question, notant directement son exposé. En face du recruteur, alors que, lui semblait-il, sa vie se jouait là, dans ce petit bureau avec une table métallique, il avait su se maîtriser. Il avait dit qu'il voulait intégrer un régiment parachutiste, suivant ce principe qui tenait autant de l'absolu que du pur cliché – adolescent, il imitait Spider-Man et désormais il s'enrôlait chez les parachutistes parce que c'était censé être l'arme la plus dure après la Légion malheureusement étrangère : « Je serais f-fier d'appartenir à la 11ᵉ brigade para-rachutiste. » Le recruteur avait souri d'un air ironique, en lui disant qu'il fallait aussi des vœux plus réalistes. Et puis il avait regardé les larges épaules d'Alexandre et il avait ajouté : « Cela dit, pourquoi pas ? Vous pouvez indiquer le régiment de Balma, à Toulouse. Il faudra voir vos résultats aux tests. Ajoutez deux vœux de sécurité et nous verrons bien. » « Qui ose gagne », avait dit Alexandre, ce qui était absolument contraire à ses habitudes puisqu'il énonçait une phrase inutile, alors que personne ne lui demandait rien : la devise d'un régiment dont il avait consulté les pages d'accueil.

Les résultats des tests avaient été excellents : le maximum de points aux tests psychotechniques (d'une facilité qui frisait à vrai dire l'insulte) et 18 aux tests physiques, beaucoup plus difficiles. Deux mois plus tard, Alexandre recevait une affectation au régiment de Balma où se trouvait la 11ᵉ brigade. Il y passa une semaine assez oisive pendant laquelle défilèrent devant lui les bérets rouges ponctués parfois de bérets verts de la Légion : il était là où il voulait être.

Puis il partit pour douze semaines d'instruction à Caylus. Et c'est là que tout commença. Au début, ça avait été une simple phrase dans les douches.

— Hé, Musclor, oublie pas ton dentifrice.

Alexandre s'était retourné. Il portait une serviette autour de la taille et il avait vu un gars brun, râblé, qui faisait déjà assez vieux alors qu'il devait avoir une vingtaine d'années, comme les autres. Il n'avait pas pris le risque de répondre, il avait juste hoché la tête et il était revenu prendre son tube de dentifrice sur le bord du lavabo.

Ce n'était pas la première fois qu'on l'appelait Musclor. La musculation l'avait taillé en armoire à glace. Lorsqu'il se déplaçait, il avait un air un peu figé, robotique, les bras légèrement écartés. Torse nu dans les douches, c'était évidemment encore plus apparent.

Il revint au dortoir. En passant à côté de son lit, il regarda le nom de celui qui l'avait interpellé : Vincent. Puis il enfila un tee-shirt et se mit au lit, une demi-heure avant l'extinction des feux. Son voisin, un gars maigre qui riait souvent, suçait un tube de lait concentré sucré. Alexandre lui jeta un regard interrogateur.

— Tous les soirs, une petite giclée. Heureusement que le sperme a pas le même goût, sinon je serais pédé.

Il rit. Alexandre sourit puis se plongea dans son livre. Lorsque Vincent passa devant lui, de retour des douches, il jeta un coup d'œil sur son livre. Un tic agita sa lèvre. Alexandre lut jusqu'à l'entrée d'un caporal pour l'extinction des feux puis il s'endormit aussitôt.

Le lendemain, ils coururent dix kilomètres en survêtement. L'allure n'était pas très rapide. Alexandre suivait facilement. Il avait toujours bien couru mais il s'était alourdi : il pesait quatre-vingt-douze kilos. Ensuite, ils se douchèrent. Ils allaient vers la cantine lorsqu'à l'entrée du couloir le sergent, un Réunionnais, les arrêta, furieux.

— C'est qui le foireux ? C'est qui le foireux entre vous ?

Ils se regardèrent. Alexandre ne savait pas ce qu'il voulait dire. Foireux ?

Le sergent s'excitait tout seul.

314

— Il y en a un qu'a chié dans son ben. La culotte est dans la poubelle des douches mais c'est pas une place pour les culottes foireuses, ça. Celui qui foire est pas un para, moi je vous le dis. Ce sera pour les gars de corvée.

Et il repartit, toujours furieux.

À la cantine, la chambrée se retrouva autour d'une même table. En treillis, avec les noms. Alexandre lut : Vincent, Pennec, Lesque, Mottar, Minne. Ils échangeaient quelques paroles. Alexandre ne parlait pas. Il buvait du thé. Les autres prenaient du café, dans lequel Pennec avait fait couler du lait.

— Je me demande qui a chié dans son froc, dit à un moment Vincent. C'est peut-être quelqu'un dans notre chambrée. C'étaient les douches juste en face.

Pennec rit.

— Ça commence mal pour le mec.

— C'est pas toi, Musclor ?

Alexandre secoua la tête lentement, de gauche à droite, tout en buvant son thé.

— T'as pas de langue ?

Alexandre posa sa tasse, regarda Vincent dans les yeux et répondit :

— Si.

Vincent rit nerveusement. Sa lèvre s'agita.

— Pas bavard, le mec.

— Tout le monde est pas comme moi, dit Pennec.

— Heureusement.

Alexandre était habitué aux connards et il avait aussitôt deviné en Vincent un connard de première. Pendant des années, il n'avait répondu à ce type de personnalité que par le silence et même s'il était toujours resté

315

seul, probablement détesté de tous, personne ne l'avait vraiment dérangé. Il était juste le freak dans son coin, toujours fermé, travaillant correctement en classe, sans plus, installé au dernier rang en ne demandant que la paix. Parfois, son regard se fixait sur un élève qui présentait un exposé, comme s'il voulait saisir le secret de son débit. On l'avait laissé tranquille, il était le fils du maire, le bourge de la classe. Beaucoup de parents du lycée avaient voté pour Tristan.

À présent, au lieu de rentrer chez lui, il rentrait dans une chambrée de six. Il n'était plus le fils du maire, il était le 2ᵉ classe Rivière.

Le centre de Caylus n'était pas un fort. Juste des baraquements dans une zone de forêts. Passer de l'école à la caserne n'était pas déroutant : c'était le même monde de règles, d'instruction et de vie en communauté. Les profs étaient seulement plus jeunes et plus sportifs. Ce qui était déroutant, c'était qu'Alexandre avait l'impression de ne pas pouvoir en sortir : que toute sa vie tenait là désormais, entre une chambrée et un camp de rassemblement, le quotidien entièrement contrôlé par les règles. On lui avait donné une nouvelle identité. « Transformer des civils à la tête rasée en parachutistes », avait dit le capitaine à Talma devant la section rassemblée. S'il s'était engagé, c'est qu'il avait espéré cette forme de neutralisation mais il en éprouvait un léger malaise.

Et ce qui allait être encore plus déroutant, c'était Vincent.

Au repas du soir, Vincent montra son poing, qu'il avait épais, noueux et un peu déformé.

— À douze ans, j'étais petit, pas musclé du tout. Tout le monde me cognait au collège. Il y en avait trois surtout. Trois gars de troisième qui avaient vraiment décidé de me faire chier. Ils me tapaient et ils me piquaient mes affaires. Ils me demandaient de l'argent. Moi je pleurais et je me faisais frapper.

Les autres l'écoutaient sans rien dire.

— J'ai attendu de grandir. J'ai eu quinze ans. J'étais pas très grand mais je commençais à être fort. Pas comme Musclor mais fort quand même et je savais me battre. Je les ai retrouvés un à un, tous les trois.

Il regarda son poing.

— Je les ai défoncés. Ils avaient déménagé, ils étaient partis dans d'autres coins. Je les ai attendus dans la rue. Je leur ai dit qui j'étais et je leur ai défoncé la gueule avec ce poing. Vous voyez, il est un peu déformé là. Et ma lèvre, elle est un peu arrachée. Ils se sont défendus. J'avais trois ans de moins qu'eux. Le premier, c'était en octobre. Le deuxième en décembre et le troisième en mars. Avec ce poing-là.

— Pourquoi tu nous racontes ça ? dit Mottar.

— Il faut bien se connaître, non ? C'est ce qu'ils disent tous : la camaraderie, l'unité, l'entraide. C'est ça l'armée, non ? Pour me connaître, faut connaître cette histoire.

Ce soir-là, Alexandre comprit que Vincent était dangereux.

Dans son lit, il reprit son livre. Il lisait depuis dix minutes lorsque Vincent se campa devant lui.

— Tu lis quoi ?

Alexandre montra le titre.

317

— Tu vas jamais nous parler ou quoi ? Tu peux pas répondre ?

Ton légèrement agressif.

— Cé-Céline.

Lueur intriguée dans l'œil de Vincent.

— Et le titre ?

Accélération du rythme cardiaque d'Alexandre.

— Vas-y, dis-le, c'est quoi ce que tu lis ?

— *Voy-yage au bou-bou...*

— *Voyage au boubou* ? Marrant comme titre. Attends, passe-moi ça.

Il lui prit le livre des mains.

— *Voyage au bout de la nuit.* C'est pas *Voyage au boubou* que tu lis, Musclor, c'est *Voyage au bout de la nuit.* Répète après moi.

Alexandre le fixa du regard. Mais que pouvait-il faire ? Il se sentit rougir.

— Quoi ? Tu répètes pas ?

— Laisse-le, s'il a pas envie de parler, intervint Pennec.

— C'est pour son bien. Il croit qu'il lit *Voyage au boubou,* en fait c'est pas le bon livre. Je préfère l'avertir. C'est une question de camaraderie.

Alexandre se leva. Il s'approcha à dix centimètres de Vincent, qu'il dominait d'une tête, et le toisa.

— Tu veux te battre, Musclor ? Moi je suis ton homme. Mais ce ne serait pas de la camaraderie. Et je suis un bon camarade. Pas vrai, les mecs ? Allez, je te le rends, ton bouquin... pardon, ton bou-bou-bou-quinquin... C'est pas Musclor, c'est Béguor, le mec.

Et il retourna sur son lit. Le cœur d'Alexandre bat-

318

tait fort. Ils savaient tous désormais. Ils connaissaient sa faiblesse.

Le lendemain, ils se retrouvèrent au parcours d'obstacles. Vincent et Mottar étaient en doublet. Ils passèrent en premier. Vincent, agile et résistant, surmontait les obstacles avec aisance. Il franchissait les échelles, rampait, sautait, s'accrochait au mur, plongeait dans le fossé et en ressortait aussi vite, sans précipitation, dix puis vingt mètres devant Mottar, d'une allure confiante et tranquille. Lorsqu'il arriva au bout, une arrogance satisfaite éclatait sur son visage.

— Tu as bien couru, soldat.

— Merci, sergent.

Son tour venu, Alexandre, en doublet avec Pennec, fit un temps beaucoup plus médiocre. Il se disait que ses années de musculation n'avaient fait que le ralentir. Il manquait à la fois de vitesse et de résistance, surtout en rangers. En équilibre sur une poutre, il tomba. Il dut s'y reprendre à deux fois sur le mur, crut exploser lorsqu'il lui fallut recommencer à courir après s'être extirpé du fossé.

— Comme quoi, Musclor, y a pas que les muscles qui comptent.

Remarque qui expliquait pourquoi Vincent l'avait pris en grippe : il ne pouvait simplement pas supporter la musculature d'Alexandre.

Après le parcours, Mottar et Vincent semblaient s'accorder le mieux du monde. Ils blaguaient ensemble. On avait l'impression que Mottar se sentait grandi par l'amitié de Vincent.

Au repas du soir, ils dînèrent avec d'autres soldats.

319

Alexandre était en face de Pennec et de Lesque, qui regardaient autour d'eux avec inquiétude, comme s'ils avaient manqué le bon chemin. Le bègue, le maigrichon au lait sucré et le complexé – pas des paras. Pennec ne s'en accommodait pas trop mal mais Lesque tournait la tête si souvent qu'Alexandre pouvait lire son désir éperdu de protection : il voulait être du côté de la force. Et la force n'était clairement pas là où il se trouvait. Vincent, Mottar et les autres parlaient haut, plaisantaient, deux tables plus loin.

— Ils ont l'air de bien s'amuser…

Comme s'ils l'avaient entendu – en fait, ils n'avaient pas besoin d'entendre, toute son attitude l'indiquait –, les soldats de la tablée éclatèrent de rire, au point que Lesque se sentit tenu de les imiter avec un petit rire ricanant de pure sujétion, suscitant chez Alexandre un mélange de honte et de pitié.

Le lendemain matin, Lesque avait rejoint les autres. Alexandre buvait son thé en le contemplant : le petit homme n'osait pas parler fort mais chaque fois que Vincent plaisantait, il l'accompagnait d'un rire d'hommage. Pennec comprenait très bien ce qui se passait. Il faisait couler lentement son lait Nestlé dans son café.

Vincent se tenait au milieu de la table. Il buvait, appuyé sur son coude, tenant toujours son poing fermé. Celui qui était déformé.

— C'est les vrais paras, les mecs, dit Pennec. Les durs, les tatoués.

— On peut être un pa-para sans être une grande gueule.

— Tu as raison, Rivière, mais eux n'ont pas l'air d'être d'accord.

Lorsqu'il passa près de la table d'Alexandre en sortant, Vincent bégaya :

— Ça va-va-va… va-va-va, Béguor ?

Puis il s'éloigna en se marrant. Deux autres soldats se retournèrent avec le même rire. Alexandre nota les noms dans sa tête : Gambe, Ladaz.

Gambe était un Toulousain à l'accent très prononcé. C'était le soldat le plus grand de la section et probablement le plus âgé. Ladaz était un petit râblé, le visage mat, avec un air de fouine.

La journée fut difficile. Un peu de théorie sur les grades dans la salle de cours, avec un projecteur vieilli à l'image fade. Mais surtout beaucoup d'exercices, d'abord de la marche en ordre serré puis de la course et enfin un match de foot qui semblait le meilleur moyen de finir la journée et qui ne fit que confirmer le malaise latent de la section. L'équipe Vincent, Ladaz, Gambe, Lesque, Mottar, même renforcée d'éléments plus neutres, passait en force, multipliait les fautes, au point qu'un soldat tomba à terre en se tordant de douleur. Il se tenait le genou. Sans complexes, Alexandre avança lui aussi en force et, lorsqu'on voulut lui prendre le ballon, donna un coup de coude dans la gueule de son adversaire. Il y eut un coup de sifflet. Vincent courut vers lui, l'air agressif.

— Ça va, mec, tu veux pas non plus le casser en deux ? Le foot, ça consiste pas à casser l'autre, Musclor. Tu fais encore ça, je te pète moi-même la gueule.

C'était Vincent qui avait à moitié démoli le genou du soldat mais il avait désormais le beau rôle en face d'Alexandre, qui avait été assez stupide pour se mettre lui-même en tort. Là, il n'y avait rien à répondre. Juste se faire sortir du terrain comme un voyou. Il resta là jusqu'à la fin du match, à l'écart des autres, engoncé dans son corps trop épais. L'équipe de Vincent gagna 5 buts à 2. Ils étaient les forts, ils étaient les vrais paras et tous ceux qui étaient du côté de Vincent étaient les gagnants. Quelques jours avaient suffi. Une personnalité dominante, un parcours d'obstacles, quelques repas, un match de foot.

Au soir, lorsque Alexandre sortit de sa douche, deux hommes au visage masqué l'attendaient. Chacun lui donna un coup de poing dans le ventre avant de s'enfuir. Il s'effondra au fond de la douche. Il avait mal, il avait peur. Il avait envie de pleurer.

Il ne pleura pas. Il se redressa, prit sa serviette, rentra dans la chambre. Vincent n'était pas là. Les quatre autres, qui avaient forcément entendu, détournèrent la tête.

Une demi-heure plus tard, Vincent pénétra dans la chambre, avec son air habituel. Il s'allongea sur son lit. À un moment, il se mit à siffler.

Extinction des feux. Alexandre ne parvenait évidemment pas à s'endormir. Il avait voulu cercler son âme d'acier en se forgeant un corps. Justement parce que son âme était fragile, parce que les autres lui faisaient peur et parce que son bégaiement le couvrait de honte. Dans l'obscurité de la chambrée, dans ce monde parallèle qu'était l'armée, il avait plus peur que jamais, il se sentait plus seul que jamais et son âme s'émiettait. Il avait encore envie de pleurer et encore une fois il refoula ses larmes, parce que si quelqu'un l'entendait, il était perdu.

Sa seule chance était de rester l'être fort et silencieux qu'il faisait semblant d'être, fiction apparemment peu convaincante mais pourtant infiniment moins dangereuse que la réalité de sa faiblesse. Il songea à sa mère puis à son père. Il n'avait que dix-huit ans.

Dans la nuit, il ne sut à quelle heure, Vincent se leva pour pisser. Il hésita puis il se leva aussi. Il n'avait ni idée ni plan. Il se leva parce que Vincent se levait. Il le suivit aux toilettes. Ses pieds nus ne faisaient aucun bruit et Vincent ne remarqua pas sa présence. Alexandre attendit devant la porte. Il entendit l'urine s'écouler dans la pissotière. Debout contre le mur, en tee-shirt et slip, il ne bougea pas.

Lorsque Vincent sortit des toilettes, il frappa de toutes ses forces. Il n'avait pas de technique et, contrairement à Tristan, il était incapable de projeter le poids de son corps, mais il était d'une grande puissance, Vincent absolument pas sur ses gardes, de sorte que le poing s'écrasa sur le visage de l'ennemi et l'assomma – même Tristan n'aurait pas renié un direct comme celui-là.

Puis Alexandre retourna se coucher. Il avait le sentiment d'avoir réveillé un nid de frelons, mais que faire ?

Plus tard, il y eut un énorme bordel, toutes les chambrées s'agitant, le sergent fou de rage gueulant pour un rassemblement, Vincent rentrant dans la chambre pour enfiler le treillis.

— Qu'est-ce qui se passe ? fit Pennec.

Alexandre haussa les épaules. Il s'habilla rapidement, courut pour le rassemblement. Il était 4 h 10. Toute la section fut bientôt au garde-à-vous dans la cour. Le silence était total. Le sergent les toisait, Vincent derrière lui.

— Le soldat Vincent a été agressé cette nuit dans les toilettes. Il a été assommé. Il ne sait pas par qui, même s'il a une idée. Est-ce que quelqu'un a vu quelque chose ? Est-ce que quelqu'un peut nous renseigner sur le sale lâche qui a agressé l'un des nôtres ?

Alexandre ne pouvait pas expliquer qu'il avait été lui-même frappé par deux hommes : il se désignerait comme le coupable. Déjà, lorsque le sergent avait parlé, Vincent l'accusait du regard, et il avait même semblé à Alexandre que le sous-officier l'avait un instant fixé.

Heureusement, personne ne s'avançait, personne n'avait rien vu.

— Dans tout groupe, il y a des moutons noirs. Dans tout groupe, il y a un homme à éliminer. Et des groupes, j'en ai connu beaucoup. J'ai toujours extirpé l'incapable, le nuisible, celui qui nuit à la cohésion. Il y a des gens qui ne sont pas faits pour être parachutistes. Parce qu'ils sont faibles, et alors leur place n'est pas parmi nous, ou parce qu'ils n'ont pas l'esprit qui est le nôtre, l'esprit des paras. Dans ce cas, il faut repérer le nuisible et l'éliminer. Il y a un nuisible parmi vous. C'est à vous de le repérer. Je m'en occuperai ensuite.

Dans le couloir qui menait à la chambrée, Vincent rattrapa Alexandre.

— Je sais que c'est toi.

Alexandre s'arrêta et le contempla posément.

— Je sais que c'est toi et je vais t'avoir.

Alexandre renifla, afficha l'expression la plus dure. Puis il passa son chemin. Il devait se préparer. Le sergent avait prévu en récompense de toute cette agitation une marche de dix kilomètres avec sac.

De façon imprévue, l'effort lui fit le plus grand bien. La nuit avait des replis angoissés. Seul, il avait eu de terribles pensées. Et il avait eu très peur. À présent, marchant à la suite des autres soldats, qui n'étaient pas les ennemis monstrueux qu'il avait imaginés dans la nuit, mais une bande de jeunes gars inexpérimentés, il se sentait mieux. La marche n'était pas difficile, le sac n'était pas si lourd. Il suffisait de mettre un pied devant l'autre, de retrouver le rythme naturel de la randonnée, comme il l'avait fait en montagne, derrière son père et sa mère, alors que Julie maugréait. Le sac était plus lourd mais la pente bien moins ardue et lui-même était beaucoup plus résistant qu'autrefois. Il songea que ce serait bien de profiter d'une permission pour retourner dans le chalet en famille. Peut-être marcherait-il plus vite et plus long-temps que Tristan maintenant ?

L'aube se leva. Ils marchaient en silence. Il n'y avait pas de chant. Alexandre avait chaud mais ce n'était pas désagréable. Après tout, il se sentait fait pour la vie de soldat. C'était simple. Des règles simples, des objectifs simples, au moins pour l'instant. Il y avait des connards mais la vie accumulait les connards et Vincent n'était pas le premier qu'il rencontrait. C'était seulement le premier qui vivait et respirait en permanence à trois mètres de lui. Mais même cela était surmontable. Il fallait seulement être patient.

Au repas de midi, de retour à la caserne, Alexandre se retrouva seul à table. Sur son plateau, il y avait une escalope de veau avec des pâtes, une petite assiette de concombre, une part de camembert et une compote de pomme sous plastique. Il mangea avec appétit. Pennec n'avait pas rejoint la bande de Vincent, ce n'était pas son genre, et Alexandre lui en était reconnaissant. Il s'était simplement assis à une autre table parce que la compagnie d'Alexandre devenait dangereuse, ce qui, en somme, était dans l'ordre des choses. De toute façon, au lycée, Alexandre avait toujours déjeuné seul. C'était comme ça. Se couper des autres avait été sa réponse au bégaiement. Chacun sa stratégie. Il fallait juste se demander : comment trouver sa place parmi les hommes ? Le puzzle compliqué se composait, lentement, progressivement, par petites mutations qui agençaient les pièces, afin de trouver un ordre convenable. Un ordre qui convient, c'est-à-dire à travers lequel on peut vivre. Fiches bristol et solitude, voilà son puzzle, ce qui n'avait finalement pas composé une image très marrante.

Plusieurs jours s'écoulèrent. Le puzzle s'était figé. Alexandre était seul, tout le temps seul. Hormis quelques mots à Pennec, avec un bégaiement minimal, il ne parlait jamais, ce qui lui convenait. D'ailleurs, beaucoup d'activités se faisaient forcément en commun et lui assuraient une part de sociabilité. Il y eut une nuit de camp, et il monta la tente avec deux autres soldats qui ne lui semblèrent pas hostiles. Il maîtrisa aisément la carte et la boussole, ce qui était loin d'être le cas de tous, et il conduisit son groupe jusqu'au but. Ce qui parut ne pas satisfaire le sergent, qui avait peut-être déjà donné un nom à son mouton noir.

Dans toutes les autres occasions, il était seul. Pas d'échanges, pas de plaisanteries, pas de repas en commun. À un moment, pour le plaisir du coup de force, il prit place à la table de Vincent. Toute la bande était rassemblée : Mottar, Ladaz, Gambe, Lesque, autour de leur chef. Il restait de la place : Alexandre s'assit au milieu. Il voulait juste les emmerder, et il se demanda ensuite s'il avait même voulu quelque chose, si ce n'était pas juste l'absurdité de la situation qui l'avait poussé.

— Tu te trompes de place, là, Musclor.

— Pas de place attitrée, si ?

Merveilleuse phrase soufflée d'un seul élan. La lèvre de Vincent s'agita.

— On est entre nous, entre potes. Entre paras. Toi, tu retournes dans ton coin.

Alexandre commença à manger, calmement, posément. Son cœur battait follement. Son cœur ne demandait qu'à mourir.

Vincent se retourna. Il y avait deux caporaux. Dans une salle à côté, ils avaient croisé le lieutenant, un jeune officier dur et cassant. Il valait mieux ne pas faire de scandale. Il prit son plateau et quitta la table. Les autres le suivirent.

— Vous pa-partez ? dit Alexandre avec un grand sourire.

Il avait presque fini sa compote lorsqu'une main se posa sur son épaule.

— Tu as vraiment des couilles, soldat.

C'était un caporal qu'Alexandre voyait assez rarement.

— Je n'ai pas vraiment compris ce qui se passe depuis que tu es arrivé mais, en tout cas, tu as des couilles, soldat. Le para, c'est toi.

Décontenancé, Alexandre bégaya nettement.

— Me-me-merci, mon capo-po-ral.

Le caporal, interloqué, lui donna une tape amicale sur l'épaule puis s'en alla.

Il y eut un autre camp. Marche, repérage, tente, feu. Alexandre devait seulement éviter de se retrouver avec Vincent et ses hommes. Aucun gradé, en tout cas, n'y avait songé. Peut-être le sergent avait-il donné des instructions. Il devait y avoir une marche de nuit. En attendant, les hommes avaient mangé. Alexandre avait un peu parlé pendant le repas. Puis il était resté silencieux, à l'écart du feu, attentif aux bruits de la forêt, cette grande agitation de l'obscurité à travers laquelle se reproduit et se tue l'immense grouillement de la nature. Ses épaules recevaient l'écho du grand massacre, par minuscules perceptions, comme si son corps happait les sons. Il se sentait empli. Et lui qui ne connaissait presque pas la nature se disait qu'il aurait aimé vivre au milieu de la forêt. Un bon boulot de garde forestier, voilà ce qu'il lui faudrait. Soldat, c'était bien, mais il y avait trop d'hommes. Les animaux, c'était du solide, avec des valeurs saines : manger, ne pas être tué, se reproduire. Rien d'inutile.

Il s'endormit à la même place, sans rejoindre la tente. Une heure plus tard, trois hommes lui enfouirent la tête dans une taie en l'empêchant de crier. Il fut frappé à coups de pied, son corps balancé par la force des coups, tandis qu'un long cri muet sortait de sa gorge, au milieu d'un cauchemar aux formes hideuses. Un coup lui défonça, pensa-t-il, le visage. Puis les trois hommes lui pissèrent dessus avant de s'en aller. Alexandre avait perdu connaissance.

Les deux soldats sous la tente n'avaient rien entendu ou avaient fait semblant. Lorsqu'ils se réveillèrent pour l'exercice de nuit, ils trouvèrent Alexandre la tête enfoncée dans la taie, toujours évanoui. Ils appelèrent le sergent, qui mit vingt minutes à arriver. Alexandre avait repris connaissance mais il était faible et il avait vomi. Son corps lui faisait mal de partout. Il ne pouvait se relever.

Il fut conduit à l'hôpital. Ce n'était pas du goût du sergent mais comment faire autrement ? Les radios montrèrent qu'il avait trois côtes cassées et un traumatisme crânien.

— Vous avez la tête dure, dit le médecin. Avec un coup pareil…

Il ne finit pas sa phrase. Alexandre savait qu'il avait eu de la chance. Il ne resta que la matinée à l'hôpital. À son retour à Caylus, il eut droit à une chambre individuelle. Bourré d'antalgiques, il se reposait lorsqu'un bruit à la porte le réveilla. C'était le sergent. Son visage exprimait un mélange de gêne et de colère, comme chaque fois que les événements n'étaient pas « carrés ». Il s'assit sur une chaise à côté du lit.

— Ça va ? Tu te remets ?

— Oui, sergent.

— On m'a dit que tu avais trois côtes cassées ?

— Oui, sergent.

Le sergent eut de nouveau cet air de gêne et de colère mêlées. Il voulait annoncer des décisions sans savoir comment s'y prendre. Alexandre lisait en lui sans effort.

— Faudrait peut-être arrêter les frais, soldat.

— C'est-à-dire ?

— Ça se passe pas bien. Les gars t'aiment pas. Pour moi, t'es pas un para. T'es costaud mais t'as pas le sens du groupe. Je crois pas que tu sois fait pour être soldat.

329

— Ce n'est pas m-moi qui ai atta-taqué d'autres hommes, sergent. J'ai été ag-agressé pendant mon so-so-sommeil.

Parler lui coûtait. Il s'en tirait assez bien mais cela l'épuisait. Il chercha des yeux une feuille de papier.

Le sergent eut l'air courroucé.

— On va pas se mentir, soldat. On sait tous ce qui s'est passé. Tu lui as pété la gueule, il t'a pété la gueule. Vous êtes quittes.

Alexandre désigna du doigt une feuille de papier. Le sergent parut surpris puis il comprit et lui tendit la feuille avec un stylo. Alexandre écrivit.

« Je veux faire un rapport. J'ai été attaqué à deux reprises par plusieurs hommes. La première fois dans les douches par deux hommes masqués, probablement Fred Vincent et un complice, agression à la suite de laquelle je me suis défendu en m'en prenant à Vincent, ce qui était peut-être une erreur. L'agression d'hier soir est la deuxième, elle est très grave et aurait pu me tuer. Votre responsabilité est engagée, sergent. »

La dernière phrase n'était pas « peut-être une erreur », c'était à coup sûr ce qu'il ne fallait pas écrire à un sergent qui haïssait par-dessus tout les mises en cause et les rapports avec les supérieurs hiérarchiques. Celui-ci rougit de colère et se pencha vers Alexandre en pointant son doigt.

— Ma responsabilité, soldat, c'est de virer de l'armée un mouton noir dangereux, agressif et irresponsable. Personne ne veut de toi, ici, et surtout pas moi. Vincent est un vrai para, c'est un chef, un gars en qui on a confiance et qui ne se laisse pas marcher sur les pieds. Toi, t'es un mec foireux pas foutu d'aligner deux mots.

Alexandre le regarda sans ciller. Il reprit son stylo.

« Je suis un parachutiste, je ne serai pas viré et je veux voir le lieutenant. »

Le sergent prit la feuille, la froissa rageusement et jeta la boule par terre avant de s'en aller. Puis Alexandre entendit tourner la clef dans la serrure : il était enfermé.

Il n'avait pas d'autre choix que de se reposer malgré la tension qui montait dans les jambes et le faisait légèrement trembler. Il finit par se lever. Un vertige le saisit, il tituba puis sa vision s'éclaircit et il se tint debout. Il alla chercher son portable dans ses affaires, rassemblées dans un coin de la chambre. Il tint l'appareil plusieurs minutes dans sa main, hésitant, puis il appela.

Il tomba sur la messagerie de son père, raccrocha. Posant le téléphone à côté du lit, il se rallongea et se rendormit. La sonnerie l'éveilla, vrillant son oreille. Il gémit, s'empara du téléphone, tâtonna avant de trouver la bonne touche, puis mit le portable à son oreille.

C'était son père. Une vague de joie incompréhensible l'envahit.

— Alors ? Comment ça se passe ? Pas trop dur ?

— Un p-peu.

— Je suis content que tu m'appelles. Ta mère et moi nous demandions comment tu vivais tout cela.

Alexandre sentit une légère palpitation du mot « mère », une espèce de déclivité bizarre.

— Ma-maman va bien ?

— Oui, oui, très bien, dit Tristan d'une voix pressée. Elle travaille beaucoup, comme d'habitude. Elle ira probablement se reposer au chalet quelques jours.

Déclivités de plus en plus bizarres. Des mots anodins voilés d'une émotion que sa sensibilité aux sons rendait évidente.

— Mais parle-moi de toi ! C'est comment ?

Tonalité claironnante.

— C'est...

Le poids soudain des mots qu'il devait prononcer, le poids si écrasant, comme un fardeau de plomb sur la langue. Et ce n'était pas le problème du bégaiement, c'était cette charge des événements, si longue et lourde et difficile, si incommunicable... toute cette méchanceté, ces coups... dans un univers autre, inconnu... deux univers qui ne peuvent coexister... la famille de Vinteuil, le camp de Caylus... deux espaces étanches qu'aucun mot simple ne pourrait lier.

— C'est... dur.

Silence.

— Oui, les parachutistes, je me doute que c'est dur.

— Vraim-ment d-dur.

Nouveau silence.

— Tu sais, Alexandre, tu peux arrêter. Rien ne t'y oblige, vraiment rien. Tu prends ton sac, tu sors de la caserne et ce soir ou demain tu es à la maison. C'est tout simple. Et en septembre prochain, tu reprends les études.

Alexandre eut envie de pleurer.

— Non, p-papa. C'est d-dur mais je vais y arriver. Me-merci.

— Bon.

Tristan eut un rire gêné.

— Et est-ce que tu sais qui tu es maintenant ?

— Q-quoi ?

— C'est rien. Juste une vieille idée, qu'il y a des situations difficiles où on apprend qui on est.

Tout seul dans sa chambre, à mille kilomètres de son père, Alexandre haussa les épaules.

— Bof… je crois pas. Non, je sais p-pas qui je suis… peut-être m-m-moins en fait.

— Cela prouve que c'est une très vieille idée et c'est mieux comme ça.

Curieusement, Tristan semblait soulagé. Mais il restait étonné que son fils l'appelle, lui qui évitait le téléphone d'habitude.

— Tu es sûr que ça va ?

Alexandre hésita. Puis la réponse sortit d'un coup.

— Oui.

Après avoir raccroché, il se reposa de nouveau en attendant le repas du soir. Il ne savait pas pourquoi il n'avait pas avoué la vérité à son père – alors qu'il avait été si heureux, si rassuré aussi, d'entendre sa voix. Mais cela n'avait pas duré. Il n'avait pas pu lui parler franchement.

À 19 heures, un soldat lui apporta un plateau et, en repartant, ne referma pas la porte à clef. Alexandre mangea et se sentit ensuite assez solide pour aller voir le lieutenant. Il espéra que celui-ci serait encore dans son bureau, au deuxième étage. Malgré une espèce de chaleur qui ne lui disait rien qui vaille et qui avait tendance à émousser les choses autour de lui, comme ramollies par sa fièvre, Alexandre monta deux étages et chercha le bureau du lieutenant, qu'il trouva bientôt. Il frappa, entendit un son, entra.

Il n'avait vu l'officier qu'une fois, pour un cours. Il était jeune et semblait encore plus jeune ce soir-là, alors qu'il regardait Alexandre avec étonnement.

— Qu'est-ce que vous faites ici, soldat Rivière ?

— Je suis ven-nu vous parler d'une aff-affaire imp-portante.

— Allez voir le sergent. C'est votre responsable.

— Je l'ai f-f-fait.

Gêne du lieutenant devant son bégaiement. Il ne l'avait jamais entendu sans doute. Cela entachait son idéal du soldat. Alexandre tendit un papier, celui qu'il avait rédigé devant le sergent. Le lieutenant le lut.

— « Votre responsabilité est engagée » ? Le sergent a dû apprécier.

Le lieutenant réfléchit.

— Il ne m'a pas parlé de votre version des faits. C'est une faute de sa part. Je vais le faire venir et j'appellerai ensuite le soldat Vincent. Vous avez bien fait de venir, soldat Rivière.

Alexandre salua et repartit. Le tout n'avait pas duré deux minutes mais la situation venait de s'éclaircir et le lieutenant s'était montré beaucoup plus compréhensif qu'il ne l'aurait cru.

Il retourna dans sa chambre d'un pas cotonneux. Ses côtes étaient douloureuses. Il versa un nouveau sachet d'antalgique dans un verre qu'il but d'un trait. Lorsqu'il s'allongea, le sommeil l'emporta aussitôt.

Le bruit de la porte qui s'ouvrait le réveilla. C'était le sergent qui le fixait d'un air menaçant.

— Tu as bavé au lieutenant. Il croit à tes conneries. Je lui ai expliqué que tu étais notre mouton noir mais il est assez con pour te faire confiance. En plus, il m'a engueulé en menaçant Vincent de poursuites judiciaires. Tu gagnes cette manche, Rivière, mais je te promets que tu ne gagneras pas la prochaine. Tu n'es pas un para et le lieutenant le comprendra bientôt. Les gars vont te dorloter mais quand tu reviendras sur le terrain, ils comprendront la vérité.

Alexandre ne répondit rien. Abruti par le médicament, il se rendormit dès que la porte se referma et les paroles du sergent n'eurent pas plus d'impact que les balbutiements d'un bref cauchemar.

Trois jours plus tard, il retrouvait le dortoir. Personne ne le salua à l'exception de Pennec qui était décidément un type bien. Les autres calquaient leur attitude sur celle de Vincent, qui faisait semblant de ne pas l'avoir vu. De son lit, Alexandre observa un instant son ennemi qui rangeait ses affaires dans l'armoire. Il vit le tressautement de sa lèvre et il sentit aussi la brutalité qui émanait de ses traits fermés, beaucoup moins sensible lorsqu'il parlait ou lorsqu'il était en compagnie, mais qui éclatait dans sa besogne solitaire.

Dans la nuit, au cœur d'un cérémonial qui sentait sa déclamation, les hommes reçurent leur fusil et ils comprirent que la compression d'acier de 4,370 kilos qu'ils tenaient dans la main n'était rien d'autre que l'outil de mort le plus fantastique et le plus amical qu'ils détiendraient jamais, capable de percer un corps à la vitesse de 930 mètres par seconde, à raison de 1 000 coups par minute. Alexandre perçut aussitôt l'étrange possibilité de compagnonnage que lui offrait son fusil d'assaut, infiniment plus fidèle que tous les hommes, infiniment moins

menaçant. Et il sut qu'il vivait là, à peine rétabli, la cérémonie de sa nouvelle amitié. Il y eut un grand silence
lorsque les fusils d'assaut apparurent, silence dans lequel
se déchiffraient aussi bien la fascination infantile pour
les armes que le respect pour le meurtre institutionnel.

Le lendemain, lorsqu'ils apprirent à démonter et
remonter leur fusil, Alexandre songea qu'il ne pouvait
trouver meilleur allié mais que Vincent, qui manipulait
son arme avec une dextérité inquiétante, en avait également trouvé un, d'une efficacité bien supérieure aux
hommes qui l'entouraient. L'habileté du soldat Vincent
fut d'ailleurs confirmée par les exercices de tir. Son
taux de réussite était le plus élevé de toute la section,
de même qu'il avait été le plus rapide sur le parcours
d'obstacles. Il fallait reconnaître qu'il était sur bien des
points le parfait soldat : dur, résistant, doué dans tous les
exercices physiques. À l'évidence, Alexandre n'était pas à
son niveau et n'avait pas l'ambition de l'être. Il prétendait
seulement être un bon soldat, peut-être dénué des qualités physiques de Vincent mais moralement beaucoup
moins toxique. Vincent était dangereux, malsain, domi-
nateur. Il introduisait une atmosphère viciée toujours
empreinte de violence. Contrairement à ce que pensait
le sergent, Vincent n'était pas un vrai para, c'était une
grenade prête à exploser en permanence et ses qualités
apparentes de soldat ne faisaient qu'accentuer le danger.

Lorsque la section s'établit pour un camp d'une
semaine, Alexandre n'était pas remis et on lui avait proposé de rester à la base. Mais il savait trop bien que
le sergent en profiterait pour refuser son intégration
dans l'armée, au motif que ses évaluations étaient insuf-

fisantes. Sa blessure au crâne ne le faisait plus souffrir, il tenait debout sans difficultés à condition que l'effort ne se prolonge pas mais il avait encore mal aux côtes, d'autant qu'il essayait d'arrêter les antalgiques, qui l'assommaient pour des siestes de trois heures. Le sac surtout lui faisait serrer les dents, mais lorsqu'ils furent établis en forêt et que les patrouilles avec Famas se multiplièrent, reproduisant les conditions du combat, l'équipement se fit très léger. Le sergent l'observait, cherchant la faille, qui n'était pas difficile à trouver puisque Alexandre évitait tous les exercices physiques. En revanche, il ne manquait aucun apprentissage, que ce soit pour la radio, l'orientation ou les différentes tactiques enseignées. Tout ce qui lui paraissait vraiment utile, il n'en perdait pas un mot, et même s'il n'était pas encore capable de tout reproduire, il tâchait de ne rien oublier pour la semaine d'évaluation.

— T'es un malin, Rivière, mais je te promets que je t'aurai.

Il claqua un garde-à-vous narquois devant le sergent. Deux jours plus tard, et c'en était peut-être la conséquence, il fut intégré dans une patrouille en compagnie de Vincent, Lesque, Mottar, Ladaz, Gambe. L'équipement : Famas et sac de vingt-cinq kilos. Apparemment, le sergent avait décidé de se débarrasser de lui. Alexandre ne dit rien, n'exprima rien, alors qu'il y eut quelques murmures et qu'un caporal s'approcha du sergent. La cible leur fut fixée près d'un cabanon à dix kilomètres du camp : une journée de vingt kilomètres aller-retour, au-dessus des forces d'Alexandre.

Tandis qu'il faisait son bagage, Pennec s'approcha de

lui, murmura quelques paroles d'encouragement en lui glissant un objet dans la main. Alexandre baissa la tête : c'était un tube de lait concentré sucré.

— Merci, mec, je v-vais en avoir besoin.

— En fait, t'es pas bègue.

— À p-peine.

— Tu vas en chier, Alexandre, mais tu vas revenir et tu vas les avoir. Fais-moi plaisir.

Alexandre serra la main du seul être digne qu'il ait rencontré dans la section. Pennec lui mit le sac sur le dos et la patrouille s'en alla. La gorge d'Alexandre était sèche, son estomac lui faisait mal mais il ne manifesta rien. Il se contenta de fixer le sergent dans les yeux lorsque celui-ci leur répéta les instructions, en se promettant de tenir jusqu'au bout et de revenir, à genoux s'il le fallait.

La matinée était fraîche et la température, pour l'instant, se prêtait bien à la marche. Vincent, en tête de patrouille, avait adopté un rythme trop rapide, à l'évidence pour l'épuiser. Mais Alexandre suivait. Les cinq jours de camp l'avaient renforcé et, même s'il était fatigué, il se sentait mieux. Dans la forêt de mélèzes, le sol sablonneux était agréable au pas. De temps à autre, les hommes devant lui se retournaient et il se rendait compte, à leur regard, que ces êtres le haïssaient. Il était le mouton noir et l'ennemi à abattre : Fred Vincent avait réussi à le transformer en paria par la seule grâce de sa haine propre. Il savait qu'il y avait là une force mystérieuse qui n'appartenait qu'à l'homme et qui consistait à haïr et éliminer par plaisir, sous couvert de raisonnements construits. La haine était tombée sur lui, et il

338

n'avait pas le choix : il devait y répondre par une haine inaltérable, il n'y avait pas d'autre solution. Comme Gambe l'observait plus longuement que les autres, il sortit son couteau de sa gaine, ce qui était une provocation ridicule, s'avoua-t-il ensuite.

À certains égards, la haine et la tension lui étaient utiles, puisqu'il avançait beaucoup mieux qu'il ne l'aurait pensé. Au bout de deux heures, il sentit même qu'il parviendrait au terme de la marche. Le sac était lourd, il suait beaucoup et ses côtes étaient douloureuses mais il résistait et il résisterait vingt kilomètres, ce qu'il aurait cru impossible dans son état. Il comprit que les autres s'en rendaient compte et que cela ne leur faisait pas plaisir.

Lorsqu'ils s'arrêtèrent pour déjeuner, près de deux gros rochers qui faisaient songer à des monolithes sombres, il n'est pas impossible que l'âme errante de Marie, s'interrogeant sur son fils, se soit fixée au-dessus de la tête d'Alexandre, comme ces arrêts du destin qui s'incarnent en rapaces. Un faucon tourna paresseusement autour d'eux, cherchant une proie parmi ces hommes qui traquaient une victime. Alexandre s'adossa au rocher pour manger. Pas un mot ne fut échangé. La crème de camouflage rendait les tueurs encore plus monstrueux. Presque rien d'humain n'émanait de leur silence tendu ou de leur figure verdâtre, et Alexandre, en tee-shirt ocre, ses bras tordus de muscles retenant le Famas, le visage muré, ne renvoyait pas une meilleure apparence.

Au moment où Vincent, s'approchant du cabanon, indiqua les positions à ses hommes, dans une manœuvre de patrouille qui n'était pas sans vraisemblance, Alexandre tressaillit et se tint prêt, parce qu'il savait que c'était maintenant. La dernière fois, ils avaient failli lui éclater la tête. Désormais, ils étaient cinq, à dix kilomètres du camp. En d'autres circonstances, il aurait suffi à Alexandre de sortir du jeu, de refuser l'armée. Mais là, il voulait en finir. Cela se jouait maintenant, entre le bouc émissaire et ses bourreaux, et cela ne se passerait pas comme ils l'espéraient. Il y aurait un sacrifice et ce ne serait pas le sien.

Il fit deux pas vers Lesque et, le fusil levé, l'assomma d'un coup sur la tête. Au moment où les autres surgissaient des taillis en hurlant, il se précipita vers eux avec des yeux de dément, de tout son poids et de toute sa force, tombant sur Mottar qui était, après Vincent, son ennemi le plus dangereux. Mottar s'écroula à terre et il l'aurait lui aussi assommé si les autres ne s'étaient jetés sur lui, frappant à coups de pied dans ses côtes blessées. Le souffle coupé, chancelant de souffrance comme si on lui plantait des coups de couteau, il cria, sortit le chargeur à balles réelles qu'il avait volé à l'entraînement et le ficha dans le Famas, tout en appuyant sur la détente. Un tonnerre éclata dans le ciel, tout là-haut vers le destin rapace, et les autres comprirent qu'il était devenu fou et qu'il allait les massacrer.

Mais cette infamie fut évitée au jeune homme car le sergent apparut, avec un mélange d'excitation et de colère retenues, sortant du cabanon où il se cachait. En voyant cet homme émerger lentement de la forêt, la folie d'Alexandre retomba. Le sentiment qui à présent l'accablait – regret, tristesse, mélancolie ? – n'avait plus rien à voir avec la fureur. Juste l'aile noire et morbide de la mélancolie qui transformait en effet le sergent, avec sa démarche calme, en un arrêt du destin. Les jeux étaient faits. L'ordre militaire s'imposait de nouveau, les tueurs revenaient à la raison et le sergent allait pouvoir l'accuser de tentative de meurtre.

Conseil n° 6 : ne jamais répondre au téléphone

Lorsque Marie se réveilla de sa longue sieste, son corps était courbaturé et elle mit plusieurs minutes à retrouver vraiment ses esprits. Dans son souvenir, c'était la première fois qu'elle s'endormait dans la montagne après un pique-nique. Il était trop tard pour marcher jusqu'au sommet, il valait mieux redescendre, ce qu'elle fit sans pouvoir se déprendre d'une impression désagréable, dans laquelle les plus superstitieux liront le pressentiment du désastre.

En arrivant au chalet, elle était épuisée. Elle se coucha très tôt.

Le téléphone la réveilla le lendemain matin. Elle s'exprima à peine. Quelques sons étouffés. À un moment, elle cria mais son téléphone était déjà à terre et le cri se brisa en sanglots. Elle pleura, pleura sans espoir, comme seules pleurent les mères qui ont perdu leur fils.

Compte tenu des circonstances, il y eut une commission d'enquête sur la mort d'Alexandre, que Tristan suivit attentivement. Il devait se reprocher toute sa vie de ne pas avoir compris le sens de l'appel de son fils. Alexandre l'avait appelé à l'aide et il ne l'avait pas secouru. Il avait failli deviner pourtant, il sentait que quelque chose n'allait pas, mais il n'avait pas insisté. Comme trop souvent, il avait laissé courir. Son seul et pauvre rachat fut de tirer au clair les circonstances de la mort d'Alexandre et notamment la chronologie des événements.

Malgré les accusations du sergent, la tentative de meurtre n'avait pas été retenue, mais la rafale de Famas et le vol du chargeur avaient causé le renvoi d'Alexandre. Il devait y avoir un examen de son cas mais il n'y avait aucun doute, même le lieutenant avait reconnu que les faits étaient incontestables. L'armée ne voulait plus d'Alexandre, qui devait partir dès le lendemain matin. Avec Pennec, il fêta son départ en buvant du whisky sur le balcon du bar. Selon les conclusions de la commission, Alexandre, ivre, avait perdu l'équilibre et était tombé du balcon. La version semblait aberrante à Tristan, parce qu'elle était d'une insupportable absurdité. Une chute si stupide. Alexandre était tombé et il était mort. Par accident, sans que quiconque lui ait voulu du mal.

N'était-ce pas un suicide ? Pennec le nia : Alexandre plaisantait en évoquant son avenir à la fac. Il y avait même eu un moment où il semblait parfaitement heureux, presque triomphal, lorsqu'il avait entendu une musique venant du bar. On lui demanda laquelle. Pennec eut un peu de mal à répondre puis il se souvint. C'était une chanson de Michel Delpech : *Pour un flirt...*

En réalité, on ne sut jamais ce qui s'était vraiment passé.

Tristan obtint le renvoi de Vincent et du sergent, le blâme pour les autres. Ce n'était pas grand-chose.

5

Comment survivre au malheur

Dans les années qui suivirent, les Rivière montrèrent la même incapacité à affronter la mort d'Alexandre. Simplement, ils la manifestèrent de façon différente. Julie et Tristan, qui se ressemblaient par bien des aspects, se murèrent dans la fuite en avant, tandis que Marie, plus proche d'Alexandre, se coupa du monde.

Julie se réfugia dans le tonnerre des soirées, des boîtes de nuit, des bars branchés, de la fête. Elle aimait ce monde et à l'intérieur du grondement oubliait le silence d'un frère qu'elle n'avait jamais compris. Elle dansait et buvait, expérimentait les nouveaux lieux et aurait pu établir un guide de la nuit, ce qu'elle pensa faire un moment, lorsqu'il s'agit de trouver des revenus. Une vie de clubber avait beaucoup d'atouts : des nuits intenses, des moments d'euphorie inouïe où l'on se sentait sur le toit du monde, tous les sens à la fois exaltés et *ronds*, merveilleusement *ronds*, à la façon d'une boule de joie, en compagnie d'une infinité d'amis inconnus – tous jeunes, beaux, joyeux et alcoolisés. Sans parler de la puissance de séduction d'une belle fille de vingt-deux ans lâchée au milieu d'un club, à deux heures du matin un samedi soir à Paris. Ça, c'était la vie. Pas la finance. Elle avait abandonné après quelques stages, incapable de comprendre l'adrénaline de l'argent. En fait, il lui fallait bien admettre qu'elle ne voulait pas gagner des millions à trente ou quarante ans, elle voulait juste s'amuser à vingt. Si elle allait encore à New York, c'était pour essayer un nouveau club, comme à Londres. Elle dansa à Berlin, sans le savoir, dans la même boîte que sa mère vingt ans auparavant. À Ibiza, elle fut engloutie par les foules, dansa devant les plus grands DJ et coucha avec l'un d'entre eux, un débile imbibé d'ecstasy, avec une telle furie de désir qu'elle en oublia le préservatif, ce qui la fit trembler pendant un mois – test négatif. Julie traversait ainsi les capitales de la nuit.

Tristan s'enfonça dans le travail. En un mois, il avait perdu son fils et sa femme dans une déflagration imprévisible qui était en fait l'explosion de toute sa vie. Rien de moins qu'un KO debout. Il se sentait responsable de la mort d'Alexandre et il était responsable du départ de sa femme, à cause d'un fantasme de jeunesse et d'une volonté de revanche sur le passé qui lui paraissait à présent dérisoire. Le seul souvenir du corps de Séverine soulevait des frissons de dégoût, ce qui était à la fois peu digne de Tristan, et objectivement insensé, devait-il s'avouer, mais très significatif de sa culpabilité. Un acte qu'il jugeait sans conséquence, un simple règlement de comptes personnel avec le Temps, avait foutu en l'air son couple et chassé la personne qu'il aimait le plus au monde. Peut-être Marie serait-elle revenue si Alexandre n'était pas mort mais le deuil l'avait transformée et elle avait abandonné son ancienne vie comme on se débarrasse d'une charogne. Les rares fois où Tristan l'avait croisée, elle n'était plus la même. On sentait qu'elle se débattait.

Lui avait réagi de la seule façon qu'il connaissait : en attaquant. Il aurait aussi bien pu s'effondrer, tant il était miné de l'intérieur. Il ne dormait plus. Tout en lui était cassé. Il prit des somnifères qui l'assommèrent et qui ruinèrent en même temps son sommeil. Mais sa forme d'effondrement laissait intact un corps tressautant, avançant comme un automate. Errant dans la maison déserte, désormais trop grande, qu'il conservait par habitude, par espoir d'un retour à la normale et par paresse, il errait aussi dans Vinteuil, avec des cadres assez établis pour faire illusion. Souvent, pendant les réunions, son esprit était ailleurs, et chacun s'en rendait compte. Il avait beaucoup délégué au cours des années et désormais il se concentrait sur ce qui était son dernier projet de maire et son ultime bataille : la réhabilitation du centre-ville. Sur ce point crucial, il avait abandonné son utopie du pouvoir au profit d'une direction autoritaire très classique qui lui réclamait moins d'efforts. Il commandait, les autres obéissaient. Et ils en étaient heureux (le rapport d'audit de Séverine, puisqu'elle l'avait effectivement rédigé, insistait sur « un manque de leadership qui démobilisait toutes les équipes »), par un amour de la servitude et du moindre effort qui aurait donné matière à dix traités sur l'espèce humaine.

Le soir, Tristan rentrait épuisé dans la coquille vide de sa maison, regardait la télé comme son père l'avait fait toute sa vie, tout en buvant du vin ou du whisky. Souvent, il s'endormait sur le canapé puis se réveillait deux heures après pour une longue insomnie qui le laissait hagard. Environ deux ans après la mort d'Alexandre, il comprit un jour, en regardant un bateau en modèle réduit qui tanguait sur la Marne, qu'il avait perdu avec Marie son gouvernail.

Pendant longtemps, il n'avait pas pu pleurer la mort de son fils. Au début, il avait fallu encaisser la nouvelle, l'apprendre à Marie au téléphone, dans le chalet, moment dont il se souviendrait toute sa vie, puis il avait suivi la commission avec hargne, le chagrin prenant la forme plus supportable de la colère, lui donnant à haïr Fred Vincent. Tristan avait trouvé son adresse à Tremblay-en-France et l'avait attendu devant chez lui, dans sa voiture. Vincent l'avait dépassé avant de rentrer dans son immeuble et Tristan, bouillonnant de rage et de douleur, avait hésité à le suivre alors que la silhouette s'éloignait. Il était resté toute la soirée dans sa voiture, contemplant ses poings fermés, remâchant sa haine, avec des images de massacre dans la tête. Il savait que cet homme avait fait du mal à son enfant. À un moment, il était parti, pas parce qu'il avait surmonté son désir de vengeance, plutôt par dégoût. Toujours le dégoût : c'était la nouvelle saveur de sa vie, le nouveau goût dans la bouche – peut-être aussi une pourriture décomposée qui flottait dans les airs, les haillons de son chagrin.

Un après-midi, après une réunion à Paris qui posait les bases de son grand projet pour Vinteuil, il était rentré en voiture et il avait mis la radio. Une chanson passait, à laquelle il ne fit pas attention mais que son corps reconnut, parce qu'il ressentit une douleur brutale dans l'estomac. C'était la chanson de Michel Delpech, *Pour un flirt.* Il dut s'arrêter sur le bord de la route, écoutant bouche bée, écrasé par le sort.

> *Pour un flirt avec toi*
> *Je ferais n'importe quoi...*

L'image qui le hantait, ce n'était pas Alexandre adulte qui entendait ces paroles avant de tomber du balcon, c'était la valse qu'il dansait autrefois avec son petit enfant entre ses bras – il l'avait chantée pendant deux ans, à intervalles réguliers.

Et l'image le perce avec une furieuse violence, de l'enfant tournoyant entre ses bras, la chair blanche et douce, la bouche sans dents ouverte sur un rire inextinguible.

Cette violence de la douleur, personne ne l'avait ressentie autant que Marie, jour après jour, depuis le matin de la nouvelle. Elle avait demandé peu de détails, elle avait peu parlé à Tristan. Elle lui avait dit : « On ne te demandait pas d'être un héros mais de répondre à l'appel au secours de ton fils. » Lorsque les deux parents s'étaient retrouvés à l'enterrement, le lien entre eux était cassé. Ils s'embrassèrent sur la joue comme deux amis, menèrent à bien la cérémonie, le visage de Marie tantôt ferme, tantôt décomposé, avec de grosses larmes silencieuses qui coulaient, puis chacun était reparti de son côté. Au début, Tristan avait pensé qu'il fallait laisser du temps à sa femme, puis les mois avaient passé et Marie n'était pas revenue, ne s'était jamais manifestée. C'était lui qui l'appelait, pour mille raisons, souvent très maté-

347

rielles. La conversation ne durait pas, les mots tombaient dans un puits sans fond, un écart essentiel, comme s'ils n'avaient pas vécu vingt-cinq ans ensemble. Tristan ne reconnaissait pas la femme qu'était devenue Marie, étrangement différente de l'amoureuse d'autrefois – encore une histoire d'êtres qui meurent et qui renaissent sous une forme fantomatique, abstraite et grise.

Il n'avait fallu que quelques heures à celle-ci pour ranger ses affaires dans des cartons et s'en aller. Des gestes simples qui semblaient nier le passé. Elle s'était installée à Paris, dans le XIᵉ, un appartement trouvé en quatre ou cinq clics. Quelques travaux de peinture, et elle avait emménagé, pas très loin de Richard-Lenoir, derrière une église, dans une rue d'un anonymat parfait. Cela tenait de la disparition. À l'hôpital, même si on avait remarqué son changement, aisément explicable, disait-on, elle restait un médecin efficace. Sans doute avait-elle perdu la chaleur humaine qui la rendait si aimable à ses patients mais elle était toujours aussi précise, compétente, fiable. Si ses collègues l'avaient vue mener sa vie d'ombre, peut-être auraient-ils tout de même été surpris. Sa vie sans paroles, sans amis ni famille. Elle travaillait, faisait quelques courses le soir, au supermarché, pour se nourrir puis elle mangeait en écoutant la radio. Ensuite, elle débarrassait, s'asseyait dans un fauteuil et regardait devant elle, sans rien faire. Il lui arrivait de prendre un livre mais la fatigue la happait au bout de quelques pages, elle se traînait jusqu'au lit et s'endormait d'un sommeil difficile, traversé d'insomnies. Elle ne voulait surtout pas parler à un psychiatre, pas un mot, elle ne voulait rien dire d'elle. Elle attendait. Quoi ? Elle ne

348

savait pas. L'œuvre du temps peut-être. Ou la résorption du destin dans le quotidien le plus banal et le plus muet, à l'écart de tous. Parfois, le téléphone sonnait dans l'appartement : elle ne répondait pas, laissant le message se dérouler. Sa tristesse était à la fois profonde et morne. Sa vie sans âme était devenue mécanique. Parfois, elle allait au cinéma. Un soir, un voisin d'accoudoir lui proposa d'aller prendre un verre après le film. Elle tourna la tête vers lui, le regarda longuement, sans un mot. Il quitta la salle, très gêné, presque effrayé.

LES HÉROS NE MEURENT JAMAIS

1

Le souffle du dragon

Beaucoup d'hommes croient que la raison ou l'intérêt gouvernent l'Histoire. Trente ans de lecture, d'étude et de réflexion avaient permis à Tristan de comprendre que le hasard et la folie étaient les véritables dieux de l'Histoire. Puis, récemment, il avait eu une révélation : la magie aussi était un dieu.

Comment pouvait-on expliquer sa vie sinon par la magie ? Il était évident qu'un démon inconnu, un de ces dragons enfouis sous la surface de la Terre, soufflait un étrange charme sur les hommes. Ce n'était que par aveuglement que ceux-ci croyaient habiter un monde uniquement technique et sèchement rationnel. La science était encore en son jeune âge, elle n'avait eu accès qu'à l'enveloppe très superficielle de la matière, sans doute le jour viendrait où elle accéderait au vrai sens du monde, fantasque et enchanté, et découvrirait avec une admiration stupéfaite le dragon sous la Terre.

La révélation du véritable sens du monde n'était pas le produit d'une réflexion mais d'une rencontre. Comme le maire Rivière et l'architecte déambulaient dans le quartier du Linteuil en compagnie d'adjoints et de deux policiers, dont Serge, une vieille femme qui fumait un cigare devant sa maison les avait apostrophés.

— Qu'est-ce que vous faites ici ?

Tristan s'approcha.

— Vous le savez, nous préparons la reconstruction du quartier.

La vieille femme le regarda.

— Je vous connais.

— Oui, nous nous sommes sans doute rencontrés, depuis le temps que je suis maire.

— Je connais votre famille aussi.

Tristan resta silencieux.

— Ce quartier n'a pas besoin de changements, reprit la femme. Nous sommes heureux comme ça.

— Ce n'est pas ce que disent vos voisins.

— Mes voisins sont des imbéciles.

— Les bâtiments sont vieux, insalubres. C'est une chance pour vous.

Derrière la femme s'élevait une misérable maison de bois, de pierre et de tôle, qu'elle avait probablement bâtie elle-même et qui semblait conforter chaque parole de Tristan, tant elle devait être froide et humide, exposée à tous les vents.

— Je ne vendrai pas.

— Vous avez tort, madame. Et vous ne pouvez rester, tout sera détruit. La procédure d'expropriation est lancée.

— Je ne vendrai pas et je resterai ici, dit calmement la vieille femme. Je suis bien comme ça. Il serait dommage que vous ne compreniez pas ma position, vraiment très dommage. Beaucoup de choses regrettables peuvent arriver.

— Pardon ?

La voix de la femme était devenue presque chantante.

— Il serait très dommage que le malheur arrive. C'est si triste quand le malheur vous prend et dévide son fil, son long fil de chagrins. Tant de tristesse et de douleur.

Tristan l'observait sans comprendre, en même temps qu'une inquiétude sourde montait en lui. Serge s'approcha et, le prenant par le bras, lui murmura :

— Ne restons pas ici.

Sans réfléchir, le maire suivit le chef de la police, heureux d'ailleurs d'abandonner la vieille femme qui eut le temps de lui crier : « Ce serait trop dommage, monsieur le Maire, trop dommage ! »

— Qui est-elle ? demanda Tristan.

— Je ne sais pas trop. On dit que c'est une prêtresse vaudou.

— Une prêtresse vaudou ?

— C'est ce qu'on dit. Elle est haïtienne mais elle habite ici depuis toujours, je crois. Tout le monde la craint.

— Parce que les gens sont superstitieux. Pas moi.

— Moi non plus, et je ne crois pas à tous ces trucs vaudou. Mais je ne m'y frotterais pas. On ne sait jamais, et si ça marchait ? conclut Serge en riant.

— Je l'ai déjà vue.

— Sans doute. Elle traîne un peu partout. On sent l'odeur de son cigare dans tous les coins de la ville.

— Elle m'a fait un peu peur, la vieille, avoua Tristan.

— C'est clair, elle glace le sang avec ses menaces. Et elle sait y faire, personne ne moufte en face d'elle. Mais ça reste du folklore, il ne faut pas t'inquiéter pour ça.

Tristan ne s'inquiéta pas et poursuivit sa promenade avec l'architecte. Mais la vieille femme revint piétiner ses pensées comme une sorcière, murmurant : « C'est dommage, c'est dommage », en Baba Yaga enfournant ses proies. Il l'avait déjà vue, c'était sûr, même s'il ne savait trop où. Elle avait dû passer devant chez eux, avec son odorant cigare, vérifiant que la porte était bien fermée et que la maison n'était ni de paille ni de bois. Et elle était certainement entrée à la mairie, probablement en ce jour de pleine lune où il avait entendu les deux conseillers critiquer son manque d'autorité, ou lors du rendez-vous avec Séverine. Elle était là, forcément, attendant son heure pour jeter ses sorts. Bien sûr, le vaudou n'existait pas, qu'est-ce que c'était que ces histoires de sorcellerie, mais bon, c'était quand même l'explication la plus plausible à tous ses ennuis.

C'est donc ainsi que Tristan rencontra la prêtresse vaudou, qu'il s'efforça d'éviter désormais avec une belle constance, s'esquivant dès qu'il l'apercevait à un coin de rue. Et c'est à cette occasion qu'il compléta son système philosophique, ajoutant à la folie et au hasard le dieu magie.

De fait, quelle autre raison que le souffle du dragon pouvait expliquer l'évolution de Vinteuil ? La ville ne tournait pas bien. Au début, on n'aurait su dire ce qui n'allait pas. La frayeur qui s'emparait de Marie ne s'appuyait sur rien de tangible, et Tristan, qui avait toujours vécu en banlieue, était inaccessible à ces peurs. Mais les années avaient passé et l'impalpable sentiment s'était renforcé. Quelque chose n'allait pas. Les taux de délinquance, de chômage, de scolarisation variaient peu,

Tristan essayait de maintenir le navire à flot, mais il y avait autre chose. D'abord, la violence avait augmenté. Les vols étaient haineux, comme si le voleur, en plus de dépouiller sa victime, la haïssait. Et puis les délinquants étaient de plus en plus jeunes. Dans certaines cités de la ville, la peur régnait et personne ne s'y risquait la nuit. Lorsque Serge Fadouba entrait dans une cité, il prenait trois voitures avec lui, et il n'aimait vraiment, vraiment pas l'épaisseur plombée, menaçante qui tombait des barres.

À la suite d'une rixe entre « communautés », comme on disait désormais, qui avait fait la une des chaînes d'information et suscité un débat à l'Assemblée nationale, l'argent avait afflué. État, conseil régional, conseil général, tout le monde avait proposé du renouvellement urbain, des éducateurs et des associations. Cela ne suffirait pas, Tristan en était certain, mais il n'allait pas cracher sur une reconstruction qu'il appelait de ses vœux depuis quinze ans. Tout avait été mené au pas de charge. Délimitation de la ZAC – ç'avait été rapide, tant les services d'urbanisme, depuis des années, avaient travaillé à la demande de Tristan –, englobant le centre-ville et un vaste terrain vague qui n'avait jamais trouvé d'acquéreur sérieux malgré les nombreuses propositions. Le projet, en réalité, était déjà pensé, il avait seulement fallu formaliser et préciser. L'aménageur avait été désigné, une société d'économie mixte financée par toutes les institutions de la région, et les travaux de viabilité avaient été lancés dans un temps record. On avait choisi un architecte qui avait déjà reconstruit plusieurs centres-villes, de façon convaincante, jugeait Tristan. Ce n'était pas une de ces stars de l'architecture que Tristan détestait, trop chères et peu fonctionnelles, c'était un grand type d'une cinquantaine d'années, plutôt silencieux et très sérieux, qui ne s'engageait jamais à la va-vite. Tristan avait confiance en lui : s'il disait non, c'est que c'était vraiment impossible.

Depuis le début du projet, les promoteurs immobiliers tournaient autour de Tristan. Les plus établis mais aussi des promoteurs plus petits, plus réactifs et plus inattendus. Et parmi ceux-ci, aucun n'avait été plus entreprenant que Samuel Bonjoie, promoteur semi-privé qui avait dans son capital, comme il l'avait longuement raconté, une banque et de l'argent familial. Ce qui signifiait, dans la chaîne alimentaire du capitalisme, une place difficile, menacée, et donc un appétit féroce. Après plusieurs mois d'approche, les deux hommes étaient devenus amis, du moins autant que peuvent l'être deux individus liés par l'intérêt d'un seul : le chiffre d'affaires de Samuel Bonjoie allait être déterminé dans les cinq années à venir par Tristan. Ils avaient dîné dans de bons restaurants, s'étaient trouvé des points communs et ils s'étaient appréciés, c'est-à-dire que Bonjoie avait mesuré l'étendue du pouvoir de Tristan à Vinteuil et le maire n'avait pas détesté le personnage picaresque, avide et débordant d'énergie qui cherchait à lui soutirer le plus de lots possible. Un soir où ils avaient beaucoup bu dans un excellent restaurant près de la place des Vosges, Tristan demanda :

— Comment réussissez-vous à rivaliser avec les grands groupes ?

— La taille rassure, mais la petitesse peut aussi être

une force. Je me faufile. Et puis la société a un passé. J'ai réussi des beaux coups, et ça se sait.

— D'accord. Mais on aime surtout être rassuré pour les grosses opérations.

— Personne ne manie mieux que moi le billet de 500 euros.

Tristan fit semblant de ne pas avoir entendu.

— Le pouvoir du billet de 500, poursuivit Bonjoie, provocateur, passe toutes les bornes. La vie obéit au billet de 500, la société obéit au billet de 500 et personne ne résiste à une liasse de billets rouges. Je suis moi-même toujours surpris par son pouvoir.

Tristan comprenait très bien son jeu. Samuel Bonjoie était semblable à un homme qui, dans une tentative de séduction déjà bien entamée, met cartes sur table et, entre plaisanterie et sérieux, avoue tranquillement son désir.

— Je n'en ai presque jamais vu. Je ne prends jamais plus de 100 euros dans un distributeur.

Samuel sortit son portefeuille de sa veste, fouilla à l'intérieur et en tira quatre billets de 500 qu'il étala sur la table.

— C'est de la métaphysique en acte. 2 000 euros devant vous. Un salaire de serveur. Un mois de travail.

— Quinze jours de travail pour un maire comme moi.

— Oui, mais vous avez le pouvoir, et cela, c'est sans équivalent.

— Peut-être.

— Imaginez une valise de billets de 500, Tristan.

— Comme chez les truands ? Vulgaire.

— Non, pas vulgaire. Vous sous-estimez le pouvoir

du billet de 500. Vous croyez que c'est simplement de l'argent, mais l'argent, ce n'est jamais simple. Le billet de 500, c'est du désir, du complexe, du rêve, une revanche, un refoulement, une pulsion, un manque, une haine, tout ce que vous voudrez mais ce n'est pas vulgaire. C'est de la vie concentrée. Et moi, je sais faire danser la vie.

— De la corruption, donc ?

— Non, de la séduction, du savoir-vivre.

— Vous invitez à dîner, vous offrez des cadeaux, des voyages ? Tous les promoteurs font ça.

— Du pur savoir-vivre. Nous ne sommes pas des brutes. On ne travaille pas avec des gens si on n'a pas déjeuné ensemble, non ? Ce sont des pratiques normales.

— Quelles autres pratiques ?

Bonjoie regarda l'assiette de Tristan.

— Vous ne mangez pas ? Ce canard est pourtant délicieux. Le chef s'appelle Mussard. Il a été formé chez Ducasse. Je l'avais découvert à l'Arpège et il a ouvert ce restaurant il y a six mois.

— Le savoir-vivre me passionne.

— Trop aimable. Mais n'oubliez pas de faire honneur au chef.

Tristan reprit sa fourchette.

— Vous avez raison, mais continuez : quelles autres pratiques ?

— Les loges de football, par exemple. 1 500 000 euros par an au Stade de France. Une loge à Roland-Garros. 500 000 euros. Rien d'anormal. Cela fluidifie les relations.

— Classique. Des relations publiques. Quoi d'autre ?

— Vous avez une fille, je crois ?

— Comment le savez-vous ?

— Je travaille mon sujet. Julie Rivière.

— Oui.

— Pourquoi ne rejoindrait-elle pas ma société ? J'ai besoin d'une fille entreprenante et jolie pour m'ouvrir les portes.

— Vous avez ce qu'il faut, non ?

— J'ai quelques collaborateurs barbus, quadragénaires et durs en affaires qui ne sont pas mauvais, je l'admets. Vous les rencontrerez. Mais une jeune femme sortie d'HEC, non, ma société en manque. Elle serait très bien payée, même si elle ne vient pas très souvent.

— Surtout si son père est le maire d'une ville en reconstruction.

— Exactement.

— On appelle cela de la prise illégale d'intérêt et Julie ne serait pas embauchée depuis une semaine qu'une plainte serait déposée. Pas un de vos concurrents ne laisserait passer l'occasion.

— C'est bien pourquoi je ne vous l'ai jamais proposé. C'était juste un exemple de savoir-vivre.

— Il y a d'autres moyens ?

— Tous les moyens.

— Tous ?

— Tous. L'immobilier, c'est beaucoup d'argent, beaucoup beaucoup.

— Et donc beaucoup de métaphysique.

Bonjoie rit.

— En acte, Tristan. Je tiens à l'action.

— Vous n'avez jamais pensé à être meilleur que vos concurrents ?

— J'essaie, mais tous les ascenseurs vont à 1,60 mètre par seconde, et il y a partout de bons professionnels. Je préfère miser sur le savoir-vivre.

— Ces moyens peuvent être désagréables ?

— Oui, mais je m'y refuse. Je suis partisan de la séduction. Les menaces, ce n'est pas pour moi. Les photos de putes, le chantage, ça jamais.

— Sauf en cas d'extrême nécessité, bien sûr, dit froidement Tristan.

Bonjoie réunit ses deux mains et appuya ses gros doigts boudinés sur la table, juste devant son abdomen. Il avait l'air d'un enfant de chœur sur le point de réciter sa prière.

— Jamais. Mon but dans la vie, c'est de faire plaisir. Je fais plaisir à mes clients qui ont parfois la bonté de me le rendre. Cela ne va pas plus loin.

Il paya l'addition avec un billet de 500.

Ce discours n'avait pas effrayé Tristan. Au contraire, le cynisme de Bonjoie l'avait amusé. Ses mandats successifs lui avaient permis de rencontrer toutes sortes d'hommes : et même si l'humanité lui semblait toujours l'affrontement des âmes fortes et des âmes faibles, entre lesquelles se glissait l'acier des âmes froides, même si, en un sens, toute sa vie avait été une tension contrariée vers la force et une paix intérieure qu'il n'avait jamais connue, comme si la faiblesse venait toujours le miner, il lui fallait reconnaître que sa trilogie s'ouvrait à d'infinies nuances. Il avait rencontré des hommes mauvais et des hommes bons, des corrompus, des menteurs, des faibles et des lâches, des méchants et des tendres, des héros qui étaient plus souvent des héroïnes, comme si le courage du quotidien était plutôt féminin, des larbins, des dictateurs, des fous, des aventuriers… En fait, il croyait avoir rencontré toute l'humanité, parce que en serrant la main de dizaines de personnes tous les jours, il lui semblait avoir fait le tour des possibilités. Mais Bonjoie représentait un spécimen singulier : un mélange de joie de vivre, de nervosité, d'avidité dans tous les domaines, que Tristan trouvait intéressant. D'autant que l'énergie de Bonjoie le fascinait, parce qu'il en manquait, parce que jamais il n'avait eu celle du promoteur et parce que, depuis la mort d'Alexandre, le départ de Marie et sa vie d'insomniaque, il avait le sentiment de puiser chaque jour dans ses réserves. Et l'énergie lui avait toujours paru, avec l'innocence, la qualité humaine la plus essentielle. L'innocence, Bonjoie l'avait enfouie dans son énorme ventre et en avait ri. Il y avait dans l'immoralité assumée de Bonjoie le bien nommé une dimension presque comique, picaresque en tout cas : celle d'un personnage qui parcourt l'existence avec la joie immorale de l'arrivisme.

2
L'Usine

La proposition de Bonjoie d'embaucher Julie était d'autant plus absurde que celle-ci s'était lancée dans une grande entreprise : elle ouvrait une boîte de nuit en réhabilitant une ancienne usine à lait qui n'était plus utilisée depuis trente ans.

À vrai dire, personne de sensé n'aurait pu imaginer la transformation de cette ruine désaffectée, située au milieu de nulle part, à vingt kilomètres de Vinteuil. Mais les nombreuses qualités de Julie n'incluaient ni le bon sens ni la mesure. Elle était confiante. Ses études s'étaient brillamment achevées (Ramanantsoa lui avait dit : « Tu auras été ma pire élève »), elle avait dansé dans toutes les boîtes de nuit occidentales, avait couché avec l'un des plus célèbres DJ du monde : bref, elle était prête. Et s'il faut comprendre, à la suite de Marie, la vie de Julie comme une constante opposition à l'héroïsme paternel, la création d'une boîte de nuit n'était pas la plus mauvaise solution. Tristan, qui, depuis la mort d'Alexandre, n'était plus le même, avait tempêté, menacé, en ennemi du monde de la nuit. En tant que maire, il n'était entré dans une boîte de nuit que pour en contrôler la nuisance sonore. Il trouvait stupide et dangereuse l'idée de sa fille et il avait refusé toute caution auprès des banques.

Au moment même où Tristan se félicitait de son refus (Julie lui avait annoncé qu'elle tâchait d'obtenir un poste de direction dans une organisation humanitaire spécialisée dans la construction de puits en Afrique), un entrepreneur local, décidément très habile, achetait l'usine à lait pour un prix inférieur au marché et Julie en était déjà à vouloir convaincre son amie Clara de s'occuper de l'aménagement de la boîte de nuit, tout simplement nommée « l'Usine ». C'était assez loin du cœur de métier de Clara mais Julie l'avait toujours vue si adaptable, si douée et si incroyablement inventive qu'elle n'avait pas hésité un instant. Et elle était certaine que Clara allait accepter, à la fois parce que la jeune curatrice, fraîchement embauchée à la galerie Perrotin, ne pouvait y être sa propre patronne et parce qu'elle ne relèverait pas souvent pareil défi : la possibilité d'aménager à sa guise un espace en friche destiné à devenir la meilleure boîte d'Île-de-France. « Tu es folle. Tu veux ouvrir une boîte dans un trou perdu ? » disait-on à Julie. « On vient du monde entier pour les grands clubs. Et de toute façon, ajoutait Julie, provocante, ce que je veux, c'est attirer toute la banlieue, c'est faire de ma boîte le rendez-vous de toute la racaille et de tous les voyous de la région. »

Clara accepta de faire de l'Usine une démonstration d'art contemporain. Démonstration brute, bétonnée, jouant notamment des poutres d'acier de l'ancien bâtiment et ouvrant une nef dans l'axe le plus long, ce qui donna une superbe impression de profondeur. Elle batailla beaucoup avec l'architecte, un Polonais rogue et brutal qui ne travaillait qu'avec des ouvriers de son pays vivant sous des tentes à proximité du chantier et payés six cents euros par mois, crut-elle comprendre. Mais lorsqu'elle en parla à Julie, celle-ci nia, en précisant qu'elle laissait les détails matériels à son associé. Les ouvriers travaillaient vite et bien, sans jamais prendre de retard et en se consacrant exclusivement au chantier.

Clara aurait bien rencontré ce discret associé qui semblait apporter argent et main-d'œuvre sans jamais avoir voix au chapitre mais Julie éluda, prétextant qu'il était très occupé et que ce club n'était qu'un investissement parmi d'autres. Ce en quoi elle ne mentait pas : Sen avait bien d'autres occupations, toutes illégales, même si, avec les années, il se tournait vers des investissements respectables qui lui permettaient de blanchir tranquillement son argent. Désormais entouré d'hommes d'affaires et d'avocats, il possédait des restaurants, il avait investi dans des salles de sport et n'avait pu résister au plaisir de confier son argent à la pauvre fille du maire, dont on lui avait raconté les déboires auprès des banques. La réputation de Sen n'empêcha pas Julie d'accepter un rendez-vous avec lui dans un restaurant asiatique. Le soufre l'attirait, d'autant qu'elle ne comptait pas du tout s'associer avec lui. Et en effet, il ne fut pas question d'association.

On conduisit Julie dans une alcôve au fond du restaurant où se tenait Sen. L'entrepreneur local, qualification plus aimable que chef des dealers, caïd ou bandit, se leva pour l'accueillir.

— Enchanté de vous rencontrer.

Son phrasé restait un peu saccadé, ce qui était étrange

chez quelqu'un qui vivait en France depuis l'enfance et qui avait tout oublié du vietnamien, mais c'était le seul exotisme de l'homme d'affaires très maîtrisé qui se dressait devant Julie. Ils discutèrent aimablement du projet de Julie puis Sen lui proposa de dîner.

— Je vais vous faire goûter ce que nous avons de meilleur.

Il faisait sombre dans l'alcôve, volontairement, semblait-il. Elle trouva séduisants l'impassibilité des traits de Sen et le pouvoir silencieux qu'il exerçait. Jusqu'au moment où il en vint au fait.

— Votre projet de boîte de nuit est intéressant. Nos jeunes manquent d'un espace à eux. Tous les bons clubs leur interdisent l'entrée.

— Celui-ci leur sera ouvert, à condition qu'ils n'y foutent pas le bordel.

— Ça, je pourrai m'en occuper. C'est ma spécialité.

Julie détourna le regard, gênée.

— Oui, j'en ai entendu parler.

— Quels sont vos apports financiers ?

— Aucun.

— Votre expérience ?

— Aucune.

— Les banques vous prêtent de l'argent ?

— Non.

— Vous avez des investisseurs ?

— Vous peut-être.

Elle n'avait pas cherché à mentir. Sen était certainement au courant, sinon ils ne se seraient pas rencontrés, et elle n'avait plus le choix : elle avait fait le tour de toutes les banques et de tous les investisseurs possibles.

367

— Votre franchise est rafraîchissante.

Sen parut réfléchir.

— Je peux vous proposer une solution.

— Allez-y.

— J'avance l'argent, vous dirigez le club, je n'interviens jamais dans vos affaires, sauf si vous le demandez.

— Cela semble merveilleux, dit Julie, étonnée. Vous êtes la fée de Vinteuil ou quoi ?

Il rit.

— C'est ça.

— Nous sommes associés à parts égales ?

— Il n'y a pas d'association. Le club est à moi et je prends les bénéfices mais vous le gérez comme vous voulez et je vous verse dix mille euros par mois, que la boîte tourne bien ou non.

Le visage de Sen, malgré lui, s'était durci. Julie pâlit, dégrisée.

— Ce n'est pas du tout ce que j'escomptais.

— C'est une excellente proposition.

— Je ne serais que votre salariée.

Sen haussa les épaules.

— C'est moi qui ai l'argent. Mais réfléchissez autant que vous le voudrez. La bonne fée de Vinteuil ne vous veut que du bien.

Ils s'étaient séparés sur ces mots. La proposition de Sen était sans ambiguïté. Julie avait aussitôt compris que le côté ludique de son projet (« on serait des propriétaires de boîte de nuit, on s'amuserait tous les soirs et tout le monde s'amuserait avec nous ») s'était définitivement envolé. Personne ne soutenait son ambition, à part un caïd local qu'elle ne pouvait que redouter. Il avait été charmant tout le temps, à l'exception d'une brève seconde qui l'avait révélé – cependant, tout le définissait : l'obéissance des serveurs, les deux hommes silencieux qui se tenaient à l'écart, à quelques tables d'eux, l'obscurité. Qu'avait-elle cru ? Elle avait joué le jeu, elle avait voulu rencontrer Sen et soudain, elle avait saisi que ce n'était pas un jeu.

Alors, pourquoi avait-elle accepté, au bout de quelques jours ? Pas par aveuglement, pas par fascination. Simplement parce que Julie estima qu'elle n'avait pas le choix : elle n'avait pas un sou, Sen lui proposait un salaire qui était loin des millions de la finance mais qui satisferait tous ses besoins, et elle allait pouvoir mener à bien son projet. Elle le voulait tant. Elle avait tellement envie de cette boîte bourdonnante, buzzante, éclatante de couleurs, de sons, de vie. Elle regarda son téléphone, elle hésita longuement – elle *savait* très bien dans quoi elle s'engageait – et puis elle appela Sen.

Un jour où Clara se trouvait sur le chantier, admirant la rapidité avec laquelle les travaux avançaient autant que la justesse des vues de Julie, puisque le bâtiment qui se profilait désormais semblait vraiment, vraiment *excitant,* une voiture se gara à quelques mètres d'elle. Tristan en descendit. Son changement la surprit : il avait grossi et vieilli. Elle ne l'avait plus vu depuis la mort de son fils. Avant l'événement, elle était souvent allée chez eux, elle appréciait les parents de Julie, qui la retenaient régulièrement à dîner. Tristan et Marie l'estimaient, ils espéraient manifestement qu'elle ait une bonne influence sur Julie.

— Je suis venu voir le chantier, dit Tristan, puisque Julie ne m'a jamais fait l'honneur de m'inviter.

— Elle est très prise.

Tristan hocha la tête.

— Les travaux sont bien avancés, dit-il, surpris.

— Oui, les ouvriers travaillent très bien.

Tristan s'approcha du chantier. Lorsqu'il entendit les hommes s'apostropher en polonais, il se tourna vers Clara mais ne fit aucun commentaire. Pendant dix minutes, il observa l'ancienne usine éventrée.

— Je ne comprends pas comment Julie a trouvé cet argent. Aux dernières nouvelles, elle avait besoin de ma caution et aucune banque ne lui prêtait directement. Et voilà que tout se monte, tout bouge, tout s'édifie.

— En tout cas, elle a fini par trouver, dit prudemment Clara. Je ne suis arrivée qu'après.

— Oui, elle me l'a dit. Je suis content que ce soit toi.

Clara contempla le profil de Tristan. Le maire semblait épuisé. Elle n'avait jamais osé lui présenter ses condoléances après la mort d'Alexandre. Au début, elle avait voulu puis hésité, tant l'événement lui paraissait démesuré, au-delà de toute consolation. Et puis les condoléances, avec le temps, avaient perdu toute signification.

— Tu t'entends bien avec l'architecte ?

— Ça va. Nous avons des conflits mais nous finissons toujours par trouver une solution.

— Tu sais que je rencontre les mêmes problèmes ?

— Oui, bien sûr, j'ai appris ça ! fit Clara avec une fausse gaieté. La rénovation du centre de Vinteuil. L'énorme projet de Tristan Rivière enfin accompli !

— Pas accompli, non, vraiment pas. Je bataille chaque minute, mais j'avance. Le chantier est lancé.

Ils restèrent silencieux.

— Tu aimes la boxe ?

Étonnée, Clara se tourna vers Tristan puis elle se mit à rire.

— Non, pas du tout.

Tristan sembla déçu.

— Pourquoi ? demanda Clara.

— Je prends un avion pour Hambourg dans l'après-midi pour assister à un combat. C'est un promoteur immobilier qui m'a invité. Il loue un jet privé. Je suis sûr qu'il reste une place.

Clara hésita. Elle n'avait rien à faire ce soir-là, elle n'avait jamais visité Hambourg et n'était pas hostile à un vol inédit dans un jet privé ; en même temps... cette proposition... Elle lança un coup d'œil à Tristan, qui ne réagit pas.

— Je suppose que je suis la dernière personne au monde susceptible d'apprécier un combat de boxe mais... entendu, je viens.

Tristan sourit.

— J'ai bien fait de venir. Rendez-vous chez moi à 15 heures. Tu te souviens du chemin ?

— Bien sûr.

Tristan se souvenait du panthéon de son père : Cerdan, Joe Louis, Max Schmeling, Foreman. Et sur le tard Mike Tyson. Quelle place auraient occupée les frères Klitschko dans son histoire de la boxe ?

Tout en songeant ainsi à son père, par cette vertu

371

labyrinthique de la mémoire qui était devenue un fardeau, Tristan présentait aux passagers du jet les deux frères boxeurs, Wladimir et Vitali Klitschko, tous deux poids lourds, tous deux champions du monde. Bien qu'ils fassent le trajet pour assister à un combat de Wladimir Klitschko contre Wach, personne parmi les six passagers n'avait la moindre idée de l'itinéraire des Klitschko et personne ne connaissait un tant soit peu la boxe. L'épaisse carcasse du promoteur Bonjoie se trémoussait de joie en entendant que les deux frères avaient promis à leur mère de ne jamais boxer l'un contre l'autre.

— Un petit pari pour le combat de ce soir ?

— Klitschko aux points, dit Tristan d'un ton affirmé.

Lorsque le promoteur avait mis au programme du savoir-vivre une soirée à Hambourg en jet privé, Tristan avait hésité. Rien ne demeurait caché dans une petite ville. Mais il était arrivé à un stade de désarroi qui autorisait toutes les erreurs et les rendait même désirables. Il n'avait jamais assisté à un combat des Klitschko, il n'était jamais allé à Hambourg, il n'avait jamais pris de jet privé, il n'avait jamais profité du savoir-vivre, et il savait très bien que chez lui ses compagnons familiers, Solitude et Tristesse, l'accueilleraient avec leur sombre visage. Il avait accepté et, jusqu'à présent, ne le regrettait pas. Les visages qui l'entouraient souriaient, riaient, parlaient fort et comblaient le vide – l'un d'eux était particulièrement agréable.

Samuel Bonjoie avait loué des places à dix mètres du ring.

La foule hurlait. Au moment où Wladimir, vêtu de

rouge, monta sur le ring en compagnie de son frère, les deux enfants du pays – enfants adoptés mais enfants tout de même – soulevèrent des cris passionnés. Ils étaient tous deux énormes, avec des épaules d'armoire normande, immenses, le visage impassible. L'adversaire de Wladimir, en short noir imprimé des grosses lettres WACH, était lui aussi immense, mais avec une allure plus balourde et des biceps moins imposants. Un tatouage maladroit s'étalait sur son dos comme une grosse tache.

Tristan savait comment Wladimir allait combattre : jabs pour préparer les directs du droit, accrochage quand il était en difficulté. C'était sa stratégie habituelle. Mais quand les boxeurs s'affrontèrent, il comprit ce que cela signifiait vraiment, cette garde basse déconcertante qui balançait comme un serpent son bras gauche souple, caressant, toujours ployé, soudain tendu pour frapper, avec la menace d'un marteau en bras droit, un direct qui passait au milieu de la garde de Wach pour le détruire. Tristan l'avait présenté comme un boxeur ennuyeux, à la fois prévisible et très prudent, mais à dix mètres il comprenait vraiment l'impact de jabs qui partaient de tous côtés, de directs dont un seul lui aurait arraché la tête. Wach était vaillant, résistant, il tâchait de tenir sa garde et de ne pas se faire serrer dans un coin, mais le serpent et le marteau pilonnaient son visage, avec très peu de coups au corps, juste ces attaques frontales permanentes, puissantes, méthodiques, destructrices. Lorsque son adversaire tentait d'attaquer, Wladimir montait ses bras, s'accrochait comme une pieuvre, laissait l'arbitre les séparer puis repartait au combat, imperturbable. Ce n'était pas de l'ennui, c'était de l'effroi.

À un moment, Tristan se rendit compte qu'il avait saisi le bras de Clara. Elle ne l'avait peut-être même pas remarqué : elle fixait le combat, à la fois fascinée et hébétée. Les rounds se suivaient, Wladimir martelait, de temps en temps Wach passait un direct, Vitali dans le coin regardait son frère, l'air tendu, mais Wladimir n'exprimait rien d'autre que sa détermination à détruire son adversaire, sans la moindre haine, sans la moindre passion. Le plus surprenant – surtout après une attaque violente où les serpents se balancèrent furieusement, avec des crochets au corps et au visage, où les marteaux assénèrent des coups énormes –, c'était la résistance de Wach, invaincu jusqu'à présent et qui tenait bon, la face rougie de sang.

— Klitschko va gagner aux points. Tu vas remporter ton pari, Tristan, dit Clara.

Tristan remarqua le tutoiement. Lorsqu'elle était étudiante et qu'elle venait dîner avec Julie, Clara le vouvoyait et l'appelait « monsieur Rivière » tandis qu'il la tutoyait. Il n'y pensait même pas. Il la tutoyait parce qu'elle était très jeune, tellement plus jeune que lui. Elle le vouvoyait parce qu'il était plus âgé, parce qu'il était le père de Julie, parce que tout le monde le vouvoyait, en fait. Il était sur son territoire, à Vinteuil. Toute la journée, Clara avait contourné la question en louvoyant. « On pourrait... » « Il serait envisageable de... » Et là, elle le tutoyait. Quel âge avait-elle ? Vingt-deux, vingt-trois ans. Oui, jeune, mais plus jeune fille.

Clara avait raison. Wach ne tomba pas. Wladimir gagna aux points. Plus tard, Wach avouerait s'être dopé pour ce combat.

— La victoire du professionnalisme, dit Bonjoie alors qu'ils sortaient de la salle.

— Un ascenseur monte à 1,60 mètre par seconde, la puissance des poings de Klitschko doit être de 700 kilos par centimètre carré. De quoi gagner la plupart des combats.

— Oui, il m'a fait l'effet d'un sacré ascenseur !

La petite troupe ravie, égayée par le sang et le luxe, alla dîner au Jacobs Restaurant sous la houlette de Bacchus le généreux. Même pour Tristan, qui avait l'habitude des notes de frais, cette soirée à six représentait des dépenses extravagantes. Si après tout cela Bacchus-Bonjoie n'obtenait pas un joli petit immeuble…

— Nous devrions aller visiter Lübeck demain. Pour Thomas Mann, proposa Clara pendant le repas.

— C'est un ami à toi ? demanda un collaborateur de Samuel.

— Oui. J'ai deux amis dans le nord de l'Allemagne : Thomas Mann et Günter Grass, plaisanta Clara.

— Les Allemands s'appellent souvent Günter, dit une femme teinte en blond.

— Hélas, Clara, nous devons reprendre l'avion à 10 heures demain matin, dit Bonjoie. Désolé pour tes amis.

Déconcertée, Clara lança un coup d'œil à Tristan, qui ne réagit pas. Elle s'aperçut que, dans un monde inculte, celui qui a tort n'est pas l'ignorant.

Lorsqu'elle revint dans sa chambre d'hôtel, elle se sentait ivre et prête à passer par la fenêtre pour s'envoler dans le ciel. Elle n'avait pas du tout envie de dormir, elle était très excitée et songea à passer une nuit blanche dans un taxi qui lui ferait visiter Lübeck. Puis elle se dit qu'elle avait surtout très envie de…

Très envie…

Mon Dieu ! Tout de même pas !

Elle sauta du lit et gagna sa porte mais là, hésitante, rebroussa chemin. À toutes fins utiles, elle entra dans la salle de bains, fit sa toilette, puis, s'examinant dans la glace, trouva son reflet séduisant – avec toujours cette chaleur dans les jambes qui la poussait dans le couloir en même temps qu'elle la retenait. S'il y avait un homme qu'elle ne pouvait pas b…

N'était-ce justement pas ça qui était bon, d'éprouver l'interdit ? Comme lorsqu'elle avait couché avec Aurélien, son prof de maths de prépa, ou séduit Jaime, le réalisateur avec qui travaillait son père. L'homme plus âgé, investi d'une autorité qu'elle ne possédait pas et qui allait pourtant se retrouver entre ses cuisses et à ses pieds. Mais c'était aussi ce qui l'effrayait, comme chaque fois qu'elle avait fait le premier pas. Et là, elle en avait tellement envie…

Elle se jeta dans le couloir pour ne plus avoir le choix, marcha vers la porte de Tristan et tapa en refusant de réfléchir. Elle était pieds nus et en robe du soir. Celui qui lui ouvrit était en slip et tee-shirt. Il était gros et vieux, il avait été autrefois, en des temps terriblement lointains, Tristan-le-héros, et c'était maintenant un homme qui vacillait, titubant dans sa propre vie. Peut-être avait-il été un héros mais ce n'était plus le cas depuis longtemps. Pourtant, la vision grotesque de cet être qui allait commencer son habituelle nuit d'insomnie avec les compères Solitude et Tristesse ne fit pas hésiter Clara, qui se sentit saisie d'émotion et de pitié en lisant sa détresse sur son visage. Elle savait qu'il n'était plus le même, elle l'avait su dès qu'elle l'avait rencontré sur le chantier, parce que l'angoisse sourdait de lui, parce qu'il portait sur chaque épaule, comme des diablotins noirs, ses deux compagnons, aussitôt débusqués par la très intuitive Clara, alors qu'il croyait les dissimuler à tous. Mais elle était beaucoup plus séduite par ce Tristan qu'elle ne l'aurait été par son reflet héroïque.

— Que veux-t…

Ce qu'elle voulait ? C'est toi qu'elle voulait, Tristan, si incroyable que cela puisse paraître, c'était ta panse et ta tristesse, tes variations stupides sur les Klitschko, ton âge et ta paternité. C'est toi qu'elle voulait et qu'elle prit, en fille décidée, en bouche absorbante, désirante, fraîcheur de la jeunesse. Et ce n'est pas toi qui t'écroulas à ses pieds mais bien elle. La dernière fois que tu avais couché avec une femme, c'était avec le souvenir séverinien de ta jeunesse et désormais c'était la jeunesse même qui venait à toi, une fille qui avait l'âge de Marie la première fois que vous aviez fait l'amour ensemble.

L'homme qui coucha avec Clara n'était plus un jeune homme inexpérimenté, c'était trente ans plus tard un barbon qui saisit ce cadeau de la vie, à 2 heures du matin dans un hôtel de Hambourg, une fois la surprise passée. Peut-être coucha-t-il aussi avec elle pour de mauvaises raisons, parce que Clara était l'amie de Julie et que sa propre fille le rejetait depuis presque toujours, de même que Clara alla peut-être le chercher parce qu'il était le père de sa meilleure amie, tout cela s'emmêlant, amours, regrets, amitiés, scandale, en un nœud compliqué. Peu importe. Parce que tout d'un coup il n'y eut plus, dans l'obscurité de la pièce, que deux amants soudés par le désir, deux corps en un, emportés par la furie désirante, léchante, perçante, gémissante, les deux diablotins d'infortune, Solitude et Tristesse, valdinguant cul par-dessus tête à travers la pièce et fracassant la fenêtre en glapissant dans leur fuite.

Dix jours plus tard, une partie des lots fut vendue aux promoteurs. Bonjoie en obtint un très bien placé. Il appela le maire, qui n'était en rien intervenu.

— Content, Samuel ?

— Pas mécontent. Ce n'est pas le marché du siècle mais c'est un bon petit boulot pour ma société. De quoi affronter l'hiver. On pouvait mieux faire, on pouvait pire.

— Vos ancêtres n'étaient pas des paysans normands ?

Bonjoie rit.

— Non, pas du tout. Je suis persuadé que sur les lots qui restent à vendre nous pouvons être beaucoup plus convaincants.

3

Une deuxième chance

L'Usine était près d'ouvrir et Julie en était déjà à organiser la soirée d'ouverture. Elle avait embauché le personnel jusqu'aux agents de nettoyage, à l'exception des videurs dont Sen s'était personnellement occupé, et toute l'équipe travaillait au lancement.

— Je veux un énorme truc. Il faut que ça fasse du bruit jusqu'à Londres. Autrement, ça ne sert à rien.

— Oui, tu as raison, dit Clara. La mégalomanie, il n'y a que ça.

— Il me faut Arman.

— Arman ?

— Oui, le DJ d'Ibiza.

— Il ne viendra jamais.

— Ce con m'a baisée sans capote, il faut qu'il vienne.

— Je ne sais pas si c'est un argument suffisant.

— Je lui ai laissé trois messages, il ne rappelle pas.

— Il est à Miami, dit Magnum, le DJ maison.

— Je me fous qu'il soit à Miami. Ils ont du réseau à Miami, non ? Ils connaissent les portables, dans ce bled. Si Arman vient, tout le monde viendra.

Arman accepta de mixer pour dix mille euros, ce

qu'on pouvait considérer comme un prix d'ami. Il ne répondit par la suite à aucun message mais prévint deux jours avant la soirée qu'il serait à Orly à 18 heures et qu'il fallait lui envoyer un chauffeur. Tout était prêt. Les affiches avaient été placardées, le chargé de communication, Olivier, s'était montré le roi des réseaux sociaux et il avait obtenu des articles un peu partout. Il y avait même eu un reportage sur France 3. Julie avait convoqué tous ses camarades d'HEC, hésitant à mélanger les fils et filles à papa avec la clientèle de Seine-Saint-Denis puis se jetant à l'eau : l'Usine rassemblerait toutes les classes dans l'utopie universelle de la Nuit. Sen, qui n'était pourtant pas le Thomas More de la banlieue, avait insisté.

— Je ne veux pas une boîte de nuit de racaille. L'alcool, les jolies filles et un bon service d'ordre, ça suffira largement pour assurer la mixité sociale. Il y aura bientôt plein de petits bâtards.

Julie avait remarqué que Sen employait de plus en plus souvent le verbe « vouloir ». « Je veux », « je ne veux pas » étaient souverains dans sa bouche. Il y avait dans l'impassibilité aristocratique de Sen une arrogance qui humiliait et impressionnait. Par ailleurs, elle ne pouvait s'empêcher d'avoir peur de lui. C'était un sentiment très désagréable, d'autant que Julie n'avait peur de rien ni de personne. C'était une sorte de crainte par ricochet. Les videurs, qui considéraient de haut leur patronne et vaquaient en l'écoutant à peine, vibraient d'obéissance dès que Sen apparaissait. Voir ces gros durs ramper devant Sen lui faisait peur.

De toute façon, une boîte vraiment branchée devait

faire venir les Parisiens, surtout lorsque ceux-ci, comme ses anciens camarades, travaillaient à Londres, Singapour ou New York, qui restaient malgré la déroute des subprimes des casinos plus discrets mais presque aussi rentables. À force d'insistance, de promesses et de messages Facebook avec les articles et le reportage, des vidéos d'Arman et de Magnum, Julie réussit à faire venir d'un peu partout des dizaines de banquiers, commerciaux, start-uppers et petits génies des data.

Tout autour de la nef de verre qui projetait la lumière jusqu'au ciel, le parking fut aussitôt complet, les routes d'accès engorgées de voitures stationnées. Au milieu de la plaine sombre, l'Usine ruisselait d'un lait d'ivresse et de succès, on avait l'impression que les douze millions d'habitants de la région s'étaient tous donné rendez-vous ici, et s'ils n'étaient pas là, ils en parlaient. Submergée par une déferlante d'excitation, certaine que sa vie commençait là, Julie se sentait droguée de succès, droguée du bonheur de vivre intensément, traversée par les flux de la foule et de la musique et soudain emplie, lorsque Arman aux platines balança sa silhouette familière, les deux mains autour du casque, d'une fierté démesurée : elle avait ouvert la plus grande boîte de nuit de la région. Un club qui prendrait place parmi les plus fameux d'Europe, elle en était certaine. Jamais on n'avait vu un tel éclat à une soirée de lancement.

Une fille du vestiaire marcha vers elle.

— Les videurs vous demandent à l'entrée.

Julie se fraya un passage difficile à travers la foule. Puis elle sortit. Elle vit une marée d'hommes et de femmes qui occupaient tout l'espace devant le club. Six videurs se tenaient face à eux.

— Qu'est-ce qu'il y a ?

Le videur le plus âgé lui répondit :

— Ils veulent entrer.

— Tous ? demanda bêtement Julie.

— À votre avis ?

— C'est impossible.

— Dites-leur.

— Vous savez bien que je ne peux pas.

— Essayez quand même, parce qu'ils sont encore un peu calmes mais je peux vous assurer que ça ne durera pas.

— Comment voulez-vous qu'ils m'entendent ? Ils sont des centaines.

— Des milliers, plutôt. Ils ont confondu cette boîte avec le Stade de France.

Julie passa devant les six hommes. Derrière elle grondait le tonnerre de la musique, que sa voix n'avait aucune chance de couvrir. Elle avança jusqu'à l'extrémité du tapis rouge. Trois videurs hésitèrent puis, sur un signe de leur chef, la suivirent, visiblement à contre-cœur.

— Bonsoir ! cria Julie.

Elle eut un grand sourire qui fut en réalité un rictus. Ils étaient tellement nombreux.

— BONSOIR ! hurla-t-elle de toutes ses forces.

Pourquoi n'y avait-il pas de mégaphone ?

— JE M'APPELLE JULIE RIVIÈRE. JE SUIS LA PROPRIÉ-TAIRE DE L'USINE.

La propriétaire de l'Usine ! Ces mots étaient si beaux !

Puis elle continua, tâchant de parler le plus fort possible tout en restant compréhensible.

— Merci d'être venus si nombreux ! Merci, merci, de tout mon cœur ! Cette soirée de lancement est un immense succès ! Grâce à vous !

Elle joignit ses mains et se courba légèrement vers l'avant.

— Malheureusement, le club est plein. Absolument plein. Personne ne peut plus entrer. J'en suis désolée, croyez-moi. J'aimerais avoir une salle dix fois plus grande pour vous faire une place à tous. Mais ce n'est pas le cas. Je vous prie de bien vouloir le comprendre.

La foule resta silencieuse. Julie ne savait même pas si elle avait été entendue au-delà des premiers rangs. Elle jeta un coup d'œil aux videurs.

— Il y aura peut-être de la place dans quelques heures, si vous avez la patience d'attendre. Sinon, je vous conseille de rentrer chez vous. L'Usine vous attend désormais tous les soirs. Revenez demain. Revenez après-demain.

Les regards braqués sur elle l'inquiétaient. Elle jeta un nouveau coup d'œil aux videurs.

— On veut entrer ! entendit-elle.

Elle n'avait pas vu qui avait parlé. C'était une voix sans colère mais assez forte pour que chacun l'ait entendue. Elle ne répondit pas.

Dix mètres à sa droite, un jeune gars de dix-huit ou dix-neuf ans fit écho.

— On veut entrer !

— Il n'y a plus de place.

La foule se mit à avancer. Julie ouvrit les bras : c'était

comme vouloir retenir la mer. Sans violence ni éclat, par la force irrépressible du nombre, son corps fut enveloppé, comme celui des trois videurs, qui essayaient pourtant de bloquer le passage. Mais les gens passaient à droite, à gauche. Les trois hommes rebroussèrent chemin vers l'entrée, afin d'aider les autres videurs qui s'arc-boutaient devant la porte. Ils tentèrent de former une muraille, mais la pression de la foule fut si forte qu'ils n'essayèrent même plus de la freiner.

— Laissez tomber, dit le plus âgé. On ne les arrêtera pas.

Et le flot pénétra dans la boîte de nuit, sous les yeux stupéfaits des deux filles du vestiaire, engorgeant un espace déjà saturé. Quelques-uns commencèrent à passer par-dessus les canapés, ce qui déplut beaucoup aux gardes du corps d'Arman, qui se firent menaçants. Certains n'apprécièrent pas leur ton, un coup de poing partit et une bagarre éclata autour du DJ, qui repoussa tout le monde d'un air dégoûté avant de quitter les platines, de grimper sur le comptoir du bar et de marcher calmement, renversant verres et bouteilles, vers une porte marquée « privé ». La porte était fermée mais, comme il tapait dessus à coups redoublés, elle s'entrouvrit sur Clara qui, le reconnaissant, le laissa entrer. Il avait bien fait, car un premier fauteuil vola vers le bar avant de s'écraser sur les bouteilles.

Ce fut le signal. Tous les clients voulurent sortir de la boîte, alors que la foule continuait à avancer. Magnum s'éclipsa par les bureaux, suivi par quelques-uns qui dérobèrent les ordinateurs au passage. La porte « privé » fut fracturée et resta ouverte : elle menait également aux bureaux, où il n'y avait plus rien à voler mais encore beaucoup à casser, ce qui fut fait sans haine, juste pour le plaisir.

Au moment où Julie, désemparée, demeurait figée au milieu de la foule qui progressait, de l'autre côté du bâtiment Clara se retrouvait dans sa Clio avec Arman, tâchant de manœuvrer pour se glisser entre les voitures immobilisées.

— J'ai jamais vu un bordel pareil ! râla Arman.

— On ne peut pas dire qu'il n'y ait pas d'ambiance, répondit Clara, philosophe.

Au bout de cent mètres, la voiture fut bloquée par une file de véhicules abandonnés là.

— Il faut marcher, dit Clara.

Arman ouvrit de grands yeux.

— Une star ne marche pas, dit-il. Une star court, une star roule en voiture mais une star ne marche pas.

— Alors courez.

Le lendemain, tout le monde ne parlait que de cet immense fiasco. On évoqua une boîte de nuit détruite, des blessés, une bagarre générale. Il y eut certes des blessés et beaucoup de casse, mais les gens exagéraient, la boîte n'était pas *entièrement* détruite.

— Tu crois que Julie pourra la relancer ? demanda Tristan à Clara, qui avait passé la nuit (le petit matin, plutôt) chez lui après sa course dans les champs.

— Difficile à dire. Sans Arman, en tout cas. Il était fou de rage. Sinon, cela dépendra de l'argent que son investisseur voudra mettre.

— Tu l'as déjà rencontré ?

385

— Non, jamais.

Clara était nue dans le lit.

— C'est quand même curieux, cet investisseur inconnu.

— Il n'est pas inconnu, c'est juste que je ne l'ai pas rencontré.

— Tout ce que les Rivière tentent échoue, depuis quelques années. Tu ne trouves pas ça bizarre ?

Clara ne répondit pas. Le sujet ne lui était que trop familier, Tristan s'arrangeait toujours pour y revenir.

— C'est comme si on nous avait jeté un mauvais sort.

— En l'occurrence, je pense surtout que la soirée n'a pas été assez bien préparée. Julie a tout fait pour que ce soit un succès, et ça l'a été, mais la gestion des foules, ça ne s'improvise pas. Il fallait prévoir et canaliser.

— Si elle m'avait demandé conseil, je l'aurais prévenue. Nous avons l'habitude de travailler avec la préfecture.

— Tu es la dernière personne à qui elle demanderait conseil.

— Je sais, dit Tristan.

Clara éclata de rire.

— Ne dis pas ça sur ce ton. Ce n'est pas qu'elle ne t'aime pas, c'est qu'elle t'aime trop. Elle a trop de choses à te prouver.

Tristan devait partir à la mairie. Il était déjà tard. Il se leva, prit une douche et s'habilla. Brièvement, il songea au réconfort du corps de Clara.

Dans l'après-midi, il vit s'afficher sur son portable le nom de Julie. Dès la fin de la réunion, il la rappela.

— Ça va ?

— Je suppose que tu es au courant.

La voix de Julie était inquiète.

— Oui. Mais tu n'as rien, c'est l'essentiel.

— Rien ? À part que je suis humiliée, ridiculisée à jamais aux yeux de toute la profession, je n'ai rien.

— Tu ne peux pas rouvrir ?

Julie hésita.

— Je ne sais pas. Je ne crois pas. Je ne sais plus grand-chose, à vrai dire.

— Tu veux que je vienne ?

Ils ne s'étaient pas vus depuis des mois.

— N... non. Ça va.

— Tu es sûre ?

— Oui. Ça... va.

Tristan ferma les yeux. Il connaissait ce ton, cette réponse. Il connaissait cette conversation téléphonique par cœur, il se l'était répétée mille fois.

— Je viens. Je suis chez toi dans vingt minutes.

Il passa dans le bureau de son assistante pour lui demander d'annuler ses rendez-vous puis marcha rapidement vers sa voiture. Il avait reconnu chez Julie l'angoisse de sa dernière conversation avec Alexandre et, cette fois-ci, il saurait intervenir.

Julie était en survêtement lorsqu'il entra dans son studio. Elle avait pleuré.

— Raconte-moi.

Elle lui raconta ce que Clara lui avait déjà dit, avec davantage de précisions sur ce moment où la foule s'était mise en marche et sur les dégâts matériels. Tristan lui demanda de les décrire précisément. Il l'écouta attentivement : bar, éléments de décor, toute la sono, bureaux saccagés.

— La structure ?

— Elle n'a pas bougé, c'est une usine.

— Tu peux rouvrir, donc ?

— Je n'aurai pas d'autorisation. La préfecture ne sera jamais d'accord.

— Laisse-moi voir. Vous avez été dépassés mais cela ne signifie pas que vous le serez tout le temps. Aucun événement n'a jamais eu autant de succès à Vinteuil. Je pourrai m'en prévaloir auprès du préfet.

Julie hocha la tête.

— Tu n'as pas l'air convaincue ?

— Qui voudra remettre de l'argent dans le projet ?

— Tu n'as pas un investisseur ?

— J'en avais un.

Elle avait murmuré.

— Qui est-ce ?

— Tu ne le connais pas.

— Parle-m'en.

Elle haussa les épaules.

— Je ne préférerais pas.

Comme lorsqu'elle avait douze ans. Il se souvenait de l'enfant qu'elle avait été, de sa gêne lorsque ses parents voulaient lui faire avouer une faute. Ses cheveux, après des années où elle les avait fait couper court, étaient de nouveau longs. Ils n'étaient pas coiffés, ils retombaient sur sa figure et la dissimulaient, comme autrefois, lorsqu'elle était sa petite fille.

— Si tu ne préfères pas, dit-il doucement, c'est que c'est un mauvais choix.

388

Elle hocha la tête.

— Si c'est un mauvais choix, il faut que je t'aide, non ?

Pas de réponse.

— Et je ne peux pas t'aider si tu ne me dis pas toute la vérité.

Julie regarda son père. Peut-être lut-elle sur son visage tout le pouvoir qu'elle avait sur lui, parce qu'elle était sa fille et parce qu'Alexandre était mort, parce que dans sa vie dévastée il n'avait plus qu'elle. Il ferait tout son possible pour l'aider. Qu'importe qu'elle l'ait toujours rejeté, ou peut-être parce qu'elle l'avait rejeté, il voulait tout lui prouver, et plus ardemment qu'elle avait jamais cherché à lui prouver sa force, son indépendance et sa fierté. Quoi qu'il en soit, Julie sentit qu'elle n'avait rien à craindre : le pauvre homme devant elle, car elle sentait combien il était devenu fragile et triste, la soutiendrait de toutes ses forces.

— Il s'appelle Sen Liang.

Tristan ne réagit pas.

Julie lui expliqua que toutes les banques avaient refusé son projet, rappelant au passage que lui-même n'avait pas voulu se porter caution, qu'elle n'avait trouvé aucun investisseur, alors qu'elle était certaine de son projet, de sorte que lorsque Sen était intervenu, elle avait accepté.

— Tu sais qui il est ? demanda Tristan d'une voix rauque.

Elle hocha la tête.

— Donc tu sais qu'il est dangereux.

— Je l'ai compris par la suite. Et ce matin.

Elle raconta la colère de Sen lorsqu'il avait découvert

les dégâts à l'Usine. Il l'avait insultée, traitée de salope, et elle avait bien cru qu'il allait la frapper.

— Il m'a fait peur. Il m'a fait très peur. Sous des apparences policées, c'est un homme effrayant.

Il lui avait aussi dit qu'il ne mettrait plus un sou dans cette boîte et qu'elle devrait s'arranger pour tout remettre en état. Il avait perdu assez d'argent et elle allait se débrouiller pour lui en faire gagner.

— En d'autres termes, il faut que je fuie en Amérique du Sud ou quoi ? Comment veut-il que je paie les dégâts et relance la boîte ?

— Sen ne s'intéresse pas à cette boîte de nuit, il a juste besoin de blanchir son argent. Que l'établissement gagne de l'argent ou non n'a aucune importance pour lui, il faut seulement qu'il n'en perde pas trop.

— Je sais, j'ai compris, mais trop tard.

Tristan savait très bien qu'elle n'avait pas compris trop tard. Elle était trop intelligente pour cela. Mais elle avait été faible, faible moralement. Comme toutes les âmes froides. Mais peu importait qu'elle soit froide et dure et oublieuse, peu importait qu'elle soit égoïste et indifférente, parce qu'elle était sa fille trop aimée et que tout était sa faute.

— Sen m'a dit qu'il te connaissait, qu'il t'avait acheté des voix autrefois, pour la mairie. Je ne l'ai pas cru. Il salit tout ce qu'il touche.

Tristan ne répondit pas. Il réfléchissait. Il dressait ses plans.

— Sen ne me fait pas peur. Je vais lui parler.

Lorsqu'il sortit du studio, Julie fut surprise de ne plus se sentir accablée. Elle n'avait plus peur. Et elle sourit, comme lorsqu'elle avait douze ans.

390

Tristan avait toujours aimé réfléchir en voiture. Il préféra ne pas retourner à la mairie et rentra chez lui. Il savait ce qu'il allait faire et il en souffrait. Il se demanda s'il n'y avait pas d'autre solution. Il tenta d'imaginer d'autres moyens. Mais tout était incertain. Au moins, en agissant ainsi, cela devait marcher. Pour le meilleur et pour le pire, cela marcherait. N'y a-t-il pas toujours un moment dans la vie où, pour gagner, il faut tout perdre ? Il saisissait sa deuxième chance, celle qu'il n'avait pu saisir avec Alexandre, et comme il lui semblait que son destin était de doubler le malheur d'un espoir de rachat, il ne faisait rien d'autre que répondre à l'appel du destin.

Il donna rendez-vous chez lui à Bonjoie, le soir même, sans explications. Le téléphone ne lui inspirait pas confiance. Samuel était trop rusé et expérimenté pour rien demander. Tristan l'attendit avec une bouteille de saint-émilion sur la table et deux verres.

Bonjoie entra dans le salon de très bonne humeur. Il aperçut les verres déjà servis.

— Retrouver un ami et boire du bon vin, que peut-il y avoir de plus satisfaisant en ce bas monde ?

Tristan lui raconta brièvement la soirée de lancement de sa fille ainsi que les menaces de Sen.

— Votre confiance me touche, Tristan, mais qu'ai-je à voir dans cette histoire ?

— J'ai besoin d'un investisseur.

— Je n'investis pas dans les boîtes de nuit.

— Vous savez très bien ce que je vous propose, Samuel.

Bonjoie se carra au fond du canapé. Il semblait beaucoup s'amuser.

— Non, je ne sais pas très bien. Je commence juste à deviner. Êtes-vous en train de parler du pouvoir du billet de 500 ?

— Oui.

— De combien de billets de 500 parlez-vous ?

— De tous les lots qui restent à vendre dans le quartier du Linteuil.

Bonjoie se pencha vers l'avant.

— Vous avez bien dit : « tous les lots » ? J'ai bien entendu ?

— Tous les lots.

— Cette boîte de nuit m'intéresse beaucoup, fit Bonjoie d'un ton enjoué. On sous-estime l'intérêt de ces établissements. Et puis les jeunes s'y amusent beaucoup et moi j'aime la jeunesse. Mais Sen Liang sera-t-il d'accord ?

— Je m'occupe de Sen. Ma priorité est de couper tout lien entre Sen et ma fille. Vous devenez le propriétaire de cette boîte, vous laissez ma fille la relancer et, dès qu'elle pourra, Julie prendra des parts dans le capital.

Bonjoie but une gorgée de vin qu'il sembla savourer longuement, comme s'il fêtait sa victoire.

— Vous aimez beaucoup votre fille.

— Oui. Avez-vous une famille ?

— Non. Pas de fille, pas de fils, pas de femme. Pas de famille. Une société et beaucoup d'ennuis.

— J'ai une famille et beaucoup d'ennuis.

Bonjoie le regarda.

— Vous avez conscience de ce que vous faites, Tristan ?

— J'ai perdu mon fils et je n'ai qu'une fille.

392

Le lendemain, après une nuit d'insomnie complète, Tristan retourna chez sa fille pour proposer un rendez-vous à Sen sur le téléphone de Julie. Il ne voulait laisser aucune trace. Ils convinrent de se retrouver dans ce même lieu, à Pantin, où Tristan lui avait demandé à demi-mot son soutien pour les élections, ce qui était une façon pour Sen de rappeler son influence. Dès qu'il entra dans l'appartement, qui n'était plus vide mais orné d'innombrables bibelots d'un mauvais goût étincelant, Tristan mesura la transformation de l'ancien voyou. Il était élégamment vêtu, et tout, dans sa silhouette, ses gestes, signalait la réussite de l'homme d'affaires. Les deux hommes s'observèrent sans animosité. Ils se connaissaient depuis trop longtemps pour se haïr, trop d'anciennes vies les avaient liés.

— J'ai beaucoup aimé travailler avec Julie. C'est une fille très capable.

— Je ne sais pas si elle ferait le même constat.

— J'ai mes défauts, dit Sen avec un mince sourire. Que voulez-vous ?

— Je veux que vous abandonniez la boîte de nuit.

L'argumentation de Tristan était prête. Il dit qu'il la ferait de toute façon fermer si Sen ne se retirait pas, après les désordres de la soirée ce serait un jeu d'enfant. Il dit aussi que les affaires de Sen n'avaient jamais été une vraie cible pour la mairie et la police, ils ne s'en étaient occupés qu'en périphérie, arrêtant les dealers, sans jamais viser le cœur, et en laissant en paix ses investissements, notamment les restaurants. Mais un établissement légal avec des investissements illégaux pouvait tomber très rapidement (la menace ne parut pas émouvoir Sen). Par ailleurs, le nouvel investisseur rachèterait l'Usine à un bon prix. Sen demanda de qui il s'agissait, et lorsque Tristan eut donné, après un moment d'hésitation, l'identité de Bonjoie, il eut le sentiment que Sen connaissait ce nom. Mais Sen Liang semblait assez indifférent aux arguments de Tristan. Il dit cependant qu'il allait réfléchir, il lui donnerait une réponse dans la semaine. Puis il posa des questions polies sur le quartier du Linteuil, en se réjouissant de ces travaux qui embellissaient la ville et remerciant Tristan pour l'énergie qu'il avait déployée.

Tristan sortit du rendez-vous déconcerté. L'indifférence, la politesse conventionnelle de Sen l'étonnaient. L'inquiétaient aussi. Qu'importe. Tristan marchait droit devant, aveuglément.

Une semaine plus tard, Sen lui fit savoir qu'il vendait la boîte de nuit. Tristan réfléchit longuement pour deviner ses plans. En vain. Il appela Bonjoie, qui indiqua qu'il était prêt, puis Julie, qui dansa sur place et poussa des cris. Puis il prit rendez-vous avec le préfet pour l'autorisation de la boîte de nuit.

Lorsque les lots du quartier du Linteuil furent vendus, tous furent accordés à Bonjoie. Tristan devait par la suite apprendre que l'opération sauvait le promoteur de la ruine. L'excès de ses dépenses masquait la faillite de la société. Prêt à tout, Bonjoie avait tout accepté.

L'Usine rouvrit ses portes six mois plus tard, sans Arman, mais avec Magnum, qui venait de Châtillon.

En apparence, tout allait bien. Tristan n'était pas assez naïf pour le croire mais il avait protégé Julie.

4

Les omelettes peuvent-elles se manger à la montagne ?

À ce moment de sa vie, parce qu'il avait l'impression que le temps allait lui manquer, Tristan accomplit une action déconcertante : il retourna aux sources de son existence. Il voulait seulement deux choses encore. Juste deux.

La première, c'était prendre des nouvelles de Bouli.

Son vieil entraîneur, dont il n'avait eu aucun signe depuis des années, lui semblait à l'origine de beaucoup d'erreurs et d'accomplissements de son existence. Il l'appela mais Bouli ne répondit pas, si bien que Tristan se rendit au studio de la Rose-des-Vents, comme autrefois. Passant devant le square, il s'aperçut que le cerisier en fleur devant lequel ils s'étaient longuement arrêtés avait été rasé, ce qui le remplit d'angoisse. Il pressa le pas, entra dans l'immeuble et grimpa précipitamment l'escalier. Il appuya plusieurs fois sur la sonnette. Il n'y eut aucune réponse, et Tristan se dirigeait déjà vers la porte des voisins lorsqu'il lui sembla percevoir un raclement de semelles. Bouli lui ouvrit. Tristan fut si soulagé de le voir vivant qu'il refusa de percevoir la faiblesse vacillante de l'homme qui lui faisait face. Bouli, soufflant, le regardait sans mot dire.

— Est-ce que je peux entrer ?

Bouli s'effaça. Tristan entra, observa la vaisselle sale dans l'évier, qui semblait dater de plusieurs semaines, et le lit en désordre.

— Tu étais couché ?

Bouli, respirant avec difficulté, hocha la tête.

— Tu es malade ?

Le vieil homme s'assit sur le lit en indiquant son cœur avec sa main. En pyjama et grosses lunettes de vue, il n'avait plus rien de commun avec le boxeur d'autrefois, de même que Tristan n'avait plus rien à voir avec l'adolescent qui avait appris la boxe sous sa férule. La vie avait passé et le résultat n'était pas beau.

— Je suis heureux de te voir, Bouli.

Et le sourire du vieil homme, un sourire plein de joie et d'affection, lui fit comprendre combien Bouli aimait le petit Tristan qu'il avait entraîné et qui devait être la seule personne à se préoccuper encore de lui en ce monde.

— Moi aussi, petit… Comment vas-tu ?

La voix était rauque, essoufflée, comme elle l'avait toujours été depuis l'agression dans le métro.

Tristan haussa les épaules. Puis, lentement, il raconta les dernières années, la mort d'Alexandre et le départ de Marie, les sinistres affaires de sa fille. Bouli le fixait.

— C'est dur tout ça, commenta-t-il après le récit.

Il y eut un long silence. Tristan n'avait plus rien à dire. Il savait qu'il avait raison d'être là mais il ne savait pas pourquoi. Peut-être simplement parce que Bouli était un des rares êtres qu'il aimait et qu'il allait mourir. Mais devant tant de faiblesse et d'évidence de la fin, il se sentait démuni.

— Est-ce que tu as un rêve, Bouli ?

Le vieil homme le considéra sans comprendre.

— Est-ce qu'il y a quelque chose que tu voudrais absolument faire, maintenant ?

— Faire ?

— Oui. Un projet, un vœu…

— Manger une omelette.

— Manger une omelette ?

Le regard de Bouli s'égaya.

— Oui, manger une omelette au Mont-Saint-Michel. Maman disait que c'était les meilleures omelettes du monde.

Déconcerté, Tristan réfléchit.

— Très bien, prépare-toi. Nous allons au Mont-Saint-Michel.

Il aida son compagnon à enfiler son vieux survêtement et laça lui-même ses baskets. Puis ils partirent. Bouli voulut qu'ils passent au supermarché pour acheter du pain et du saucisson.

Dans la voiture, ils ne parlèrent pas, ou à peine. Bouli regardait droit devant lui, sans ciller, avec une obstination déterminée. Au bout de deux heures de route, il dit seulement qu'il fallait s'arrêter, parce qu'un conducteur devait s'arrêter « toutes les deux heures ». Pendant ce temps, il prépara posément deux sandwichs au saucisson. Ses gestes étaient lents, fragiles, mais il parvenait à découper des rondelles et à les insérer dans le pain, avec la même détermination que pour observer le paysage. Ensuite, lorsqu'ils reprirent la route, il mangea son sandwich avec sérieux, mâchant très longuement. Il y eut un peu de grêle à la hauteur de Caen.

Dans l'après-midi, ils arrivèrent au Mont-Saint-Michel. Tristan se gara.

— Je l'avais jamais… vu, dit Bouli.

Ils restèrent dans la voiture, silencieux. Bouli contemplait l'abbaye perchée sur l'îlot.

— C'est beau.

Quelques minutes plus tard, il ajouta :

— Il faut qu'on voie la marée, aussi. Elle va…

Les mots lui manquaient. Après un très long silence, il termina sa phrase :

— … à la vitesse d'un cheval au galop.

Tristan regarda l'heure de la marée. En fin d'après-midi. Il proposa à Bouli d'aller visiter l'abbaye.

— Il faut aussi… réserver.

Tristan réserva une table au restaurant de la Mère Poulard. Il faisait tout ce que demandait Bouli, comme avec un enfant malade. Il était à la fois triste et heureux.

Ils ne purent visiter l'abbaye. Le vieil homme éprouvait trop de difficultés à marcher, même avec l'aide de Tristan qui le tenait par le bras. Essoufflé, exténué, il s'arrêta bientôt contre un mur. Levant la tête, il regarda l'abbaye. Il sourit.

Ils allèrent dans un café. Puis Bouli demanda à reprendre la voiture, pour aller voir la mer.

Tristan longea la côte, cherchant le meilleur endroit pour observer la marée. Puis les deux hommes attendirent.

L'eau arrivait. Ce fut d'abord un lacet, une langue lumineuse sous le soleil d'hiver, puis le courant s'accéléra. Alors, les deux hommes sortirent de la voiture et Bouli, toujours au bras de Tristan, s'approcha de la falaise qui surplombait les flots. Il s'assit sur l'herbe, les jambes dans le vide, et il observa avec avidité la progression des eaux, comme rempli de fierté par leur rapidité. Il faisait froid, il y eut parfois de la pluie, mais Bouli ne bougeait pas. À plusieurs reprises, Tristan le regarda et il vit dans ses yeux la mer et les nuages. Il n'avait plus que cela dans son visage concentré : les éléments. Les eaux s'étaient emparées de lui. La baie s'était remplie et, tandis qu'en contrebas bruissaient les flots, Bouli semblait lui aussi empli de tout cela, contemplant avec une satisfaction enfantine, pour la première et la dernière fois, une marée qui allait « à la vitesse d'un cheval au galop ».

Puis, comme l'heure de l'omelette pointait, Tristan le releva. Bouli, en remerciement du spectacle, lui tapota l'épaule sans rien dire. Simplement, avant de monter dans la voiture, il se retourna encore une fois vers la mer.

Dans le restaurant de la Mère Poulard, où brillaient les cuivres et où des cuisiniers-bateleurs battaient les œufs au fouet, Bouli commanda son omelette et un verre de vin. Il la mangea très lentement, savourant le mets sacré, et buvant à petites gorgées son verre de vin.

— Maman avait raison. C'est la meilleure omelette du monde.

Il réfléchit.

— Le meilleur dîner de ma... vie, à part celui-là, c'était à ton mariage. C'était tellement bon.

Puis il ajouta, sans que le rapport soit très clair.

— Tu devrais retrouver Marie.

Le repas semblait lui avoir redonné des forces. Il se tenait plus droit et plus ferme qu'il n'avait dû le faire depuis des années. Son regard fit le tour des clients, s'arrêtant sur un couple à la table voisine. Il renifla. Il contempla Tristan, lui tapota la joue, puis il sourit. Il dit : « Bon. »

Alors il se mit à fixer le jeune gars brun et costaud qu'il avait repéré, avec insistance et de façon très impolie. Le jeune type leva plusieurs fois les yeux, agacé, détournant le regard, mais Bouli continuait à le fixer.

Tristan était gêné.

— Qu'est-ce qu'il y a ? demanda le jeune gars.

Bouli continua à le fixer.

— Tu pourrais arrêter de me regarder comme ça, papi ?

Bouli se leva. ET ON ENTENDIT LA PHRASE.

— T'as un problème ?

Interloqué, Tristan contemplait le vieillard. « Oh non ! » pensa-t-il. Bouli s'approcha du couple. Il rugit (et personne n'aurait jamais pensé qu'un son pareil puisse encore sortir de sa poitrine) :

— T'AS UN PROBLÈME ?

Et comme s'il avait quarante ans de moins, avec la même inconscience et la même furie que dans sa jeunesse, Bouli frappa. Il n'avait plus du tout la même puissance, le poids du corps était désormais celui d'un vieillard frêle et osseux, cependant son poing aimanté par l'habitude retrouva le bon chemin de la douleur et le nez du jeune homme se couvrit de sang. Tristan voulut intervenir mais, dans cet instant d'hésitation qu'il ne connaissait que trop bien, il surprit un coup d'œil suppliant de son vieil entraîneur, coup d'œil qu'il fut incapable de déchiffrer sur le moment. Ensuite, il ne put se méprendre sur sa signification – temps suspendu que

400

la fureur du jeune homme brisa d'un énorme coup de poing, ce coup que Bouli attendait et qui alla au-delà de ses espérances de haine et de colère. Bouli savait qu'il ne pouvait se tromper, ses années de combats et de rixes lui avaient indiqué l'homme propre à la besogne qu'il désirait tant, conclusion heureuse et funeste de la meilleure omelette et de la marée la plus rapide.

Le cœur du vieil homme lâcha probablement avant la chute sur le sol et Tristan voulut croire que Bouli était mort exactement comme il l'avait voulu, debout, face à l'un de ses innombrables adversaires, la mort le saisissant droit et ferme, la garde levée.

Alors que les cris éclataient dans la salle, que le jeune homme regardait avec effarement le vieillard qu'il avait tué, Tristan pleurait devant le corps à terre de l'homme qui, après lui avoir tant appris (le pivot du crochet, les désastres et les ambiguïtés de la lâcheté et du courage, la beauté des cerisiers en fleur, la profondeur de l'amitié), lui enseignait qu'il n'y avait pas de vie droite sans décision finale et que pour bien vivre il fallait bien mourir.

Comme Tristan l'avait prévu depuis longtemps, en tout cas depuis sa rencontre avec la prêtresse vaudou, la magie s'acharnait sur lui. À son retour du Mont-Saint-Michel, il découvrait une lettre recommandée pour un interrogatoire de première comparution avant mise en examen. Les faits reprochés étaient : prise illégale d'intérêts, favoritisme, voies de fait sur la personne de Lucile Toussaint. Il ne voyait pas en quoi il avait pu faire du tort à cette inconnue lorsqu'il se souvint que ce nom était celui de la prêtresse vaudou, ce qui lui sembla la conclusion naturelle à tous ses ennuis – et la confirmation de sa vision du monde. Plusieurs messages embarrassés de Bonjoie, lui demandant de le rappeler, lui firent soupçonner que le promoteur avait dû vouloir hâter la décision de la vieille femme. Un jour, il lui avait parlé des rats que les marchands de biens lâchaient dans les immeubles dont ils voulaient faire fuir les locataires. Lucile Toussaint ne devait pas aimer les rats. Il comprit plus tard que Bonjoie avait payé Sen pour ce travail et que celui-ci attendait beaucoup plus du nouveau quartier que de la boîte de nuit, ce qui expliquait son abandon si rapide.

Il ne le rappela pas. Il savait ce qu'il avait fait et pourquoi il l'avait fait. La leçon de Bouli l'emplissait d'une étrange sérénité. Il décida de réaliser son deuxième projet avant qu'il ne soit trop tard.

Chez un fleuriste, Tristan acheta deux roses blanches avant de rentrer chez lui prendre sa voiture. Il roula ensuite jusqu'à Paris, XIe arrondissement, se gara, et attendit le miracle.

Il y avait plusieurs possibilités.

Elle pouvait rester chez elle.

Elle pouvait ne pas être chez elle.

Elle pouvait ne pas vouloir lui parler.

Elle pouvait lui parler puis se détourner de lui.

Elle pouvait le regarder sans le voir comme cela avait déjà été le cas.

Pour la première fois depuis bien longtemps, peut-être depuis son adolescence, Tristan entendait confier son existence à la bienveillance du hasard.

À cinquante-cinq ans, il avait retrouvé le fil de l'héroïsme, il avait sauvé sa fille, il avait accompagné son plus vieil ami jusqu'à la mort et il allait affronter la vérité devant le juge. Alors il était temps de se fier à la magie aléatoire de l'événement.

La porte de l'immeuble s'ouvrit, Tristan sourit et une petite vieille sortit en relevant le menton d'un air outragé.

Il attendit. Il accorda encore une heure au hasard, persuadé que sa femme allait sortir, qu'elle l'écouterait, qu'elle prendrait ses roses et qu'un nouveau chemin s'ouvrirait. Au bout d'une heure, la gardienne apparut. Tristan l'avait rencontrée une fois ou deux.

— Je vous ai vu par la fenêtre. Vous attendez Mme Rivière ?

Il tressaillit en entendant ce nom.

— Oui.

— Elle est partie à la montagne.

Tristan rentra chez lui, fourra des affaires chaudes dans une valise et partit vers la Maurienne. Il alluma la radio puis, lorsqu'elle commença à cafouiller, alterna des disques de variétés et des enregistrements de Bach. Six heures plus tard, il s'élevait sur les premiers lacets de la pastorale, sous une tempête de neige qui étouffait le paysage et aveuglait le pare-brise. Cela l'emplissait de joie. Il avait cru ne jamais revoir la neige et voilà qu'il pénétrait dans le royaume glacé. La dernière fois, c'était en 1999, lorsqu'ils avaient passé Noël à la montagne, dans la splendeur onirique des jours perdus.

Il roulait très lentement, il ne voyait presque rien. Il lui fallut une heure et demie pour parvenir au village le plus proche du chalet, où il savait trouver une chambre chez l'habitant. On l'accueillit avec étonnement – il n'avait pas réservé – mais la chambre était libre. Petite, chaude, lambrissée, avec un lit rose, la pièce tissait un cocon kitsch et délicieux dans lequel Tristan se sentit bien. Il mangea une soupe en contemplant la tempête à travers la vitre noyée de nuit et de neige. Lorsqu'il retourna dans sa chambre, il ouvrit la fenêtre. Un vent glacé pénétra dans la pièce pourtant protégée par un angle de la maison. Il songea qu'il mourrait probable-ment en moins d'une heure s'il se livrait à la tempête – était-ce une mort digne et droite ? Tristan en était à ce stade de joie et de désespoir mêlés où tout est pos-sible et où il accueillait avec le même enthousiasme la vie et la mort. Il referma la fenêtre et la chaleur bientôt se recomposa autour de lui. Il songea soudain que le dernier conseil de Bouli avant de mourir avait été de retrouver Marie. Puis il s'endormit.

Il se réveilla après un sommeil de douze heures qu'il n'avait pas connu depuis la mort d'Alexandre. Dans la salle à manger, un petit déjeuner plantureux l'attendait, avec du jambon et du fromage, un ther-mos de thé et un autre de café, en même temps qu'un grand silence. Il n'y avait personne. Il mangea, erra un peu dans la maison, puis enfila son blouson et sortit. La tempête s'était calmée mais tout était noyé sous la neige, la nature n'était plus qu'un voile blanc heurté de monticules soyeux. Le froid était sec et deux oiseaux noirs crevaient le ciel. Il n'y avait plus de route, plus de voiture et tout était saisi dans le silence. Quatre traces de ski partaient de la maison et Tristan comprit comment

404

avaient disparu les propriétaires. Il était inutile d'imaginer rejoindre en voiture le chalet de Marie.

Il mit un deuxième pull, des gants, un bonnet et des
lunettes, et entreprit la marche de dix kilomètres. Au
bout de deux cents mètres à s'enfoncer dans la neige
comme dans une tourbière, parfois jusqu'au buste, il fut
évident qu'il avait choisi la mauvaise solution. Il retourna
à la maison, chercha des raquettes qu'il ne trouva pas
et fut contraint d'attendre le retour des propriétaires,
qui revinrent en début d'après-midi, les joues rouges
et les yeux brillants. C'était un couple d'une trentaine
d'années, une jolie fille ronde et blonde, éclatante de
santé, tout sourire, et un montagnard petit et sec. Tristan
expliqua qu'il avait besoin de rejoindre un chalet plus
haut dans la montagne.

— Lequel ? demanda l'homme.

— Celui des Lamballe.

— La route est coupée.

— J'ai vraiment besoin d'y aller.

— On peut vous passer des skis de randonnée.

Tristan skiait très mal.

— Vous n'avez pas des raquettes, plutôt ?

— L'aller-retour en raquettes ? Dans l'après-midi ?

Tristan se rendit compte que tout ne se passerait peut-
être pas au mieux là-bas et qu'il lui faudrait peut-être
rebrousser chemin.

— Vous irez plus vite en skis, surtout pour le retour,
intervint la jeune femme. Mais vous feriez mieux de partir demain matin : la tempête va probablement se lever
de nouveau en fin de journée.

Tristan, qui attendait de monter au chalet depuis son

réveil, ne pouvait plus patienter. Dès qu'il eut chaussé les skis, il s'élança. Les skis, larges et rustiques, ne s'enfonçaient pas mais l'effort était rude et Tristan était hors de forme, malgré les douze heures de sommeil. Sa maladresse accentuait les difficultés. Totalement seul, il avançait dans un immense silence et, lorsque le village eut disparu, lorsqu'il n'y eut plus que la neige et les arbres, la joie le saisit de nouveau, alors qu'il ahanait et suait, tout poudré de neige. Il savait pourquoi, bien des années auparavant, il avait eu en ces lieux la révélation d'un autre monde, d'une autre vie qu'il avait appelée « la pastorale ». Au fond, il avait toujours essayé d'instaurer l'harmonie entre les hommes mais il y avait une autre solution : ne jamais rencontrer d'hommes. Juste pousser sur deux bâtons, lever le talon et avancer pour grimper une pente. C'était à présent une tâche qui suffisait à sa vie. Pousser, tenir, monter. Son souffle était le seul bruit de la nature. Il s'était éloigné de la route, essayant de couper à travers la montagne, évitant lacets et détours. Il pensait connaître assez la région pour ne pas s'égarer. De toute façon, il suffisait de monter.

Dans un vallon, alors qu'il avait pris un peu de vitesse sans accrocher les talons, il s'effondra dans la neige. Il rit. La poudre était entrée dans son cou, sous les gants, dans sa bouche. Il se releva difficilement. Il avait l'air d'un bonhomme de neige. Sur sa manche, il observa les étoiles glacées et cristallines avec stupéfaction, comme un enfant ou un animal découvrant la neige pour la première fois. La cristallisation poudreuse, à l'immuable structure atomique, comme une architecture d'acier soyeux, se multipliait jusqu'à forger l'énorme couche blanche qui ensevelissait la montagne et il y avait dans ces myriades d'étoiles une poussière d'univers qui le laissait muet d'étonnement.

À ce moment, il recommença à neiger. Ce n'étaient que quelques flocons mais Tristan considéra le ciel gris avec inquiétude. Il lui sembla qu'il avait noirci au-dessus des sommets, vers le nord. Il se souvint de l'avertissement de la jeune femme et se dit qu'il fallait se presser. Il reprit sa progression, un peu engourdi.

Les flocons tombèrent plus dru et le vent se leva. Tout de suite, il fit plus froid et l'air, malgré le vent, se fit plus sombre et brumeux, limitant la visibilité. Tristan accéléra. Si inexpérimenté qu'il fût, il savait qu'il ne devait pas se laisser prendre par le brouillard.

Mais la route était longue et il était loin d'être arrivé au chalet. Il songea à la facilité avec laquelle il couvrait dix kilomètres autrefois en footing. C'était si simple. Rien à voir avec la pente escarpée de la montagne. Rien à voir avec la progression dans la brume blanche qui s'étend comme un souffle glacé et opaque, un souffle que tout être lucide ne pourrait attribuer qu'au dragon sous la terre. Rien à voir non plus avec le froid qui s'empare des membres pourtant protégés par le blouson, le pull, les gants, tous accessoires qui révèlent leur fragilité face à la température qui tombe. Il n'y a rien d'autre à faire que de pousser sur les skis et les bâtons.

Tristan a l'impression de percevoir un mouvement sous les arbres. Sans doute le mouvement de la brume. Le vent le transperce. Malgré l'effort, il a froid. Il lui semble de nouveau distinguer un mouvement au cœur du brouillard et à ce moment, dans une vision éphémère et pourtant remémorée pour l'éternité, à ce moment... dans le saisissant éclat... un cerf sort du couvert... pelage fauve et ramure... Tristan ouvre une bouche stupéfaite... le temps s'arrête... il n'y a plus de temps... il n'y a plus que l'apparition du cerf fauve surgissant de la blancheur... et personne ne sait plus quelle frontière du rêve il a traversée... le cerf au cou tendu sous la ramure, le regardant d'un air de majesté inexprimable... avec une stupeur mêlée d'admiration Tristan baisse la tête... cette trouble et troublante vision qui a empli son regard comme le regret de choses merveilleuses, hors de portée du présent, et pourtant souterrainement tapies en lui... comme une espérance... il lui semble que la blancheur s'étend, s'empare du pelage fauve et le noie, au point que le paysage se disperse sous le souffle blanc, anéantit les formes, et de cette sorcellerie n'émerge plus que le bois d'une ramure qui elle-même s'enfonce dans la marée blanche... il n'y a plus que le blanc...

Tristan redoubla d'efforts, le cœur battant, le cœur affolé courant, et il se mit à pleurer, comme un enfant, comme un adulte, comme un homme, comme un animal, d'un mélange de peur et d'émotion, ayant contemplé le cerf fauve dans la neige comme la dernière et suprême vision d'un homme sur le point de mourir. Le froid l'enserrait et la tempête fondait sur lui. La neige battait contre lui, en innombrables coups, et alors qu'il espérait voir la lumière du chalet percer la nuit, rien ne venait, absolument rien, et l'obscurité au contraire s'accroissait de minute en minute.

Il pensa à Alexandre et il eut la même tentation de tomber. Tomber du haut de la vie dans la neige molle et accueillante, courtoise, s'étendant autour de lui comme une promesse de bonheur et d'abandon. Il continua à pleurer des larmes qui gelaient sur son visage. Le courage de vivre ? Et pourquoi ? Pour un vain héroïsme du temps gagné ? Pour quelques années de plus ?

Tristan avançait pourtant parce que la vie en lui continuait, parce qu'il y avait des choses en lui qui voulaient vivre. Il pleurait et il poussait sur ses skis, au milieu des tourbillons de neige, traversant la tempête de la vie et de la mort.

À un moment il hurla de fureur contre la tempête, avec une exaspération d'épuisement et de désespoir. Il voulait une mort digne et droite, debout. Il voulait que la tempête l'assomme et l'emporte.

Affrontant les derniers stades de la fatigue, il déboucha sur une crête où les tourbillons le lacérèrent. Il en eut le souffle coupé. Et cette fois, il allait chuter, non d'abandon mais sous les coups, lorsque devant lui il vit le lac dans la nuit, la neige et le brouillard. Le vrai lac de la pastorale, reconnaissable entre tous, même dans ces conditions. Ils s'y étaient rendus si souvent, lui et Marie, qu'il ne pouvait pas se tromper. Désormais, il pouvait trouver le chalet. Avec un sentiment inexprimable de peur et de soulagement mêlés, comme si rien n'était plus effrayant que d'être proche du salut sans être vraiment sauvé, il fixa ses chaussures sur les skis et descendit, fébrile, tantôt glissant, tantôt poussant, le vent lui barrant le passage au point de l'immobiliser parfois en pleine descente. Et bientôt, une lumière se leva dans la nuit.

Tristan s'effondra devant l'entrée, avec un énorme bruit, comme si ses skis avaient perforé la porte. Et la porte s'ouvrit. Marie apparut, en peignoir, les pieds nus dans d'épais chaussons.

Épuisé, il ne parvenait pas à se relever. Marie détacha les fixations, le saisit par les épaules et le fit entrer dans le chalet.

— Je suppose que je peux t'accorder trente-huit secondes, dit-elle.

Elle le déshabilla, l'enveloppa de couvertures, prépara du thé et fit couler un bain, le tout en un temps record qui dépassa à peine les susdites trente-huit secondes.

— Attends, attends…, murmura Tristan.

— Qu'est-ce que tu veux ?

Il chercha quelque chose de fort à dire.

— Je veux… mourir avec toi, dit-il.

Il n'était pas certain d'avoir choisi les bons mots. À voir l'expression de Marie, il n'en était pas certain du tout.

Alors, fiévreux, il dit qu'il avait fait des erreurs mais qu'il ne pouvait pas vivre sans elle. Il dit également qu'il trouvait ses mots ridicules mais qu'y pouvait-il, puisque c'était la vérité, et il était là pour dire la vérité, tout ce qu'il avait à dire et qui n'avait pas été exprimé, pas assez clairement en tout cas, depuis des années. Il dit qu'elle avait sans doute un homme dans sa vie, qu'il était sans doute bien mieux que lui, à tous égards, mais qu'il ne l'aimerait pas davantage que lui, parce que lui l'aimait depuis trente ans de tout son cœur, avec la constance inaltérable des amours de long terme, qui sont les plus beaux et les plus rares, et même s'il avait commis une lamentable erreur, qu'il regrettait absolument, elle devait lui pardonner.

— Trente-huit secondes pour un bavard impénitent, c'est évidemment trop court, dit Marie.

L'homme qui se présentait devant elle au détour de la tempête, alors qu'elle venait en effet de discuter au téléphone avec celui qu'elle fréquentait depuis quelques mois, avait une assez sale gueule et ne faisait plus partie de sa vie. Mais il se trouve qu'avec ses yeux brillants, son avenir compromis et malgré les douleurs tuméfiées que tous deux partageaient, Tristan était l'homme de sa vie, ce qui signifiait beaucoup de lassitude, beaucoup de pas grand-chose, beaucoup d'incompréhensions, beaucoup d'agacements mais aussi un étrange fil directeur qui la guidait depuis une certaine rencontre nocturne. Récemment, le nom de Tristan avait repris une certaine force en elle, comme si ces deux syllabes trop connues palpitaient à la façon d'une petite créature vivante. Elle n'avait pas voulu le contacter, elle n'en avait pas eu l'envie d'ailleurs, mais il demeurait en elle, et voilà qu'il venait de s'incarner.

Et ils restaient là, l'un en face de l'autre, le héros et la sainte, qui n'étaient ni un héros ni une sainte mais un homme et une femme saisis par la tentation de la bonté et de l'amour, bousculés par la vie, le hasard et la magie du dragon. Et voilà que cet homme et cette femme se retrouvaient, sans que l'on puisse savoir au juste ce qu'il adviendrait d'eux, parce qu'il y avait plusieurs possibles, mais au milieu de la tempête qui grondait, à l'issue d'une terrible traversée de la nuit, la seule accalmie de la chaleur et l'acceptation tranquille de la vie qui reprenait étaient déjà une promesse.

Et c'est ainsi que trente ans et trente-huit secondes après leur rencontre dans un train, Marie ouvrit la porte à Tristan.

Composition : Nord Compo
Achevé d'imprimer par Normandie Roto Impression s.a.s.
61250 Lonrai
le 04 juillet 2017
Dépôt légal : juillet 2017
Numéro d'imprimeur : 1702386
ISBN 978-2-07-274119-7 / Imprimé en France

321867